MIRA®

Der Preis dieses Bandes versteht sich einschließlich
der gesetzlichen Mehrwertsteuer.

Umwelthinweis:
Dieses Buch wurde auf chlor- und säurefreiem Papier gedruckt.

Gaelen Foley

Die schöne Erbin

Roman

Aus dem Amerikanischen von
Petra Lingsminat

MIRA®

MIRA® TASCHENBUCH
Band 25199
1. Auflage: Oktober 2006

MIRA® TASCHENBÜCHER
erscheinen in der Cora Verlag GmbH & Co. KG,
Axel-Springer-Platz 1, 20350 Hamburg
Deutsche Taschenbucherstausgabe

Titel der nordamerikanischen Originalausgabe:
Lord of Ice

erschienen bei: Ivy Books, New York
Published by arrangement with The Ballantine Publishing Group,
a division of Random House, Inc.

Konzeption/Reihengestaltung: fredeboldpartner.network, Köln
Umschlaggestaltung: pecher und soiron, Köln
Redaktion: Claudia Wuttke
Titelabbildung: „Leslie Peck“ bei Thomas Schlueck GmbH, Garbsen
Autorenfoto: © Redford Photography
Satz: Buch-Werkstatt GmbH, Bad Aibling
Druck und Bindearbeiten: Ebner & Spiegel, Ulm
Printed in Germany
ISBN 3-89941-292-3

www.mira-taschenbuch.de

PROLOG

London, 1814

„Sieh dich an. Schon wieder betrunken. Du bist einfach erbärmlich“, sagte Lord Hubert zu seinem jüngeren Bruder.

Major Jason Sherbrooke lachte nur. Er blickte ins Feuer, ließ sich noch tiefer in den alten Sessel sinken und nahm einen Schluck aus der Ginflasche.

Algernon Sherbrooke, Viscount Hubert, stieg vorsichtig über die überall verstreut herumliegenden Sachen in Major Sherbrookes Wohnung, wobei er sich ein säuberlich gebügeltes Taschentuch vor die aristokratische Nase hielt. „Himmel, hier stinkt es nach verschimmeltem Käse oder Urin oder nach sonst irgendetwas Ekelhaftem. Machst du denn niemals sauber?“

„Ach, ich bin der Fleiß in Person“, spöttelte Jason.

Algernon schürzte die Lippen. Die Ursache für das Elend seines Bruders war offensichtlich. Er schaute auf den leeren Ärmel von Jasons ungepflegter roter Uniformjacke. Der Major hatte während eines heftigen Kavallerieangriffs bei Albuera den rechten Arm eingebüßt. Er konnte von Glück reden, dass er mit dem Leben davongekommen war. Algernon zog einen einfachen Holzstuhl ans Feuer und ließ sich vorsichtig darauf nieder. „Vielleicht solltest du ein Dienstmädchen engagieren, anstatt herumzusitzen und dir selbst leid zu tun.“

„Kommt gar nicht infrage. Die Letzte hat geklaut.“

„Kein Wunder, wenn man überlegt, in welcher Gegend du wohnst." Das Mietshaus, in dem Jason lebte, lag nicht weit von den Elendsquartieren entfernt, die Algernon – ganz im Geheimen – im East End besaß. Zu seinem Kummer hatte sich die Investition noch nicht gelohnt, obwohl er die Mieten zum letzten Ersten erneut erhöht hatte. Dabei kümmerte ihn nicht, dass in zwei Wochen Weihnachten war. Er würde jeden auf die Straße setzen, der die Miete nicht zahlen konnte. „Warum ziehst du nicht aus diesem Drecksloch aus? Wir wissen doch beide, dass du dir etwas Besseres leisten könntest."

Jason betrachtete ihn ausdruckslos. „Was würde das für einen Unterschied machen?"

„Hast du denn keinen Stolz?"

„Was zum Teufel willst du, Algernon? Irgendwie bezweifle ich, dass dein Besuch auf einen Anfall brüderlicher Zuneigung zurückzuführen ist. Hast du dich von dieser verfluchten Weihnachtsstimmung anstecken lassen, oder bist du aus einem bestimmten Grund hier?"

Vorsichtig musterte Algernon das sonnengegerbte Gesicht seines Bruders. Er würde vorsichtig vorgehen müssen. Selbst betrunken war sein scharfsinniger kleiner Bruder ein ebenbürtiger Gegner, kriegserprobt, wie er war. „Vielleicht bin ich nur gekommen, um dich davon abzuhalten, dich zu Tode zu saufen."

„Reine Zeitverschwendung." Jason hob die Flasche und warf ihm einen Seitenblick zu. „Aber irgendwie glaube ich auch nicht, dass es das war, was dich hergeführt hat."

Algernon sah ihn durchdringend an, seufzte dann und gab nach. „Nein, war es nicht."

„In der Armee wissen wir es zu schätzen, wenn ein Mann gleich auf den Punkt kommt."

„Na schön." Algernons schmales Gesicht spannte sich an, und die haselnussbraunen Augen wurden noch kälter. „Ich brauche Mirandas Mitgift."

Jason erstarrte.

„Meine Lage ist ernst ..."

„O nein. Ausgeschlossen. Kommt nicht infrage."

„Hör doch erst einmal zu ..."

„Da gibt es nichts zu bereden."

„Jason!"

„Das Geld gehört mir nicht, ich kann es nicht hergeben, und du hast keinerlei Recht darauf. Richard hat es seiner Tochter hinterlassen ..."

„Seiner unehelichen Tochter! Verdammt, Jason, es ist ja nicht so, als wäre sie eine von uns."

„Miranda mag illegitim sein, aber das ändert nichts an der Tatsache, dass sie die Tochter unseres Bruders ist."

Ihr ältester Bruder Richard hatte den Titel des Viscount Hubert vor dem zweitgeborenen Algernon getragen. Richard, ein Frauenheld und Lebemann, hatte nie geheiratet und nur das hübsche kleine Töchterlein hinterlassen, das ihm seine Geliebte, die berühmte Schauspielerin Fanny Blair, geschenkt hatte. Fanny war an jenem Sommertag mit ihm verunglückt, als ihre Yacht gesunken war. Nur ihre damals acht Jahre alte Tochter Miranda hatte das Unglück überlebt, von einem Fischer gerettet.

„Sie ist deine und meine Nichte", beharrte Jason.

„Nicht vor dem Gesetz."

„Aber durch die Blutsbande."

„Wir schulden ihr gar nichts. Soll sie doch sehen, wie sie in der Welt zurechtkommt."

„Mein Gott, wenn du dich hören könntest, Algernon. Du warst schon immer ein kaltherziger, selbstgerechter Kerl."

„Wie kannst du wegen dieses kleinen Mädchens nur so sentimental werden? Ihre Mutter war kaum besser als eine Hure!"

„Nun, zufällig mag ich Huren", erwiderte Jason grinsend.

Algernon verkniff sich eine Antwort, die er hinterher ohnehin nur bedauern würde, und begann, im Zimmer auf und ab zu gehen, über einen zerbrochenen Schemel, leere Flaschen und Haufen schmutziger Kleider steigend. Er stieß ein Buch beiseite, das ihm im Weg lag, und blieb an der gegenüberliegenden Wand stehen, während er versuchte, seiner Verärgerung Herr zu werden. Verdammt, wie sollte er diesen Trunkenbold nur zur Vernunft bringen? Er ballte die Fäuste. „Wenn ich ruiniert bin, trifft die Schande die gesamte Familie, auch dich."

„Immer mit der Ruhe, Algernon, du wirst schon nicht ruiniert", entgegnete Jason beruhigend. „Du bist schlau wie ein Fuchs und hinterhältig wie eine Schlange. Ich habe großes Vertrauen in dich. Du wirst schon einen Ausweg finden. Aber ich will nichts Negatives mehr über Miranda hören. Ich habe das Mädchen nämlich sehr gern."

„Ach?" Algernon fuhr herum. „Wann hast du sie denn zum letzten Mal in ihrer Schule besucht? Vor einem Jahr? Vor zweien? Fünfen?" fragte er, als er sah, dass Jason verwirrt blinzelte. „Vor Albuera, möchte ich wetten."

Jason warf ihm einen warnenden Blick zu. „Miranda wird in der Schule gut versorgt, bis sie so weit ist, in der Gesellschaft zu debütieren."

„Debütieren?" rief sein Bruder. „Erstens ist sie ein Bastard, ein Bastard debütiert nicht ..."

„Doch! Dafür ist das Geld ja gedacht."

„Nun, von mir braucht sie keine Hilfe zu erwarten", knurrte Algernon. „Ich sorge schon dafür, dass weder meine Frau noch meine Töchter sich in Gesellschaft zu ihr bekennen. Und außerdem: Ist dir überhaupt klar, dass die Zeit für dieses großartige Debüt schon am Verstreichen ist? Miranda ist neunzehn Jahre alt. Wenn dir so an ihrem Wohlergehen gelegen wäre, wie du behauptest, hättest du gewusst, dass sie schon vor ein, zwei Jahren hätte debütieren müssen."

Entsetzt starrte Jason ihn an. „Sie ist doch noch keine neunzehn!"

„O doch! Wach endlich auf! Stell die Flasche weg und fang an nachzudenken! Sie ist eine erwachsene Frau – eine Frau, die du nicht ernsthaft in unsere Kreise einführen willst, oder? Man wird sie nie akzeptieren. Erkennst du denn nicht, wie grausam es wäre, sie in eine Situation zu bringen, mit der sie nicht zurechtkäme?"

„Oh, sie wird zurechtkommen, Algernon. Du kennst Miranda nicht. Sie kennt keine Furcht. Außerdem verspricht sie ebenso schön zu werden wie ihre Mutter. Und eine schöne Frau kann es in ‚unseren Kreisen' weit bringen."

Algernon zwang sich zur Ruhe. „Hör zu. Wenn es sich wirklich um eine gute Schule handelt, ist Miranda jetzt in der Lage, sich als Gouvernante zu verdingen oder in irgendeiner anderen ehrbaren Stellung, die einem Mädchen wie ihr offen steht. Ich frage dich – warum sollten wir für Richards uneheliches Kind verantwortlich sein?"

„*Wir* sind das auch nicht, Algernon – *ich* bin es." Angeekelt schüttelte Jason den Kopf. „Richard wusste, dass du sie behandeln würdest wie den letzten Dreck, wenn er sie in deiner Obhut zurückließe."

„Verdammt, wo ist deine Loyalität geblieben? Ich bin dein Bruder, und ich stehe vor dem Ruin! Die letzte Ernte war schlecht, die Börse läuft nicht, wie sie sollte, und …"

„Und vermutlich musstest du mal wieder die Spielschulden deines geliebten Crispin übernehmen, stimmt 's?"

Algernon kniff die Augen zu schmalen Schlitzen zusammen. „Crispin ist mein Sohn, mein Erbe. Soll ich ihn etwa auf Gedeih und Verderb den Geldverleihern ausliefern?"

„Verstehe. Lieber nimmst du Miranda die Mitgift weg – und beraubst sie ihrer ganzen Zukunft –, als dass dein dämlicher Sohn in den Clubs das Gesicht verliert. Nein, Algernon. Du und dein Sohn, ihr könnt beide zur Hölle gehen."

„Jason …"

„Algernon, es sind ohnehin nur fünftausend Pfund. Das verliert Crispin doch innerhalb von zehn Minuten. Aber für Mirandas Zukunft wäre diese Summe entscheidend."

„Du *Narr.*" Algernon ging zu Jason, ließ sich auf dem Stuhl neben ihm nieder und musterte das abgezehrte Gesicht seines Bruders. „Fünftausend Pfund? Stellst du die Flasche nicht mal lang genug mehr weg, um dir deine Konten anzuschauen?"

Unbehaglich rutschte Jason auf dem Stuhl hin und her. „Wie meinst du das?"

„Bevor du in den Krieg gezogen bist, hast du den Großteil des Erbes in eine kleine Gießerei gesteckt. Erinnerst du dich?“

„Ja. Na und?“

„Jason.“ Algernon schüttelte den Kopf. „Diese Gießerei hat so viele Rüstungsaufträge bekommen, dass sie ein richtiges Imperium geworden ist. Jene fünftausend sind inzwischen auf fünfzigtausend angewachsen.“

Jason blieb der Mund offen stehen. Er setzte die Flasche ab und starrte seinen Bruder schockiert an.

Als er die konsternierte Miene seines Bruders sah, gestattete Algernon sich ein ironisches Lächeln. Vielleicht wäre der Narr ja jetzt zugänglicher. Langes Schweigen trat ein, unterbrochen nur vom Wind, der durchs Gebälk pfiff, und dem Knistern des Kaminfeuers.

„*Fünfzigtausend Pfund?*“ rief Jason abrupt aus, als er die Sprache wiedergefunden hatte.

„Ja! Das hast du vollbracht, Jason!“ flüsterte Algernon. „Du hast dir dieses Geld verdient. Erkennst du jetzt, wozu du fähig bist, wenn dein Hirn nicht vom Alkohol benebelt ist?“

„Hol mich der Teufel, fünfzigtausend Pfund!“ Jason schlug sich auf die Schenkel und begann trunken zu lachen. Er stand auf und hob fröhlich die Flasche. „Ha, Miranda, mein Mädchen! Fünfzigtausend Pfund! Himmel, Mädchen, damit kannst du dir einen Herzog kaufen!“ Er kramte den Armeesack heraus und begann ungeschickt, ein paar Kleidungsstücke hineinzustopfen.

„Was tust du denn da?“

„Ich fahre nach Warwickshire, um das Mädchen von der Schule zu holen, das tue ich! Wenn sie neunzehn ist – ist sie ehrlich schon neunzehn?“ wollte er sich jetzt noch einmal vergewissern.

Algernon antwortete nicht. „Du gehst nirgendwohin, hast du gehört?“

Misstrauisch richtete Jason sich auf. „Wie bitte?“

„Sei nicht albern. Nicht um alle Schätze dieser oder auch der nächsten Welt werden wir einem Niemand ein solches Vermögen überlassen.“

„Sie ist kein Niemand, Algernon. Nicht mehr.“ Jason grinste schief. „Jetzt ist sie Miranda FitzHubert, Erbin. Das solltest du dir merken, damit sie dich nicht schneidet, wenn sie einmal Herzogin ist.“

Algernon erhob sich. Seine Miene hatte sich gefährlich verfinstert. „Jetzt hör mir einmal zu, Bruder. Du wirst mir das Geld geben. Ich habe nicht die Absicht, öffentlich Schande auf mich zu laden, bloß weil du bei unserer illegitimen Nichte jetzt den edlen Ritter hervorkehren musst. Überschreib das Konto auf mich. Wenn ich wieder auf die Füße gekommen bin, gebe ich das Geld zurück, wenn du möchtest. Miranda wird nie davon erfahren.“

„Verzieh dich, Algernon. Versuch es bei der Bank.“ Jason hörte abrupt auf zu lachen, als Algernon eine Pistole zückte und ihm damit zwischen die Augen zielte.

„Mein lieber Bruder, du scheinst den Ernst der Lage zu verkennen. Ich muss das Geld haben, Jason. Und ich werde es bekommen. Hol die Unterlagen und überschreib das Konto auf mich. Sofort.“

Ungläubig starrte Jason auf die Pistole und dann auf seinen Bruder. „Hast du den Verstand verloren?"

„Wir sind blutsverwandt. Sie bedeutet uns nichts."

„Du gemeines Schwein", flüsterte er. „Du würdest das tatsächlich tun, nicht wahr?"

Algernon spannte den Hahn der Pistole. Er blickte seinen Bruder kühl und berechnend an. „Tu einfach, was ich dir sage, Jason. Du bist betrunken. Du kannst nicht klar denken. Eigentlich bist du gar nicht in der Lage, den Besitz des Mädchens richtig zu verwalten. Als Oberhaupt der Familie kümmere ich mich ab sofort darum."

„Du würdest mir wirklich das Gehirn wegpusten, nur um an die fünfzigtausend Pfund zu kommen, stimmt 's, Algernon? Natürlich würdest du. Ohne mit der Wimper zu zucken. Schließlich …", Jason hielt inne, und seine Miene verfinsterte sich vor Zorn, „… schließlich hast du auch Richard umgebracht, um an den Titel zu kommen, nicht wahr? *Nicht wahr?"* schrie er. „Ich weiß nicht, wie du es angestellt hast, aber du hast dafür gesorgt, dass Richards Boot damals unterging. Du verräterischer Wurm! Ich hatte dich schon immer in Verdacht, aber sicher bin ich mir erst jetzt!"

„Ich fürchte, dass du dich inzwischen um den Verstand gesoffen hast, Jason", meinte Algernon mit eisiger Ruhe. „Und jetzt sei ein braver Junge und übergib mir die Dokumente."

„Fällt mir nicht ein. Glaubst du, ich hab vor deiner Pistole Angst, wo ich die letzten fünf Jahre andauernd in französische Gewehrläufe schauen musste? Was schert es mich? Na mach schon, drück ab, Algernon, du Feigling. Ich hab doch nichts mehr zu verlieren."

„Führ mich nicht in Versuchung, Jason“, zischte sein Bruder. „Es wäre so schade um dich. Ich bin dein nächster Verwandter, und ich weiß, dass du dein Testament gemacht hast, bevor du in den Krieg gezogen bist. Wenn ich dich umbringe, würde Miranda mein Mündel, und dann fiele mir ihr Vermögen ohnehin in die Hände.“

„Da täuschst du dich aber, mein Freund! Glaubst du etwa, ich war so dumm, ausgerechnet dich zu ihrem Vormund zu ernennen?“ Er lächelte verächtlich. „Nein, mein *Bruder,* als ich in der Armee war, unter Männern, denen ich vertrauen konnte, habe ich verschiedene Änderungen an meinem Testament vorgenommen. Sei ehrlich, Algernon. Gib zu, dass du Richard und Fanny umgebracht und Miranda mit ihnen zu töten versucht hast, dann *schenk* ich dir das Geld.“

Algernon starrte ihn lange an. Sein Herz schlug zum Zerspringen, doch er hatte sich eisern im Griff. Langsam senkte er die Pistole, aber nicht zu Boden. Stattdessen hielt er auf Höhe von Jasons Herzen inne.

„Schöne Grüße an Richard“, murmelte er.

Die Ginflasche fiel zu Boden, der Schuss peitschte, und im aufblitzenden Mündungsfeuer sah man Algernons seelenlose Augen. Jason fiel hintenüber, die Hand gegen die Brust gepresst. Nun ließ Algernon die Pistole sinken.

Keuchend starrte Jason auf die makellos glänzenden Stiefel seines Bruders, während der Viscount über ihn hinwegschritt, zum Sekretär in der Ecke trat, die Klappe öffnete und in den Papieren herumzuwühlen begann.

Jason schwindelte vor Entsetzen ob der unglaublichen Bosheit seines Bruders. Sein erster Gedanke war, dass er jetzt sterben müsse. Gleich darauf verfluchte er sich dafür, dass er Mirandas Erbe damals nicht unter den Schutz des Gerichts gestellt hatte, aber Richard war so überraschend gestorben, und er selbst hatte es damals nicht abwarten können, in den Krieg zu ziehen. Er war davor zurückgeschreckt, sich mit der schwerfälligen Bürokratie einzulassen, und hatte das Geld unter seiner Treuhänderschaft für Miranda investiert.

Sie war in fürchterlicher Gefahr. Wenn Algernon seinen eigenen Bruder kaltblütig erschießen konnte, würde er bei einer illegitimen Nichte auch keine Skrupel kennen. Doch Jason konnte ihn nicht mehr aufhalten, er lag in einer Blutlache auf dem Boden.

„Ah, da haben wir es ja ... Miranda FitzHubert. Ach herrje. Was ist denn das?“ Algernon hielt inne. „Jason, was hast du da bloß gemacht? Na, das ist aber ungünstig.“

Voll Schmerzen blickte Jason auf, als Algernon langsam auf ihn zutrat. Der Viscount legte den Kopf schief und schaute auf ihn herab. Sein Gesicht war nur noch ein verschwommenes Oval, während der Raum um ihn allmählich in Dunkelheit versank. Algernons Stimme klang seltsam gedämpft.

„Du hättest das Geld nicht in ihrem Namen anlegen dürfen, Jason. Wie soll ich das Konto denn jetzt auflösen? Siehst du, was du angerichtet hast? Jetzt muss ich deine kostbare Nichte auch noch loswerden.“

„Nein!“ stieß Jason hervor, doch Algernons glänzende Stiefel entfernten sich schon wieder.

Jason lag am Boden und beobachtete, wie sich sein Blut auf dem Boden ausbreitete und in die schmutzigen Ritzen sickerte. Inmitten des Schreckens wurde ihm klar, dass sein Leben nur noch wenige Augenblicke währen würde, doch zumindest eins, dachte er, habe ich richtig gemacht. Er erinnerte sich an das strenge, gerechte Gesicht des Kriegers, den er zu Mirandas Vormund ernannt hatte – den härtesten, zähsten Mann, den er kannte, den furchtlosen Colonel seines Regiments.

Damien Knight, seit kurzem Earl of Winterley. *Beschütze sie …*

Verzweifelt schickte er diese Botschaft durch die Lüfte an seinen Soldatenfreund. Er wusste, dass er in diesem Fall die richtige Wahl getroffen hatte. Damien Knight war schließlich ein Held.

Um den Mann hatten sich immer schon Legenden gerankt – ein merkwürdiger Glanz, als hätten ihm die Götter ihre Gunst geschenkt, als wäre er nur zu dem Zweck geboren worden, für seinen König zu kämpfen, die Schwachen zu verteidigen und die Unschuldigen zu beschützen. Wie die Ritter aus uralten Zeiten war er ebenso rein im Geist wie wild in der Schlacht. Jason hatte ihm Miranda anvertraut, weil er um die unanfechtbare Ehre des Mannes wusste – er hatte nicht damit gerechnet, dass Damiens erschreckende, fast übermenschliche Kräfte im Kampf ebenfalls ins Spiel kommen könnten.

Während er allmählich das Bewusstsein verlor, empfahl er seine Nichte seinem Freund, denn er selbst konnte nun nichts mehr tun. Er schloss die Augen, da ihm klar war, dass er machtlos gegen die bleierne Schwere war, die seine Glieder überkam.

„Jason?“ erklang Algernons energische Stimme noch einmal verschwommen, als käme sie aus weiter Ferne und wie durch einen leuchtenden Nebel.

Sieh dich vor ihm vor, Knight. Das Einzige, was dir etwas anhaben kann, ist ein Feigling. Und dann löste sich das Bewusstsein auf, und tiefer Friede umfing ihn. Vor ihm leuchtete ein Licht von unbeschreiblicher Schönheit auf. Machtlos, müde und verletzt, ließ er sich davon einhüllen. Tatsächlich kam der Tod als Erleichterung. Der Krieg hatte ihn zerstört, seinen Körper und seine Seele verstümmelt, aber nun verspürte er keine Schmerzen mehr. Er schloss die Augen. *Endlich.*

Er kehrte heim.

1. KAPITEL

Berkshire

Mit hartem Blick schwang Damien Knight, der Earl of Winterley, die Axt über dem Kopf und spaltete das Holzstück dann mittendurch. Wie ein Gewehrknall tönte der scharfe Axtschlag über die verschneiten Felder und scheuchte die schwarzen Krähen auf, die dort herumpickten. Damiens Bewegungen waren flüssig und seine Gedanken herrlich frei, als er die Axt hinlegte, einen seiner dicken Lederhandschuhe zurechtzupfte und dann die beiden Hälften des Holzstückes aufnahm und auf den Haufen stapelte, der in den letzten Wochen zu beinahe übermächtigen Proportionen angewachsen war – als könnte es für das Feuer, das ihn einmal wärmen sollte, gar nicht genug Brennstoff geben. Schließlich rückte er das nächste Holzstück auf dem Baumstumpf zurecht und versetzte auch ihm den tödlichen Schlag.

Dieses Ritual wiederholte er wieder und wieder, konzentrierte sich voll auf seine Aufgabe, gab sich ihr ganz anheim, bis er plötzlich merkte, dass etwas die Aufmerksamkeit seines Hengstes erregt hatte.

Sein weißes Schlachtross war hier draußen sein einziger Gefährte. Das Pferd hatte müßig im Schnee herumgescharrt und an allem Essbaren geknabbert, doch nun hob es den Kopf und drehte die eleganten Ohren zur Auffahrt hin. Damien wischte sich den Schweiß von der Stirn, legte die Hand auf die Axt und blinzelte in das grellweiße Dezemberlicht.

Der Hengst stieß ein angriffslustiges Wiehern aus und trabte zum Zaun, wobei der elfenbeinweiße Schweif wie eine Standarte hinter ihm herflatterte. Einen Augenblick betrachtete Damien sein Pferd voll Freude. Bestimmt war es schon einen Monat her, seit Zeus zum letzten Mal einen Sattel getragen hatte. Anscheinend drängt es uns beide mit Macht zurück zur Natur, dachte er, während er sich den kurzen schwarzen Bart kratzte, der ihm in den letzten Wochen gewachsen war. Wenig überrascht, nur ein wenig besorgt beobachtete er, wie sein Zwillingsbruder Lord Lucien Knight auf seinem andalusischen Rappen die Auffahrt heraufkam.

Zeus trabte auf der anderen Seite des Zauns neben ihnen her und schnaubte dem schwarzen Eindringling Drohungen zu. Zum Glück war Lucien ein sehr guter Reiter und behielt immer die Kontrolle über sein Tier.

Damien stieß einen lauten Seufzer aus, der in der frischen, kalten Luft sofort zu weißem Hauch wurde. Er nahm an, dass sein Bruder gekommen war, um nach dem Rechten zu schauen.

Der Gedanke, jemand könne ihn in seinem augenblicklichen Zustand sehen, behagte ihm nicht, aber zumindest brauchte er seinem scharfsichtigen Zwillingsbruder gegenüber nicht so zu tun, als wäre er noch richtig im Kopf.

Lucien war seit drei Wochen verheiratet und lebte mit seiner Braut Alice in Hampshire, zwei Stunden von Damiens baufälligem Herrenhaus entfernt, das ihm das Parlament zusammen mit dem Earlstitel verliehen hatte. Nicht dass Damien viel über das Leben eines Earl gewusst hätte, stattdessen hatte er eher den Eindruck gewonnen, dass ihn diese

Position zum Diener des Politikerpacks gemacht hätte. Er hob das letzte Holzscheit auf, legte es zu dem Rest und warf dann einen unsicheren Blick auf das heruntergekommene, zugewachsene Herrenhaus. Bayley House war etwa 1760 im Stil eines griechischen Tempels aus weißgrauem Kalkstein errichtet worden, mit einem dreieckigen Ziergiebel auf vier mächtigen Säulen. Damien fand, es sehe einem Mausoleum zum Verwechseln ähnlich.

Im Inneren fühlte es sich auch so an, weite, leere Räume, ohne jede Möbel und so kalt, dass man dort Leichen hätte aufbahren können. Fast hätte er glauben mögen, es spuke in dem Haus, doch wusste er, dass die einzigen Geister dort seine eigenen waren. Er besaß weder genügend Geld, um das Haus richtig auszustatten, noch war ihm sonderlich daran gelegen. Seine Veranlagung war eher spartanisch, er brauchte keinen Luxus.

Als er im November kurz nach dem Guy-Fawkes-Abend hier angekommen war, hatte er einfach sein Lager in der Nähe des Kaminfeuers im einstigen Salon aufgeschlagen. Seine Offiziersfreunde aus der Armee – diejenigen, die überlebt hatten – waren alle zu ihren Familien zurückgekehrt, aber zumindest blieb ihm noch seine Ausrüstung, jene sechzig Pfund Gepäck, die er Hunderte von Meilen durch Portugal und Spanien geschleppt hatte. Die Sachen trösteten ihn. Das verlässliche Zelt, sein zerbeultes Essgeschirr und die hölzerne Wasserflasche, dazu seinen Mantel als Decke und den Rucksack als Kissen, ein Stück Käse, einen Zwieback und eine Wurst, ein paar Zigarren: Viel mehr brauchte ein Soldat nicht zum Leben, höchstens noch Schnaps und Huren, doch das hatte Damien aufgegeben, weil er hoffte, seinem angegriffenen Verstand durch eine streng asketische Lebensweise wieder aufzuhelfen.

Verdammt noch mal, dachte er mit einem sehnsüchtigen Seufzer, die Weiber vermisse ich hundert Mal mehr als den Gin. Lucien konnte seine vornehme Lady behalten, Damien zog Huren vor, die genau wussten, wie man mit einem Soldaten umging. Schon bei dem Gedanken an eine weiche, willige Frau erwachte sein ausgehungerter Körper, doch er ignorierte das heftige Verlangen nach Erlösung und legte die Axt beiseite. Er durfte nichts riskieren, was sein unsicheres Gleichgewicht stören könnte.

Unter den Hufen des Rappen flog der Schnee auf, als Lucien schließlich vor seinem Bruder Halt machte. Er glühte vor Kälte, und aus seinen silbergrauen Augen strahlte das Glück des frisch Vermählten. Einen Augenblick noch blieb er im Sattel sitzen, schüttelte den Kopf und betrachtete Damien. „O mein armer, lieber Bruder", sagte er mit einem leisen Lachen.

„Was?" knurrte Damien finster.

„Was für ein reizender ländlicher Anblick. Du siehst aus wie ein Einsiedler im Wald. Vielleicht Lancelot, nachdem er Mönch geworden war."

Damien schnaubte. „Hat sie dich also aus ihren Fängen entlassen. Wie lang hast du denn Ausgang?"

„Nur so lang, bis meiner holden Gattin einfällt, wie sehr sie mich anbetet. Damit mich bei der Rückkehr ein entsprechendes Willkommen erwartet." Mit wehendem schwarzem Mantel stieg er ab. Wie immer war er elegant und anmutig, ein Diplomat vom Scheitel bis zur Sohle. Lucien überreichte Damien eine Zeitung. „Ich dachte, dich interessiert vielleicht, was in der Welt vor sich geht."

„Ist Napoleon noch auf Elba unter Verschluss?"

„Natürlich."

„Mehr brauche ich nicht zu wissen."

„Na, dann verfeuer die Zeitung eben, obwohl du auf diesem Gebiet ja anscheinend gut versorgt bist. Planst du eine Hexenverbrennung?" Mit schiefem Blick schaute Lucien auf den Riesenberg Holz.

Damien nahm die gestrige Ausgabe der *Times* ohne weiteren Kommentar entgegen.

Lucien musterte seinen Bruder scharf. „Wie geht es dir denn?" erkundigte er sich sanfter.

Damien zuckte mit den Schultern und wandte sich ab, von seiner Besorgnis aus der Fassung gebracht. „Es ist ruhig hier. Das gefällt mir."

„Und?" Lucien wartete darauf, dass er etwas über seine geistige Verfassung sagte, doch Damien wich sowohl der indirekten Frage als auch dem Blick seines Bruders aus.

„Natürlich muss man noch eine Menge Arbeit in das Haus stecken. Zäune müssen repariert werden, und im Frühling wollen wir da ...", er wies auf die Felder, „... drüben Gerste aussäen, dort hinten Hafer und Weizen." Wenn es je wieder Frühling wurde.

„Der Herr schenke mir Geduld. Nun stell dich nicht absichtlich blöd, ich bitte dich. Ich habe dich nicht nach dem Haus gefragt. Ich will wissen, wie es *dir* geht. Ist es dir noch mal passiert, dass ..."

„Nein“, fiel er ihm mit warnendem Blick ins Wort. Er wollte nicht an das schlimme Delirium – oder den Anfall von geistiger Umnachtung oder was immer es auch gewesen war – am Guy-Fawkes-Abend erinnert werden. Schon der bloße Gedanke daran war ihm verhasst. Der Lärm und das Feuerwerk an jenem Abend hatten ihn irgendwie in die Irre geführt, er hatte sich in den Krieg zurückversetzt gefühlt. Minutenlang hatte er jeden Kontakt zur Realität verloren, was schrecklich war bei einem Mann, der zum Töten ausgebildet war.

Als er daran dachte, wie leicht er jemand anderem etwas hätte antun können, gefror ihm das Blut in den Adern. Seit jener Nacht hatte er die Einsamkeit gesucht, und er hatte nicht vor, sich in Gesellschaft zu zeigen, ehe er irgendwie geheilt war und keine Bedrohung mehr darstellte für jene, für deren Schutz er seine Unschuld geopfert hatte, und wieder der unerbittliche Held war, für den die Welt ihn hielt.

Er merkte, wie Lucien ihn auf seine aufmerksame Art musterte. „Hast du immer noch Albträume?“

Damien schaute ihn nur an.

Er wollte es nicht zugeben, aber die schrecklichen Träume voll Blut und Zerstörung suchten ihn jetzt sogar noch häufiger heim, als könnte sich sein wirres Hirn gar nicht schnell genug von all den vergifteten Erinnerungen trennen. Der Zorn in ihm war wie ein froststarrer Fluss, Damien wusste zwar, dass er da war, aber irgendwie konnte er ihn … nicht spüren. Er spürte überhaupt nicht viel. Sechs Jahre in der Schlacht – wo man Angst, Schrecken, Leid einfach ignorieren musste – hinterließen eben solche Spuren.

„Du solltest um diese Jahreszeit wirklich nicht allein sein", meinte Lucien sanft.

„Doch, und du weißt auch, warum." Er wich dem allzu klarsichtigen Blick seines Bruders aus, indem er das Holz ein wenig ordentlicher zusammenschob und sich dann ein paar Rindenstücke von der Lederhose klopfte.

„Zumindest kommst du über Weihnachten zu uns nach London, oder?"

Er nickte entschlossen. „Ja, ich werde da sein." Solange es sich der allzu leutselige Prinzregent verkneifen konnte, wieder ein Feuerwerk in der Stadt zu veranstalten, sah Damien keinen Grund zur Sorge. Weihnachten war ein stilles Fest, er machte sich eher Gedanken wegen Silvester, das ausgelassen und unter großem Lärm, eventuell gar mit Feuerwerk gefeiert wurde. Doch bis dahin wäre er längst wieder in Bayley House. „Möchtest du etwas zu trinken?" erkundigte er sich etwas verspätet.

„Nein, danke." Lucien steckte die Hände in die Taschen seines Mantels, wandte den Blick ab und sah angelegentlich zum Horizont. Er schien zu zögern. „Eigentlich bin ich … aus einem anderen Grund hier, Damien. Es ist nämlich so … ach, verdammt", flüsterte er und schloss die Augen. „Ich weiß nicht, wie ich es dir sagen soll."

Leicht erschrocken ob des bekümmerten Tones, schaute Damien ihn an. Leise Furcht überlief ihn, als er das bleiche Gesicht seines Bruders bemerkte. „Himmel, Lucien, was ist denn?" Damien überließ den Holzstoß sich selbst und ging zu seinem Bruder. „Was ist passiert? Sag es mur bitte, in dieser Minute. Die Familie …?"

„Nein, uns geht es allen gut", erwiderte er rasch, senkte dann den Kopf und stieß mühsam hervor: „Ich war Anfang der Woche in London, und da habe ich es erfahren. Die Stadt spricht von nichts anderem. Es tut mir so verdammt Leid, Damien." Er straffte sich, hob den Kopf und betrachtete seinen Bruder. „Sherbrooke ist tot. Er ist am Mittwochabend ermordet worden."

„Was?" Ihm wurde plötzlich ganz übel, doch konnte er seinen Bruder nur verständnislos anstarren.

„Anscheinend handelte es sich um einen Raubüberfall. Der Eindringling hat ihn in die Brust geschossen. Sobald ich es erfahren hatte, bin ich zu dir aufgebrochen. Ich weiß, dass du nicht in der rechten Verfassung für derartige Neuigkeiten bist, aber ich wollte nicht, dass du es anders erfährst."

Damien hatte das Gefühl, als ob sämtliche Luft aus seinen Lungen wiche. „Bist du denn sicher?" stieß er hervor.

Lucien nickte nur traurig.

„O Gott." Er wandte sich um, ging ein paar Schritte, blieb dann stehen, völlig orientierungslos vor Schock. Schließlich fuhr er sich mit der Hand durchs Haar und blieb einfach stehen, wo er war, weil er keine Ahnung hatte, was er sonst tun sollte. Er starrte auf den trostlosen Himmel, die kahlen Bäume und den kalten, froststarren Fluss, der sich um sein Anwesen schlängelte. Die Sonne hatte sich hinter den Wolken versteckt, und wo vorher der Schnee geglitzert hatte, erstreckte sich nun eine öde weiße Fläche.

Langes Schweigen senkte sich herab.

Hinter ihnen schnaubte der Rappe und scharrte ungeduldig mit den Hufen. Lucien beruhigte das Tier mit ein paar leisen Worten, während Damien still mit sich rang, um vor schierer Verzweiflung nicht in die Knie zu gehen. Er hatte gedacht, sie alle wären nun in Sicherheit. Der Krieg war vorbei. Wie hatte er nur vergessen können, dass der Tod, der unerbittliche Sieger, nicht überwunden war?

Er fuhr herum, das Gesicht vor Zorn verdüstert. „Weiß man schon, wer es getan hat?"

„Nein. Bow Street untersucht den Fall noch. Sie haben eine ganze Reihe von Dieben aus der Gegend in Verdacht. Ich habe mir die Freiheit herausgenommen, einige meiner jungen Assistenten mit dem Fall zu betrauen."

„Danke." Damien wandte den Blick ab. Sein Gesicht war hart und ausdruckslos, doch war er selbst schockiert, wie rasch er die Neuigkeit wegsteckte. Natürlich bin ich inzwischen daran gewöhnt, vom Tod eines Freundes zu erfahren, dachte er voll Bitterkeit. Es galt gewisse Rituale und Formalitäten zu erledigen. Er war Jasons Testamentsvollstrecker. Er hatte Pflichten zu schultern, und daran klammerte er sich nun, um nicht den Verstand zu verlieren.

Seine Männer würden ihn ebenfalls brauchen. Als ihr Colonel oblag es ihm, mit gutem Beispiel voranzugehen, Würde und männliche Selbstbeherrschung zu wahren. Wie damals auf dem Schlachtfeld waren sie auch jetzt darauf angewiesen, dass er in Aufruhr und Chaos fest stand wie ein Fels. Fünf Jahre ihres Lebens hatten sie in blutigem Schrecken verbracht, und plötzlich fanden sie sich benommen im ruhigen alten England wieder, blutbeschmierte Wilde, aus denen auf einmal wieder Gentlemen werden sollten. Mein Gott, wie selbstsüchtig ich doch war, überlegte er und schloss die Augen, sich im Stillen dafür verdammend, dass er sie im Stich gelassen und sich in die ländliche Einsamkeit zurückgezogen hatte, um seine Wunden zu lecken. Wenn er in London geblieben wäre, wenn er sich besser um Sherbrooke gekümmert hätte ... *ich hätte da sein sollen!*

Voll Schmerzen senkte er den Kopf. Dann blickte er auf, und seine Augen waren grau und kalt wie Stein. Als er sprach, klang seine Stimme ausdruckslos. „Vermutlich braucht man mich in London wegen der Beerdigung. Er stand seiner Familie nicht besonders nah."

Besorgt sah Lucien ihn an, versuchte, seine Gedanken zu ergründen. „Ich habe dir noch etwas zu sagen." Er griff in seine Westentasche und zog ein gefaltetes Stück Papier hervor. „Sherbrookes Anwalt hat schon versucht, mit dir in Kontakt zu treten. Ich habe ihm mitgeteilt, dass ich dir das übergebe. Also hat Jason dich nicht nur zum Testamentsvollstrecker ernannt, sondern auch zum Vormund seines Mündels."

„Verdammt, das hatte ich ganz vergessen", murmelte er und nahm den Brief entgegen. Er erbrach das Siegel und strich das Stück Papier glatt. Mit leisem Schauder erinnerte er sich an die Unterhaltung, die sie nach der Schlacht bei Albuera geführt hatten; damals hatte Sherbrooke ihn gebeten, die Vormundschaft für seine kleine Nichte zu übernehmen, wenn er selbst die Säbelwunde und den Verlust des Armes nicht überleben sollte. Damien hatte ihm versichert, dass er dies natürlich tun werde.

Voll Schmerzen fiel ihm wieder ein, wie Sherbrooke dem kleinen Mädchen immer Souvenirs gekauft hatte, wie er ihr aus jeder neu eroberten Stadt irgendetwas schickte, ein Stückchen Spitze, Perlen, bunte Schals, funkelnde Steine, kleine Püppchen, Satinschläppchen.

Wie heißt sie gleich noch mal? Er überflog den Brief. *Yardley, Warwickshire …*

Er kannte das Kind nicht, wusste aber, dass es die uneheliche Tochter von Sherbrookes verstorbenem älterem Bruder und seiner Geliebten, irgendeiner Schauspielerin, war. Vor Albuera hatte Sherbrooke oft von dem lebhaften Kind gesprochen, hatte ihre ernsthaften Kleinmädchenbriefe zum Gaudium der Kameraden in der Offiziersmesse vorgelesen, doch nachdem er den Arm verloren hatte, schien er sie vollkommen vergessen zu haben. Er hatte sich in sich selbst zurückgezogen und trank immer zügelloser.

Ah ja, dachte er. Da stand es ja. *Miranda.*

Wie das Mädchen aus Shakespeares *Sturm.* Ein ganz schön ausgefallener Name für ein englisches Schulmädchen, befand er streng. Zweifellos auf Betreiben der Schauspielerin. Das Kind dürfte jetzt vierzehn oder fünfzehn Jahre alt sein – oder hatte sie dieses Alter schon hinter sich? Er verdrängte die plötzliche Unruhe und steckte den Brief ein.

Der Ruf der Pflicht hatte immer eine elektrisierende Wirkung auf ihn. Als Mann der Tat hatte er sich orientierungslos gefühlt, seit sein Regiment bei Kriegsende aufgelöst worden war. Nun hatte er zum ersten Mal seit Wochen wieder eine Aufgabe. Seine Dämonen waren machtlos, wenn er sich ganz darauf konzentrierte, anderen zu helfen – seinen Männern, seinem neuen Mündel. Er würde nach London eilen, das Begräbnis für Jason ausrichten und seine Männer nach diesem schweren Schlag unterstützen. Lucien mit seiner Erfahrung als Spion des Außenministeriums und er würden Bow Street bei der Ermittlung des Täters unterstützen, und dann würde Damien nach Warwickshire reisen, um das Mädchen persönlich vom Tod ihres Onkels zu unterrichten.

Verdammt, dachte er trübe. Das würde das Schwierigste werden. Lieber hätte er ein paar befestigte Feldschanzen der Franzosen gestürmt, als sich den Tränen eines weiblichen Wesens auszusetzen, egal, wie alt es war, aber ihm blieb ja nichts anderes übrig.

Trübsinnig schaute er zu Lucien, dem redegewandten, sprachkundigen spionierenden Diplomaten. „Wie sagt man einem kleinen Mädchen, das zusehen musste, wie die Eltern ertranken, dass der einzige andere Mensch, der sie auf dieser Welt geliebt hat, nun auch tot ist?“

Lucien zuckte zusammen und schüttelte den Kopf. „Sanft, mein Lieber, sehr sanft.“

„Himmel“, flüsterte Damien und fluchte dann leise. Um Sherbrookes willen schwor er, dem Mädchen von allem das Beste zu verschaffen, auch wenn er dann auf den Erwerb der Stuten verzichten müsste, mit denen er im Frühling seine Rennzucht hatte eröffnen wollen – sein einziger Traum.

Vor allem aber musste er herausfinden, wer den Mord begangen hatte.

„Ich begleite dich nach London, wenn du möchtest“, bot Lucien ihm an.

„Danke“, murmelte sein Bruder und kratzte sich seufzend das Kinn. „Ich muss mich rasieren.“

Ob er nun bereit dazu war oder nicht – es war an der Zeit, der Welt entgegenzutreten.

Warwickshire, eine Woche später

„Das Essen ist einfach grässlich. Ich hasse Miss Brocklehurst. Ich bin doch nicht dazu da, wie eine Sklavin zu arbeiten! Wenn ich bloß *tot* wäre!"

„Ach, Amy, nun hör schon auf zu nörgeln. Ich habe heute dreimal so viel gearbeitet wie du, und jammere ich herum?"

Diese strenge Antwort kam leise hallend aus dem kalten Kamin; von der Sprecherin sah man nur die dunkelrote wollene Schuluniform, ein paar hübsch geformte Unterschenkel in schwarzen Wollstrümpfen und derbe Halbstiefel.

„Aber du musst ja auch die meiste Arbeit machen", erklärte Amy, deren blonde Locken ebenso schlaff herabhingen wie der Staubwedel in ihrer Hand. „Du bist die Älteste. Und die Kräftigste."

„Und *du* die Faulste", erwiderte Miranda FitzHubert, während sie rückwärts aus dem Kamin kroch, einen Rußfleck auf der Nase. Sie stand auf, verzog das Gesicht und drückte das schmerzende Kreuz durch. Dann schob sie die schmollende Zwölfjährige aus dem Weg und wusch ihren Putzlappen in dem Eimer mit schwarzem Wasser aus. „Beeilt euch!" wies sie die müden Mädchen an. „Um fünf muss ich hier verschwinden, und ich rate keiner von euch, mich aufzuhalten." Wieder einmal war der eine zauberhafte Abend im Monat herangerückt, der ihr Leben erträglich machte.

„Ja, Miranda", murmelten die anderen und beugten sich erneut über ihre Arbeit in dem kalten, zugigen Schulzimmer.

Der Großteil der dreißig Schülerinnen war über Weihnachten nach Hause gefahren, doch die vier Mädchen, die im

Augenblick das Schulzimmer putzten – Miranda, Amy, Sally und Jane –, besaßen keine Familie, zu der sie hätten fahren können, und mussten ein elendes Weihnachtsfest auf Yardley verbringen. Es handelte sich um Ausgestoßene – uneheliche Töchter, Waisen, arme Verwandte, von allen ungeliebt und vergessen. In den Ferien trug ihnen Miss Brocklehurst, die Direktorin, Arbeiten auf, vor denen einer Spülmagd gegraut hätte.

„Was meint ihr, was die anderen wohl jetzt gerade machen?" überlegte Sally laut, während sie sorgfältig die Sockelleisten reinigte.

„Ach", seufzte Jane und stieg auf einen Stuhl, um die Wandleuchten zu polieren, „bestimmt backen sie jetzt mit ihren Müttern Plätzchen oder kaufen Geschenke für ihren Papa."

„Wen kümmert, was sie machen? Ich verstehe nicht, warum ihr alle so schlechter Laune seid. Ohne sie ist es hier doch viel friedlicher", meinte Miranda und machte sich dann über den fest gebackenen Schmutz am Kamingitter her.

Die Uhr auf dem Kaminsims tickte unerbittlich weiter. Schon Viertel vor fünf, stellte Miranda fest. Mein Gott, sie würde es nie rechtzeitig schaffen! Um sechs hob sich der Vorhang.

Während sie im Geiste ihren Text zum x-ten Mal wiederholte, verdoppelte sie ihre Anstrengungen und schrubbte den kupfernen Rost, bis sie darin ihre entschlossen blitzenden grünen Augen sehen konnte.

Sie trieb die anderen an, bis sie das Schulzimmer endlich blitzblank geputzt hatten. Dann räumten sie Besen und Bürsten weg. Miranda brachte die laut schwatzende Amy zum Schweigen, als sie am Salon der Direktorin vorbeischlichen, wo Miss Brocklehurst und Mr. Reed, der geizige Geistliche, der die Mädchenschule Yardley gegründet hatte, mit den ekelhaften Damen vom Altarkränzchen Tee tranken.

Die Mädchen stiegen die Treppe zu dem kalten, schmucklosen Schlafsaal im obersten Stockwerk des umgebauten Bauernhofes hinauf. Durch die langen Fenster fiel Mondlicht ins Zimmer. Beschwingt ging Miranda an der langen Reihe von Betten vorbei, bis sie den qualmenden Kamin am anderen Ende des Zimmers erreicht hatte. Ein Blick durchs Fenster verriet ihr, dass die Felder immer noch schneebedeckt waren. Obwohl gerade erst fünf Uhr vorbei war, war es bereits dunkel.

„Woher nimmst du bloß die Energie, Miranda?“ erkundigte sich Jane erschöpft und ließ sich auf ihr Bett fallen. „Du hast geschuftet wie ein Hund.“

„Ich bin viel zu aufgeregt, um jetzt müde zu werden – und zu nervös“, gestand Miranda. Während die anderen Mädchen reglos auf ihren Betten lagen oder sich langsam auszogen, eilte Miranda zum knisternden Feuer und zog den Kessel heraus. Sie füllte ein Bassin mit dampfendem Wasser und entzündete ein paar Binsenlichter.

Wie Glühwürmchen glommen sie in dem dunklen Raum auf, während Miranda sich daran machte, sich zu waschen. Von Minute zu Minute wurde sie aufgeregter. Ob heute Abend viele Leute im Publikum saßen? Sie hoffte, dass das Theater berstend voll wäre. Die Soldaten aus der nahen Kaserne waren immer begeistert von ihr. Manchmal kamen auch die Gäste aus der Poststation, um sich unterhalten zu lassen. Vielleicht wären sogar ein paar fashionable Londoner zugegen. Vielleicht fänden sie, sie sei gut genug, um im Drury Lane aufzutreten!

Sie seifte sich das Gesicht, den Hals und die Hände ein, kratzte den Schmutz unter den Fingernägeln hervor und rieb sich mit dem nassen Waschlappen über die langen, dunklen, welligen Haare, um den Ruß zu entfernen. Müde schauten die anderen Mirandas Prozedur zu, während sie darauf warteten, dass Mrs. Warren, die Köchin, ihnen Tee und altbackenes Brot brachte.

„Ich will auch mitkommen", verkündete Amy trotzig.

„Kommt nicht in Frage."

„Warum nicht?"

„Weil Kinder dort noch nicht reindürfen."

„Aber ich will dich in der Posse singen hören. Und tanzen sehen."

„Pech", erwiderte Miranda energisch, während sie sich auf das nächstbeste Bett plumpsen ließ und die schmutzigen schwarzen Strümpfe abstreifte. Sie stellte die Waschschüssel auf den Boden, stieg mit einem Seufzer des Behagens hinein und setzte sich dann wieder auf den Bettrand. Sie genoss das Fußbad einige Minuten, denn die nächsten sechs, sieben Stunden würde sie ununterbrochen auf den Beinen sein und dabei meistens tanzen.

„Du hast so ein Glück! Das ist einfach nicht gerecht. Ich will auch eine Schauspielerin sein! Du läufst mit Mr. Chippings Truppe davon, und dann sterbe ich!"

„Das würde ich dir nicht antun, Amy."

„Ehrlich nicht?" Das Kind setzte sich neben sie und lehnte den Kopf an ihre Schulter wie eine brave kleine Schwester, dabei funkelten ihre Augen vor Mutwillen.

Miranda lächelte sie an. „Wenn ich davonlaufe, wie soll mein Onkel Jason mich dann finden, wenn er mich holen kommt?" Falls er jemals kommt, fügte sie im Stillen hinzu.

„Darf ich bitte ein bisschen von deinem Rouge?"

„Nein."

„Warum nicht?"

„Amy, du bist erst zwölf."

„Rouge ist etwas Schlechtes", erklärte Sally und richtete sich auf ihrem Bett auf.

Amy grinste sie an. „Na klar. Deswegen nimmt Miranda es ja so gern. Miranda, wenn du mal Schauspielerin in London und reich und berühmt bist, holst du mich dann aus Yardley heraus?"

Miranda beugte sich vor, um sich die Füße zu waschen, so dass ihr das üppige Haar über die Schultern fiel. „Wenn du versprichst, nicht dauernd herumzujammern."

„Bei dir werd ich nichts zu jammern haben!" Amy ließ sich auf dem Tisch an der Wand nieder und baumelte mit den Beinen. „Bei dir gibt es Feste und Bälle und schöne Kleider und hundert Jungen, die alle in mich verliebt sind."

Zweifelnd schaute Miranda sie an und stieg aus dem Fußbad. Gerade trocknete sie sich die Füße ab, als von unten ein Grauen erregender Schrei ertönte. Die Mädchen erstarrten und sahen einander mit großen Augen an.

Amy sprang vom Tisch und begann, panisch herumzuhüpfen. „O nein! O nein!"

Miranda wirbelte zu ihr herum. „Was hast du denn jetzt schon wieder angestellt?"

„Nichts! Ich kann nichts dafür!"

„Amy!"

„FitzHuberrrrrt!" Miss Brocklehursts Schrei gellte die Treppe hinauf, gefolgt von schweren Schritten, welche die Mädchen nur allzu gut kannten und fürchteten.

Verstört starrte Miranda auf die Schlafsaaltür und dann auf das Kind. Amy war ganz bleich geworden und rückte ängstlich von der Tür ab.

„Amy, was ist denn passiert?"

„Ich hab es nicht mit Absicht gemacht."

„Ach, verflixt noch mal, Amy. Was hast du denn jetzt schon wieder zerbrochen?"

Amys riesige blaue Augen füllten sich mit Tränen. „Das blöde Wedgwood-Hündchen."

Entsetzt keuchten die Mädchen auf.

„O nein", wisperte Miranda.

Miss Brocklehursts Tiraden zogen sich gern in die Länge. Möglicherweise kam sie dann nicht mehr rechtzeitig ins Theater. Sie musste in spätestens fünfzehn Minuten aufbrechen, wollte sie nicht den Anfang verpassen. Mr. Chipping hatte ihr die Hauptrolle in *Der Venezianische Schurke* gegeben, der Posse, die an diesem Abend gespielt wurde. Wenn sie ihn nun im Stich ließ, würde er ihr vielleicht nie wieder eine so große Rolle anvertrauen. Er hielt ja jetzt schon alle Schauspielerinnen für verantwortungslos. Darin wollte sie ihn nicht auch noch bestätigen.

„Amy, du musst dich dazu bekennen ..."

„Aber dann verprügelt mich Mr. Reed! Bitte, Miranda, ich hab es doch nicht mit Absicht getan! Ich habe nur abgestaubt, während du frisches Wasser geholt hast. Die Figur ist einfach vom Kaminsims gefallen.“

„Und du hast sie einfach wieder hingelegt?“ rief sie aus.

„Sie ist ja gar nicht richtig zerbrochen, es waren vier oder fünf große Teile. Ich hab sie an den Spiegel gelehnt.“

„Wahrscheinlich hast du dich mal wieder im Spiegel bewundert!“

„Nein, hab ich nicht, ehrlich nicht! Ich hab gedacht, niemand würde es merken. Oder dass Miss Brocklehurst vielleicht glauben würde, sie hätte das Hündchen selbst zerbrochen, wenn sie es beim nächsten Mal hochgehoben hätte. Bitte, Miranda, du musst mir helfen! Die bringt mich sonst um!“ schrie das Kind außer sich. „Bitte!“

„Verflixt und zugenäht!“ schimpfte Miranda und fuhr herum, als die Tür aufflog. Sie spannte sich an, bereit zum Kampf.

Miss Brocklehurst ragte in der Tür auf. Die Kerze, die sie in der Hand hielt, beleuchtete ihr strenges, männliches Gesicht, das vor Zorn noch härter geworden war. „FitzHubert!“ Anklagend streckte sie ihrer Schülerin die andere Hand entgegen, in der sie das enthauptete Porzellanhündchen hielt. „Du böses, grausames Mädchen! Ich weiß gut, dass du mich hasst, aber das – das geht zu weit!“

Miranda rief all ihre Schauspielkünste zu Hilfe und zwang sich, den Kopf zu senken. Sie verschränkte die Hände im Rücken, bis sie aussah wie die Reue in Person. „Es tut mir leid, Madam. Es war ein Versehen.“

„‚Es tut mir leid, Madam. Es war ein Versehen'", ahmte sie die Direktorin gehässig nach. „Glaubst du etwa, du kommst mir so leicht davon?" Empört trat Miss Brocklehurst in den Schlafsaal und stellte die Kerze am Tisch ab. „Du böses, stolzes, ungebärdiges Mädchen! Ich habe mich bemüht – so bemüht –, aus dir etwas Rechtes zu machen, aber aus dir wird nie etwas!"

Trotzig hob Miranda den Kopf. Ihre grünen Augen blitzten. *O doch!* Vielleicht war sie ja böse, stolz und ungebärdig, aber aus ihr würde *doch* etwas werden! Sie würden schon alle sehen. Sie wusste genau, was sie wollte, sie hatte Träume, die sie sich nie nehmen ließe. Träume, die sie weit, weit fort von hier brachten.

„Hör auf, mich so anzustarren, Mädchen", warnte Miss Brocklehurst, doch Miranda war zu zornig, um ihr zu gehorchen. Rebellisch starrte sie die Direktorin an.

Klatsch!

Der Schlag traf sie völlig unvorbereitet. Ihr Kopf flog zur Seite, und Amy unterdrückte einen Schrei, indem sie sich beide Hände vor den Mund presste.

Nachdem sie sich etwas erholt hatte, bot Miranda frech die andere Wange – wie eine wahre Christin.

Finster schaute die Direktorin sie an, schlug sie aber nicht noch einmal. „Du freches Stück. Heute Abend bekommst du kein Essen, und morgen und übermorgen Abend auch nicht. Ich krieg dich schon noch klein! Und dann wirst du die Nachttöpfe leeren – die nächsten zwei Wochen! Dann wollen wir doch mal sehen …"

O nein! Angewidert verzog Miranda das Gesicht.

„Miss Brocklehurst, gestatten Sie, dass ich mich einmische“, ertönte eine näselnde Stimme von der Tür.

Miranda versteifte sich und wurde blass. Aufgeblasen wie immer, kam Mr. Reed in den Schlafsaal geschlendert. Vermutlich freute sich der Geistliche über diese Gelegenheit, die Mädchen im Hemd zu betrachten.

Aufkeuchend griff Jane nach ihrem Kleid, und Sally kroch eiligst unter die Decken, während er die Mädchen in Augenschein nahm. Schließlich blieb sein Blick an Amy hängen.

Miranda gefror das Blut in den Adern. „Ich habe gesagt, dass es keine Absicht war“, rang sie sich ab, um die Aufmerksamkeit des Geistlichen auf sich zu lenken.

Warnend schaute er sie an. „Was fällt dir ein, FitzHubert? Man spricht erst, wenn man gefragt wird.“

Voll Verachtung hielt sie seinem Blick stand. Schlimmer noch als Miss Brocklehursts Bosheit und Tyrannei war Mr. Reeds Unfähigkeit, die Hände bei sich zu behalten. Und wenn jemand zu bestrafen war, griff er besonders gern zur Birkenrute. Es war schon wieder Wochen her, seit er zum letzten Mal Prügel ausgeteilt hatte. Miranda schluckte, da sie das Schlimmste befürchtete.

„Diese Ausflüchte beweisen, dass deine moralische Entwicklung zu wünschen übrig lässt“, meinte er und schlenderte lässig auf sie zu, die bleichen, langfingrigen Hände an der Seite. Er hatte schütteres Haar, eine knochige Nase und unruhige Augen, und seine große, magere Gestalt und die gebeugte Haltung verstärkten noch den Eindruck der Heimlichtuerei, den er erweckte. „Bist du vielleicht auch noch stolz auf diesen mutwilligen Akt der Zerstörung, FitzHubert?“

„Stolz ist die schon von Haus aus“, sagte Miss Brocklehurst verächtlich.

„Hm, ja, die Eitelkeit. Bist du etwa stolz darauf, weil die Männer dich für schön halten könnten?“ Sein Blick glitt über ihren Körper, ihr Gesicht. „Vielleicht hast du ja vergessen, dass Stolz zu den sieben Todsünden zählt? Der Stolz hat bereits einen der Erzengel zu Fall gebracht.“

„Seit Jahren versuche ich schon, ihr dieses Laster auszutreiben“, verkündete Miss Brocklehurst nickend.

„Ich ebenfalls, Madam, ich ebenfalls. Leider muss ich feststellen, dass wir beide gescheitert sind“, erklärte er, während er Miranda mit lüsterner Bosheit musterte. „Zusätzlich zu Miss Brocklehursts Anordnungen wirst du morgen nach dem Elf-Uhr-Gottesdienst in mein Büro kommen, wo ich dich ... bestrafen werde.“

Miranda zuckte zurück und schloss die Augen, aber sie verzichtete auf jeden Einwand. Widerspruch würde es nur noch schlimmer machen. Es ist nicht schlimm, redete sie sich ein. Sie hatte die Demütigung und die Schmerzen einer Tracht Prügel schon öfter überstanden. Hauptsache, Amy war wieder gerettet – und sie kam rechtzeitig zur Vorstellung. Wenn sie heute Abend ihren Traum ausleben konnte, würde sie die Sache morgen auch überstehen.

Als sie Amy weinen hörte, befürchtete sie schon, das Mädchen könnte vor lauter schlechtem Gewissen gestehen. Sie warf dem Kind einen scharfen Blick zu. *Halt den Mund.*

Sosehr sie Miss Brocklehurst verachtete, sosehr sie Mr. Reed verabscheute, verfluchte sie in diesem Augenblick doch vor allem ihren Onkel Jason, der sie einfach ihrem Schicksal überlassen hatte und in den Krieg gezogen war. Dafür verachtete sie ihn.

Von wegen Vaterlandsliebe, dachte sie. Er war gegangen, weil es ihn nach Abenteuern verlangte, und hatte sie bestimmt längst vergessen. Er hatte sie im Stich gelassen, seine illegitime Nichte, und nun hing sie zwischen zwei Welten, war weder von Adel wie ihr Vater noch eine gefallene Frau wie ihre Mutter. Kaum dass er ihr Schulgeld rechtzeitig bezahlte, wie Miss Brocklehurst ihr immer wieder unter die Nase rieb. Sie war wenig besser als ein Waisenkind, abhängig von der Wohlfahrt anderer, und das demütigte sie fast noch mehr als die Prügel. Sie schloss die Augen und versuchte, sich von alldem nicht erdrücken zu lassen. Dabei half ihr nur der Gedanke daran, wie sie das letzte Mal auf der Bühne gestanden hatte.

Sie versuchte, sich an die Gesichter der Leute zu erinnern, die sie voll Freude und Bewunderung angeschaut hatten. Natürlich wusste sie, dass ausgelassene Darbietungen des Provinztheaters kaum als richtiges Theater galten; Mama hätte sicher angewidert die Nase gerümpft. Das Theater hier war auf ein ganz anderes Publikum zugeschnitten – keine Aristokraten, sondern die Arbeiter aus Birminghams Fabriken und die Soldaten aus der Kaserne. Miranda war es egal. Selbst wenn es sich um ein drittklassiges Tourneetheater handelte – sobald die Scheinwerfer leuchteten und der Applaus aufbrandete, wurde sie eine andere Person, eine schöne, sorglose Person, die alle anderen glücklich machte, so wie ihre Mutter. Sie brachte die Leute zum Lachen, sorgte dafür, dass sie ihre Kümmernisse vergaßen, und wenn sie ihr Beifall klatschten, zujubelten oder ihr sogar Blumen zuwarfen, fühlte sie sich für einen flüchtigen Moment wie jemand, der geliebt wurde.

Dies war die beste Art, wie sie jene seligen Kindertage in der privilegierten Welt ihres Vaters wieder aufleben lassen konnte, als sie ein kleines Mädchen gewesen war und ihre wunderbaren, liebevollen Eltern mit Liedern und Tänzchen unterhalten hatte. Damals war das Leben voll Sicherheit und Wärme gewesen. Wie sehr sie einander geliebt hatten, ihr eleganter Vater und ihre lebenssprühende Mutter! Wenn sie doch bloß verheiratet gewesen wären, überlegte sie elend. Wenn sie heute Abend doch nur mit der Theatertruppe davonlaufen könnte und nie nach Yardley zurückkehren müsste, wo sie doch nur missbraucht, geschlagen und verletzt wurde!

Aber sie wusste, was dann mit Amy geschehen würde. Sie hatte gesehen, wie Mr. Reed das hübsche Mädchen beobachtete, wenn er dachte, dass keiner hinschaute. Miranda hatte es sich zur Aufgabe gemacht, dafür zu sorgen, dass er Distanz wahrte, denn sie war die Einzige, die sich ihm entgegenzustellen wagte. Selbst wenn Mr. Reed und Miss Brocklehurst sie systematisch zu brechen versuchten, weigerte sie sich, das kleine Mädchen im Stich zu lassen, wie sie selbst im Stich gelassen worden war.

Nachdem sie die Strafe verkündet hatten, stolzierten Mr. Reed und Miss Brocklehurst in erhabenem Schweigen hinaus. Als die Tür hinter ihnen ins Schloss gefallen war, breitete sich im Schlafsaal ein furchtbares Schweigen aus.

Nur Amys leises Weinen war zu hören. Dann knurrte Mirandas Magen vernehmlich, worauf Amy noch lauter weinte.

„Du kannst mein Abendessen haben, Miranda. Es ist alles meine Schuld …“

„Ach, sei still, Amy. Es macht nichts. Das Essen ist ohnehin ungenießbar.“ Rasch wandte Miranda den Kopf ab, um die Tränen in ihren Augen zu verbergen. Sie kniete sich neben ihr Bett, griff unter die Strohmatratze und zog vorsichtig ihr Kostüm hervor. Sie hielt es hoch und betrachtete es voll Ehrfurcht. Es war so schön, dass ihr das Herz weh tat, aus hauchfeinem Musselin in zartem Lavendelblau, mit silbernen Pailletten besetzt.

Die anderen Mädchen scharten sich um sie und starrten das Kostüm in andächtigem Schweigen an, als wäre es ein Wunderwerk aus einer anderen Welt. Es war ein Kleid für eine Märchenprinzessin, eine Elfenkönigin, ein Feenkind, das zwischen Alltags- und Anderswelt stand und weder in die eine noch in die andere gehörte. Miranda schüttelte den Gedanken ab. Nachdem sie sich bereits gewaschen hatte, streifte sie sich rasch das fleischfarbene Trikot über, das all die Tänzerinnen und Schauspielerinnen unter ihren Kostümen trugen, und schlüpfte dann in das ärmellose Musselinkleid. Sofort fühlte sie sich wie verwandelt.

Dann eilte sie zum Spiegel und bändigte das volle, wellige Haar mit einem passenden lavendelblauen Band. Sie rieb sich etwas Rouge auf die Wangen und holte dann die paillettenbesetzten Satinschühchen unter dem Bett hervor. Allerdings zog sie sich die schweren Halbstiefel an, da sie noch einen weiten Weg vor sich hatte.

Verdrießlich beobachtete Amy, wie Miranda den Mantel über das dünne lavendelblaue Kleidchen zog. Miranda schenkte dem Kind ein strahlendes Lächeln und hoffte, es wirke unerschrocken. Amy lächelte matt zurück und öffnete das Fenster für sie. Jane stand schon auf einem Stuhl und legte das Seil, das Miranda sich als Strickleiterersatz besorgt hatte, über einen der frei liegenden Dachbalken.

Prüfend schaute sie jetzt aus dem Fenster, stieg auf das Fensterbrett und ergriff das Seil. Kurz darauf glitt sie am Gebäude nach unten, und dann knirschte der Schnee unter ihren Füßen.

Sie winkte den Mädchen, damit sie das Seil wieder aufrollten; und dann warf Amy ihr die Tanzschläppchen nach. Unglücklich winkte ihr das Mädchen nach.

„Vergiss nicht, mir später, wenn alle schlafen, die Küchentür aufzusperren", flüsterte Miranda nach oben.

Amy nickte und winkte. „Hals- und Beinbruch!"

Miranda warf ihr noch eine Kusshand zu, hob ihre Schuhe auf und eilte davon. Der Wintermond schien auf das verschneite Dach der Schule, die drei Meilen außerhalb von Birmingham lag, in Sichtweite des River Cole und des Warwick-Kanals. Es war ein alter, weitläufiger Bauernhof aus grauem Stein mit Schieferdach und weiß gestrichenen Fensterläden. Und dann blieb die Schule mit all ihrem Elend im Dunkeln zurück, während Miranda über die Felder hastete.

Der Dezemberabend war so still, dass man das Gefühl hatte, als hielte die Welt den Atem an. Zwar war es sehr kalt, aber der Mond und die Sterne glitzerten ganz zauberhaft auf der weißen Schneedecke. Die einzigen Geräusche waren Mirandas Keuchen und ihre hastigen Schritte. Der weiße Hauch strömte wie ein Brautschleier hinter ihr her.

Sie sah ein paar Rehe, die auf Futtersuche im Schnee herumscharrten. Dann lief ihr ein aufgescheuchter Hase über den Weg. Endlich erreichte sie die verlassene Landstraße und wandte sich nach links. Ein paar Minuten später schlitterte sie über die Brücke, die sich über den River Cole spannte. Sie hasste Brücken. Nachdem sie hatte mit ansehen müssen, wie ihre Eltern ertrunken waren, wollte sie nie mehr mit größeren Wasseransammlungen zu tun haben. Jenseits der Brücke wurde ihr kleines Abenteuer wie üblich richtig gefährlich. Auf dem Anger flackerten die Feuer der Landstreicher. So rasch sie konnte, rannte sie daran vorbei. Das Lager hieß Mud City.

Es war Birminghams Schandfleck – ein immer größer werdendes Elendsquartier voller Bettler, Taschendiebe, Räuber und jeder erdenklichen Sorte Schurken. Sie hatten ihr Lager einfach auf dem Anger aufgeschlagen und Bürgermeister und Stadtväter so eingeschüchtert, dass diese ihnen den Aufenthalt gestattet hatten. Die Soldaten waren nebenan kaserniert, um die Verbrechergestalten im Zaum zu halten. Miranda wusste, dass es unvorsichtig von ihr war, so nah an diesem Viertel vorbeizulaufen, aber sie war spät dran, und es war der schnellste Weg ins Theater. Und kalt war ihr auch. Außerdem wurde ihr nicht so schnell bange.

Als sie sich dem Theater näherte, sah sie innen die Gaslichter brennen. Ihr Herz schlug vor Vorfreude. Vor dem Theater drängelten sich die Leute, größtenteils Männer, die Schlange standen, um ein Billett zu ergattern, oder vor dem Hineingehen noch ihre Zigarre zu Ende rauchten. Sie rannte an ihnen vorbei, wobei ihr zahllose anzügliche Blicke zugeworfen und diverse unsittliche Anträge gemacht wurden, was sie ihrem Publikum nicht weiter verübelte, da sie schließlich wusste, wie die meisten Mädchen ihre Gage aufbesserten.

Sie rannte die Holztreppe hinauf. Ihr Herz klopfte zum Zerspringen. Dieser Abend war irgendwie etwas Besonderes, das spürte sie. Kurz darauf betrat sie mit strahlendem Lächeln die Garderobe.

„Miss White!" begrüßten sie die Schauspieler, sie mit ihrem Bühnennamen ansprechend. Ihren echten Namen wagte sie nicht zu benutzen, denn ihr Onkel Jason würde sie erwürgen, wenn er etwas von ihrer Schauspielerei erfuhr.

„Du kommst spät! Wir haben uns schon Sorgen gemacht", meinte der Clown.

„Aber ich würde euch doch nie im Stich lassen, meine Lieben", erwiderte sie munter und stupste seine rote Wachsnase. Dann legte sie den groben Wollmantel ab.

„Hallo, meine Schöne", sagte Stefano, der männliche Hauptdarsteller, und schlenderte mit verführerischem Lächeln auf sie zu.

Miranda tat seinen flirtenden Blick mit einem Lachen ab und zog sich ihre schneeverkrusteten Stiefel aus. In dem Moment kam Mr. Chipping herein. Der lebhafte kleine Glatzkopf war der Manager der Theatertruppe, die beständig zwischen Birmingham, Coventry, Leicester und Nottingham tingelte.

Mr. Chipping hatte schon oft beteuert, dass ihr als Tochter der international berühmten Fanny Blair der Theaterhimmel offen stünde, wenn sie nur wollte. Er hatte ihr schon die Rolle der jugendlichen Heldin angeboten, damit sie dann eines Tages zur Hauptdarstellerin aufsteigen könnte, genau wie ihre Mutter am Lyceum Theatre in London, wo ihr Vater sie zum ersten Mal zu Gesicht bekommen hatte. Mr. Chippings Miene leuchtete auf, als er Miranda sah.

„Ah, da ist sie ja! Mein Liebling, mein teures Kindchen, mein kleiner Stern! Und keine Sekunde zu früh! In zehn Minuten bist du an der Reihe."

„Ich kann es kaum erwarten!" Sie umarmte den kleinen Mann und drückte ihn fest. Da sie etwas größer als er war, konnte sie ihm ein Küsschen auf den Glatzkopf hauchen. „Ich bete Sie an, Mr. Chipping. Ich bin so glücklich! Danke, dass Sie mir diese Chance geben!"

Er lachte und zwinkerte gutmütig mit den Augen. „Gern geschehen, mein Liebes. Ich weiß, dass du mich nicht enttäuschen wirst." Er wandte sich an die anderen Schauspieler. „Viele Leute haben es um Weihnachten herum ein bisschen schwer. Wir wollen heute unser Allerbestes geben." Er fasste Miranda um die Taille, womit er sie aus ihrer kurzen Gedankenverlorenheit aufstörte. Sie konnte sich nicht vorstellen, dass es jemanden gab, der Weihnachten noch mehr hasste als sie. Für sie war es der schmerzlichste Tag im ganzen Jahr. „Bist du bereit, mein Mädchen?" fragte Mr. Chipping fröhlich.

Mit dramatischer Geste warf sie die langen Haare über die Schulter zurück und setzte ihr strahlendstes Lächeln auf. „Aber immer!"

2. KAPITEL

Damien trabte die mondbeschienene Straße von Stratford entlang und kam abends gegen sieben in Birmingham an. Er zügelte das Pferd, bis es nur noch Schritt ging, als sie die Bradford Street erreichten, und schaute sich neugierig in der aufblühenden Stadt um.

Bei Jasons Beerdigung in London war alles glatt gegangen, doch Damien war vor Ungeduld beinahe wahnsinnig geworden, weil Bow Street niemanden verhaftete. Nicht einmal konkrete Anhaltspunkte hatten sie! Lucien hatte ihn schließlich dazu gebracht, die Untersuchung den Behörden zu überlassen und stattdessen seinem Mündel die traurige Nachricht zu überbringen – die Aufgabe, vor der Damien am meisten graute. Trotzdem, vielleicht waren die Tränen des kleinen Mädchens immer noch leichter zu ertragen als abzuwarten, dass endlich etwas geschah.

Gerade ritt er auf das eindrucksvolle Royal Hotel in der Temple Row zu. Dort wollte er sich ein Zimmer nehmen. Als er das Gasthaus erreicht hatte, stieg er ab und trat ein. Der Wirt wurde blass vor Ehrfurcht, als er Damiens Unterschrift im Gästebuch las. Sofort gab er ihm das beste Zimmer und versicherte ihm, die Rechnung ginge auf Kosten des Hauses, doch Damien lehnte ab. Er wollte zahlen wie jeder andere Gast. Die Küche schickte ihm ein üppiges Dinner in seine Suite.

Nachdem er das Essen wie ein hungriger Wolf verschlungen hatte, trat er ans Fenster und ließ seinen Blick über die Lichter der Stadt und die dunklen Felder dahinter schweifen.

In den Glasscheiben spiegelte sich geisterhaft sein bleiches Gesicht. Sehnsüchtig sah er über die Schulter zum Bett. Er hatte sich selbst so satt, und er sehnte sich so nach körperlicher Liebe.

Jetzt, wo er sich wieder in die Welt begeben hatte, konnte er kaum glauben, dass es sechs Wochen her war, seit er zum letzten Mal bei einer Frau gelegen hatte. Im Hotel war es zwar nicht gestattet, sich Huren aufs Zimmer kommen zu lassen, aber, zum Teufel, er war schließlich Colonel Lord Winterley. Bestimmt würde das Personal beide Augen zudrücken, wenn der Kriegsheld sich in dieser kalten Nacht von einem Mädchen das Bett wärmen lassen wollte.

Nein, dachte er nach einem Moment streng. Disziplin. Keine Frauen. Keinen Schnaps. Disziplin war alles. Er stieß sich vom Fenster ab und begann unruhig im Zimmer herumzugehen. Nein, er durfte der Versuchung nicht nachgeben. Sosehr er sich auch nach Berührung sehnte, er konnte es nicht riskieren, seinen Gefühlen freien Lauf zu lassen, er musste weiterhin strenge Selbstbeherrschung üben. Das Problem war, dass er sich nicht mehr auf sich verlassen, seine eigenen Reaktionen nicht mehr einschätzen konnte. Er würde einer Frau nie absichtlich etwas antun, aber wenn er wieder den Verstand verlor und sich völlig unbeabsichtigt gegen sie wandte? Nach dem, was am Guy-Fawkes-Abend geschehen war, wagte er es nicht mehr, sich auf irgendetwas einzulassen, was das Monster in ihm wecken könnte. Genau das könnte passieren, wenn er der Leidenschaft die Zügel schießen ließ. Da verzichtete er besser ganz. Er wollte unter allen Umständen die Kontrolle bewahren.

Mit einem tiefen Seufzer stemmte er die Hände in die Hüften. Die Nacht war noch jung – vielleicht brauchte er sich ja nicht vollkommen abzuschotten. Es hätte ihm gut getan, bei Jasons Beerdigung auf die anderen Offiziere zu treffen. Er wusste, dass sein guter Freund Lieutenant Colonel George Morris in Birmingham stationiert war. Er beschloss, ihm einen Besuch abzustatten. Das konnte nichts schaden. Rasch legte er die Reisekleidung ab und zog die Uniform an, wobei er Galadegen und Pistole allerdings zurückließ. Zwar fühlte er sich irgendwie nackt, so ganz ohne Waffen in einer ihm fremden Stadt, doch war es für die übrige Welt sicherer, wenn er sie nicht mit sich herumtrug. Bei dem Gedanken, den guten alten Georgie wiederzusehen, hob sich seine Stimmung. Beschwingt eilte er die Treppen hinunter, fragte, wo die Kasernen lagen, und machte sich auf den Weg.

Die wachhabenden Offiziere hießen ihn derart begeistert willkommen, dass ihm vor Verlegenheit die Röte in die Wangen stieg. Barsch erkundigte er sich nach Morris.

„Der ist in die Stadt, im Pavillon, um sich die Vorstellung anzuschauen“, erwiderte ein Offizier.

„Im Pavillon?“ wiederholte Damien.

„Das Theater weiter unten an der Straße. Die Truppe kommt einmal im Monat. Was anderes kann man hier auch nicht anfangen.“

„Dort gibt ’s die hübschesten Ballettmädchen weit und breit“, erklärte der Sergeant grinsend.

Damien starrte ihn an, schluckte. „Ballettmädchen?“

„Ja, Colonel. Ich könnte einen Burschen runterschicken, um Colonel Morris zu holen.“

„Nein, ich, äh, ich gehe lieber selbst“, entgegnete Damien vorsichtig, schon halb auf dem Weg zur Tür.

„Viel Vergnügen!“ riefen sie ihm lachend nach und zwinkerten einander viel sagend zu.

Ein paar Minuten später betrat Damien das helle, laute Pavillon-Theater und blinzelte im strahlenden Licht, das die drei an der Decke hängenden Kronleuchter verbreiteten. Der Boden war mit Stroh bestreut worden, das den vom Publikum hereingetragenen Schneematsch aufsaugen sollte. Es raschelte unter Damiens Schritten, als er das berstend volle Theater durchmaß. So viel buntes Durcheinander war er nicht mehr gewohnt, es machte ihn nervös.

Er blieb stehen, den Rücken zur Bühne gewandt, und hielt in den beiden hufeisenförmig angelegten Rängen nach seinem Freund Ausschau. Er hatte gehofft, Colonel Morris sofort an seiner Uniform zu erkennen, doch bestand mindestens ein Drittel des Publikums aus Rotröcken. Stirnrunzelnd suchte er alle Gesichter ab, während er gleichzeitig einen Bierverkäufer abwehrte und nicht auf den Mantel-und-Degen-Helden achtete, der auf der Bühne stand. Als er dann aber *ihre* Stimme hörte, wurde er aufmerksam.

Sie hatte keinen schrillen Sopran, sondern eine weiche Altstimme, warm und sinnlich wie Samt. Der rauchige Klang berührte ihn derart, dass er ganz still wurde. Von seinem Stehplatz sah er, dass die Stimme auf die anderen dieselbe beruhigende Wirkung ausübte. Interessiert drehte er sich herum, erblickte die Sängerin, und ihm blieb der Mund offen stehen.

Wie geblendet betrachtete er die statuengleiche Gestalt der jungen Schönheit. Verdammt, dachte er, sie besteht nur aus üppigen Kurven. Vage war er sich ihrer dunkelbraunen Haare bewusst, die ihr über die Schultern fielen, doch war er so fasziniert von dem dünnen Kostüm, den vollen Brüsten und den schwellenden Hüften, dass es ein paar Minuten dauerte, ehe sein verlangender Blick ihr Gesicht erreicht hatte.

Doch dann hatte er den Eindruck, als setzte sein Herzschlag aus. Lieber Himmel! Sie war atemberaubend schön. Ein Engelsgesicht, das zu der himmlischen Stimme passte. Wie Rosen auf Schnee, dachte er. Rubinrote Lippen, cremeweißer Teint, smaragdgrüne Augen. Die ausgeprägte Schönheit sah aus wie Anfang zwanzig. Eilig borgte er sich von einem Zuschauer ein Programm und suchte nach dem Namen der Heldin, die in *Der Venezianische Schurke* spielte.

Miss White. Hoffentlich nicht ebenso rein.

Natürlich war das nicht ihr richtiger Name. Sie legten sich immer einen Bühnennamen zu, das wusste er aus seiner reichhaltigen Erfahrung mit ihresgleichen. Ganz benommen ließ er sich auf dem nächstbesten Sitz nieder und verfolgte wie gebannt das Geschehen auf der Bühne.

Er vergaß all seine Probleme. Sie war eine wahre Augenweide und spielte ihre Rolle fröhlich, sicher und mit beißendem Witz. Mit einem einzigen Hüftschwung konnte sie bei den Männern im Publikum wahre Begeisterungsstürme entfesseln, worüber Damien schmunzelnd den Kopf schüttelte. Doch wenn sie lächelte, war auch er wie entrückt. Als das Singspiel vorüber war, zog er eine finstere Miene, denn ohne Miss White war die Bühne wie eine Wüste. Er sank im Sitz zusammen und begann, ungeduldig mit den Knien zu wippen. Schließlich kaufte er sich einen Krug Bier und schaute den Akrobaten zu. Er fand ihre Windungen völlig überflüssig, doch verschaffte ihm ihr Auftritt Zeit zum Nachdenken. Als sie die Bühne schließlich verließen, hatte er einen Entschluss gefasst.

Er musste sie haben. Zum Teufel mit der Enthaltsamkeit. Er war auch nur ein Mann. Einer seiner besten Freunde war gerade gestorben. War das etwa keine hinreichende Entschuldigung dafür, bei einer Schönen der Nacht Trost zu suchen? Er würde das Zusammentreffen so kurz wie möglich halten, die Kerzen dabei brennen lassen – verflixt, er würde ihr sogar eine Waffe geben, wenn sie sich damit vor ihm schützen könnte –, aber wenn er sie nicht bekäme, würde er sterben.

Im Geist hatte er bereits alles arrangiert. Morgen früh würde er sein Mündel in Yardley besuchen, am Nachmittag dann Colonel Morris in der Kaserne. Heute Nacht jedoch bestand seine einzige Aufgabe darin, diese üppige Kreatur in sein Hotel und direkt in sein Bett zu locken.

Sicher wird die Konkurrenz groß, dachte er. Zweifellos hatte sie jede Menge Bewunderer, aber er war bereit, mehr zu zahlen, als er sich eigentlich leisten konnte, und sogar seinen neuen Titel ins Spiel zu bringen, wenn er sie damit beeindrucken könnte.

Als Nächstes tauchte sie bei den Tänzen im großen Finale auf, mit dem die Abendunterhaltung beschlossen wurde. Auf der Bühne tanzten etwa ein Dutzend junge Mädchen, aber er konnte die Augen nicht von der dunkelhaarigen Schönen abwenden. Wie verzaubert saß er da, erfüllt von wachsendem Begehren und Verlangen. Während er das Mädchen von Ferne musterte, freute er sich schon darauf, jede Kurve ihrer Gestalt, ihres Gesichts mit Händen und Lippen zu erkunden. Sie hatte ein energisches Kinn und dunkle, scharf gezeichnete Augenbrauen, die sich deutlich von ihrem cremeweißen Teint abhoben und ihrem Gesicht etwas Mutwilliges verliehen. Ja, sie hatte den Teufel im Leib – und ihm gefiel nichts besser als ein freches Mädchen im Bett.

Er war enttäuscht, als der Tanz zu Ende war und die Tänzerinnen von der Bühne eilten, ehe sie mit dem Rest des Ensembles zurückkehrten, um den Beifall entgegenzunehmen. Irgendwie wurde Miss White noch schöner, als die Menge applaudierte. Anmutig streckte sie die Hände aus und knickste dann wie vor einer königlichen Hoheit. Als sie sich wieder aufrichtete, ließ sie den Blick langsam über das Publikum schweifen.

Staunend sah Damien, dass in ihren Augen Tränen glänzten, was nicht recht zu ihrem strahlenden Lächeln passen wollte. *Für diesen Moment lebst du, meine Schöne, nicht wahr?* Sie schien die warme Zuneigung der Menge aufzusaugen wie eine Rose den Sonnenschein. Ganz still saß er da, den Kopf auf die Hände gestützt, und plötzlich hatte er das Gefühl, dass sein Herz, das er längst tot geglaubt hatte, für dieses Mädchen zu schlagen begann. Ihr Gesicht war so ernsthaft. Er überlegte, wie er sich ihr wohl am besten näherte, als ihr Blick plötzlich auf ihn fiel – und hängen blieb. Quer durch das Theater schauten sie einander an, und es verschlug ihm den Atem.

Damien konnte sich nicht mehr rühren, sein Herz hämmerte wie wild, so groß war der Zauber ihrer wunderschönen, smaragdgrünen Augen.

Plötzlich wandte sie den Blick ab, während ihr die Röte in die Wangen stieg. Doch falls er sie aus der Fassung gebracht hatte, erholte sie sich rasch wieder, warf der Menge noch eine letzte Kusshand zu und eilte dann mit kleinen grazilen Schritten von der Bühne.

Der Vorhang fiel, die Jagd begann.

Schon war er auf den Beinen und kämpfte sich nach draußen. Er konnte sich nicht erinnern, wann er zum letzten Mal bei einem Mädchen gelegen hatte, das noch erröten konnte.

Eilig wichen ihm die Leute aus, wenn sie ihn kommen sahen, den lodernden Blick auf den Bühneneingang gerichtet, als handelte es sich dabei um eine spanische Festung, die es zu erobern galt. Als er bemerkte, dass ein Mann nach dem anderen dort zurückgewiesen wurde, begann er grimmig zu lächeln.

Vielleicht waren die anderen bereit, sich mit einem Nein zufrieden zu geben, aber er würde sich nicht aufhalten lassen. Er ließ die anderen am Haupteingang stehen und machte sich auf die Suche nach irgendeiner Hintertür.

Ebenso erschöpft wie erfrischt von dem sechsstündigen Auftritt, nahm Miranda die drei Shilling Abendgage entgegen, verabschiedete sich von Mr. Chipping und der Truppe und verließ die Garderobe, in der Hand die letzten Reste eines Wurstbrötchens. Nach dem anstrengenden Abend war sie förmlich am Verhungern. Big Dale, der „Schurke" des Ensembles – ein zartfühlender Riese von einem Mann – hatte ihr von seinem guten Burgunder abgegeben, damit ihr auf dem langen Heimweg warm wurde.

Wieder in ihrem groben Wollmantel und den schwarzen Halbstiefeln, ging sie zur Hintertür des Theaters, um so den ganzen Männern zu entgehen, vor allem den Soldaten, die, wie es nun einmal Soldatenart war, den Mädchen vorgestellt werden wollten. Obwohl sie immer noch beflügelt von ihrem Erfolg war, erschöpfte sie die Aussicht auf den langen Heimweg, denn die Beine waren ihr nach dem Ballett jetzt schon schwer. Am Bühneneingang lärmten jede Menge Spitzbuben, die sie mit Freuden nach Hause gefahren hätten, doch konnte sie es nicht riskieren, dass jemand eine Verbindung zwischen Miss White vom Pavillon-Theater und Miranda FitzHubert von der Mädchenschule Yardley zog.

Angst durchfuhr sie, als sie an ihre Verabredung mit Mr. Reed und dessen Birkenrute dachte, doch weigerte sie sich, sich das warme Triumphgefühl nehmen zu lassen, das der Applaus in ihr hervorgerufen hatte.

Heute Abend haben sie mich geliebt, dachte sie glücklich und nahm einen großen Bissen von ihrem Brötchen. Sie schob die schwere Tür mit der Hüfte auf und trat hinaus in die kalte Winternacht. Schnee wirbelte im Schein der Wandlaternen. Miranda schickte sich an, die Treppe hinunterzugehen. Plötzlich hörte sie auf zu kauen und erstarrte.

Er stand vor ihr.

Der große, unglaublich attraktive Offizier aus dem Publikum, der sie so intensiv angestarrt hatte. Er stand unten an der Treppe, lässig gegen den Pfosten gelehnt, einen Fuß auf die unterste Stufe gestellt. Mit den Fingern trommelte er auf das hölzerne Geländer; dann schaute er auf, sah sie und hörte auf zu trommeln.

Ihre Blicke trafen sich. Wieder reagierte sie körperlich; es überlief sie in heißen und kalten Wellen. Auf der Bühne war sie unter seinem Blick rot geworden bis zu den Zehenspitzen, fasziniert und doch verängstigt. Er kam ihr vor wie ein großer Wolf, der sich an eine Herde Schafe herangeschlichen und sich eines davon zum Abendessen ausgesucht hatte – nur dass Miranda nicht die geringste Absicht hatte, sich verschlingen zu lassen. Schließlich war es kein Geheimnis, was er von ihr wollte.

Zögernd blieb sie auf der dritten Stufe von oben stehen; das Herz schlug ihr bis zum Hals. Er war ein bemerkenswerter Krieger von strenger männlicher Schönheit, über einsachtzig groß und muskulös. Ein Mann wie er, mit einer derartigen Aura natürlicher Überlegenheit, könnte sie schon in Versuchung führen, wenn sie nicht Acht gab. Sie beschloss, dieses herrliche Wesen ebenso zu ignorieren, wie sie alle anderen Männer nicht beachtete. Es schien ihr riskant, sich ihm weiter zu nähern, vor allem da weit und breit keine Menschenseele zu sehen war, aber ihr blieb ja nichts anderes übrig. Sie schluckte, setzte eine selbstbewusste Miene auf und ging weiter nach unten.

„Entschuldigen Sie bitte. Ich möchte gern vorbei."

Er warf ihr ein freches kleines Lächeln zu. Statt jedoch beiseite zu treten, stellte er sich auf die unterste Stufe, legte die Hände zu beiden Seiten auf das Geländer und versperrte ihr mit dem Körper den Weg. Aber was war das für ein Körper! Die Breite seiner Schultern wurde durch die goldenen Epauletten seines scharlachroten Rocks noch betont. Mirandas Blick wanderte über die kräftigen Arme und die schmalen Hüften. Die graue Hose der Winteruniform schmiegte sich hauteng um die langen Beine. Sosehr er sie körperlich auch einschüchterte, strahlte von ihm doch nichts Gewalttätiges aus. Langsam ging sie auf ihn zu und blieb zwei Stufen über ihm stehen.

Sie zog die Augenbrauen hoch und musterte ihn abwartend. Doch bald wurde klar, dass er nicht daran dachte, aus dem Weg zu gehen, ehe sie ihm etwas Aufmerksamkeit geschenkt hatte. Er sagte gar nichts, lächelte sie jedoch unschuldig an.

Miranda unterdrückte ein Lächeln und betrachtete ihn. Er hatte nachtschwarzes Haar, fein gemeißelte Züge und tief liegende graue Augen, von langen Wimpern umsäumt und mit durchdringendem, ehrlichem Blick. Schließlich schaute sie auf seinen schönen Mund.

„Hallo, Miss White", murmelte er samtweich.

Ihr Blick huschte wieder zu seinen Augen. Sie glühten wie poliertes Silber. Eigentlich war sie recht zufrieden, dass sie das Interesse eines solchen Musterexemplars erregt hatte. „Also wirklich", meinte sie mit vorsichtigem Lächeln, „Sie sind ganz schön dreist."

„Nur wenn ich etwas sehe, das ich haben will", schnurrte er und rückte ihr so nahe, dass er mit der Nase beinahe ihr Kinn gestreift hätte. „Ich bin Ihr Sklave, verfügen Sie über mich."

„Mein Sklave?" Ein Schauer der Erregung überlief sie, doch sie riss sich zusammen und hielt ihn mit einem strengen Blick auf Abstand. „Hmmpf." Energisch hob sie das Kinn, doch ihr Herz raste. „Sie haben mir ja nicht einmal applaudiert!"

„Nein?"

„Nein, Sie haben einfach nur dagesessen. Ich hab Sie doch beobachtet."

„Ich muss gestehen, ich war so im Bann Ihrer Schönheit, dass ich nicht mal gemerkt habe, wie die Vorstellung zu Ende ging." Sein Lächeln war nachsichtig, sein Blick eine einzige Liebkosung, seine Stimme samtweich und süß wie Sherry. Und sie übte auch dieselbe berauschende Wirkung aus, sonst wäre Miranda ja nie auf einen kleinen Flirt verweilt, statt sofort heimzueilen, wie sie es eigentlich hätte tun sollen. Er sprach wie ein Gentleman. „Ich war voll und ganz damit beschäftigt, mir Worte zu überlegen, die beschreiben, wie ... wunderbar Sie sind."

„Aha." Sie konnte sich kaum das Lächeln verkneifen und biss sich auf die Lippen. „Und, sind Ihnen diese Worte schließlich eingefallen?"

Er nickte langsam und starrte auf ihre Lippen.

„Ja? Dann lassen Sie doch mal hören."

Er sah ihr in die Augen. „Sie sind ein Engel", erklärte er leise.

Prompt brach Miranda in Gelächter aus.

„Also, das ist aber unhöflich", schalt er, wobei er selbst lachen musste. Zu ihrem Entzücken war ihm die Röte in die Wangen gestiegen. „Zärtliche Reden sind nicht gerade meine Stärke."

„Ich wage nicht zu fragen, *wo* Ihre Stärke liegt."

Er beugte sich vor. „Kommen Sie mit in mein Zimmer im Royal Hotel, dann zeige ich es Ihnen auf der Stelle", murmelte er leise vor sich hin.

Ihr Herz setzte einen Schlag aus, doch sie schüttelte den Kopf. „Also, das geht mir viel zu weit. Verzeihen Sie, Sir, ich muss mich auf den Weg machen."

Er wich nicht zur Seite, und sein Lächeln wurde listig. „Sehe ich aus wie ein Mann, der sich so leicht geschlagen gibt?"

Darauf versuchte sie, an ihm vorbeizuschlüpfen, doch es gelang ihr nicht. „Es mag Sie überraschen, aber ich bin ein ehrbares Mädchen."

„Wenn ich das glaubte, meine Schöne, würde ich in Tränen ausbrechen." Er kam noch näher. „Verraten Sie mir Ihren Namen, meine Schöne, Ihren wahren Namen."

„Ich heiße Miss White."

„Von wegen!"

„Doch."

„Nun kommen Sie."

„Kommen Sie selbst. Ich gehe heim."

„Dann verraten Sie mir wenigstens Ihren Vornamen."

„Snow."

„Snowwhite? Schneewittchen?" fragte er und schaute sie leidgeprüft an.

„Adieu!" sagte sie plötzlich und wollte mit einem verschmitzten Grinsen unter seinem Arm hindurchschlüpfen, doch Damien trat rasch zur Seite, fing sie in der Armbeuge und zog sie mit einem herzhaften Piratenlachen an sich.

„Ich liebe Herausforderungen, meine Süße." Sein hartes Gesicht wurde von den Schatten noch betont, als er ihr Kinn mit den Fingern anhob. „Anscheinend ist Ihnen nicht klar, wie sehr ich Sie begehre."

„Sir!“ Sie erhaschte nur noch einen kurzen Blick auf seine wolfgrauen Augen, ehe er sie schloss, den Kopf senkte und ihren Mund in Besitz nahm. Seine Lippen erstickten ihren leisen Entsetzenslaut.

Begierde strahlte von ihm aus und hüllte sie in ein Feld voll knisternder Spannung. Er legte ihr die Hand in den Nacken und zog sie noch dichter an sich, drängte fast schon rau ihre Lippen auseinander und küsste sie ungestüm, fordernd, intim. Als sie ihn von sich schieben wollte, presste er sie fester an sich, an seinen harten, männlichen Körper. Sie spürte, wie sie schwach wurde, während er mit der Zunge die ihre liebkoste, ihr übers Haar, über ihr Gesicht, ihren Hals strich. In seinen Armen zu liegen fühlte sich so unglaublich gut an, es erfüllte sie mit leichtsinnigem Entzücken, gespeist aus Einsamkeit und Begehren. Seine Küsse und Liebkosungen lockten sie, verführten sie, bis sie sich nicht länger zurückhalten konnte. In atemloser Unsicherheit hob sie die Hände, strich ihm über die breiten Schultern, schloss ihn schließlich in die Arme.

Seiner Kehle entrang sich ein raues Stöhnen, als er ihre Umarmung spürte. Sanft grub er die Hände in ihr Haar und ließ es durch die Finger gleiten. Sie fuhr ihm über die muskulöse Brust, umfasste sein eckiges Kinn, viel zu sehr in diesen Sinnesfreuden befangen, um sich groß daran zu stören, dass sie nicht einmal seinen Namen kannte. In diesem Moment war ihr alles egal.

Er hielt nur so lange inne, um ihr zuzuflüstern: „Wärm mich heute Nacht, meine Schöne. Das kannst du doch für mich tun, ja? Ich brauche dich, ich brauche dich so sehr.“

Miranda konnte nicht mehr nachdenken, geschweige denn antworten, war nur noch reine Empfindung. Sie strich ihm über das Haar, zog ihn in einer wortlosen Forderung nach weiteren Küssen zu sich hinunter, und er kam der Forderung gerne nach. Als er ihr eine Hand unter den Mantel schob, überlief sie ein freudiger Schauder.

Voll schockiertem Entzücken schmiegte sie sich an ihn und drängte sich seinen Berührungen bebend entgegen. Sie war sich seiner Hand, die gerade forschend über ihre Taille und ihre Hüfte tastete, nur allzu sehr bewusst, und als er ihr in den Po kniff, keuchte sie scharf auf. Er begann ihr Hinterteil in einem Rhythmus zu kneten, der sie dazu brachte, sich noch enger an ihn zu pressen, während er sie immer drängender küsste. Sie wäre beinahe in Ohnmacht gefallen, als er sich weiter nach unten vorarbeitete zwischen ihre Schenkel, wo sie hoffnungslos feucht geworden war. Er liebkoste sie, bis sie sich aus dem Kuss löste und einen wilden Schrei ausstieß.

„O Gott, Mädchen, ich glaube nicht, dass ich jetzt noch länger warten kann", keuchte er.

Mühsam schlug sie die Augen auf, völlig benommen und mit weichen Knien.

Seine Brust hob und senkte sich erregt, und in seinem eckigen Gesicht malte sich drängende Begierde. Er sah zu der Wand im Schatten und warf ihr dann einen erwartungsvollen Blick zu. „Unter der Treppe ist es dunkel."

„Nein!" stieß sie hervor und riss die Augen auf.

Er lächelte sie dunkel an. „Also gut, dann eben im Hotel." Er küsste ihren Hals und gab sie dann langsam frei. „Ich rufe einen Wagen", flüsterte er. „Warte hier."

Benommen und schwankend starrte Miranda ihm nach, als er zum Droschkenstand lief.

Es dauerte ein paar Augenblicke, ehe sie wieder bei Verstand war. *O Gott, Miranda, was tust du da?* Sie schloss die Augen und bemühte sich, ihr Gleichgewicht wiederzufinden. Auf einmal schämte sie sich in Grund und Boden wegen ihrer Lüsternheit und rannte hinaus in Richtung der dunklen, verschneiten Straße nach Yardley. Sie musste entkommen, bevor der große Offizier zurückkehrte. Sie befürchtete, seinen Überredungskünsten nicht länger standhalten zu können.

Durch den Schnee zu laufen kühlte ihre Leidenschaft ein wenig ab. An ihre Stelle traten Schuldbewusstsein und Zorn. Sie konnte nicht fassen, welche Freiheiten sie einem vollkommen Fremden eingeräumt hatte – und gefallen hatte es ihr auch noch. Vielleicht hatte Miss Brocklehurst Recht. Vielleicht lag ihr die moralische Verworfenheit wirklich im Blut. War sie denn dumm? Konnte sie diesen Typ Mann etwa nicht auf zwanzig Schritt Entfernung durchschauen? Wusste sie nicht, dass es sich um einen vergnügungssüchtigen Aristokraten handelte, der sich amüsierte, indem er armen Mädchen nachstellte? Männer wollten immer nur das eine. Vor allem Männer in Uniform.

Was für ein Egoist, dachte sie verächtlich. Sie hatte seinem unsittlichen Antrag niemals zugestimmt, er hatte ihre Zustimmung einfach vorweggenommen. Einen Wagen rufen – was dem alles einfiel! Allerdings war es ganz gut, denn wenn er sie weiter in seinen muskulösen Armen gehalten hätte, wäre sie vielleicht nicht so einfach davongekommen.

„He!“ Es dauerte nur wenige Augenblicke, bis sie seinen verwirrten Ruf hörte. „Miss White!“

Sie dankte Gott, dass sie ihm ihren wahren Namen nicht verraten hatte, und stapfte weiter.

„Miss White!“ rief er wieder, wobei er sich ziemlich wutentbrannt anhörte. Seine Stimme klang befehlsgewohnt, doch Miranda summte nur leise vor sich hin und gab vor, bereits außer Hörweite zu sein.

Anscheinend täuschte ihn das nicht im Geringsten. „Verdammt, Mädchen, wo zum Teufel willst du hin?“

„Nach Hause!“ schrie sie und warf ihrem Möchtegernverführer einen vernichtenden Blick zu.

„Warum?“ brüllte er, als könnte er nicht fassen, dass er von einer Frau einen Korb bekam.

Sie wirbelte herum und schleuderte ihm ihre großartige Erwiderung entgegen: „Weil ich Schauspielerin bin, mein Herr, und keine Hure.“

„Ach ja?“ erwiderte er spöttisch. „Ich wusste gar nicht, dass da ein Unterschied besteht.“

Sie schaute ihn noch einmal erbost an und machte sich dann auf den Weg Richtung Mud City.

Damien fluchte leise vor sich hin, so dass die Schimpfwörter in der Nachtluft eine Dampfwolke bildeten. Er konnte Miss White noch schmecken, doch machte er keinerlei Anstalten, ihr zu folgen. Na, die hat mich schön zum Narren gehalten, befand er, doch mit einiger Verspätung fiel ihm auf, dass sie ihm ja die Wahrheit gesagt hatte – sie war tatsächlich ein ehrbares Mädchen. Er hatte angenommen, sie wolle damit nur den Preis in die Höhe treiben. Solcherart seines Vergnügens beraubt, stieß er noch ein leises Knurren aus und wandte sich dann ab. Jetzt erinnerte er sich auch wieder an sein Gelübde – *keine Frauen, keinen Schnaps.*

Mit einem ärgerlichen Achselzucken beschloss er, in die Kaserne zurückzukehren, um Morris zu treffen, doch warf er noch einen letzten begehrlichen Blick zurück. Sie war schon ein ganzes Stück die Straße hinuntergegangen; lang und energisch schritt sie aus, und der dunkle Mantel und das lange Haar wehten hinter ihr her. Gott, wie schön sie ist, dachte er sehnsüchtig. *Ehrbar, wie? Gut für dich, mein Mädchen. Sieh zu, dass es dabei bleibt.* Aus alter Gewohnheit suchte er den Horizont hinter ihr ab – und nahm aus dem Augenwinkel eine Bewegung wahr.

Sein Blick fiel auf ein kleines Wäldchen nahe der Brücke über den halb gefrorenen River Cole. Zwischen den Bäumen trat eine dunkle Gestalt hervor, die sich deutlich von dem weißen Schnee abhob. Als wäre sie verabredet, blieb sie an der Straße stehen.

Zur Hölle, dachte er empört. Von wegen ehrbar!

Anscheinend hatte das Weibsstück für diese Nacht bereits eine Verabredung getroffen. Sie hatte einfach einen anderen gewählt. Warum hatte sie ihm das nicht gesagt? Stattdessen hatte er sich zum Narren gemacht. Er schüttelte den Kopf, verletzt von der Zurückweisung. Lucien wurde nicht müde, ihm zu erklären, dass ihn die Frauen viel zu leicht an der Nase herumführen konnten. Wie üblich hatte sein schlauer Zwillingsbruder Recht. Dann viel Vergnügen mit ihr, mein Freund, dachte er angeekelt, doch als er sich abwenden wollte, bemerkte er, wie aus dem Wäldchen eine zweite Gestalt hervortrat. Und dann eine dritte.

Damien blieb stehen, runzelte die Stirn, starrte zur Brücke. Irgendwie hatte es etwas Unheimliches an sich, wie diese Männer aus der Dunkelheit hervorgekrochen kamen. Er musterte das Wäldchen, durchbohrte förmlich mit seinen Blicken die Dunkelheit und entdeckte ein paar Pferde im Gestrüpp. Instinktiv stellten sich ihm die Nackenhaare auf. Hatte nicht einer der wachhabenden Soldaten etwas von dem kriminellen Gelichter erzählt, das sich am Stadtrand anzusiedeln begann?

Miss White jedoch marschierte furchtlos fürbass, als wüsste sie, wer sie da erwartete. Dann erkannte Damien jedoch, dass sie die Männer von ihrem Standpunkt aus gar nicht sehen konnte, weil die Straße sanft bergan stieg. Voll kaltem Entsetzen beobachtete er, wie die Männer quer über die Straße Stellung bezogen, als wollten sie ihr auflauern. Das sind keine Freunde! Wilde Energie durchpulste ihn, während sein Herz zu hämmern begann.

Verdammte Hölle, das sind ja Straßenräuber!

Schon hatte er sich in Bewegung gesetzt, ließ den Mantel fallen, begann zu rennen. Er schüttelte die Ketten der Zivilisation ab, die ihm während der letzten Monate so schwer geworden waren, und schrie innerlich befreit auf. Zwar führte er keine Waffen mit, aber für einen Mann wie ihn, der neun verschiedene Arten kannte, sein Opfer mit bloßen Händen zu töten, stellte das kein großes Problem dar. Mit jedem Schritt wurde seine Wahrnehmung schärfer, sein Kopf klarer, und im Geist ging er die Attacke bereits mit mathematischer Präzision durch.

Als sich das Mädchen der Hügelkuppe näherte, beschleunigte er seine Schritte noch stärker, da er es unbedingt einholen wollte, bevor die Räuber sie erwischten. Innerlich machte er sich zum Kampf bereit, und dann sah er, wie sie oben auf dem Hügel wie angewurzelt stehen blieb. Endlich konnte sie die Männer vor sich ausmachen. Damien war zu weit weg, um zu hören, was sie zu ihr sagten, als sie sich in Bewegung setzten, doch sie wirbelte herum und begann zurück zum Theater zu rennen.

Schneller, schneller, feuerte er sich an und holte noch das Letzte aus sich heraus, doch war er nicht schnell genug, um sie noch rechtzeitig einzuholen. Aus dem Wäldchen kam ein vierter Mann hoch zu Ross herausgaloppiert, während die drei anderen mit ein paar Schritten zu ihr aufschlossen und sie bei den langen Haaren packten. Unter aufstiebendem Schnee warfen die Männer sie zu Boden. Sie stieß einen Schrei aus, der jedoch gleich darauf erstickt wurde. Damien stürmte mit mörderischem Blick die Hügelkuppe hinauf.

Oben angelangt, nahm er wahr, wie ein Mann das Pferd hielt, während die anderen beiden versuchten, das Mädchen zu dem Reiter hinaufzubugsieren. Die junge Frau wehrte sich mit Zähnen und Klauen – bis einer der Männer ein Messer zog und sie damit bedrohte.

Damien fühlte, wie die dunkle Bestie in ihm die Augen aufschlug, erweckt vom Blitzen des Messers. Die Bestie roch Blut. Wirre Erinnerungen schossen ihm durch den Kopf, Erinnerungen an Nächte auf Patrouille, Bajonettangriffe. Er fühlte sich merkwürdig distanziert, aber glasklar, von einer fast schon unheimlichen Ruhe und Konzentration ergriffen.

Der schmierige Straßenräuber steckte die Waffe weg, um das Mädchen hochzuheben, und im nächsten Moment griff Damien an.

Er ignorierte ihr Geschrei, rammte dem Mann mit dem Messer den Ellbogen ins Gesicht, dass diesem der Kopf nur so nach hinten flog, und packte Miss White um die Taille, um sie am Fallen zu hindern. Das Pferd tänzelte unruhig herum, doch die verängstigte Schöne fuhr Damien mit den Fingernägeln ins Gesicht, da sie ihn in ihrer Panik nicht erkannte.

Er riss die Augen auf, als sie den Mann gegen das Kinn trat, der sie an den Füßen festzuhalten versuchte. Damien befreite sie aus seinem Griff, trug sie ein paar Schritte fort und stellte sie dann hinter sich auf die Füße, sich zwischen ihr und ihren Angreifern aufbauend.

Der bullige Mann, den sie gegen das Kinn getreten hatte, kam schon wieder herangestürmt. Damien schlug ihm so heftig ins Gesicht, dass der Mann ohnmächtig zu Boden ging. Damien schaute sich kurz nach dem Mädchen um, ob es auch in Ordnung war. Sie kniete im Schnee und begegnete seinem Blick. Plötzlich glomm in ihren Augen die Erkenntnis auf – wer er war, der ihr helfen wollte.

Dann knallte ein paar Schritte entfernt ein ohrenbetäubender Schuss. Aus den Augenwinkeln sah er das Mündungsfeuer, spürte, wie die Kugel in seinen linken Oberarm eindrang. Fluchend presste er die Hand auf die Wunde, während das Mädchen aufschrie: „Nein!“

Mit schweißfeuchter Stirn blickte Damien von dem blutenden Arm zu dem Mann auf, der ihn angeschossen hatte, einem drahtigen, ungepflegten Mann mit Goldzahn. In eisigem Schweigen fixierte er den Mann, ohne die anderen zu beachten, während sein Arm allmählich taub wurde und er die Schmerzen nicht mehr spürte.

Der Verbrecher senkte die Waffe, um sie neu zu laden, war in seiner Angst und Hast jedoch ungeschickt. Damien wischte sich das Blut an der Uniformjacke ab. Der Puls röhrte ihm in den Ohren wie ferner Kanonendonner. Die Wirklichkeit geriet ins Wanken, schwankte – und plötzlich zerbrach sie. Er war wieder in Spanien, um ihn grollten die Waffen, die Franzosen griffen sein Bataillon an. Sein wirrer Geist klärte sich, konzentrierte sich nur noch auf ein einziges Ziel: Töten.

„Lauf", knurrte er dem Mädchen zu und pirschte sich an den Mann mit der Waffe heran.

Er wollte nicht, dass sie das mitbekam.

Es geschah alles ganz schnell.

Miranda zögerte, das Herz hämmerte ihr vor Angst, als sie den großen, grauäugigen Fremden schnurstracks auf den Mann mit der Waffe zugehen sah. Sie hatte den harten Blick bemerkt, der sich nach seiner Verletzung auf seinem Gesicht ausgebreitet hatte, obwohl er wegen der Schmerzen kaum eine Miene verzogen hatte. Sie wusste nicht im Geringsten, was sie jetzt tun sollte.

Sie hatte das Gefühl, als sollte sie seinen Anordnungen folgen – aber wie konnte sie ihn im Stich lassen, um sich selbst in Sicherheit zu bringen? Die anderen waren in der Überzahl, und er war bereits verletzt. Es war alles ihre Schuld. So etwas hatte ja einmal passieren müssen, wenn sie sich immer so nahe an Mud City heranwagte.

Sie wusste nicht, was diese Idioten von ihr wollten oder woher sie ihren richtigen Namen kannten. Alles, was sie wusste, war, dass sie für diesen großen, attraktiven Offizier unendliche Dankbarkeit empfand, weil er ihr so ritterlich zu Hilfe geeilt war. Im nächsten Moment jedoch wandelte sich das Bild vom Ritter in schimmernder Rüstung in puren Horror. Wie ein Wolf stürzte er sich auf den Schützen, und der Mann schrie vor Angst, obwohl der Soldat keine Waffe hatte. So schnell, dass man es kaum wahrnahm, hob ihr Retter die Hand, krümmte die Finger und grub sie dem Mann in die Luftröhre, riss ihm beinahe mit bloßer Hand die Kehle auf und stieß dabei das barbarischste, entsetzlichste Knurren aus, das sie je von einem Menschen gehört hatte.

Alle Luft wich aus ihren Lungen. Ihr wurde übel, als er die Leiche fallen ließ und sich den anderen zuwandte, wilde Mordlust im Blick. Die Straßenräuber wichen schockiert vor ihm zurück.

Miranda brauchte keine weiteren Anweisungen mehr. Sie kämpfte sich auf die Beine, stolperte über den Saum ihres dünnen Kleides und begann auf die Lichter und die Menschen am Pavillon zuzueilen. Ihr Kopf war wie leergefegt. Etwas so Entsetzliches hatte sie noch nie gesehen, aber trotz aller Hysterie war sie doch geistesgegenwärtig genug, in die richtige Richtung zu rennen.

Hinter ihr ertönte ein weiterer Schrei, doch war es nicht die tiefe Stimme des Soldaten. Sie zuckte zusammen, als ihr klar wurde, dass er soeben einen weiteren Mann getötet hatte, und lief noch schneller. Da galoppierte der Mann auf dem Klepper an ihr vorüber und schnitt ihr den Weg ab.

Abrupt machte sie kehrt – wie ein gehetztes Füllen – und rannte in die andere Richtung, zur Brücke über den River Cole, zum Weg nach Yardley.

Sie rannte, bis ihr die Lunge brannte, floh im Zickzack wie ein Hase, doch das verschaffte ihr nur ein paar zusätzliche Sekunden. In weitem Bogen lief sie an ihrem erschreckenden Retter vorbei. Auf dem Boden lagen zwei Leichen, und er tötete gerade den dritten Straßenräuber, den bulligen. Der Soldat schien vollkommen weggetreten und sie kaum zu bemerken, als sie an ihm vorüberflog, um dem Reiter zu entkommen.

„Aaargh!" Ihr entrang sich ein wilder, zorniger Schrei, als die dumpfen Hufschläge hinter ihr näher und näher kamen.

Bald hätte sie der Reiter erreicht, sie konnte das Pferd schon riechen. Keuchend schaute sie sich um; der Reiter stieg bereits ab, um sie zu packen.

„Hilfe!" kreischte sie.

Sie spürte beinahe seinen heißen Atem im Nacken, doch plötzlich stieß auch der Reiter einen seltsamen kleinen Schrei aus und stürzte mit dem Kopf voran zu Boden. Sie hörte die Knochen knirschen, als er mit dem Gesicht nach unten auf dem Boden landete, ein Messer im Rücken.

Schlitternd kam sie zum Stehen, fiel dabei beinahe über den toten Mann, und blieb dann wie angewurzelt stehen. Das reiterlose Pferd ging durch und galoppierte über die Brücke davon. Miranda wagte es nun gar nicht mehr, noch einen Schritt zu tun. Sie presste die Hand auf den Mund, um das hilflose Gewimmer zu unterdrücken; sie zitterte am ganzen Körper. Langsam wandte sie sich um und zwang sich, ihren wilden Retter anzusehen.

Dort auf der mondbeschienenen Hügelkuppe stand er, einen Degen in der Hand, der letzte, der noch übrig war. Wie ein Berserker aus alten Legenden stand er im kalten Mondlicht, umgeben von Leichen. Seine Raserei hatte sich erschöpft.

Er warf den Degen von sich, ließ den Kopf sinken und wischte sich mit dem Arm über die Stirn. Der Boden unter ihm war von blutigem Schneematsch bedeckt. Sein Gesicht war voll Blut und schweißüberströmt, seine schicke Uniform hing in Fetzen herunter, das Haar fiel ihm wirr in die Stirn. Nie war ihr eine ursprünglichere, gefährlichere Kreatur begegnet als dieser wilde, ungebeugte Mann.

Wie gelähmt stand sie da. In der Stille kam ihr das leise Gemurmel des River Cole vor wie Donner. Als spürte er ihren ehrfürchtigen, entsetzten Blick, wandte der grauäugige Fremde langsam den Kopf und schaute sie an.

In diesem Moment wirkte er nicht mehr menschlich, eher wie ein Todesengel, schön und schrecklich und absolut fern. In seinen kühlen grauen Augen lag keinerlei Gefühl.

„Was gucken Sie denn?“

Seine Stimme entsetzte sie, hallte mächtig wie ein Gebirgswasserfall durch ihren ganzen Körper. Sie hob die Röcke, wirbelte herum und begann zu rennen. Mit einem Gefühl absoluter Unwirklichkeit lief sie über die Brücke und über die stillen Felder, stolperte in Schneewehen und floh blind zurück nach Yardley.

3. KAPITEL

Am nächsten Tag, einem trostlosen, unheimlich stillen Wintertag, ritt Damien vormittags die schmutzige, zerfurchte Auffahrt zur Mädchenschule Yardley empor, vorbei an kahlen, knorrigen Bäumen. Schmutziggraue Wolken hingen tief am Himmel. Im Innenhof angekommen, zügelte er das Pferd und stieg ein wenig steifbeinig ab, da ihm vom gestrigen Kampf noch alles wehtat. Der angeschossene Arm brannte wie Feuer, doch irgendwie war er froh, dass er verletzt worden war, da er wenigstens *das* fühlen konnte. Ohne die Schmerzen hätte er nur diese furchtbare kalte Taubheit in sich gehabt.

Er band sein Pferd an einem Pfosten fest und blickte dabei an dem Bauernhaus aus grauem Stein empor. Langsam ging er auf die mächtigen Eingangstore zu. Nach außen hin wirkte er stahlhart, doch innerlich war ihm hohl und zittrig zumute, was nach dem gestrigen Wüten kein Wunder war. Mit der Faust hämmerte er gegen das Tor, da er sich die Knöchel gestern aufgerissen hatte.

Während er wartete, wanderten seine Gedanken zu den gestrigen Ereignissen zurück. Nachdem seine Jungfrau in Nöten völlig entsetzt vor ihm geflohen war, hatte er sich in die Kaserne begeben. Sein Freund Morris war mittlerweile auch zurückgekehrt. Damien hatte von der Attacke berichtet, wie er in den Kampf eingegriffen und vielleicht ein wenig überreagiert hatte. Die Offiziere hatten sich über den Überfall auf das Mädchen vom Theater empört und ihn für sein schnelles Eingreifen gelobt. Während ihm der Regimentsarzt den Arm verband, hatte Colonel Morris ein paar Soldaten ausgeschickt, um die Gegend um Bordesley Green zu kontrollieren, ein paar andere, um die Leichen aufzusammeln.

Die anschließende Durchsuchung der Kleider der Toten erbrachte keinen Aufschluss über deren Identität, doch entdeckten sie am linken Arm des Bulligen eine seltsame Tätowierung, einen Raubvogel, der einen Dolch in den Fängen trug. Morris hatte gemeint, der Verbrecher sei früher möglicherweise zur See gefahren. Doch das spielte keine Rolle mehr. Sie hatten auf Sherbrooke angestoßen, ihren früheren Kameraden. Morris hatte einen seiner Männer angewiesen, Damien zum Royal Hotel zurückzufahren, und seinem Freund dann versichert, er brauche sich keine Gedanken zu machen, die ganze Episode würde so diskret wie möglich unter den Teppich gekehrt.

„Und sag dem Mädchen, dass es dort nicht mehr hingehen soll", fügte Morris finster hinzu.

Doch selbst wenn Damien gewusst hätte, wo er die geheimnisvolle Miss White hätte suchen sollen, hätte er diesen Auftrag nicht ausgeführt. Er wollte sie nie wiedersehen. Er war froh, dass er ihr seinen Namen nicht verraten hatte. Sie brauchte auch nicht zu wissen, dass der wilde Verrückte, der ihr zu Hilfe geeilt war, ein herausragender Offizier war, der überall als Held gefeiert wurde. Die Zivilisten hatten einfach keine Ahnung, wie es an der Front wirklich war, würden es auch nie erfahren, aber das Mädchen, wer sie auch sein mochte, hatte letzte Nacht einen kleinen Vorgeschmack bekommen. Er hoffte nur, dass es sie nicht allzu sehr erschüttert hatte – aber nein, dachte er, sie kann das schon verkraften. Er wusste, wenn er eine Kämpfernatur vor sich hatte. Und doch konnte er ihren Gesichtsausdruck nicht vergessen, kurz bevor sie geflohen war – wie sie ihn angeblickt hatte, voll Panik und Abscheu, und ihm damit deutlich vor Augen geführt hatte, was für ein schreckliches Ungeheuer er geworden war. Er fragte sich, ob er der Welt einen Gefallen tun und sich umbringen sollte.

In diesem Augenblick ging die Tür auf. „Sie wünschen, Sir?" fragte ihn eine Dienstbotin mit sehr rundem, rotem Gesicht.

„Ich möchte mein Mündel hier besuchen, Miss Miranda FitzHubert."

Die Frau riss die Augen auf, bis die Augenbrauen den Rand ihres Häubchens berührten. Rasch knickste sie. „Kommen Sie doch herein, Sir. Major Sherbrooke, nicht wahr?"

Die Verwechslung schmerzte ihn. „Nein, ich bin Major Sherbrookes Colonel und Freund Lord Winterley. Ich bin als Miss FitzHuberts Vormund bestellt."

„Ach herrje", murmelte die Frau, als sie seinen harten, bedeutsamen Blick bemerkte. „Ach Gottchen. Kommen Sie herein, Mylord. Miss FitzHubert ist mit den anderen Mädchen in der Kirche. Soll ich sie holen?"

„Nein, es besteht kein Grund zur Eile, wenn man schlechte Nachrichten überbringt. Ich warte." Er trat in die düstere Eingangshalle. Sofort war er sich der feuchtkalten Luft bewusst, die von den Steinplatten aufstieg. Das kann doch nicht gesund sein, überlegte er stirnrunzelnd. Hoffentlich besaß das Kind eine robuste Konstitution. „Ist der Direktor da? Ich würde ihn gern sprechen."

„Nein, Mylord, Reverend Reed ist sowohl unser Pfarrer als auch der Direktor. Er hält gerade den Gottesdienst, und auch Miss Brocklehurst, die Direktorin, ist in der Kirche; sie passt auf die Mädchen auf."

„Natürlich", erwiderte er mit einem gezwungenen Lächeln. „Und wer sind Sie?"

„Mrs. Warren. Ich bin die Köchin, Haushälterin, Waschfrau – ich mach eigentlich alles." Sie öffnete eine Tür rechts der Eingangshalle und wies mit einem freundlichen Lächeln darauf. „Dürfte ich Sie in den Salon bitten, Mylord? In spätestens zehn Minuten müssten sie zurück sein."

Er nickte und wollte schon hineingehen, als er noch einmal innehielt. „Kommen die Kinder durch den Vordereingang herein? Mein Hengst ist ein bisschen nervös. Es könnte gefährlich werden, wenn die Kinder ihn streicheln wollen."

„Nein, Sir, die Mädchen kommen immer zur Hintertür rein. Von der Kirche führt ein Weg direkt dorthin."

„Schön", sagte er und begab sich in den bescheiden ausgestatteten Empfangsraum.

„Darf ich Ihnen Tee bringen?"

Er nickte. „Gern, vielen Dank."

Sie knickste und ließ ihn dann im Salon allein. Damien legte den Mantel und die dicken Lederhandschuhe ab und wartete ungeduldig. Im Kamin flackerte nur ein kleines Feuer, sodass es im Raum ziemlich kühl war.

Wer immer dieses Haus führt, ist ein ziemlicher Geizkragen, dachte er, als er den schäbigen Teppich, die alten Möbel und die paar Kohlen im Kamin betrachtete. Die Schulgebühren waren dennoch ziemlich hoch. Vielleicht wurde das Haus nur schlecht geführt. Nachdem ihm für sein Regiment viel zu oft nicht genug Verpflegung und Kleidung zur Verfügung gestanden hatten, von Munition ganz zu schweigen, kannte er die Anzeichen der Mangelwirtschaft. Doch die Härten, welche seine Soldaten hatten erdulden müssen, waren für zerbrechliche junge Damen doch sicher nicht das Richtige. Bisher hatte er keine hohe Meinung von Yardley, doch zumindest an der Reinlichkeit gab es nichts zu beanstanden. Er musterte den Salon, als inspizierte er die Truppenquartiere. Alles makellos sauber.

Schließlich ließ er sich steif auf einem Sofa nieder, die Hände auf die Oberschenkel gestützt. Ein paar Minuten ließ er sich durch den Kopf gehen, was er seinem Mündel Schmerzliches zu sagen hatte. Er konnte einfach nicht fassen, dass er, der es nicht wert war, sich unter zivilisierten Menschen zu bewegen, binnen kurzem ein Kind trösten müsste.

Kurz darauf läuteten die Glocken, um das Ende des Gottesdienstes anzuzeigen. Mrs. Warren kam mit einem Teetablett herein und trug es zu einem kleinen Tischchen. Sie schaute hoch, als die Hintertür klappte und kurz darauf helle, fröhlich schwatzende Stimmen ertönten. Eine laute männliche Stimme war zu hören, die sie wichtigtuerisch zur Ordnung rief.

„Da ist er ja, der saubere Herr“, murmelte die Haushälterin und warf Damien einen besorgten Blick zu.

„Wie bitte?“ fragte er.

Entschlossen schürzte Mrs. Warren die Lippen. „Mylord, egal, was die beiden Ihnen erzählen, Miss FitzHubert ist ein nettes, braves Mädchen", fuhr sie beschwörend fort, „auf ihre Art ist sie ein wahrer Engel."

„Mrs. Warren! Zum Kuckuck, Mrs. Warren!" rief die Männerstimme aus dem Flur. „Dummes altes Weib, wo sind Sie denn?"

Damien runzelte die Stirn und sah zur Tür.

Die alte Dienstbotin presste die Lippen aufeinander, nickte Damien verschwörerisch zu und eilte in die Eingangshalle hinaus. „Ja, Reverend? Sie haben Besuch, Sir. Seine Lordschaft wartet im Salon ..."

„Seine Lordschaft?" rief der Mann aus und senkte die Stimme dann zu einem Flüstern.

Damien erhob sich, während er sich noch die seltsamen Worte der alten Frau durch den Kopf gehen ließ. Draußen hörte er Fußgetrappel – die Mädchen, darunter vermutlich auch sein Mündel, liefen leichthin die Treppe hinauf, die von der Eingangshalle nach oben führte. Neugierig trat er in die Tür und schaute hinaus, sah aber nur noch ein paar beigefarbene Rockzipfel und helle Lederstiefel, dann waren die Kinder verschwunden.

„Mylord, willkommen in Yardley." Mit einem unterwürfigen Lächeln näherte sich der schwarz gekleidete Pfarrer. „Ich bin der Gründer und Direktor der Schule, mein Name ist Reed. Wie kann ich Ihnen behilflich sein?"

Damien prickelte der Nacken vor instinktiver Abneigung. „Ich bin Colonel Lord Winterley", erwiderte er hoheitsvoll, holte den Brief von Jasons Anwalt hervor und überreichte ihn dem Mann. „Ich überbringe die traurige Nachricht, dass Major Jason Sherbrooke letzte Woche in London getötet wurde. Ich bin zum Vormund seines Mündels ernannt worden, Miss Miranda FitzHubert. Ich möchte sie sehen."

„Natürlich, Mylord", murmelte Mr. Reed und warf seinem Besucher einen neugierigen Blick zu, ehe er sich an die Lektüre des Briefes machte. Einen Augenblick später gab er Damien den Brief zurück. „Verzeihen Sie mein Zögern, Mylord. Es ist meine Pflicht, die Mädchen zu beschützen."

„Eine ehrenwerte Einstellung."

Das bleiche Gesicht des Geistlichen wurde angesichts von Damiens versöhnlicher Bemerkung ein wenig lebhafter. „Bitte treten Sie doch in mein Büro; wir lassen das Mädchen rufen. Bitte bringen Sie uns Tee, Mrs. Warren."

Damien steckte den Brief ein und folgte dem Direktor in einen anderen Raum, der mit ein paar Bücherregalen und einem mächtigen Schreibtisch ausgestattet war.

„Bitte machen Sie es sich bequem, Mylord." Mr. Reed wies auf einen Ledersessel vor dem Schreibtisch, doch auf dem Weg dorthin fiel Damien ein anderes Möbelstück ins Auge – eines, das alte Erinnerungen weckte und ihm einen kalten Schauer über den Rücken jagte. Er blieb stehen und starrte es an, während ihm der Ärger in den Adern brannte. Es war ein Betpult mit einer Buchstütze, doch Lederbänder an den Seiten verrieten den wahren Verwendungszweck: Auf diesem Pult wurden die Schülerinnen festgeschnallt, wenn sie verprügelt wurden.

In Eton hatte er mehrere Male über einem ähnlichen Gestell gelegen, normalerweise weil er sich geweigert hatte, Lucien wegen irgendeines Streiches zu verpetzen. Er wusste Bescheid über die gängigen Strafmethoden.

„Mr. Reed.“ Er betrachtete den Geistlichen, der inzwischen um den Schreibtisch herumgegangen war. „Wenn Sie mein Mündel geschlagen haben“, verkündete er gelassen, „werde ich Ihnen eine solche Tracht Prügel verpassen, dass Sie nicht mehr wissen, wo oben und unten ist.“

„Lord Winterley! Du liebe Güte“, entgegnete der Pfarrer mit einem nervösen Lachen, „Sie sind wahrhaftig ein Mann des Schwerts. Seien Sie versichert, das Betpult dient nur zur Abschreckung unserer ungebärdigeren Schülerinnen, benutzt wird es nie.“

Mrs. Warren warf Damien aus den Augenwinkeln einen scharfen Blick zu, als sie den Tee abstellte.

„Danke, Mrs. Warren“, sagte Mr. Reed. „Das ist alles. Bitten Sie Miss Brocklehurst, Miss FitzHubert zu holen.“

„Ja, Herr Pfarrer.“ Mit einem letzten besorgten Blick auf Damien ließ Mrs. Warren ihn mit dem Direktor allein. Was für ein seltsamer Ort das ist, dachte er, aber er war sich nicht sicher, ob die Anspannung, die er verspürte, auf die Atmosphäre von Yardley zurückzuführen war oder doch eher aus ihm selbst kam.

„Also dann.“ Der Pfarrer stützte die knochigen Ellbogen auf den Tisch und verschränkte die Finger. Seine Miene war ernst. „Was Ihr Mündel angeht …“

„Ja. Ich habe ein paar Fragen.“

„Ich auch, Mylord. Aber nach Ihnen.“

Damien rutschte auf dem Ledersessel herum. „Ist sie bei guter Gesundheit?“

„O ja, gesund und munter, Mylord. Krank wird sie fast nie, soweit ich mich erinnern kann.“

„Hervorragend. Ist sie eine gute Schülerin?"

„Nun ja, sie ist klug, aber …"

„Ja?" drängte Damien, als der Pfarrer zögerte. „Bitte sprechen Sie frei heraus, Sir. Ich möchte alles über den wahren Charakter meines Mündels erfahren."

„Nun ja, was ihr Wesen angeht, könnte man sagen, dass Miss FitzHubert ein wenig … starrköpfig ist. So kann man es wohl nennen."

„Hm."

Mr. Reed nahm einen Schluck Tee. „Sie ist ziemlich intelligent, gibt sich aber keine große Mühe. Mylord …", vertraulich beugte er sich vor und senkte die Stimme, „… ihr mangelt es an Disziplin. Als Offizier wissen Sie natürlich um den Wert, nein, die Notwendigkeit dieser Tugend."

Damien stützte den Ellbogen auf die Seitenlehne und strich sich nachdenklich über die Lippen. „Fahren Sie fort."

„Sie neigt zu Wutausbrüchen, zu Trotz und Ungehorsam. Ihr mangelt es an Respekt und an Ehrlichkeit …"

„An Ehrlichkeit? Verlogene Frauen sind mir ein besonderer Gräuel."

„In der Tat. Erst gestern hat Miss FitzHubert mutwillig ein Porzellanfigürchen zerbrochen, das unserer Direktorin gehörte, und dann versuchte sie auch noch, ihrer gerechten Strafe durch Lügen zu entgehen!"

Lieber Himmel, dachte Damien entsetzt. Da hatte er ja einen schönen Satansbraten geerbt.

„Nun, das ist alles sehr beunruhigend, Mr. Reed. Bitte senden Sie mir eine Rechnung, damit ich das Eigentum der Direktorin ersetzen kann."

„Das ist sehr freundlich, Sir, aber es geht mir mehr um Mirandas Veranlagung als um den Sachschaden an sich. Ich muss gestehen, es erleichtert mich sehr, dass Sie sie abholen gekommen sind, denn Miss Brocklehurst und ich sind wahrhaftig mit unserem Latein am Ende."

Misstrauisch schaute Damien ihn an. Abholen? Vielleicht hatte er den Mann falsch verstanden.

„Es tut mir sehr leid, dass mein Mündel Ihnen solche Schwierigkeiten macht, Mr. Reed. Ich werde selbst mit Miranda sprechen, Sie können sich darauf verlassen, dass so etwas nicht wieder vorkommt. Zu Ihrer Verteidigung möchte ich allerdings vorbringen, dass es das Schicksal nicht gut mit dem Mädchen gemeint hat – ich spreche vom Tod ihrer Eltern und der dauernden Abwesenheit ihres Onkels. Mir scheint, Major Sherbrooke hat sie zu lange vernachlässigt. Es klingt, als wäre sie ein ziemlicher Wildfang geworden."

„Das ist sie in der Tat, trotz all unserer Anstrengungen. Schließlich müssen wir uns um insgesamt dreißig Mädchen kümmern, da können wir nicht all unsere Zeit und Energie auf ein einziges verwenden."

„Nun, jetzt, wo Miranda weiß, dass sie sich vor mir zu verantworten hat, werden Sie sie bald gefügiger finden."

Mr. Reed erhob sich, die Fingerspitzen auf den Schreibtisch gestützt. „Ich fürchte, Mylord, das wird nicht gehen."

„Wie bitte?"

„Die Lage erfordert entschiedenere Maßnahmen."

„Was wollen Sie damit andeuten?"

„Ganz einfach: Ihr Mündel hat die Regeln von Yardley so oft gebrochen, dass es unter anderen Umständen längst von der Schule verwiesen worden wäre. Doch mir waren die Hände gebunden, da sie ja nirgendwo hinkonnte. Doch jetzt, wo Sie hier sind, kann ich Miss FitzHubert leider nicht mehr guten Gewissens auf Yardley behalten."

„Aber Sie wollen doch nicht etwa vorschlagen, dass ich sie zu mir nehmen soll?" rief er mit klopfendem Herzen aus.

„Mylord", begann Mr. Reed mit unerschütterlichem Lächeln, „ich bestehe darauf. Ihr Mündel übt auf die anderen Mädchen einen schlechten Einfluss aus. Für sie trage ich schließlich auch Verantwortung." Mit einer Miene der Endgültigkeit setzte sich Mr. Reed, öffnete die Klappe seines Schreibtisches und begann darin herumzukramen.

„Das geht doch nicht! Ich verstehe ja, dass Sie auch an die anderen Schülerinnen denken müssen, aber für Miranda sind Sie doch auch verantwortlich!" stammelte Damien.

„Jetzt nicht mehr, Sir." Er blickte ihn über die Schreibtischklappe hinweg an. „Das ist jetzt Ihre Aufgabe."

Damien sprang auf und stützte die Hände auf die Kante des Schreibtisches. „Jetzt hören Sie mal zu, guter Mann. Ich bin nur hier, um das Kind kennen zu lernen und ihr von Major Sherbrooke zu erzählen. Ich entschuldige mich für ihr Benehmen, und ich gebe Ihnen mein Wort, dass so etwas nicht mehr vorkommen wird, aber ich kann sie nicht zu mir nehmen. Das ist völlig unmöglich. Ich werde in London von meiner Familie erwartet."

„Nun, wenn Sie sie in der Gosse aussetzen möchten, ist das nicht meine Sache. Ich gebe sie … in Ihre Hände." Mr. Reed kratzte seine Unterschrift unter die Entlassungsurkunde und reichte sie ihm. „Herzlichen Glückwunsch, Mylord. Major Sherbrooke wäre Ihnen in der Tat mehr als dankbar."

„Das ist einfach gewissenlos! Sehe ich vielleicht aus wie ein Kindermädchen? Ich kann doch nicht von einem Moment auf den anderen ein Kind bei mir aufnehmen, darauf bin ich doch in keinster Weise vorbereitet."

„Mein lieber Colonel, wie kommen Sie eigentlich auf die Idee, dass Miss FitzHubert ein Kind ist?"

Erschrocken starrte Damien ihn an. „Was ist sie denn dann? Ein Kobold?"

„Überzeugen Sie sich selbst. Miss Brocklehurst!" rief er zur Tür. „Führen Sie FitzHubert herein!"

Damien wandte sich um, als die Tür aufging. Eine ältere Frau mit verkniffenem, hartem Gesicht kam herein und nickte ihm zu.

„Das ist Miss Brocklehurst", stellte Mr. Reed vor.

„Nun komm schon", sagte die Direktorin zu jemandem in der Eingangshalle.

„Und das", verkündete Mr. Reed mit einer Missbilligung, die an Feindseligkeit grenzte, „ist Miranda."

Sie kam herein, mit hoch erhobenem Haupt und blitzenden grünen Augen, bereit zum Kampf.

Sobald er sie sah, hatte Damien das Gefühl, man ziehe ihm den Boden unter den Füßen weg.

Wie angewurzelt stand er da, mit wild klopfendem Herzen. Zuerst war er sich nicht sicher – es konnte nicht sein, es war einfach nicht möglich. Sie sah so anders aus. Doch als sich ihre Blicke trafen und sie mit einem erschrockenen kleinen Keuchen stehen blieb, wusste er, dass er sich nicht täuschte. Es war die unbeugsame Miss White!

Und schneeweiß wurde sie jetzt auch, als sie ihn anstarrte, Panik im Blick. Damien musterte sie fassungslos, wollte kaum seinen Augen trauen angesichts dieser Verwandlung. Jetzt war sie der Inbegriff züchtiger Unschuld, in beigefarbenem Straßenkleid mit sauberen weißen Handschuhen. Ihr welliges dunkles Haar, das ihr gestern Abend so üppig über die Schultern gewallt war, war nun zu schulmädchenhaften Zöpfen geflochten.

„Mylord, erlauben Sie, dass ich Ihnen Miss Miranda FitzHubert vorstelle“, sagte Mr. Reed. „Miss FitzHubert, das ist Colonel Lord Winterley, Ihr neuer Vormund.“

„Mein *was?*“ fragte sie entsetzt und schaute vom Pfarrer zu ihm.

Wirr wirbelten Damien die Gedanken durch den Kopf, bis die einzelnen Puzzleteile schließlich an Ort und Stelle waren. Ihre Weigerung, ihm ihren richtigen Namen zu verraten. Ihre Mutter, die Schauspielerin. Mr. Reeds Beschreibung ihrer rebellischen Natur. Die Schule lag nicht weit vom Theater entfernt. Ihm fiel ein, wie sie den Applaus in sich aufgesogen hatte.

Mein Gott, die Wahrheit war unausweichlich. Diese sinnliche, starrköpfige, unmögliche Kreatur, die ihren herrlichen Körper auf der Bühne vor ihm und halb Birmingham zur Schau gestellt hatte, die in seinen Armen dahingeschmolzen war und ihn dann hatte stehen lassen, sobald er ihr den Rücken kehrte, die beinahe seinen Tod verschuldet hätte, weil sie munter an einer ganzen Verbrecherkolonie vorbeimarschiert war, diese engelsgesichtige Ausgeburt der Hölle war die kleine Miranda FitzHubert.

Ganz und gar die seine und ganz und gar tabu für ihn.

O Gott, dachte er. Beinahe hätte ich mein eigenes Mündel verführt. Zum ersten Mal seit langem flößte ihm eine Aufgabe Unbehagen ein. Wieder erinnerte er sich an den hinreißenden Anblick, den sie in dem dünnen lavendelfarbenen Kleid geboten hatte, und wie sich ihre warmen, weichen Lippen seinem Kuss in begieriger Unschuld geöffnet hatten. Ihm graute vor der Versuchung, die sie für ihn in jeder einzelnen Sekunde darstellte.

„Könnte mir jemand mal verraten, was hier los ist?“ rief die kleine Betrügerin verängstigt.

Damien straffte sich und warf Mr. Reed einen Blick zu. „Lassen Sie uns allein“, befahl er.

Mirandas Herz hämmerte im Stakkato. Als sie den Raum betreten hatte, war sie auf eine Tracht Prügel gefasst gewesen, aber das hier war möglicherweise noch schlimmer. Sie konnte nicht fassen, dass das grauäugige Monster sie gefunden hatte, doch nach dem, was sie gestern Abend gesehen hatte, war sie fast davon überzeugt, dass der Mann übernatürliche Kräfte besaß, die ihm der Teufel verliehen hatte. Ein Earl, dachte sie verstört. Sie wusste, was das hieß. Ein Earl war ein Mann, der tun konnte, was immer er wollte und mit wem er es wollte, zum Beispiel irgendwelches Gesindel umbringen. Earl bedeutete Geld. Genug, um damit ein Mädchen in seine Gewalt zu bringen, das es gewagt hatte, seine Annäherungsversuche zurückzuweisen.

Sie hatte das schreckliche Gefühl, dass Mr. Reed sie soeben an diese tödliche Kreatur verkauft hatte – und warum sollte er auch davor zurückschrecken? Ihr Onkel Jason war schließlich nicht da, um sie zu beschützen.

Der Direktor schlich wie ein unterwürfiger Hund hinaus, gehorchte Colonel Lord Winterley widerspruchslos. Miranda biss sich auf die Lippen, um den widerlichen Kerl nicht zu bitten zu bleiben. Sie fürchtete sich zu Tode davor, mit ihrem erschreckenden Retter allein zu sein, aber sie konnte Mr. Reed ja schließlich nicht sagen, dass sie einander schon begegnet waren, sich bereits geküsst hatten, schon in schuldigem Blut vereint waren. Jetzt war es wohl an der Zeit, die Zeche zu zahlen.

Als die Tür ins Schloss fiel, starrten sie einander in misstrauischem Schweigen an.

Miranda musterte ihn, staunte darüber, dass seine strenge Schönheit im Tageslicht sogar noch gewann, das markante Zusammenspiel von tiefschwarzem Haar und hellgrauen Augen. In den glasklaren Tiefen sah sie immer noch das Raubtier lauern, aber oberflächlich war er ganz makellose Korrektheit. Ihr fiel seine blutbesudelte und zerrissene Uniform ein, und sie verglich sie mit seiner eleganten, perfekt geschneiderten Zivilkleidung. Sauber steckte die weiße Seidenkrawatte im hohen Kragen der silbergrauen Weste, und sein dunkelblauer Frack spannte sich faltenfrei über seine breiten Schultern. Die anthrazitgrauen Breeches verschwanden in hohen schwarzen Reitstiefeln, an denen kein Stäubchen haftete.

„Nun, Miss FitzHubert, wie Sie anscheinend heißen", sagte er etwas hochmütig, „so treffen wir uns also wieder." Er machte einen Schritt auf sie zu.

„Bleiben Sie, wo Sie sind!“ rief sie und suchte hinter dem großen Ledersessel Schutz. „Was machen Sie hier? Was wollen Sie? Wie haben Sie mich gefunden?“

„Haben Sie keine Angst“, erwiderte er, während er sich langsam dem Sessel näherte. „Ich will Ihnen nichts Böses.“

„Bleiben Sie mir vom Leib“, warnte sie ihn und verbarrikadierte sich auf der anderen Seite des Schreibtisches. „Wenn Sie nur gekommen sind, um sich zu vergewissern, dass ich über die Ereignisse der letzten Nacht Stillschweigen wahre, brauchen Sie sich keine Sorgen zu machen. Ich werde es keiner Menschenseele verraten.“

„Deswegen bin ich nicht hier.“

„Ich bin ein ehrbares Mädchen!“ schrie sie.

„O Miranda, nun beruhigen Sie sich doch“, meinte er ärgerlich. „Ich bin nicht hier, um Sie zu verführen.“

„Warum haben Sie Mr. Reed dann erzählt, Sie wären mein Vormund? Damit kommen Sie nicht durch! Mein Vormund ist Major Sherbrooke, und wenn Sie mir auch nur ein Haar krümmen, wird er Sie zur Rechenschaft ziehen.“

Ein schmerzerfüllter Ausdruck huschte über sein Gesicht. „Versuchen Sie doch, mir einen Augenblick zuzuhören, Miranda. Wegen Ihres Onkels Jason bin ich ja da.“

Sie erstarrte und ließ sich die letzten Worte noch einmal durch den Kopf gehen. „Woher kennen Sie seinen Vornamen?“ fragte sie. „Ich habe auch nicht erwähnt, dass er mein Onkel ist. Woher haben Sie das gewusst?“

„Vielleicht sollten Sie sich setzen.“

Miranda war verwirrt. Seine Miene war jedoch so ernst, dass sie das Gefühl hatte, ihn anhören zu müssen. Misstrauisch ließ sie sich im Sessel nieder, bereit, umgehend die Flucht zu ergreifen. Als er einen Schritt näher trat, sah sie das schwarze Band, das er um den Arm hatte, und runzelte die Stirn, als sie die Insignien des Regiments ihres Onkels entdeckte.

Lord Winterley hob das Kinn und verschränkte die Arme im Rücken. „Ich war Major Sherbrookes vorgesetzter Offizier. Ich hatte das Privileg, sechs Jahre lang mit ihrem Onkel zu dienen. Er war mein Leutnant, als ich meine erste Füsilierkompanie kommandierte." Er hielt inne, und sein Blick wurde abwesend. „Wir wurden enge Freunde. Als er damals bei Albuera den Arm verlor, war ich an seiner Seite, als ihm der Arzt die Wunde ausbrannte."

Misstrauisch starrte sie ihn an. Eigentlich wollte sie diesem Mann kein Wort glauben, aber es klang so, als kennte er ihren Onkel tatsächlich.

„Bei Albuera bat Jason mich, dass ich mich im Falle seines Todes um Sie kümmere", fuhr er entschlossen fort. „Ich habe ihm mein Wort darauf gegeben. Wie Sie wissen, hat er sich wieder erholt, aber unsere Abmachung, die Vormundschaft betreffend, blieb bestehen."

Verwirrt schüttelte sie den Kopf. „Ich verstehe nicht. Hat er Sie zu mir geschickt, um mal nach dem Rechten zu schauen? Bekomme ich ihn auch bald mal zu Gesicht?"

„Nein, meine Liebe", antwortete er sehr leise und sanft. „Ich fürchte, ich bringe Ihnen heute eine sehr schlechte Nachricht."

Sie starrte ihn an. Innerlich wurde ihr ganz kalt vor Angst. In seiner Stimme lag ein düsterer Ton, ein Ton, bei dem sie eine Gänsehaut bekam und der Erinnerungen heraufbeschwor, wie sie in der düsteren Kapelle von Papas Landsitz saß, vor sich zwei Särge, einen weißen und einen etwas größeren aus Mahagoni. Onkel Jason hatte beschützend neben ihr gesessen und ihre Hand gehalten, während lauter Unbekannte an ihr vorbeizogen, bleiche, steife Männer und Ladies mit schwarzen Schleiern, die sie mit Tränen in den Augen ansahen und murmelten: „Armes kleines Ding", während Onkel Jason ihnen für ihr Kommen dankte.

Sie starrte Lord Winterley an. „Was ist es?" erkundigte sie sich heiser.

„Miranda", flüsterte er mitfühlend, straffte dann die Schultern und riss sich zusammen. „Es ist meine traurige Pflicht, Sie davon in Kenntnis zu setzen, dass Major Jason Sherbrooke letzten Mittwoch, am Abend des zwölften Dezember, getötet wurde, während des Einbruchs in seine Londoner Wohnung. Er wurde ins Herz geschossen." Er sprach langsam und bewusst förmlich.

Miranda hörte das schon kaum mehr, so laut dröhnte ihr der Puls in den Ohren. Selbst sein kultivierter Bariton klang gedämpft. Der Raum begann sich langsam, aber stetig um sie zu drehen.

„Was ich Mr. Reed erzählt habe, ist die Wahrheit. Jason hat mich in seinem Testament zu Ihrem Vormund ernannt. Es tut mir so furchtbar leid."

Einen Moment lang herrschte absolutes Schweigen.

Ihr war ganz schwindelig. Blind schaute sie ihn an, bis ihr schwarze Ringe vor den Augen tanzten. Sie krallte sich in den Armlehnen fest.

„Miranda?“ Zögernd kam er näher, ging neben dem Sessel in die Hocke und musterte sie besorgt. „Alles in Ordnung? Soll ich die Direktorin rufen, damit sie sich ein Weilchen zu Ihnen setzt?“

Sie antwortete nicht, sie konnte nicht.

„Meine Liebe, Sie sind so bleich.“ Er streckte die Hand aus, um sie zu beruhigen. „Ich hole Riechsalz.“

„Fassen Sie mich nicht an!“ zischte sie und zuckte vor ihm zurück. Voll Abscheu und am ganzen Körper zitternd sah sie ihn an. „Das ist … nicht wahr. Das ist der grausamste, gemeinste Trick, der mir je untergekommen ist!“

Verblüfft legte er den Kopf in den Nacken, als sie plötzlich aufsprang.

„Sie sind ein Betrüger!“ stieß sie hervor, während ihr die Tränen in die Augen stiegen. „Wollen Sie mich für dumm verkaufen? Onkel Jason ist nicht tot! Er hat doch nicht sechs Jahre Krieg überlebt, nur um in seiner eigenen Wohnung von einem Einbrecher erschossen zu werden! Gegen so einen blöden Einbrecher hätte er sich doch wehren können!“

„Er war betrunken“, entgegnete er.

„Das ist gelogen! Er kommt mich holen! Jawohl! Warum geben Sie nicht zu, was Sie wirklich wollen, Sie ekelhaftes Monster? Meine Antwort ist immer noch dieselbe!“

Er stand auf, das Gesicht ganz angespannt vor Selbstkontrolle, als ob er ihre Beleidigungen überhören und Mitleid üben wollte. „Jason war mein Freund. Einer der wenigen, die mir geblieben waren. In so einer Sache würde ich niemals lügen. Ich will Ihnen nicht nachstellen. Dass wir uns gestern Abend kennen gelernt haben, war reiner Zufall. So etwas wird es zwischen uns nicht mehr geben. Sie sind mein Mündel. Wenn Sie mir gestern Abend nur Ihren Namen genannt hätten, hätte ich Sie niemals angerührt."

„Ich habe es Ihnen nicht gesagt, aber gefunden haben Sie mich doch!"

„Ich habe nicht nach Ihnen gesucht", erklärte er müde. „Ich war viel zu beschäftigt, mir die Kugel aus dem Arm holen zu lassen." Er griff in die Westentasche und reichte ihr den Brief des Anwalts. „Hier, wenn Sie mir nicht glauben."

„Was ist das?"

„Lesen Sie."

Ihre Hände zitterten so, dass sie den Brief kaum auseinander falten konnte, und ihr Verstand war so in Aufruhr, dass sie kaum verstand, was sie da las. Dennoch gelang es ihr, sich lang genug zu konzentrieren, um zu erkennen, dass es sich um eine Kopie des Testaments ihres Onkels und eine Erklärung seines Anwalts handelte.

„Hat nichts zu bedeuten", sagte sie und gab ihm die Papiere zurück. „Es könnte auch eine Fälschung sein."

Erstaunt betrachtete er sie.

Sie schluckte und baute sich trotzig vor ihm auf, obwohl sie ihm nur bis zur Krawattennadel reichte. „Wenn Sie wirklich so eng mit meinem Onkel befreundet gewesen wären, hätte er Sie in seinen Briefen erwähnt. Er hat oft über die anderen Offiziere geschrieben, aber von einem Lord Winterley war nie die Rede!"

„Der Titel ist mir auch erst vor einem Monat verliehen worden. Wenn ich in Jasons Briefen auftauche, dann nie anders als unter dem Namen Damien Knight."

Sie erstarrte und schaute ihn aus großen Augen an. Sie wurde leichenblass. „Damien ... Knight?"

„Ah, dann haben Sie also doch schon von mir gehört", murmelte er und kniff befriedigt die Augen zusammen.

„Damien – der Captain der Grenadiere?"

„Früher. Jetzt bin ich Colonel."

„Damien – der mit dem Zwillingsbruder?"

Erleichtert nickte er. „Ja, genau, Lucien."

Miranda starrte ihn an, inzwischen vollkommen durcheinander. Captain Lord Damien Knight war das strahlende Vorbild ihres Onkels gewesen. In seinen Briefen hatten die Knight-Zwillinge immer überlebensgroß gewirkt, aber der Held der Geschichten war immer Damien gewesen, der ältere von beiden. Damien, wie er die Mauern einer alten spanischen Festung erstürmte, Kanonen zurückholte, welche die Franzosen ihnen abgenommen hatten, sich gefährlichen Kavallerieangriffen entgegenstellte, verwundete Kameraden unter feindlichem Geschosshagel vom Schlachtfeld zog.

„Fragen Sie mich doch etwas über Jason, wenn Sie mir nicht glauben. Ich habe Ihren Onkel fast so gut gekannt, wie ich mich selbst kenne. Auch über Sie weiß ich eine ganze Menge."

„Über mich?" Rasch blickte sie auf. „Was denn?"

„Ich weiß, dass Sie diesen neuerlichen Todesfall nicht akzeptieren können, weil Sie schon Ihre Eltern verloren haben", sagte er leise. „Sie haben mit ansehen müssen, wie sie ertrunken sind."

Sie schnappte nach Luft und trat einen Schritt zurück. Ihr sträubten sich die Nackenhaare. „Woher wissen Sie das?"

„Jason hat dauernd von Ihnen geredet. Er hat uns abends immer Ihre Briefe vorgelesen, weil wir alle so … verdammtes Heimweh hatten." Plötzlich nachdenklich geworden, tippte er sich an die Lippen. „Erinnern Sie sich an die Puppe, die er Ihnen aus Lissabon geschickt hat? Ich glaube, es war eine spanische Lady mit einer Spitzenmantille."

Sie nickte.

„Die habe ich für Sie ausgesucht."

„*Sie?*"

„Nun ja, mein Bruder und ich haben sie gemeinsam ausgesucht", räumte er ein. „Wir haben unserer kleinen Schwester eine geschickt und dann auch an Sie gedacht, denn seit Albuera war Sherbrooke leider auch ein bisschen vergesslich geworden."

Das stimmte. „Nein!" rief sie verstört aus und presste die Hände vor den Mund, als ihr endlich mit überwältigender Klarheit bewusst wurde, dass er die Wahrheit sprach. Es stimmte. Es war kein Trick, um sie zu verführen. Ihr geliebter Onkel war tot.

Sie bemerkte kaum Damiens stützende Hand, als Miranda in den Sessel zurücksank, und auch seine tröstenden Worte nahm sie nicht wahr, doch als er ihr sein Taschentuch reichte, griff sie blind danach. Während sie weinte, hockte Damien vor ihr wie ein großer, wilder Wachhund.

„Ich werde den Mann finden, der das getan hat, Miranda. Das schwöre ich."

„Und dann? Wollen Sie ihn auch noch umbringen?" rief sie unter Tränen. „Können Sie von all dem Sterben denn niemals genug bekommen?"

Er wurde bleich bei diesem zornigen Ausbruch. „Sie können sich nicht vorstellen, wie satt ich es habe“, meinte er nach einer Weile. „Mein Freund ist tot.“

Der bekümmerte Ton in seiner Stimme überraschte sie. Abrupt hörte sie auf zu weinen – sie war nicht die Einzige, die einen geliebten Menschen verloren hatte. Nun schaute sie Damien in die Augen, sah nicht die strenge, erzengelhafte Schönheit, sondern seine gequälte Seele, und sie spürte die Anspannung, unter der er stand, und dass er auf einem schmalen Grat zu wandeln schien.

Müde erwiderte er den Blick.

Sie hatte ihren Onkel verloren, aber sie hatte ihn schon ewig nicht mehr gesehen, und nun erkannte sie, dass dieser Mann hier einen Freund verloren hatte, mit dem er in den letzten sechs Jahren fast ununterbrochen zusammen gewesen war. Sie verstand jetzt, warum er letzte Nacht Trost bei einer Frau gesucht hatte.

Wieder stiegen ihr Tränen in die Augen. Sie hob die Hand und berührte die kleine Narbe an seiner linken Augenbraue, und dann zog sie ihn wortlos in die Arme.

Erst verkrampfte er sich unsicher, doch dann ergab er sich in ihre Umarmung und erwiderte sie. Sie schloss die Augen. Ein paar Minuten klammerten sie sich aneinander wie zwei Schiffbrüchige auf einem fremden Eiland, die einzigen Überlebenden einer Katastrophe. Beinahe konnte sie den Zorn spüren, der in ihm pulsierte, denn er bebte am ganzen Körper, um ihn im Zaum zu halten. Voll Kummer drückte sie seinen Kopf an ihre Brust und strich ihm beruhigend über das seidige schwarze Haar, verdrängte dabei auch das Wissen, dass der Mann, den sie jetzt in den Armen hielt, sich im Handumdrehen in eine Tötungsmaschine verwandeln konnte. Er war auch der Mann, der ihr das Leben gerettet hatte.

„Damien Knight, ich weiß, dass er große Stücke auf Sie gehalten hat“, flüsterte sie.

Plötzlich entzog er sich ihr und starrte sie bestürzt an, als hätte ihn seine Reaktion auf ihren Trost verwirrt. Ihre Gesichter waren ganz nah beieinander, so dass sie die Furcht in seinem Blick wahrnehmen konnte. Ohne weiter nachzudenken, berührte sie seine Wange, um seinen Schmerz zu lindern.

Voll Sehnsucht schaute er auf ihre Lippen, und plötzlich loderte wieder die Begierde zwischen ihnen, die sie am Abend zuvor geschmeckt hatten, lebendig, knisternd, elektrisierend. Abrupt fuhr sie zurück, und er sah erschrocken auf, als hätte ihn ihre Bewegung aus seiner Trance geweckt. Rau murmelte er eine Entschuldigung und stand auf. Sein verletzlicher Gesichtsausdruck verschwand. Damien wandte sich ab und begann ruhelos durch den Raum zu gehen. Miranda beobachtete ihn mit klopfendem Herzen.

Nach einem Augenblick räusperte er sich. „Ich schlage vor, dass wir letzte Nacht einfach vergessen.“

„Wie könnten wir?“ hauchte sie.

Vielleicht hatte er ihre Frage nicht gehört, denn er ignorierte sie. „Ich nehme Sie nach London mit, wo wir Weihnachten bei meiner Familie verbringen. Eine meiner Verwandten kann Ihnen als Anstandsdame dienen. Es wird Ihnen an nichts fehlen. Ich weiß, das alles kommt wie ein Schock, aber vor Ihnen liegt ein völlig neues Leben. Versuchen Sie, daran zu denken. Sie werden all die Dinge bekommen, die jungen Damen am Herzen liegen – Ballkleider und Verehrer und was weiß ich. Zwischen Weihnachten und dem Dreikönigstag wird es viele festliche Anlässe geben, Gesellschaften, Konzerte, Bälle. Um diese Jahreszeit halten sich in London zwar immer relativ wenige Leute auf, aber ich bin zuversichtlich, dass wir bald einen passenden Ehemann für Sie finden."

„Einen Ehemann?" wiederholte sie erstaunt.

„Natürlich." Mit erhobenem Haupt drehte er sich um. Seine Miene war wachsam und hochmütig. „Das schwebte Jason für Sie vor. Und alt genug sind Sie ja. Ich habe Ihrem Onkel versprochen, Sie ehrbar unter die Haube zu bringen, und genau das werde ich auch tun. Wenn Sie sich jetzt wirklich wieder beruhigt haben, können Sie laufen und Ihre Sachen packen. Die Reise nach London dauert zwei Tage. Nehmen Sie nur mit, was Sie brauchen. Wir reisen mit wenig Gepäck, den Rest lassen wir per Kurier nach Knight House bringen – das ist das Haus meines ältesten Bruders, des Duke of Hawkscliffe. Ich habe eine Schwester in Ihrem Alter, die auch dort wohnt. Ihre Gouvernante wird auch nach Ihnen sehen."

Miranda starrte ihn ziemlich verständnislos an; das alles ging ihr viel zu schnell.

„Alles wird gut, Miranda. Und nun packen Sie Ihre Sachen", drängte er. „Bleiben Sie in Bewegung, das ist das beste Heilmittel. Wir können Coventry noch erreichen, ehe es dunkel wird."

„Offensichtlich bin ich Ihnen zu Dank verpflichtet", sagte sie, um Klarheit bemüht, „weil Sie mich vor diesen Ganoven letzte Nacht gerettet haben, weil Sie meinem Onkel ein guter Freund waren, weil Sie mir ein so großzügiges Angebot machen. Aber ich will nicht nach London. Ich möchte hier bei meinen Freundinnen bleiben."

Sie wagte es einfach nicht, sich diesem gewaltigen Krieger anzuvertrauen – nie würde sie seinen Anblick vergessen, wie er auf der schneebedeckten Hügelkuppe gestanden hatte, barbarisch und großartig, von Mondlicht übergossen und blutüberströmt. Außerdem wusste sie, was mit Amy geschehen würde, sobald sie Yardley verließ.

Einen winzigen Augenblick erwog sie, Damien von Mr. Reeds unnatürlichen Neigungen zu erzählen, ließ den Gedanken dann jedoch schaudernd wieder fallen. Niemals würde sie es fertig bringen, einem fast Fremden etwas so Persönliches und Demütigendes anzuvertrauen.

Er schüttelte den Kopf. „Das ist doch Unsinn, Miranda. Hier können Sie nicht bleiben. Sie sind zu alt, um noch zur Schule zu gehen. Es wird Zeit, etwas Neues anzufangen. Außerdem, schauen Sie sich doch um – an diesem elenden Ort können Sie doch nicht bleiben wollen." Er stemmte die Hände in die Hüften. „Ich könnte mir vorstellen, dass Sie nur deswegen bleiben wollen, damit Sie sich wieder ins Theater schleichen können. Stimmt 's?"

Sie schwieg, erbost wegen des herablassenden Tones.

„Miranda, Miranda, anscheinend müssen wir uns ein wenig unterhalten. Aber eines nach dem anderen." Er schlenderte zu Mr. Reeds Schreibtisch und lehnte sich lässig dagegen, wobei er Miranda nicht aus den Augen ließ – eine Pose, die ganz den despotischen Colonel verriet. „Nun hören Sie einmal gut zu, meine Liebe. Mit Ihren Schauspielkünsten ist es vorbei, Sie haben den letzten Vorhang schon hinter sich. Sie mögen sich daran gewöhnt haben, Ihre Betreuer in die Irre zu führen und halbnackt durch die Gegend zu laufen, aber jetzt sind Sie mein Mündel, Mademoiselle. Ich dulde keinen Ungehorsam."

Scharf sog sie den Atem ein und hob empört das Kinn, verkniff sich jedoch jede Entgegnung.

„Ach, das gefällt Ihnen wohl nicht, was?" spöttelte er. „Nun, Sie mögen mich anstarren, so viel Sie wollen, lassen Sie sich aber gesagt sein, dass ich an die zweitausend wilde Bauernburschen in disziplinierte Soldaten verwandelt habe. Gegen mich können Sie nicht gewinnen, glauben Sie mir. Sie machen mir keine Angst, und ich kenne jeden Trick. Himmel, wenn Jason Sie letzte Nacht auf der Bühne gesehen hätte, hätte er sie ins Kloster gesteckt. Ich bin selbst beinahe in Versuchung. Aber wenn ich mir überlege, wie man Ihnen die Zügel hat schießen lassen, bin ich bereit, Ihnen die Chance zu einem Neuanfang zu geben. Von jetzt an werden Sie sich benehmen, wie es sich für eine junge Dame gebührt. Sie werden weder mir noch meiner Familie, noch dem Andenken Ihres Onkels Schande bereiten. Ist das klar?"

„Nein!"

„Wie bitte?"

Seine Arroganz erzürnte sie. „Zu Ihrer Information: Ich bin neunzehn Jahre alt und brauche keinen Vormund."

„Ach ja? Gestern Abend hat das noch ganz anders ausgesehen. Sie haben sich Hals über Kopf in eine gefährliche Situation gestürzt. Wo hatten Sie Ihren Verstand gelassen,

Mädchen? Wissen Sie überhaupt, wie dumm das war? Haben Sie auch nur die geringste Vorstellung davon, was Ihnen hätte passieren können, wenn ich nicht da gewesen wäre?"

Sie schniefte abwehrend. „Die Leute aus Mud City haben mich aber nie zuvor belästigt."

Da hob er ihr Kinn mit demselben festen, sanften Griff wie gestern Abend, damit sie ihn anschauen musste. Sie war schockiert, wie heiß es sie bei der Berührung seiner bloßen Fingerspitzen überlief. Ihr Puls raste, als sie seinem Blick mit einer Mischung aus Furcht und Begehren begegnete.

„Diese Männer hätten sich an Ihnen vergangen und Sie dann einfach liegen lassen", meinte er in hartem, ruhigem Ton. „Die haben genau das bekommen, was sie verdient haben. Es tut mir leid, dass Sie es mit ansehen mussten, aber ich bedaure keine Sekunde, was ich getan habe. Vor allem nachdem ich jetzt weiß, dass Sie unter meinem Schutz stehen." Der leichte Griff, mit dem er ihr Kinn umfasst hielt, wurde zur Liebkosung. Mit den Knöcheln strich er an ihrem Unterkiefer entlang, und sie ließ es fasziniert geschehen. Er schlug sie mit seinem gebieterischen Blick in seinen Bann und murmelte beruhigend: „Sie haben nichts zu befürchten, meine Schöne. Sie und ich, wir werden ... gut miteinander auskommen. Die Leute hier haben nicht die leiseste Ahnung, wie man mit Ihnen umgehen muss, aber ich weiß genau, was Sie brauchen."

„Was denn?" fragte sie trotzig, doch irgendwie klang ihre Stimme ganz atemlos.

„Eine eiserne Hand in einem Samthandschuh", flüsterte er nachdenklich, „das sollte Ihre wilde Natur zähmen."

Ihr wurden die Knie weich. Die Gefühle, die er in ihr weckte, schockierten und verwirrten sie. Der Mann war die Fleisch gewordene Gewalt, so arrogant, dass es schon beleidigend war, und doch erfüllten seine Berührungen sie mit Begierde.

Sein sinnlicher Mund verzog sich zu einem verruchten Lächeln, als ahnte er, welche Wirkung er auf sie ausübte. In seinen silbergrauen Augen glomm es verführerisch auf. „Und nun ab mit Ihnen, mein Kind. Lassen Sie mich nicht warten." Als er an ihr vorbei zur Tür ging, verfluchte sie sich, weil sie ihn wieder einmal die Oberhand hatte gewinnen lassen.

Er wandte sich noch einmal mit hochgezogenen Augenbrauen zu ihr um. „Noch Fragen?"

„Ich habe dem allen immer noch nicht zugestimmt."

„Über Ihr Einverständnis würde ich mich zwar freuen, aber notwendig ist es nicht."

„Sie können mich doch nicht gegen meinen Willen mitnehmen! Sie haben kein Recht, hier hereinzumarschieren und einfach über mein Leben zu bestimmen!"

„Im Gegenteil, dazu habe ich jedes Recht. Ab sofort bin ich für Sie verantwortlich, bis Sie einundzwanzig werden oder heiraten."

„Das ist mir egal. Mit Ihnen gehe ich nirgendwohin!"

„Hier können Sie nicht bleiben", verkündete er. „Mr. Reed hat Sie entlassen."

„Was?" Dieser verfluchte Perversling hatte die Gunst der Stunde genutzt, um sie loszuwerden – das einzige Hindernis, das ihm den Weg zu Amy verstellte! Sie biss die Zähne zusammen und wandte den Blick ab. Ihre Augen blitzten vor Zorn. Sie wusste, was sie zu tun hatte. Wenn Mr. Reed mich hinauswirft, dann gehe ich, aber ich nehme Amy mit, dachte sie grimmig entschlossen. Zusammen würden sie sich Mr. Chippings Schauspieltruppe anschließen, sie würde die Rolle der jugendlichen Heldin übernehmen und sie mit ihrer Gage beide ernähren. Aber wie sollte sie ihren formidablen Vormund loswerden, wenn er so fest entschlossen schien, seine Pflicht ihrem Onkel gegenüber zu erfüllen?

Sie konnte nicht einfach davonlaufen, er war viel schneller und stärker als sie, wie er letzten Abend eindrucksvoll bewiesen hatte. Tatsächlich wagte sie kaum noch zu widersprechen, weil sie befürchtete, sie könnte seinen Zorn wecken. Na, bist du jetzt Schauspielerin oder nicht, fragte sie sich schließlich. Sie konnte auch ihm etwas vorspielen, konnte so tun, als gehorchte sie ihm. Wenn sie die grauäugige Bestie dann in Sicherheit gewiegt hätte, könnte sie die erste Gelegenheit ergreifen, um nach Yardley zu fliehen, Amy abzuholen und dann die Schauspieltruppe einzuholen. Mit ein wenig Glück befände es dieser anmaßende Colonel Lord Winterley für unter seiner Würde, nach einem Mädchen zu suchen, das kein Interesse an seiner langweiligen, ehrbaren Welt hatte, in der es nichts gab als Regeln, Regeln und wieder Regeln.

„Nun denn, Miranda", sagte er und verschränkte die Hände mit einer Miene der Endgültigkeit hinter dem Rücken, „wenn Sie jetzt endlich fertig sind, vielleicht könnten Sie dann Ihre Sachen packen. Und beeilen Sie sich bitte. Es wird bald dunkel."

Irgendwie unterdrückte sie ihren Stolz und nickte steif, spielte ihm das folgsame Mündel vor, während sie innerlich schon auf Flucht sann. In seinem Blick zeigte sich Befriedigung über ihren Gehorsam, als er ihr die Tür aufhielt. Mit hoch erhobenem Kopf marschierte Miranda nach draußen.

Mr. Reed und Miss Brocklehurst traten aus dem Salon gegenüber, wo sie gewartet hatten.

„Wir reisen ab, sobald Miss FitzHubert ihre Sachen gepackt hat", erklärte Lord Winterley.

„Sehr wohl, Sir", erwiderte Mr. Reed, sichtlich beeindruckt, wie rasch Seine Lordschaft die Rebellin der Schule zur Vernunft gebracht hatte. „Miss Brocklehurst, wären Sie so freundlich, FitzHubert bei ihren Vorbereitungen zu helfen?"

„Gern, Herr Pfarrer."

Mit der bedrohlichen Miss Brocklehurst im Nacken ging Miranda die Treppen zum Schlafsaal hinauf. Als sie Amys Blick begegnete, zwang sie sich, ihre Miene mit aller Macht zu beherrschen. Die blauen Augen des Kindes waren vor Sorge weit aufgerissen. Die anderen Mädchen sahen ängstlich zu. Schweigend begann Miranda, ihre Sachen zusammenzulegen und in ihre geräumige Ledertasche zu packen. Sie wagte es nicht, ihr Theaterkostüm aus der Kiste unter dem Bett hervorzuziehen. Das würde sie später mitnehmen müssen, wenn sie Amy holte.

„Bitte sehr, Miss Brocklehurst", begann Amy, „warum muss Miranda denn ihre Sachen packen?"

„Weil sie Yardley heute verlässt, Perkins", antwortete die Frau selbstzufrieden.

„Wegen des Porzellanhündchens?" rief Amy entsetzt aus.

„Nein, Perkins. FitzHuberts Vormund ist gekommen, um sie von der Schule zu nehmen."

Voll Panik schaute Amy zu Miranda. „Dein Onkel Jason ist endlich gekommen?"

„Nein. Er ist tot. Es ist jemand anders", meinte Miranda angespannt und warf Amy einen energischen, aufmunternden Blick zu. „Komm, Amy, wir müssen tapfer sein und unserer Zukunft ohne Zagen entgegentreten."

„Tot? Oh, aber Miranda – du kannst mich hier doch nicht allein lassen!"

„Das reicht jetzt, Perkins."

„Verzeihung, Miss Brocklehurst." Amy verkniff sich die angsterfüllten Fragen, blieb jedoch dicht bei Miranda stehen, während die ihren zerschlissenen Mantel anzog, den Hut aufsetzte und sich die Ledertasche umhängte.

„Kommt, Mädchen", sagte die Direktorin. „Ihr könnt euch unten von FitzHubert verabschieden."

Traurig gingen die Mädchen die Treppe hinunter, Miss Brocklehurst voran, Jane und Sally hinter Miranda und Amy.

Auf der Treppe legte Miranda den Arm um Amy und beugte sich zu dem Kind hinunter. „Ich komme dich heute Nacht holen", flüsterte sie eilig. „Schlaf nicht ein – und was du auch tust, komm nicht in die Nähe von Mr. Reed."

Amy nickte ernst.

„Ich werfe Steinchen gegen das Fenster, wenn ich da bin; dann musst du an meinem Seil nach unten klettern."

„Und wohin gehen wir dann?" fragte Amy mit großen Augen voll kindlicher Erwartung.

„Wir schließen uns Mr. Chippings Schauspieltruppe an."

Amy keuchte. „Wirklich? Kann ich auch Schauspielerin werden?"

„Psst!" Miranda sah sich um, um sich zu vergewissern, dass die anderen nichts gehört hatten. „Bestimmt hat Mr. Chipping für dich ab und zu eine kleine Rolle. Was hältst du davon?"

„Was ich davon halte?" rief sie aus. „Ja! Ach, Miranda, ich kann es gar nicht abwarten, hier herauszukommen. Du bist die beste, liebste ..."

„Psst! Ich versteh ja, dass du aufgeregt bist, aber das darfst du dir nicht anmerken lassen. Wenn Mr. Reed oder die Oberhexe es herausfinden, sind wir verloren. Bitte bring mein Kostüm und meine Schuhe mit. Ich hab sie unter dem Bett liegen lassen, damit Miss Brocklehurst sie nicht sieht."

Amy nickte ernst, und dann entdeckte sie unten Lord Winterley und quiekte aufgeregt. „Ist das dein neuer Vormund? Ich glaube, ich fall in Ohnmacht! Der ist ja einfach himmlisch!"

Miranda rollte mit den Augen und ging vor. Damiens Schultern wirkten noch breiter, seit er den Kutschermantel angelegt hatte. Als sie unten zu ihm trat, musterte er sie mit stählernem Blick, unpersönlich wie ein General, der seine Truppen inspiziert. Er nahm ihr die Tasche ab.

„Ich habe Mr. Reed gebeten, dass er Ihre Sachen ins Knight House am Green Park schickt, denn dort werden Sie wohnen."

„Mehr habe ich nicht", erwiderte sie, über ihre Armut errötend, doch gleichzeitig hob sie stolz das Kinn.

„Verstehe.“ Er wandte sich ab, anscheinend etwas ratlos. „Dann hier entlang. Leider haben wir die Kutsche von Birmingham schon verpasst. Insgesamt haben wir hundert Meilen vor uns, aber den ersten Abschnitt können wir heute schon mal hinter uns bringen.“

Sie folgte ihm nach draußen, doch als sie den trostlosen Innenhof erreicht hatten, blieb sie noch einmal stehen. Weit und breit war keine Kutsche zu sehen, nur ein großes weißes Pferd, das mit dampfendem Atem im Schnee scharrte und auf sie einen ebenso arroganten und einschüchternden Eindruck machte wie Lord Winterley.

„Bis Coventry müssen wir uns mein Pferd teilen“, teilte er ihr knapp mit, während er zu dem herrlichen Tier ging und ihre Tasche am Sattel befestigte.

Amy trippelte nach draußen, stakste durch den Schnee und stellte sich mit einem verschwörerischen Kichern neben sie. Der kleine Kobold schaute von Damien zu Miranda, worauf diese ihr einen Rippenstoß versetzte.

„Hör auf“, zischte Miranda ihr zu.

„In zwei, drei Stunden dürften wir dort sein“, fuhr er fort. Da er ihnen den Rücken zukehrte, hatte er nichts von ihrem Austausch bemerkt. „Wir steigen in der Poststation ab. Morgen früh besorge ich Ihnen dann einen Platz in der Postkutsche, während ich auf Zeus hinterherreite.“ Er tätschelte das Pferd und drehte sich dann um. „Fertig?“

„Ich kann nicht reiten, ich habe das nie gelernt“, meinte Miranda und warf dem herrlichen Tier einen ängstlichen Blick zu.

Er zuckte mit den Schultern. „Das gibt sich.“

Amy kicherte noch einmal, was den Colonel auf sie aufmerksam machte. Als er das Kind anschaute, lächelte Amy und knickste. Er zog eine Augenbraue hoch.

„Das ist Miss Perkins", stellte Miranda vor.

Sein Blick wurde etwas weicher. Belustigt verneigte er sich vor dem kleinen Mädchen. „Mademoiselle."

Amy stieß ein entzücktes Quieken aus und rannte ins Haus. Miranda blickte zum Himmel und betete um Geduld, doch ihr Vormund lachte nur leise. Er band das Pferd vom Pfosten los und schwang sich in den Sattel.

„Kommen Sie. Steigen Sie auf den Block."

Leise vor sich hin schimpfend, tat Miranda, wie ihr geheißen. Der quadratische Steinblock war vereist und entsprechend schlüpfrig. Der Earl lenkte sein Pferd zu ihr, streckte ihr die Hand entgegen und schob den Steigbügel mit dem Fuß in ihre Richtung.

„Hier, nehmen Sie meine Hand."

Nervös packte sie die in einem dicken Lederhandschuh steckende Hand und setzte den Fuß in den Steigbügel. Er legte ihr den Arm um die Taille und zog sie auf seinen Schoß, wo sie dann wie im Damensattel zu sitzen kam. Erschrocken klammerte sie sich an ihm fest, während das Pferd herumtänzelte und den Kopf nach hinten warf.

Als Miranda das alte Bauernhaus mit seinem Schieferdach und die zerlumpte Mädchenschar betrachtete, die ihr nachwinkte, bekam sie einen Kloß im Hals. So unglücklich sie hier auch gewesen sein mochte, es war ihr Heim. Ihr Leben würde sich tatsächlich verändern, aber nicht so, wie ihr herrischer Vormund sich das ausgedacht hatte.

Ohne weiteres Federlesen lenkte er den Hengst aus dem Innenhof. Sie überquerten die schlammige Allee, um den Weg über die Felder abzukürzen, hinter denen die Straße nach Coventry lag. Als sie über die freie Fläche ritten, zeigte sich seit Wochen zum ersten Mal die Sonne. Dieser Wetterumschwung veränderte die ganze Langschaft.

Miranda hielt den Atem an, als das gleißende Licht die Welt um sie herum verwandelte, als wäre ein schmuddeliger Schleier fortgezogen. Der weite Himmel erstrahlte wieder in seinem ursprünglichen Blau, und der Schnee funkelte verheißungsvoll. Damien schnalzte seinem Pferd zu. Erschrocken stieß Miranda einen spitzen Schrei aus und klammerte sich ängstlich an seiner Taille fest, als das Pferd die Gangart verschärfte und sie beinah in hohem Bogen heruntergefallen wäre.

Damiens leises Lachen hüllte sie in weißen Hauch. Er hielt sie fester und spornte das Pferd zum Trab – und plötzlich wich ihre Angst purem Staunen. Es war, als flögen sie. Mühelos trabte der Schimmel dahin, unter den Pferdehufen stob der Schnee in glitzernden Fontänen auf, während der Wind ihre Wangen rosig färbte. Damiens muskulöser Körper bot ihr starken, sicheren Halt.

Als sie ihn voll Erstaunen anschaute, lächelte er ihr verschwörerisch zu. Die Sonne ließ sein gebräuntes Gesicht aufleuchten, und in seinen klaren Augen spiegelte sich das blasse reine Blau des Himmels.

„Halten Sie sich fest“, murmelte er.

Sie riss die Augen auf, als sie die Hecke sah. Sie spürte, wie Zeus abhob, und hielt den Atem an, als sie über das Hindernis flogen und dann auf der anderen Seite aufsetzten. Mit sicherer Leichtigkeit fing der geschmeidige Pferdekörper den Aufprall ab. Noch ein kleiner Sprung die Böschung hinunter, und der Hengst hatte die Straße erreicht und trug sie einer ungewissen Zukunft entgegen.

4. KAPITEL

Eine ganze Weile ritten sie in verlegenem Schweigen dahin; außer dem Wispern des Windes, der den Schnee wie Wüstensand vor sich her trieb, war nichts zu hören. Damien, der die Zügel zu beiden Seiten ihrer schmalen Taille hielt, tat sein Bestes, um sich von dem üppigen warmen Körper in seinen Armen abzulenken, von ihrem Hinterteil, das sich im Rhythmus der Hufschläge immer wieder an seinen Schoß drückte. Anders als der Direktor behauptet hat, ist Miranda gar nicht so schwer zu zügeln, dachte er zufrieden. Sobald ihr klar geworden war, dass er hier das Sagen hatte, war sie brav wie ein Engel geworden. Kein Widerspruch. Keine Aufmüpfigkeit.

Als sie zitterte, knöpfte er seinen Mantel auf und hüllte sie mit darin ein, ihren Protest überhörend. Wenn er sich ansah, in welch schäbigem Zustand sich ihr Mantel befand, hätte er seinen Freund am liebsten verprügelt, weil er sie so lang vernachlässigt hatte. *Das war nicht gut, Jason, ganz und gar nicht.* Es wurde immer kälter, und mehr hatte sie nicht dabei zum Anziehen. Und dabei war sie die Tochter eines Viscount, zum Kuckuck. Ihre Schuhe hätte man schon längst zum Trödler bringen müssen. Wenn er daran dachte, dass seine Schwester eine ganze Kammer voller Kleider und Schuhe hatte, konnte er nur mit dem Kopf schütteln. Mirandas Besitztümer passten allesamt in eine armselige Ledertasche, und doch beklagte sie sich nicht.

Beschützend fasste er sie um die Taille, und den restlichen Ritt wärmten sie sich aneinander. Er ließ sich gerade durch den Kopf gehen, nach welch strengen Maßstäben er ihre Verehrer beurteilen wollte, als sie das Schweigen brach.

„Ich dachte, Colonels wären immer alt."

„Ich bin ja auch alt", erwiderte er mit einem Lächeln. „Jedenfalls fühle ich mich so."

„Sie sind doch nicht alt."

„Eigentlich haben Sie Recht – unter Umständen wird man erst am Ende seiner Laufbahn zum Colonel ernannt. Ich hatte das Glück, wegen des Ansehens, das meine Familie genießt, bevorzugt behandelt zu werden, aber ich habe mich zurückgehalten, solange ich noch unerfahren war. Es gibt nichts Schlimmeres als einen unerfahrenen Offizier."

„Onkel Jason hat geschrieben, dass Sie Captain der Grenadiere im Hundertsechsunddreißigsten Regiment waren."

Er nickte. „Diesen Posten hatte ich fast meine ganze Spanienzeit inne, doch nachdem mein Bruder 1812 die Armee verlassen hatte, bin ich rasch zum Major und dann zum Lieutenant Colonel aufgestiegen, weil meine Vorgesetzten ständig auf dem Schlachtfeld blieben. Wissen Sie, die Sterblichkeitsrate unter Offizieren ist recht hoch."

„Warum denn?"

„Zuerst schießt man auf die Offiziere. Das Fußvolk ist ohne Kommando verloren."

Sie schauderte in seinen Armen. „Hatten Sie denn keine Angst, zur Zielscheibe zu werden?"

„Irgendjemand muss das Kommando ja übernehmen. Natürlich hatte ich Angst." Er zuckte mit den Schultern. „Die Angst macht einen besseren Soldaten aus einem. Man gewöhnt sich daran und tut, was getan werden muss. Das ist alles."

„Ich glaube nicht, dass ich mich daran gewöhnen könnte. Ich würde weglaufen."

„Dann würde ich Sie wegen Fahnenflucht erschießen lassen müssen", erwiderte er mit schwarzem Humor.

Ihre Zöpfe glitten ihr wie dunkle seidene Taue über die Schultern, als sie sich zu ihm umwandte und ihn unsicher unter der Hutkrempe hervor betrachtete. „Aber das würden Sie doch nicht tun, Ihre eigenen Männer erschießen lassen, oder?"

Er sah sie nur an.

„O nein!" sagte sie entsetzt.

„So sind die Regeln."

Sie schüttelte den Kopf. „Sie sind ein harter Mann."

Ihm war nicht ganz klar, ob das als Kompliment oder als Beleidigung gemeint war. Dann wechselte sie das Thema.

„Wie geht es Ihrem Arm?"

„Nicht allzu schlecht."

„Ich fühle mich schrecklich deswegen."

„Kein Grund."

„Sie hätten getötet werden können ..."

„Sie sind in Sicherheit, das allein zählt."

Einen Moment schwieg sie, dachte vielleicht über seine Worte nach.

„Damien? Entschuldigung ... ich meine, Lord Winterley?"

Seinen Namen von ihren Lippen zu hören rief ein seltsam angenehmes kleines Flattern in seinem Bauch hervor. „Von mir aus darfst du mich gern Damien nennen und mich duzen", murmelte er, „aber nur, wenn wir allein sind. In der Öffentlichkeit sollten wir formeller miteinander umgehen."

„Verstehe. Was glaubst du, was genau haben diese furchtbaren Männer gestern Abend gewollt?"

Seine Miene verfinsterte sich. Er hielt sie noch fester. „Was sie hätten kriegen können, nehme ich an."

„Aber mein Geld haben sie nicht genommen. Ich hatte gerade meine Gage bekommen."

„Dazu hatten sie keine Zeit. Aber ich glaube auch nicht, dass sie auf dein Geld aus waren, meine Liebe." Er war wirklich sehr froh, dass er die Männer ohne das leiseste Zögern umgebracht hatte.

„Vielleicht nicht, aber irgendwie kann ich mir nicht vorstellen, dass einfache Landstreicher aus Mud City so gut organisiert sind. Die hatten ja sogar Pferde."

„Wahrscheinlich gestohlen. Hast du einen der Männer erkannt?"

„Nein. Aber, Damien ..." Sie wandte sich zu ihm um und starrte ihn aus weit aufgerissenen Augen an. „... wenn die Männer nun Mädchenhändler gewesen sind?" flüsterte sie zutraulich. „Du weißt schon – solche, die Mädchen fangen und dann an Bordelle verkaufen?"

Er lachte, von ihrem ernsten Blick ein wenig aus dem Gleichgewicht gebracht. „Aber Miranda, du hast zu viele Melodramen gesehen."

„Was meinst du damit?" rief sie. „Miss Brocklehurst hat immer gesagt, wenn wir nicht brav sind, müssen wir die Nacht draußen verbringen, und dann holen uns auf der Stelle die Mädchenhändler."

„Und du hast ihr das geglaubt?"

„Ja, was blieb mir auch anderes übrig?"

Freundschaftlich drückte er ihre Taille. Was für eine seltsame Mischung aus vorgespielter Tapferkeit, Misstrauen und Naivität sie doch war! „Keine Angst, Miranda. Wenn noch mehr Mädchenhändler kommen, schlage ich sie für dich in die Flucht." Damit schnalzte er seinem Pferd zu und nahm ihren Freudenschrei lächelnd zur Kenntnis.

Es war erst kurz nach vier, aber die Winterdämmerung war bereits hereingebrochen, als sie die Poststation von Coventry erreichten. Miranda hatte sich schlaftrunken an ihn gekuschelt, als der geschäftige Gasthof hinter den kahlen Bäumen ins Blickfeld kam. In den Fenstern leuchtete warmes Licht, aus den Schornsteinen stieg Rauch auf, und der Nachtwind trug den Duft guten Essens zu ihnen herüber, vermischt mit dem Pferdegeruch aus den Ställen. Zeus wieherte hungrig.

Miranda hob den Kopf von Damiens Schulter. „Ye Olde Red Cow", also „Zur alten roten Kuh", stand in großen Buchstaben über dem Eingang zum Gasthof zu lesen. „Hier ist ja ganz schön viel los. Hoffentlich kriegen wir noch Zimmer."

„Keine Sorge", antwortete er.

Sie ritten in den kiesbestreuten Innenhof, wo er das Pferd zügelte und aus dem Sattel sprang. Dann drehte er sich um, um Miranda herabzuhelfen. Eine Welle der Begierde durchströmte ihn, als sie die Hände auf seinen Schultern abstützte und sich an ihm nach unten gleiten ließ, bis sie festen Boden unter den Füßen hatte. Rasch gab er sie frei und wandte sich ab, während ein Stallbursche herbeigeeilt kam.

„Guten Abend, Sir. Den Hengst da?"

„Ja. Haben Sie eine Box frei? Er müsste etwas von den anderen entfernt untergebracht werden, wenn es geht."

Der Stallbursche nickte eifrig. „Bitte hier entlang, Sir."

Damien schaute Miranda an. „Möchtest du drinnen warten? Es dauert nicht lang."

Sie schüttelte den Kopf. „Ich komme mit." Sie folgte Pferd und Reiter, als Damien das Tier durch das breite Tor führte.

Im Stall liefen mindestens zwei Dutzend Stallburschen herum, die ausmisteten und sich um die zahllosen Mietpferde kümmerten. Die sanftmütigeren Tiere waren einfach an einer langen Leine festgebunden, aber man konnte auch Boxen mieten. Miranda rümpfte die Nase über den Geruch. Der drahtige Stallbursche führte sie zu einer Box am Ende eines Gangs, damit der große Hengst genug Ruhe hatte.

Damien entließ den Burschen mit einem Nicken und begann dann, sein Pferd selbst zu versorgen. Er löste die Satteltaschen und reichte sie ihr nach draußen, wo sie sie im Gang zu einem bescheidenen Haufen aufstapelte.

„Kümmert sich ein Earl immer selbst um seine Pferde?" fragte sie ihn neckend. Sie hielt sich an den Gittern fest, die von der Box bis zur Stalldecke reichten, und schwang sich lässig daran zurück, wobei sie ihn nicht aus den Augen ließ.

Er warf ihr einen Blick zu, als er Zeus den Sattel abnahm und hinaustrug. „Er mag Fremde nicht."

„Zu mir war er aber recht freundlich."

„Dich mag er ja auch, er hat es mir erzählt", erwiderte er augenzwinkernd. In Wahrheit machte es ihm einfach Spaß, sich selbst um sein Pferd zu kümmern. Er fand dabei Entspannung. Nun holte er den Striegel aus der Satteltasche und begann, den Rücken des Pferdes damit zu bearbeiten. Langsam wurde er sich bewusst, dass Miranda ihn dabei beobachtete, wie er mit festen, sanften Bewegungen über das Fell des Tieres strich.

Vorsichtig sah er sie über die Schulter hinweg an und spürte die Hitze in ihrem Blick. Rasch schaute er wieder weg, erschüttert von der Heftigkeit der verbotenen Anziehungskraft zwischen ihnen. Einen Moment lehnte er sich an das Pferd und wünschte sich, dass er sich nochmals bei ihr entschuldigen könnte für seine Annäherungsversuche und dass er sie hinter dem Theater so rau geküsst hatte, doch erschien es ihm unklug, die Sache noch einmal zur Sprache zu bringen. Besser, sie vergaßen es einfach. Außerdem war er sich nicht sicher, ob es ihm wirklich so leid tat.

„Warum hältst du dir einen Hengst, wenn er so schwer zu bändigen ist?"

Zeus beugte den Kopf und steckte die Nase in Damiens Rocktasche, um dort nach Süßigkeiten zu suchen. „Raus da", murmelte er freundlich und schob den Pferdekopf beiseite. Der Hengst schnaubte empört. „Weil er eines Tages großartige Fohlen zeugen wird, deswegen."

„Für Rennen?"

„Ja."

„Er hat ein sehr hübsches Gesicht."

„Hast du das gehört, alter Junge? Die Dame hält dich für einen ausgemachten Beau." Damien strich Zeus über die Nase. „Er ist wirklich ein schönes Tier, nicht wahr? Da zeigen sich die arabischen Zuchtlinien. Er ist halb Hannoveraner, von daher seine Größe und seine Schnelligkeit, aber mütterlicherseits stammt er von den Wüstenpferden der Scheichs ab. Die legen Wert auf Ausdauer. Alles, was er jetzt noch braucht, ist eine Stute. Oder einen Harem – wie bei den Scheichs", fügte er mit einem jungenhaften Grinsen hinzu.

Sie lachte leise. „Warum bist du nicht zur Kavallerie gegangen, wenn du so pferdenärrisch bist?"

„Genau aus diesem Grund. Es ist schlimm genug, wenn man mit ansehen muss, wie ein Mann zerfetzt wird, aber Pferde wissen nicht mal, worum es geht." Sein Lächeln erlosch.

Miranda setzte sich auf einen Heuballen und stützte die Wange in eine Hand, während er rasch die Pferdepflege abschloss. Als Zeus schließlich geräuschvoll seinen Hafer mampfte, hob Damien das Gepäck auf und bedeutete Miranda, ihm zu folgen. Sie eilte ihm hinterher, quer über den Hof und die paar Stufen zum Eingang empor. Im Gasthof ging es angenehm lebhaft zu. Links vom fröhlich gelb gestrichenen Empfang befand sich ein dunkler, gemütlicher Schankraum, rechts ein eleganterer Speisesaal.

„Guten Abend, Sir, Madam! Hier entlang bitte", grüßte sie ein höflicher kleiner Mann am Empfang.

Damien trat näher, während ein Träger die Tür hinter ihnen schloss und die kalte Winterluft aussperrte. Miranda zog die Handschuhe aus und folgte ihm zum Tresen.

Der Wirt reichte Damien das Gästebuch. „Sie können gleich für Ihre Gattin mit unterzeichnen, Sir."

„Die junge Dame ist mein Mündel", erklärte er barsch und warf dem Mann einen finsteren Blick zu, ehe er die Feder ins Tintenfass tauchte und unterschrieb. „Wir brauchen zwei Zimmer und für morgen außerdem einen Platz in der Postkutsche nach London."

„Äh, ja, natürlich, verzeihen Sie meinen Irrtum." Der Wirt wirkte nicht sonderlich überzeugt, was die Beziehung zwischen Damien und seiner jungen Begleiterin anging. Er spitzte die Lippen und nahm das Gästebuch in Empfang. „Also dann, zwei Zimmer und ein Billett nach London, Mr. … äh – ja, du lieber Himmel!" Der Wirt blickte von Damiens Namen auf. „Colonel Lord Winterley! Was für eine Ehre, Sie hier bei uns begrüßen zu dürfen! Wir werden all ihren Wünschen sofort nachkommen!"

„Danke", murmelte er und zupfte sich eher verlegen am Halstuch.

Verschiedene Gäste hatten den Ausruf des Wirts gehört und reckten nun die Hälse.

Miranda zog eine Augenbraue hoch. Er betrachtete sie abwesend und schaute sich dann mit angespanntem Lächeln im Raum um, während sich die Gäste und das Personal vor ihm verneigten.

„Guten Abend", sagte er und nickte den Leuten höflich zu, die ihn mit offenem Mund anstarrten.

Miranda beobachtete die Szene amüsiert, während der Wirt vor Begeisterung kaum noch an sich halten konnte.

„Wenn ich mir die Bemerkung erlauben darf – gut gemacht, Mylord, ganz hervorragend!"

„Danke."

Der Mann reichte ihm zwei nummerierte Zimmerschlüssel und gab ihm dann die Goldsovereigns zurück, mit denen er bezahlt hatte. „Also wirklich, Mylord, von Ihnen nehme ich keinen Penny! Ich wünschte bloß, ich könnte Ihnen und der jungen Dame die besten Räume geben, aber die sind leider schon vergeben. Zurzeit ist viel los auf den Straßen, von wegen der Feiertage."

„Das ist schon recht. Bitte, nehmen Sie doch." Er schob die Münzen wieder zurück.

Der kleine Mann grinste breit. „Kommt nicht infrage, Colonel."

Damien lachte. „Also gut. Dann servieren Sie den Jungs im Schankraum ein, zwei Runden, mit meinen allerbesten Grüßen."

„Mach ich, Sir", entgegnete der Wirt vergnügt. „Bitte zögern Sie nicht, uns zu rufen, wenn etwas fehlt. Die Kutsche fährt morgen früh um Punkt sieben Uhr ab. Frühstück gibt es ab halb sieben, Miss."

Miranda nickte dem Mann zu.

„Hungrig?" erkundigte sich Damien, als sie, gefolgt von zwei Gepäckträgern mit ihren Taschen, auf die Treppe nach oben zugingen.

„Was für cin toller Bursche!" – „Ein Prachtkerl von einem Engländer!" – „Adel verpflichtet eben", tuschelten die Leute und ließen ihn nicht aus den Augen.

„Himmel, Damien, warum hast du mir nicht erzählt, dass du Napoleon ganz allein besiegt hast?" flüsterte Miranda ihm zu, als sie den ersten Treppenabsatz erreicht hatten.

„Ich dachte, das weißt du schon längst", gab er ironisch zurück.

„Katzbuckeln die Leute denn immer so vor dir?"

„Nein."

„Doch, bestimmt. Du bist nur bescheiden", schalt sie spielerisch und musterte ihn dabei aufmerksam. „Aber richtig wohl ist dir bei all dem Aufsehen nicht, stimmt 's? Warum nicht? Du hast es doch verdient."

„Auch nicht mehr als die anderen. Nicht mehr als die gefallenen Kameraden."

„Pah. Was sollte es dagegen einzuwenden geben, sich ab und zu ein bisschen feiern zu lassen, wenn man es verdient hat?"

„Auf dem Gebiet bist du ja Expertin."

Sie quittierte den Seitenhieb mit einem strengen Blick.

Im zweiten Stock geleiteten die Gepäckträger sie zu ihren Zimmern, die einander gegenüber lagen, brachten die Taschen hinein und zündeten Kerzen an.

„Ich warte unten auf dich", sagte Damien im Flur. „Möchtest du ein privates Speisezimmer, oder reicht dir auch der Speisesaal?"

„Mir egal."

Er grinste. „Und da behauptet dieser Mr. Reed, du wärst schwierig!"

Mit einem frechen kleinen Lächeln schlug sie ihm die Tür vor der Nase zu.

Er war gar nicht so schlimm, wenn er nicht gerade Befehle hervorbellte oder den Leuten die Köpfe abriss. Mit einem Seufzen lehnte Miranda sich gegen die Tür und betrachtete das hübsche, kleine Zimmer, die behäbigen Eichenmöbel, das massive Bett, den weiß gekalkten Kamin und die geblümten Vorhänge. Sie konnte sich kaum daran erinnern, wann sie das letzte Mal ein Schlafzimmer ganz für sich allein gehabt hatte. Durch den Nebel der Jahre fiel es ihr ein – ihr Zimmer auf

Papas Landsitz. Sie konnte sich noch an den hellblauen Betthimmel erinnern, die gerüschte Bettwäsche und die Tapete mit den herrlichen Vögeln.

Sie schloss die Augen und ließ traurig die Schultern hängen, wobei ihr Kummer nicht nur vom Verlust des Onkels rührte, sondern auch daher, dass sie das Tor, das Damien ihr aufhielt, nicht durchschreiten konnte: das Tor in die verlockende väterliche Welt voller Luxus und Privilegien. Lord Winterley bewegte sich in dieser Welt. Einen Augenblick gab sie sich der Vorstellung hin, wie es auf der anderen Seite wohl wäre. London … Gesellschaften, Bälle, Verehrer. Das ist es, was ich mir wirklich wünsche, dachte sie sehnsüchtig. Die glitzernde Theaterwelt war nur ein schlechtes Abbild jener *beau monde*, an die sie sich, gefiltert durch die rosarote Brille der Kindheit, noch vage erinnerte. War es nicht der Herzenswunsch ihrer Mutter gewesen, dass ihre Tochter dereinst einmal eine echte Dame werden würde, was ihr, der berüchtigten, aber auch berühmten Fanny Blair, auf immer verwehrt geblieben war?

Doch selbst wenn Miranda sich von Damien in die elegante Londoner Gesellschaft einführen ließe – sie würde dort nicht hinpassen. Sie war einfach nicht fein genug, da konnte sie sich dieses ganze Herumdeuteln genauso sparen. Ihre Miene wurde hart.

Am wichtigsten war jetzt erst einmal Amys Rettung; ehe das Kind in Sicherheit war, zählte alles andere nichts – weder ihre Träume von einem schönen Leben noch die verwirrende Anziehungskraft, die ihr Vormund auf sie ausübte. Energisch begann sie, sich für das Dinner frisch zu machen.

Eine halbe Stunde später ging sie wieder nach unten. Als sie ihren Vormund im Speisesaal nicht antraf, schaute sie vorsichtig in den Schankraum, aus dem lautes Gelächter und Geschrei dröhnten. Er saß an einem großen, rohen Tisch, umringt von dicken, rotgesichtigen Männern, die trunken von Schnaps und Vaterlandsliebe waren. Sie spendierten ihm Krüge voll Bier und drängten ihn, ihnen vom Krieg zu berichten. Geschichten, die er, wie sie an seinem unbehaglichen Lächeln feststellte, gar nicht erzählen mochte.

Gerade als sie auf ihn zutrat, kam die üppige blonde Bedienung mit einer Runde Zinnkrüge angeeilt und wisperte Damien etwas ins Ohr, der aufsah und Miranda erblickte. Das Schankmädchen reckte ihm den Busen praktisch ins Gesicht, als sie die Krüge verteilte, und eilte dann wieder davon. Finster schaute Miranda dem berechnenden Stück nach, während Damien sich erhob.

„Verzeihung, meine Herren. Ich habe jetzt die angenehme Pflicht, diese junge Dame zum Dinner zu führen."

Ein kollektives Stöhnen der Enttäuschung war im selben Moment zu vernehmen.

„Lass dich nicht stören", murmelte sie leise.

„Das ist völlig in Ordnung, meine Liebe. Es geht ja nicht an, dass junge Damen sich in Kaschemmen herumtreiben."

Als er sie leicht schuldbewusst aus dem Schankraum lotste, kreuzte das Schankmädchen noch einmal seinen Weg. Mirandas Lächeln erlosch, als sie den verstohlenen Blick des Einvernehmens sah, den Damien und die Magd tauschten, und den hungrigen Blick, mit dem er ihr nachschaute – derselbe Blick, mit dem er letzten Abend sie selbst bedacht hatte, als er sie noch für eine andere Sorte Frau gehalten hatte. Schauspielerin, die sie war, gab sie vor, nichts bemerkt zu haben.

Offensichtlich hat er vor, das Angebot des Schankmädchens anzunehmen, aber was kümmert es mich, dachte sie naserümpfend, weitaus betroffener, als sie es sich eingestehen mochte. Wenigstens wäre er nachts beschäftigt, da würde ihr die Flucht umso leichter gelingen.

Verdammt, fluchte Damien im Stillen. Sie hatte ihn dabei ertappt, wie er stillschweigend das Stelldichein mit dem Schankmädchen verabredet hatte, und nun schmollte sie wie ein eifersüchtiges Eheweib, als wüsste sie nicht, dass sein momentan frustrierter Zustand nur auf sie zurückzuführen war. Die süße Qual, sie drei Stunden auf dem Schoß sitzen zu haben, hatte ihn ziemlich außer Fassung gebracht.

In der Eingangshalle wandte sie sich mit funkelnden grünen Augen zu ihm um. „Ich könnte ja nach oben gehen und in meinem Zimmer essen, damit du dich ganz deiner neuen kleinen Freundin widmen kannst."

„Ich habe keine Ahnung, wovon du sprichst, meine Liebe", erwiderte er überlegen. „Komm, in den Speisesaal geht es hier entlang."

Sie traten ein, nahmen Platz und bestellten das Essen. Der Kellner schenkte ihnen Wein ein, und Miranda sah Damien immer noch nicht an. Innerlich zog Damien eine Grenze – er weigerte sich, vor ihr auf die Knie zu gehen und ihr alles zu erklären. Sie ignorierte ihn noch ein Weilchen länger, um ihn für sein Vergehen zu bestrafen. Er hatte keine Ahnung, warum er solche Schuldgefühle verspürte. Er stützte den Ellbogen auf dem Tisch auf und trommelte mit den Fingern ans Weinglas. Sie starrte auf die mittelmäßigen Gemälde an der Wand, Landschaftsaquarelle und Jagdszenen.

„Miranda", sagte er schließlich gelangweilt.

„Was?"

Er schenkte ihr ein wissendes kleines Lächeln.

Verächtlich schob sie die Unterlippe vor und wandte den Blick ab. Bedächtig nahm sie einen Schluck Rotwein. Dann setzte sie das Glas ab, beugte sich zu ihm herüber und bedeutete ihm mit gekrümmtem Zeigefinger, er solle doch näher kommen.

Er tat ihr den Gefallen.

„Ich finde es nur fair, wenn dich jemand warnt", begann sie in sprödem und gleichzeitig vertraulichem Ton, „viele der Mädchen vom Theater verkaufen sich, ebenso wie deine Freundin aus dem Schankraum. Ich will nur so viel sagen – du könntest dir was holen."

„Miranda!" flüsterte er schockiert. Er blickte sich um, um sicherzugehen, dass niemand sie gehört hatte. „Darüber werde ich mit dir nicht sprechen."

„Warum nicht?"

„Du bist mein Mündel."

„Letzte Nacht hat das aber noch ganz anders geklungen", meinte sie spitz.

Warnend kniff er die Augen zusammen und schüttelte den Kopf. Was für ein empörendes junges Ding sie doch war!

„Vielleicht hast du die Franzosenkrankheit ja schon", fuhr sie weise fort. „Im Krieg hat es bestimmt jede Menge Soldatenliebchen gegeben. Das scheint dir ja zu gefallen."

„Zum Henker mit dir, du freches Mädchen! Ich habe die Franzosenkrankheit nicht“, erwiderte er leise. „Zu deiner Information – ich bin immer sehr vorsichtig.“

Sie zog die Augenbrauen hoch – sein Unbehagen schien ihr Freude zu bereiten. „Wie meinst du das? Gehst du nur mit Jungfrauen ins Bett?“ Sie nahm einen Schluck Wein und fügte unschuldig hinzu: „Ich bin Jungfrau.“

Er verschluckte sich an seinem Wein. Zum Teufel mit diesem Satansbraten, sie machte sich über ihn lustig! Wie konnte sie nur?

Ah, dachte er plötzlich, ich weiß, was hier los ist. Wenn sie allein gewesen wären, hätte sie es nicht gewagt, sich ihm gegenüber so frech zu verhalten, doch die Anwesenheit der anderen Gäste ermutigte sie, ihren gesunden Respekt vor ihm zu vergessen. Sein Interesse an einer anderen Frau hatte ihrer Eitelkeit einen Stich versetzt, daher begann sie, wieder zu rebellieren, begann, ihn herauszufordern wie ein übermütiger junger Rekrut, der keinen Grund sah, auf seinen ausbildenden Offizier zu hören. Nun, der Direktor hatte ihn ja gewarnt. Damien konnte sich nicht recht entscheiden, ob ihn ihre Eifersucht ärgern oder amüsieren sollte, doch zog er es vor, Miranda nachzugeben, statt sie wieder zu verschrecken.

„Freut mich zu hören, meine Liebe“, erklärte er milde.

„Ich hatte mal einen Verehrer, der dem beinah abgeholfen hätte“, bemerkte sie mit gespielter Lässigkeit und blitzenden Augen. „Er war in der Kavallerie.“

Seine Miene verfinsterte sich. „Wie hieß er?“

„Patrick.“

„Und weiter?“

„Das ist mir entfallen. Aber er trug eine blaue Uniform. Ich fand ihn damals sehr flott.“

„Du lügst, mein Kind.“

„Warum soll ich keinen Beau gehabt haben? Ich wollte glauben, dass mich wenigstens irgendjemand liebt, nachdem dein Major Sherbrooke mich ja offensichtlich vergessen hatte.“

Er wandte den Blick ab, etwas aus der Fassung gebracht von dem trostlosen Ausdruck in ihren Augen, der so gar nicht zu ihrem brüchigen Lächeln passen wollte. „Und was ist aus deinem Beau geworden?“ brummte er.

„Ich hab mich geweigert, ihm zu geben, wonach ihm verlangte, und so hat er sich nicht mehr gemeldet. Ich war damals sechzehn.“ Sie senkte die Lider und saß ganz still.

Erzürnt schüttelte er den Kopf. „Die Kavallerie taugt nichts.“

Sie sah auf, ein spitzbübisches Lächeln auf den Lippen „Das stimmt, getaugt hat er nichts, aber küssen konnte er gut.“

Er presste die Lippen aufeinander und wandte sich ab. Gleich darauf schaute er sie erbost an. „Hör sofort damit auf.“

„Mylord?“

„Du willst mich doch nur provozieren.“

Unschuldig lächelnd legte sie den Kopf schräg. „Ach, nun sei doch nicht sauer, Damien. Er hat nicht halb so gut geküsst wie du. Vermutlich hast du mehr Übung.“

„Wenn du nicht gleich anfängst, etwas mehr Respekt vor dem Alter zu entwickeln, leg ich dich übers Knie, mein Mädchen. Darauf kannst du dich gefasst machen!“

Sie lachte ihn an, und der Ausdruck in ihren Augen verriet, dass ihr das vielleicht sogar gefallen könnte. Ohne den Blick abzuwenden, nahm sie langsam und genüsslich einen Schluck Wein. Er starrte sie an wie ein Mann kurz vor dem Verhungern, wie benommen von der Erinnerung an den Anblick, den sie in ihrem spärlichen lavendelblauen Kleid geboten hatte, an die üppigen Kurven, die sich unter dem papierdünnen Stoff abgezeichnet hatten. Gott, wie er sich wünschte, sie hinzulegen und sie von Kopf bis Fuß mit Küssen zu bedecken, jeden Zoll von ihr zu vereinnahmen, bis sie sich vor Vergnügen wand.

Der Kellner kam gerade rechtzeitig mit dem Essen, um der knisternden Spannung an ihrem Tisch ein Ende zu bereiten. Vor ihnen wurde ein veritables Festmahl aufgetischt, bestehend aus Rindersteak, Taubenpastete, Brotpudding und diversen Gemüsen.

Als sich das Personal zurückgezogen hatte, sprach Miranda das Tischgebet, wobei sie die Augen schloss und den Kopf senkte. Damien sah sie an, und irgendwie zerstob in ihrer Nähe jeder Gedanke an das Schankmädchen. Es war ohnehin ein unwürdiges Vorhaben gewesen. Das war ihm vollkommen klar. Doch als Miranda die Augen aufschlug und „Amen" sagte, verbarg er vor ihr seinen Sinneswandel über das Stelldichein.

Sie brauchte nicht zu wissen, welche Macht sie über ihn und seine Gedanken hatte.

Nach dem Essen kehrten sie in ihre Zimmer zurück und wünschten sich über den Flur hinweg freundlich gute Nacht, obwohl es erst sieben Uhr war. Damien behauptete, er sei müde. Sie widersprach nicht, kannte sie doch den Grund, warum er sich so früh zurückzog. Er kann es einfach nicht erwarten, sich die Schlampe aus dem Schankraum ins Bett zu holen, dachte Miranda düster, während sie allein unter die Decken schlüpfte.

Da sie in der letzten Nacht kaum geschlafen hatte, war sie bald eingeschlummert, doch war ihre innere Unruhe so groß, dass sie nach kaum zwei Stunden wieder erwachte. Müde kämpfte sie sich aus dem gemütlichen warmen Bett. Es war neun Uhr – Zeit, zu verschwinden.

Nach ihrem gestrigen Erlebnis war sie nicht sehr erpicht darauf, ohne Damien durch die dunkle kalte Nacht zu stapfen, aber es blieb ihr ja nichts anders übrig. Sie hatte immer noch ihre Gage, und nachdem sie auf dem mächtigen Zeus geritten war, fühlte sie sich einem braven Mietpferd aus den Ställen durchaus gewachsen. Auch in der langsamsten Gangart war ein Pferd schneller als ein Mensch, doch befürchtete sie, dass der Ruhm ihres Vormunds ihre Flucht behindern könnte. Das gesamte Personal des Gasthofs katzbuckelte vor dem großen Kriegshelden und hatte sie an seiner Seite bemerkt. Wenn sie ein Pferd zu mieten versuchte, würde der Stallbursche vermutlich darauf bestehen, erst ihren Vormund zurate zu ziehen.

Nun, anscheinend sind wieder einmal meine Schauspielkünste gefordert, dachte sie, während sie sich vor dem Spiegel die Haare richtete. Hastig zog sie sich den Mantel über, hängte sich die Ledertasche um, öffnete die Tür einen Spaltbreit und lugte nach draußen. Da sich auf dem Flur nichts regte, schlüpfte sie hinaus.

Auf Zehenspitzen schlich sie an Damiens Tür vorbei und ging dann mit züchtiger Miene nach unten in den Speisesaal. Vorher schaute sie noch kurz in den Schankraum. Mit erleichtertem Aufatmen stellte sie fest, dass Damien nicht dort unten saß, doch nahm sie stirnrunzelnd zur Kenntnis, dass die blonde Schankmagd immer noch ihr Tablett durch die Menge bugsierte.

Waren sie etwa schon fertig mit ihrem Akt der Lust, oder war sie noch gar nicht oben bei ihm gewesen? Sie tat die Frage mit einem Achselzucken ab. Es war egal. Sie hatte sich von Damien Knight längst verabschiedet.

Der Speisesaal war beinahe leer. Sofort fiel ihr Blick auf geeignete Opfer – zwei picklige Schüler um die siebzehn und ein nur wenig älter wirkender Begleiter, vermutlich der Privatlehrer. Sie hatte die Leute noch nicht gesehen.

Wunderbar, dachte sie. Sie machte sich Hoffnung, dass die beiden Burschen erst spät eingetroffen waren und daher nicht wussten, dass sie unter dem Schutz des berühmtesten Gastes stand. Wenn sie ihre Karten geschickt ausspielte, könnten sie die beiden nach Yardley zurückbringen.

Auf der Suche nach einer passenden Rolle ging sie ihr Repertoire an Melodramen durch, ihr fiel *Die widerspenstige Erbin* ein. Genau das Richtige! Diese Maskerade würde ihr jetzt helfen. Mr. Chipping hätte ihr damals beinahe die Rolle der Heldin überlassen, ihr dann im letzten Moment aber den Part der Kusine übertragen.

Sie setzte eine kummervolle Miene auf, was ihr nicht weiter schwer fiel, und ging schleppenden Schrittes in den Speisesaal, wo sie sich an einen Tisch am Kamin setzte und sich mit einem Taschentüchlein die Augen betupfte. Die beiden Jungen blickten auf, als sie hereinkam.

Der Kellner trat zu ihr, überrascht, sie schon wieder zu sehen. Sie bat um Tee und einen Teller Kekse und tat, als bemerke sie die neugierigen Blicke der beiden Jungen nicht. Sie hörte, wie ihr Lehrer ihnen leise befahl, sie nicht so rüde anzustarren, doch als sie aus den Augenwinkeln zu ihnen hinüberschaute, erkannte sie, dass auch er zu ihr herüberblickte. Sie wandte das Gesicht zum Kamin, wie um ein lautes Schluchzen zu verbergen.

Diese Geste der Verzweiflung war für einen der Knaben einfach zu viel. Im nächsten Moment stand er an ihrem Tisch, ganz besorgte Ritterlichkeit.

„Verzeihung, Miss."

Mit der Etikette kannte sich Miranda durchaus aus, sie wusste, dass sie sich von einem jungen Mann nicht einfach ansprechen lassen durfte, wenn er ihr vorher nicht offiziell vorgestellt worden war. Zwar verhielt sich der junge Mann genau so, wie sie es sich erhoffte, doch warf sie ihm erst einmal einen empörten Blick zu.

„Verzeihung", meinte der Jüngling und errötete. „Wir konnten nicht umhin zu bemerken, dass Sie sich anscheinend in einer Notlage befinden, und da haben wir uns gefragt …" Er zögerte.

Miranda versuchte, ruhig zu bleiben.

„Also", begann er erneut, „können wir irgendetwas für Sie tun?"

Sie ließ die Wimpern scheu flattern und schenkte dem jungen Mann ein zittriges Lächeln.

Es funktionierte. Im nächsten Augenblick waren auch der andere Schüler und der gestrenge Hauslehrer an ihrer Seite und boten ihr galant Hilfe an.

„Ach, liebe gute Lady …"

„Wo drückt denn der Schuh …?"

„Wie reizend von Ihnen. Ich weiß einfach nicht mehr weiter!" Sie zerdrückte ein paar Tränen. „Ich bekam Nachricht, dass meine ehemalige Kinderfrau im Sterben liegt. Ich muss zu ihr. Ich liebe sie von Herzen. Sie hat niemanden außer mir. Ich muss zu ihr, aber meine Eltern haben es mir verboten. Ich gestehe, dass ich … dass ich weggelaufen bin, um mich noch von ihr verabschieden zu können!"

„Du liebe Güte, Miss, das war aber nicht klug, aus ihrem Elternhaus davonzulaufen", sagte der Lehrer stirnrunzelnd. Er war selbst nicht älter als drei- oder vierundzwanzig.

„Warum haben sie Ihnen denn nicht erlaubt, zu ihr zu gehen?" fragte der zweite Junge mit großen Augen.

Miranda schniefte. „Sie haben es verboten, weil sie am selben Abend ein Treffen mit dem ekelhaften alten … Colonel arrangiert haben, den sie mich zwingen wollen zu heiraten."

Die beiden Burschen stöhnten vor Entrüstung laut auf, doch der Lehrer betrachtete sie skeptisch.

„Die wollen Sie gegen Ihren Willen verheiraten?" rief der erste Schüler aus.

„Kein Wunder, dass Sie davongelaufen sind!" fügte der zweite hinzu.

Benommen starrte sie sie an, während sie sich wieder mit dem Taschentuch die Augen betupfte. „Ich weiß, ich weiß. Aber jetzt geht es erst einmal um meine arme alte Kinderfrau. Irgendwie muss ich nach Yardley, bevor es zu spät ist", verkündete sie melodramatisch. Sie stellte die Teetasse ab und erhob sich. „Wenn Sie mich also bitte entschuldigen würden, meine Herren, ich muss weiter."

„Gestatten Sie, dass wir Ihren Wagen vorfahren lassen", bat der erste.

„Ich habe keinen Wagen."

„Dann Ihr Pferd ...", meinte der zweite.

„Ich habe kein Pferd. Ich konnte es nicht riskieren, mir in den Stallungen meines Vaters ein Tier zu borgen, da ich die Entdeckung befürchten musste."

Die beiden Jünglinge tauschten einen einvernehmlichen Blick. „In Ordnung", sagten sie und sahen sie dann an. „Wenn Sie gestatten, Miss, bringen wir Sie rasch und sicher nach Yardley."

„Oh, aber ich darf doch Ihre Großzügigkeit nicht so ausnutzen", begann sie, doch erstaunlicherweise hatten die beiden vertrauensseligen Jünglinge sie bald vom Gegenteil überzeugt.

Damien sah ein Feld voller Leichen.

Die Waffen schwiegen. Bauern kamen aus den Winkeln der staubigen spanischen Stadt geschlichen und stahlen sich aufs Schlachtfeld. Auf den kahlen Ästen saßen hungrig krächzende Raben. Die Bauern arbeiteten sich durch die Leichenberge, stahlen, was sie an Wertsachen finden konnten, nahmen den Toten sogar die Kleider weg. Sie ließen die Toten, Sieger wie Besiegte, im fließenden frühmorgendlichen Nebel zurück, nackt und ihrer letzten Würde beraubt.

Er sah Soldaten, die damit beschäftigt waren, ihre gefallenen Kameraden in Massengräbern zu beerdigen, er hörte, wie jemand seinen Namen rief. Es war Lucien.

Sein Bruder suchte das Meer an Leichen nach ihm ab, doch Damien konnte sich nicht rühren, konnte seinen Zwillingsbruder nicht rufen. Allmählich wurde ihm bewusst, dass er schwer verletzt war, dass er unter einem Leichenberg lag. Der Engel, der ihn mit sich hinauf in den Himmel nehmen wollte, saß bereits auf einem Wagenrad, das Kinn in die Hand gestützt, die Flügel züchtig gefaltet. Es war ein weiblicher Engel, mit herrlich dunklem Haar und frühlingsgrünen Augen, die bis auf den Grund seiner Seele zu blicken schienen. Sie saß da und schaute ihn nur an.

Hilf mir, versuchte er sie zu bitten, aber er konnte nicht sprechen. Sie schien auf etwas zu warten, auf irgendein Signal, das er ihr aber nicht geben konnte, weil er wie gelähmt war, halb tot.

Dann spürte er, wie einer der Bauern an seinen Kleidern zupfte. Panik wallte in ihm auf und schnürte ihm die Kehle zu. Er konnte sich nicht verteidigen, seine Glieder waren wie erstarrt. Er versuchte zu schreien, aber er brachte keinen Ton heraus. Lass die Finger von mir, ich bin nicht tot. Ich bin noch da. *Ich bin noch am Leben, verdammt!*

Plötzlich wachte er auf und fuhr hoch, schweißbedeckt. Sein Atem ging keuchend, ohrenbetäubend laut in der stockdunklen Stille.

Einen Moment lang wusste er nicht, wo er sich befand.

Langsam klärten sich seine Sinne. Seine bösen Erinnerungen schlüpften unters Bett, wie ein Ungeheuer, das sich ein Kind dort vorstellen mochte. Fürs Erste war er wieder frei. Die schlimmen Bilder waren verschwunden.

Er schwang die Beine aus dem Bett, setzte sich auf und griff nach der Kerze auf dem Nachttisch. Seine Hände zitterten, als er sich an der Zunderbüchse zu schaffen machte. Das Feuer im Kamin war ausgegangen, und im Zimmer war es bitterkalt.

Als es ihm nicht gleich gelang, einen Funken zu schlagen, gab er es auf und legte die Zunderbüchse wieder hin. War ja doch alles vergeblich. Du Dreckskerl, Jason, dachte er. Du hast es gut.

Er rieb sich mit beiden Händen über das Gesicht, stand dann ruhelos auf und schlüpfte in die Weste. Ansonsten war er noch voll angekleidet, denn es war zu früh gewesen, sich schon schlafen zu legen. Er blickte auf die Uhr: halb zehn.

Miranda.

Der Gedanke zog ihn wieder auf die Seite der Lebenden zurück. Er beschloss, nach ihr zu sehen, da er keine Lust hatte, allein mit sich und seinem Ingrimm zu bleiben. Die Albträume verfolgten ihn immer noch, und so beschloss er, Tee und eine leichte Mahlzeit zu bestellen und dann nach Zeus zu schauen. Er ging zu Mirandas Zimmer, um sie zu fragen, ob sie auch noch etwas essen wolle, doch als er leise klopfte, rührte sich nichts.

Schläft wahrscheinlich, dachte er. Er wollte sich schon abwenden, als ihn irgendeine leise Ahnung beschlich – jener siebte Sinn, der ihn letzte Nacht dazu veranlasst hatte, sich genau in dem Moment noch einmal nach ihr umzudrehen, als die Angreifer aufgetaucht waren. Mit misstrauisch zusammengekniffenen Augen klopfte er noch einmal an die Tür, diesmal lauter.

„Miranda?"

Immer noch keine Antwort.

Nun hämmerte er an die Tür. „Bist du da drin?" Lieber Gott, wenn nun etwas nicht in Ordnung wäre? „Miranda, antworte mir!" Inzwischen war er ganz in Alarmbereitschaft. Er packte den Türgriff und riss die Tür auf. Im Zimmer war es dunkel, das Bett unberührt.

Sie war weg.

Leise fluchend wirbelte er herum und holte sich seinen Degen, da er inzwischen ja wusste, dass sie dazu neigte, sich selbst in Schwierigkeiten zu bringen. Einen Augenblick später rannte er die Treppen hinunter und durch die Eingangshalle, ohne sich um das Personal und die Gäste zu kümmern, die ihn mit großen Augen anstarrten. Mit lautem Getöse riss er die Tür auf und stürzte hinaus in die Dunkelheit.

Leise rieselte der Schnee auf ihn herab, als er auf das elegante Curricle blickte, das reisefertig im Hof stand. Der Stallbursche legte gerade letzte Hand ans Zaumzeug. Und dort, auf dem Kutschbock, zwischen zwei bartlosen Jünglingen, saß sein Mündel.

Damiens Nasenflügel bebten vor Zorn, als ihm klar wurde, dass sie ihn wieder einmal sitzen gelassen hatte. Wütend marschierte er auf den Wagen zu.

5. KAPITEL

„Heda, zur Seite!" schrie einer der jungen Burschen. „Wer ist das?" murmelte der Lehrer. Doch Miranda konnte nur bestürzt auf die Gestalt starren. Das Mondlicht zeichnete die Silhouette des breitschultrigen Mannes nach, der vor ihnen im Schnee stand, den Degen in der Hand – die pure Zerstörungskraft. Um ihn kondensierte der Atem, sodass Damien wie irgendein von Nebelschwaden eingehüllter urzeitlicher Krieger wirkte.

„Halt!" rief er mit tiefer Stimme.

„Tun Sie, was er sagt", platzte sie heraus, voll panischer Angst, er könnte wieder anfangen zu wüten. Und sie hatte noch lebhaft vor Augen, was das bedeutete.

„Sie kennen ihn?" meinte der zweite Jüngling.

„Das ist ... der Colonel", erklärte sie schwach.

Das Curricle hatte kaum angehalten, doch Damien ging schon darauf zu.

„Aber Sie haben behauptet, er wäre alt!"

„Was geht hier vor?" begehrte der Lehrer zu wissen.

„Also, Moment mal ...!" Der erste Jüngling schluckte seinen Protest hinunter, als er Damiens Degen sah, dessen Spitze seiner Kehle bedrohlich nahe kam.

„Winterley! Tu ihm ... tun Sie ihm nichts, es ist alles meine Schuld!" schrie Miranda entsetzt.

„Colonel ... Lord Winterley?" hauchte der Lehrer ganz verängstigt.

Damiens Blick wanderte von ihm zu Miranda.

Sie wies auf seine Waffe. „Stecken Sie die *sofort* weg!" Unverwandt erwiderte sie seinen Blick, beschwor ihn, seine Wut zu bezähmen.

Langsam erlosch das wilde Licht in seinen Augen, doch seine Lippen verzerrten sich vor Wut. Er senkte den Degen und rammte ihn mit der Spitze voran in die morastige Straße, so dass er zitternd im Boden stecken blieb. Ohne Zögern streckte er die Hände aus, hob sie einfach aus dem Wagen und legte sie sich über die Schulter.

Miranda kreischte.

„Geben Sie mir ihre Tasche", knurrte er die Jünglinge an.

Ehrfürchtig gab der Lehrer ihm das Gewünschte. „Bitte verzeihen Sie den Jungen, Mylord. Die junge Dame hat ihnen eine rechte Lügengeschichte erzählt."

„Das kann ich mir vorstellen", stieß er zwischen den Zähnen hervor und wandte sich zurück zum Gasthof.

„Damien, lass mich gefälligst runter!" rief Miranda, sich das lange Haar aus dem Gesicht schüttelnd, doch er hielt sie mit stählernem Griff fest. Er holte seinen Degen.

Sie mühelos über der rechten Schulter tragend, in der linken Hand ihre Tasche und den Degen, so ging er über den Hof und zurück in den Gasthof. Nicht einmal im Inneren ließ er sie herunter, trotz der erstaunten Blicke des Gastwirts. Sie wand sich vor Verlegenheit und Angst davor, was er ihr antun würde, wenn sie allein waren. Lang blieb sie nicht im Ungewissen. Nur zu bald marschierte er durch den Flur im zweiten Stock. Er riss die Tür zu ihrem Zimmer auf, ging hinein und trat sie hinter sich wieder ins Schloss. Dann warf er Miranda aufs Bett.

Sie landete mit dem Rücken auf der weichen Matratze und starrte zu ihm auf. Das Herz schlug ihr bis zum Halse, als er sich mit wildem, wütendem Blick über sie beugte.

„Du undankbarer ... leichtsinniger kleiner ... Teufelsbraten!“ Er wandte sich abrupt von ihr ab und trat ein paar Schritte zurück, ihr den Rücken zukehrend.

Vorsichtig richtete sie sich auf, wobei sie ihn nicht aus den Augen ließ. Er senkte den Kopf und stemmte die Hand in die schmale Taille. Ängstlich sah sie zu, wie die breiten Schultern bebten, während er versuchte, seine Wut unter Kontrolle zu bekommen.

„Warum bist du vor mir weggelaufen?“ fragte er schließlich ausdruckslos, ohne sich umzudrehen. „Was kann ich dir nur getan haben?“

„Ich werde Schauspielerin, und du kannst mich nicht daran hindern!“

Er drehte sich um und schaute sie wütend an. „Meinst du etwa, mir macht das Spaß? Glaubst du, ich habe nichts Besseres mit meiner Zeit anzufangen, als für dich Kindermädchen zu spielen?“

„Dann lass mich doch gehen!“

„Ich wünschte, ich könnte, aber ich bin deinem Onkel gegenüber eine Verpflichtung eingegangen. Lieber Himmel, Mädchen, wie kannst du nur einfach mit diesen Fremden losziehen?“

„Du bist auch ein Fremder für mich“, erwiderte sie leise und trotzig.

„Du traust ihnen mehr als mir? Aber natürlich. Mir kannst du natürlich nicht trauen, Miranda, ich hab dir ja nur das Leben gerettet. Ich hab mich ja nur für dich anschießen lassen. Deswegen hast du mich den lieben langen Tag angelogen. Das also ist dein Plan, ja? Sobald ich dir den Rücken kehre, läufst du davon. Bist du denn zu feige, mir ehrlich und offen entgegenzutreten?"

Sie wollte Einwände erheben, doch er ließ sie nicht zu Wort kommen.

„Nein. Keine Lügen mehr. Ich verstehe dich besser, als dir klar ist. Du willst Schauspielerin werden, weil du dich nach dem Applaus sehnst, ich weiß. Du glaubst, dein Publikum macht sich etwas aus dir, aber ich sage dir die ungeschminkte Wahrheit: Diese Männer wollen nur mit dir ins Bett", verkündete er hart. „Du darfst mir ruhig glauben, dass Männer keinerlei Respekt vor einer Frau haben, wie du sie werden willst. Wo werden sie sein, wenn deine Schönheit verblasst? Weißt du, wo Schauspielerinnen enden, die den Zenit überschritten haben? In der Gosse. Verlassen. Einsam. Möchtest du das wirklich?"

„Ich weiß nicht, was ich will", rang sie sich ab. Sie zitterte am ganzen Körper, weil er sie mit so erschütternder Scharfsicht durchschaut hatte. Sie wandte den Blick ab.

„Applaus und Liebe sind zwei Paar Stiefel, Miranda."

„Für mich aber ähnlich genug."

„Nein, gar nicht. Himmel, du bist wirklich eine Nervensäge. Du brauchst jemanden, der dir beisteht, sich um dich kümmert, deine Schlachten für dich schlägt. Du brauchst einen Ehemann, also hör auf, dich zu widersetzen. Komm mit nach London und erlaube mir, dir mit der entsprechenden Sorgfalt einen passenden Mann zu suchen."

„Was kümmert es dich, was ich tue?" Sie sprang vom Bett und baute sich empört vor ihm auf. „Warum kümmerst du dich nicht um deinen eigenen Kram? Ich will deine Hilfe doch gar nicht. Ich brauche keinen Vormund. Lass mich zufrieden. Als dein Mündel spreche ich dich hiermit von aller Verantwortung frei ..."

„Ich trage dir gegenüber die rechtliche Verantwortung, die sich nicht so einfach ablegen lässt, und außerdem tue ich das nicht für dich. Ich tue es für Jason."

„Er ist nicht hier, um dich zu kontrollieren, falls du es nicht bemerkt haben solltest. Er ist tot", sagte sie verbittert.

„Reiß dich zusammen, wenn du von meinem Freund sprichst", warnte er sie. „Versprochen ist versprochen, und ich habe ihm mein Wort gegeben. Und jetzt gib mir den Zimmerschlüssel. Ich schließe dich bis morgen früh ein."

„Von wegen!" Sie rannte zu dem kleinen Nachttisch und riss den Schlüssel an sich.

Mit finsterem, strengem Blick streckte er die Hand aus. „Her damit, Miranda."

Sie versteckte ihn hinter ihrem Rücken. „Den kriegst du nicht. Ich lasse mich von dir doch nicht einsperren!"

„Hör auf, dich so kindisch zu benehmen." Er packte ihre Hand und versuchte, ihr den Schlüssel zu entwinden. „Verdammt! Ich lasse nicht zu, dass du dein Leben wegwirfst!" meinte er mit zusammengebissenen Zähnen, während sie um den Schlüssel rangen. „Du wirst keine Schauspielerin, du wirst eine ehrbare Frau werden, wie Jason es gewünscht hat. Nun gib schon her, du unausstehlicher Zankteufel!"

Damit nahm er ihr den Schlüssel aus der Hand.

Mit einem wilden Schrei musste sie ihn hergeben. „Ich hasse dich."

„Ist mir völlig gleichgültig." Er machte kehrt und stolzierte zur Tür. „Ich rate dir, dich ein wenig hinzulegen. Die Kutsche bricht früh auf."

Völlig entsetzt erkannte Miranda, dass sie im nächsten Moment eingeschlossen werden würde und Amy nicht mehr helfen könnte. „Winterley! Nicht!"

„Ich kann dir nicht trauen. Du lässt mir keine andere Wahl."

Ihr stiegen die Tränen in die Augen. „Warte!"

Er blieb stehen und sah sich misstrauisch um. „Was willst du?"

Sie schluckte, und das Herz schlug ihr bis zum Hals. Sie musste ihm die Wahrheit sagen. „Ich bin nicht weggelaufen, um Schauspielerin zu werden."

„Doch …"

„Na ja, schon, aber nur, weil mir keine andere Wahl blieb."

„Was willst du damit sagen?"

„Ich will dich nach London begleiten. Ich will eine Dame werden. Aber ich darf nicht nur an mich denken. Deswegen muss ich Schauspielerin werden. Aber zuerst muss ich zur Schule zurückkehren."

„Was? Du redest ja völlig irre."

„Ach, Damien", flüsterte sie, „dort stimmt etwas nicht. Du verstehst nicht. Bitte."

„Wovon sprichst du eigentlich, Miranda? Komm endlich auf den Punkt."

Zitternd schloss sie die Augen. *Ich kann nicht fassen, dass ich ihm das wirklich erzählen muss.* Aber er ließ ihr keine andere Wahl. Vermutlich würde er ihr nicht einmal glauben. Ihr Wort stand gegen das des Pfarrers, und bisher hatte sie sich ja als nicht besonders wahrheitsliebend erwiesen.

Aber er musste ihr einfach glauben.

Sie wappnete sich, atmete tief durch und schlug die Augen wieder auf. Offen begegnete sie seinem scharfen Blick. „Erinnerst du dich an das kleine Mädchen mit den goldenen Locken? Sie hat auf dem Schulhof vor dir geknickst."

Er nickte skeptisch.

„Sie befindet sich in Gefahr", presste sie hervor.

Er verdrehte die Augen und wandte sich ab. „Wieder eines deiner Lügenmärchen."

„Nein! Damien, bitte hör mir zu! Ich muss zurück zu ihr. Du hast Recht, ich habe dich heute angelogen und so getan, als würde ich tun, was du sagst. Und diese jungen Burschen im Curricle habe ich auch angelogen. Ich habe den ganzen Tag geplant, zurückzugehen und Amy zu retten."

„Wovor?"

Sie warf ihm einen bittenden, flehentlichen Blick zu. „Vor Mr. Reed."

Verständnislos schüttelte er den Kopf. „Was meinst du?"

„Was glaubst du wohl?" flüsterte sie. Ihr sank der Mut, und sie bebte am ganzen Körper.

Er starrte sie an und ging langsam auf sie zu. Forschend betrachtete er sie . „Fahr fort."

„Der Pfarrer ... er tut den Mädchen nicht gut. Er ist nicht ... normal. Niemand weiß, was innerhalb dieser Mauern vorgeht. Er verprügelt uns mit einer B...birkenrute." Angeekelt schloss sie die Augen und zwang sich, es zu sagen. „Er ... fasst uns an. Und sich selbst."

Als sie wieder aufschaute, sah sie pure Mordlust in seinem Blick. Er setzte sich zu ihr aufs Bett und rieb sich den Mund.

Seine Stimme war sehr leise, sehr beherrscht. „Ich höre zu."

„Vor allem an den kleinen Mädchen vergreift er sich. Am liebsten sind sie ihm, wenn sie noch unentwickelt sind." Bitterkeit stieg in ihr auf. „Ich glaube, das ist überhaupt der Grund, warum er die Schule gegründet hat. Seit Monaten hat er es auf Amy Perkins abgesehen, aber bisher habe ich sie immer vor ihm beschützen können. Aber heute Nacht, wenn ich weg bin ..." Sie stockte, vor Angst wie gelähmt bei dem Gedanken daran, was jetzt im Moment vielleicht sogar geschah. „O Damien, bitte. Wir müssen ihr helfen. Sie ist erst zwölf. Er wird warten, bis die anderen Mädchen im Bett sind, und dann ..."

„Ich kümmere mich darum", flüsterte er. Er ergriff ihre Hand und hielt sie eine Weile fest. „Sagst du mir auch die Wahrheit? Denn ich riskiere meinen Ruf. Meine Ehre steht auf dem Spiel."

„Ja", hauchte sie mit einem flehenden Schluchzen und wischte sich dann rasch eine Träne ab.

Er umfasste ihre Wange und sah ihr in die Augen. Seine Stimme war rau, wobei er seinen Zorn streng unter Kontrolle hatte. „Niemand tut dir mehr weh, verstehst du? Du stehst jetzt unter meinem Schutz ..."

Bevor er noch ausreden konnte, hatte sie ihm die Arme schon um den Hals geworfen. Zitternd schmiegte sie sich an ihn, presste sich an ihn. Zögernd legte er die Arme um sie, strich ihr kurz übers Haar, hielt sie dann nur fest.

„Mein Engel, ich weiß, dass du nach letztem Abend Angst vor mir hast", wisperte er, „doch was auch geschieht, du kannst mir vertrauen. Gib mir nur eine Chance, es dir zu beweisen."

Sie schloss die Augen, viel zu bewegt von seinen Worten, um etwas darauf zu erwidern. Da sie wusste, dass es auf jede Minute ankam, entzog sie sich ihm irgendwie und schaute ihm in die Augen. „Ich möchte mitkommen", sagte sie mit schwankender Stimme. „Die Mädchen werden mich doch brauchen."

Er nickte und erhob sich, doch sie ergriff noch einmal seine Hand.

„Damien, bitte, kein Blutvergießen mehr. Ich weiß, er hätte es verdient, aber ich kann es einfach nicht ertragen."

Er hob ihre Hand an die Lippen und drückte einen Kuss in die Handfläche. „Nicht um alles in der Welt möchte ich dich noch einmal verängstigen." Zärtlich schloss er ihre Finger zur Faust, als wollte er den kleinen Kuss darin einschließen. Dann ließ er sie los und ging zur Tür. „Mach dich bereit. Ich miete eine Kutsche. Ein schnelles Gespann kann uns in eineinhalb Stunden dort hinbefördern", verkündete er, schon halb zur Tür hinaus.

Sie nickte, viel zu überwältigt, um ihrer Dankbarkeit Ausdruck zu verleihen. Sie blieb zurück, die Faust gegen die Wange gedrückt. Zitternd saß sie in der Dunkelheit – jemanden auf ihrer Seite zu haben, war eine beängstigend neue und mächtige Erfahrung.

Bald stürmten sie die Straße in dem leichten Vierspänner entlang, den Damien gemietet hatte und den er mit der kalten Beherrschung eines römischen Wagenlenkers steuerte. Seine ganze Haltung, das starre Gesicht verrieten seinen Zorn. Miranda saß neben ihm auf dem Bock, zitternd vor Furcht und Winterkälte, und der Stallbursche hatte auf dem Kutschkasten Platz genommen. Unablässig trieb Damien die Pferde über die kurvenreiche Straße. Sein hartes Gesicht zeigte keinerlei Regung, doch das zornige Glitzern in seinen Augen verhieß Übles für den Schuldirektor.

Als sie Yardley endlich erreicht hatten, wanderte Mirandas Blick ängstlich über die Fassade des alten Bauernhofs. Die Fenster waren dunkel, doch aus Miss Brocklehursts Salon drang noch Licht. Damien zügelte die Pferde, sprang vom Bock und ging mit großen Schritten zur Tür. Der Stallbursche kroch vom Kutschkasten, um die Pferde so schnell wie möglich zu versorgen.

Die stille Winternacht hallte von den Schlägen wider, mit denen Damien die schwere eichene Eingangstür bearbeitete. Miranda saß wie erstarrt auf dem Kutschbock. Das Herz schlug ihr bis zum Hals. Im Salon regte sich der Vorhang, und Miss Brocklehurst spähte hinaus. Der Anblick dieses verhassten Gesichts machte Miranda wütend. Sie musste an Amy denken; doch jetzt war nicht der geeignete Zeitpunkt, sich von den eigenen Erinnerungen lähmen zu lassen. Noch war Zeit, das Kind zu retten, und das war alles, was jetzt zählte. Miranda sprang vom Bock und eilte Damien nach, gerade noch rechtzeitig, um Miss Brocklehurst an der Tür zu hören.

„Lord Winterley, was um alles in der Welt ..."

„Wo ist er?" knurrte Damien.

„Schau im Büro nach", meinte Miranda, als Damien an der Direktorin vorbei in die Eingangshalle marschierte.

„Reed!" donnerte er.

„Was hat das alles zu bedeuten?" rief Miss Brocklehurst aus.

„Das wissen Sie doch ganz genau", murmelte Miranda und rannte zur Treppe. „Amy! Sally! Jane!" rief sie hinauf.

Als Damien die Tür zu Mr. Reeds Arbeitszimmer aufriss, vernahm Miranda zu ihrem Entsetzen, dass Amys Schreie aus dem Raum herausgellten. Mit einem lauten Fluch verschwand Damien im Arbeitszimmer. Miranda folgte ihm auf dem Fuße, doch Miss Brocklehurst versuchte, sich ihr in den Weg zu stellen.

„Was bildest du dir ein, Miss?"

Miranda schob die Frau brüsk beiseite. „Lassen Sie mich bloß in Ruhe! Amy!"

Sie stürzte ins Büro, gerade als Amy von Mr. Reeds Sofa aufsprang und laut schreiend durch den Raum lief. Mit wildem Blick warf sie sich in Mirandas ausgestreckte Arme.

Miranda drückte das Kind fest an sich, während Damien sich dem Direktor näherte. Auf Mr. Reeds Gesicht spiegelte sich panische Angst. Langsam wich er zurück, die Ärmel aufgerollt, die Weste aufgeknöpft, das fettige Haar wirr und ungepflegt. Miranda und Amy klammerten sich aneinander, zuckten beide zusammen, als Damien den Mann gegen die Wand drückte und ihm mit roher Gewalt ins Gesicht schlug. Dann schlug er erneut zu. Miss Brocklehurst keuchte erschrocken auf, als Mr. Reed blutend auf dem Boden zusammensackte.

Mit zusammengebissenen Zähnen und wild aufgeblähten Nasenflügeln starrte Damien auf den Halbbewusstlosen hinab, als würde er ihn am liebsten aufspießen. „Hol Mrs. Warren", wies Damien Miranda an. „Sag ihr, sie soll mit der Kutsche nach Birmingham fahren und den Konstabler und den Friedensrichter holen. Der Stallbursche kann sie auf direktem Weg hinbringen."

Miranda nickte. „Komm, mein Liebes", sagte sie zu Amy, doch das Mädchen entzog sich ihrer Umarmung und rannte hinüber zu dem reglos am Boden liegenden Pfarrer.

„Ha!" rief Amy und trat den Mann mit voller Wucht in den Unterleib.

Erschrocken fing Miranda sie wieder ein und nahm sie mit in die Küche, um dort die gute alte Köchin zu holen, wie Damien angeordnet hatte.

Die Mädchen saßen im Schlafsaal und starrten einander nur an, zu verängstigt, um etwas zu äußern, als der Konstabler kam und Mr. Reed in Handschellen abführte. Auch Miss Brocklehurst musste zum Verhör mitkommen. Miranda wusste nicht, welches Schicksal ihnen beschieden war.

Die nächsten Stunden vergingen voller Sorge. Zwei freundliche Damen von der Wohlfahrt kamen, um sie zu befragen, und schüttelten den Kopf, als die Mädchen stockend ihre widerwärtigen Erfahrungen offenbarten. Eine der Damen war die Frau des Friedensrichters, die andere seine Schwester.

Miranda sagte zuerst nicht viel, da sie die Folgen befürchtete, wenn die Damen ihnen nicht glaubten, doch aus ihren Reaktionen konnte sie neue Rückschlüsse auf den Rang ihres Vormunds ziehen. Colonel Lord Winterley war ein Earl und ein Kriegsheld und vor allem für seine Integrität bekannt. Nun stand nicht länger nur das Wort der Mädchen gegen Mr. Reeds, nun hatte der große Winterley ihre Partei ergriffen. Mit eigenen Augen hatte er Mr. Reeds Missetaten gesehen, und damit hatte der Pfarrer die Schlinge schon so gut wie um den Hals, wie Miranda ehrfürchtig erkannte.

Im Büro konfiszierten die Vertreter der Behörden Mr. Reeds Bücher, da Damien den Verdacht äußerte, der Mann habe möglicherweise Gelder veruntreut – angesichts der Schulgebühren waren die Kleider und Schuhe der Mädchen viel zu schäbig, die Räume schlecht geheizt, und Mrs. Warren fand die Qualität des Essens, das zu kochen man ihr auftrug, selbst miserabel.

Endlich kam ihr Held nach oben und klopfte vorsichtig an die Tür zum Schlafsaal. Miranda ließ ihn ein. Wie ein zahmer Löwe setzte er sich in den Kreis der Mädchen und fragte jede nach ihrem Wohlergehen. Amy umarmte ihn fest und weinte ein wenig an seiner Schulter.

Miranda beobachtete ihn schweigend, versuchte das Bild des starken, fürsorglichen Ritters mit jenem wilden Krieger zu vereinbaren, der die vier Verbrecher förmlich in der Luft zerrissen hatte. Er war der blutrünstigste Mann, der ihr je begegnet war, doch, dachte sie, auf seine Art auch der sanfteste. Und dann übernahmen die braven Frauen der Wohlfahrt die Regie.

Sie stimmten Damien zu, dass die Sache zum Wohle der Mädchen, die schon genug gelitten hatten, am besten unter den Teppich gekehrt würde. Die ältere Dame, eine kinderlose Witwe, bestand darauf, dass Amy, Sally und Jane die restlichen Weihnachtsferien bei ihr in ihrem schönen Häuschen in der Stadt verbrachten. Die Frau des Friedensrichters erbot sich, neue Lehrer einzustellen und den Eltern per Brief zu erklären, wie es zu Mr. Reeds und Miss Brocklehursts Ablösung gekommen sei. Endlich hatte Miranda das Gefühl, sie könnte nun in der Gewissheit abreisen, dass ihre Freundinnen in guten Händen waren – und zu ihrem Erstaunen bedeutete dies auch, dass sie doch in das neue Leben aufbrechen konnte, das Damien ihr bot, das Leben, das ihre Mutter sich für sie gewünscht hatte.

Herzlich umarmte sie Sally, Jane und Amy, versprach ihnen, aus London zu schreiben, und folgte Damien dann zu der Kutsche. Sie war körperlich und geistig völlig erschöpft. Inzwischen war es zwei Uhr morgens. Die Postkutsche würde Coventry in fünf Stunden verlassen.

Die Nacht war klar, die Luft kalt. Miranda hielt inne und blickte zum tintenschwarzen, sternenübersäten Himmel empor. Sie fragte sich, ob Onkel Jason und ihre Eltern jenseits der blinkenden Lichter saßen und auf sie und ihre kleine Welt herabsahen.

„Kommst du?"

Als sie die leise Frage hörte, schaute sie auf. Damien wartete an der Kutsche, um ihr hinaufzuhelfen. Seine wie gemeißelten Züge wurden schwach von den funkelnden Himmelsgestirnen erhellt.

In der silbrigen Dunkelheit begegnete sie seinem Blick, und tief im Innersten verspürte sie eine starke Loyalität gegenüber diesem Mann für das, was er heute Nacht getan hatte. Das Ausmaß ihrer Dankbarkeit erschütterte sie. Nun kannte er ihr schändliches Geheimnis, wusste, was sie gelitten hatte – in fremden Händen war das unter Umständen eine gefährliche Waffe. Sie fragte sich, was er von ihr im Gegenzug erwartete. Aber kaum waren ihr diese Ängste bewusst geworden, als ihr auch schon die Vernunft und ihr neues Vertrauen in ihn zu Hilfe eilten und die Furcht verscheuchten. Onkel Jason hatte tatsächlich gut gewählt. Anscheinend wollte Damien Knight wirklich nicht mehr von ihr als ihre Kooperation, damit er das Versprechen halten konnte, das er ihrem Onkel gegeben hatte.

„Vielleicht könntest du jetzt mal anfangen, mir zu vertrauen“, meinte er.

Miranda versagte die Stimme; stattdessen betrachtete sie ihn voll Angst und Sehnsucht. Er hatte ihr das Leben gerettet, er hatte ihre Freundinnen gerettet, er hatte sich als der Held gezeigt, für den die Welt ihn hielt. Und doch blieben ihr die Dankesworte im Halse stecken.

Sie fühlte sich so seltsam. Stille Ergebenheit überkam sie und die Bereitschaft, ihren kindischen Trotz aufzugeben, ihre billigen Jugendträume vom Ruhm als Schauspielerin, ihre zornige Halsstarrigkeit. Stattdessen würde sie diesen starken, gerechten Mann als Vormund akzeptieren – der sie mit seiner Sanftheit schon halb gezähmt zu haben schien. Die Rebellin in ihr lehnte sich dagegen auf – so hatte sie sich ihr Leben nicht vorgestellt. Doch als Damien die Hand ausstreckte, um Miranda nach oben zu helfen, konnte sie dem Drang ihres Herzens nicht länger widerstehen. Sie hob das Kinn, straffte die Schultern und ging zu ihm.

Algernon Sherbrooke, Viscount Hubert, konnte nicht schlafen. Allerdings war es nicht das Gewissen, was ihn plagte, auch hielt ihn nicht der Gedanke wach, was er wohl mit all dem Geld anstellen sollte, sobald genügend Zeit für einen diskreten Geldtransfer von Mirandas auf sein Konto verstrichen war, nein, einfache Sorgen ließen ihn nicht zur Ruhe kommen. Die unappetitlichen Burschen, die er angeheuert hatte, damit sie seine Nichte um die Ecke brachten, nützliche, doch übel beleumundete Gesellen, die in einem seiner Mietshäuser wohnten, hätten sich inzwischen längst bei ihm melden und ihren Lohn einfordern müssen. Aber sie waren nicht gekommen.

Er saß in seinem eichengetäfelten Arbeitszimmer; die Tür stand offen, damit er freien Blick auf die Eingangshalle hatte. Die Standuhr schlug zwei Uhr, und Crispin war immer noch nicht aus den Spielhöllen nach Hause zurückgekehrt. Der Gedanke an seinen Sohn erfüllte ihn mit Enttäuschung und gleichzeitig hilfloser Vaterliebe. Er liebte seinen Sohn mehr als alles auf der Welt, mehr als seine faden Töchter Daisy und Parthenia, die er längst als ein Paar dumme Gänse abgetan hatte, sogar mehr als seine ausdruckslose Gattin. Wenn er Crispin nur sagen könnte, dass er das alles nur für ihn tat. Algernon starrte in die Flamme der Kerze, während sein Diener in der Ecke bei den Hunden kauerte und auf den nächsten Befehl wartete.

Algernon nahm einen Schluck von dem Whisky mit heißer Sahne, den er in der Hoffnung trank, er möge ihn müde machen, doch er fand keinen Schlaf, seit er von Jasons Anwalt erfahren hatte, dass der Mann, den sein Bruder als Mirandas Vormund eingesetzt hatte, kein anderer als der allgemein gefürchtete und geachtete Colonel Lord Winterley war.

Algernon hatte seine vier Verbrecher umgehend nach Birmingham geschickt, damit sie Miranda früher erreichten als Lord Winterley, aber jetzt musste er annehmen, dass sie versagt hatten. Vielleicht hatten sie sich vor ihrer Aufgabe gedrückt und lieber auf das versprochene Gold verzichtet, als sich mit dem stählernen Earl anzulegen. Wenn Winterley Miranda schon abgeholt hatte, musste er sich eine andere Lösung einfallen lassen, das war Algernon klar.

„Egann“, sagte er und schaute ins Eck.

„Ja, Meister? Hier bin ich.“ Der schmächtige Kammerdiener kam aus dem Schatten gehinkt, den Klumpfuß nach sich ziehend.

„Ich möchte, dass du Knight House bewachst. Wenn unsere Männer in Birmingham versagt haben, wird Lord Winterley meine Nichte aller Wahrscheinlichkeit nach zum Stadthaus der Familie bringen“, meinte er mit einem Anflug von höhnischem Neid. „Ich will es sofort erfahren, wenn sie ankommen. Sei vorsichtig! Sie dürfen dich nicht bemerken!“

„Verstehe, Sir.“ Egann verbeugte sich und hinkte hinaus, um den Befehl auszuführen.

Algernon fühlte sich schon etwas sicherer, nachdem sein verlässlicher Diener losgezogen war. Bald habe ich die Sache wieder in der Hand, beruhigte er sich. Zumindest wegen der

Büttel von der Bow Street, die ihn routinemäßig befragt hatten, brauchte er sich keine Gedanken zu machen. Sie hatten wissen wollen, ob er und sein Bruder gut miteinander ausgekommen seien. Nein, nah hätten sie einander nicht gestanden, aber ihr Verhältnis sei immer herzlich gewesen. Eben die Bande des Blutes.

Algernon hatte die Fragen selbstbewusst beantwortet, da er sich auf seinen Rang verließ und darauf, dass niemand gesehen hatte, wie er aus der Hintertür von Jasons Wohnung geschlüpft war, um sich dann in der üblen Gegend zu verdrücken. Sollte die Polizei doch suchen, solange sie wollte – der Mord an seinem Bruder würde nie aufgeklärt werden. Schließlich hatten die Behörden auch nicht die Wahrheit über Richards und Fannys Tod herausgefunden. Eigentlich bin ich inzwischen ganz schön gut darin, überlegte er, während er einen Schluck Sahnewhisky nahm. Am Ende käme man zu dem Schluss, Major Jason Sherbrooke sei einfach ein Opfer der schrecklichen Gegend geworden, die er sich zum Wohnen ausgesucht hatte.

In diesem Augenblick hörte er, wie die Haustür ging und Crispin endlich von seinen abendlichen Zechgelagen hereingestolpert kam. Die Hunde trotteten dem hübschen Fünfundzwanzigjährigen schwanzwedelnd entgegen. Stirnrunzelnd sah Algernon zur Tür.

„Brav, brav! Braver Hund!" flüsterte der Junge weinselig vor sich hin.

Gott sei Dank, dachte Algernon. Wenn Crispin guter Laune war, hieß das, dass er am Spieltisch gewonnen oder zumindest nicht allzu schlimm verloren hatte.

„Crispin!“ rief er streng.

„Ah, Vater! Ich hatte Glück!“ Er trat ein. Das Kerzenlicht schimmerte auf seinen blonden Locken. Mit einem spitzbübischen Grinsen ließ er eine Handvoll Goldmünzen auf Algernons Schreibtisch fallen.

Algernon musste ein Lächeln unterdrücken. „Ich hab dir doch gesagt, du sollst dich von den Spielhöllen fern halten, oder etwa nicht?“

Sein nach Rauch und Alkohol riechender Sohn zwinkerte ihm herzhaft zu, da er gleich erkannt hatte, dass die väterliche Missbilligung nur gespielt war. „Du hast mir geraten, ich solle nicht verlieren. Also hab ich gewonnen. Gute Nacht, Vater.“

Algernon schüttelte den Kopf und seufzte. „Gute Nacht, mein Sohn.“

Was ihn nicht losließ, das war, wie sehr Crispin ihn an seinen älteren Bruder Richard erinnerte. Es lag am Zwinkern und an seinem selbstsicheren, gar ein wenig selbstgefälligen Grinsen. Crispin machte sich keine Sorgen um sich selbst, aber Algernon schon. Algernon machte sich um alles Sorgen. Er machte sich Sorgen wegen Miranda und Lord Winterley. Er sorgte sich wegen seiner albernen Töchter und seiner geistig meist abwesenden Frau. Er sorgte sich um sein Haus, seinen Titel, das neueste Gesetz, die Korngesetze, die Börse, Napoleon und das Wetter, und es hatte ihn unsäglich irritiert, dass Richard als Oberhaupt der Familie sich nie wegen irgendetwas gesorgt hatte.

Algernon blies die Kerze aus und saß dann hellwach im Dunklen, während sich die Hunde wieder einer nach dem anderen im Eck niederließen.

6. KAPITEL

Als es am nächsten Morgen dämmerte, herrschte im Innenhof der „Olde Red Cow“ bereits rege Betriebsamkeit. Die Wände hallten vom Geschrei der Reisenden wider, die über Weihnachten ihre Verwandten besuchten. Die glänzende schwarze Kutsche wartete im Hof, hoch beladen mit Körben, Päckchen und Paketen. Rot-goldene Lettern verrieten, dass diese Postkutsche zur „Star Line“ gehörte. Ungeduldig schnaubend scharrten die vier Pferde mit den Hufen. Der Kutscher begrüßte die Passagiere, während der Postillon, das Posthorn in der Hand, oben auf dem Dach seinen Posten bezog und aufpasste, dass sich niemand am Gepäck vergriff.

Vielleicht lag es daran, dass sie zu wenig geschlafen hatte, aber Miranda wurde schwindelig, als sie sich draußen vor dem Gasthof von Damien verabschiedete und in die Kutsche stieg, während er Zeus aus den Stallungen holen ging. Miranda, die gern in die Welt hinausblickte, war nicht zu schüchtern, um einen Fensterplatz für sich zu ergattern. Sie schaute zu, wie Damien seinen großen Schimmel aus der Scheune führte, und bewunderte die Eleganz, mit der er sich in den Sattel schwang. Ein letztes Mal prüften die Stallburschen das Zaumzeug, der Kutscher läutete die Glocke, und dann setzten sie sich in Bewegung.

Eine Weile plauderte sie fröhlich mit den anderen Passagieren. Bald wurde es hell, und die Morgensonne tauchte die verschneiten Felder in gleißendes Gold. Das gleichmäßige Schwanken der Kutsche machte Miranda wieder müde, und sie nickte ein, den Kopf an das Fenster gelehnt, bis das Posthorn sie an ihrem ersten Halt rüde aus dem Schlaf riss: Sie waren in Rugby angekommen.

Damien kam zu der Kutsche herübergeritten, beugte sich vor und klopfte ans Fenster. „Aufwachen!" neckte er sie.

Sie lächelte ihn an. Ein paar Fahrgäste verließen die Kutsche, andere stiegen zu. Die Stallburschen spannten frische Pferde an, und dann rollte die Kutsche weiter. Miranda warf Damien frech eine Kusshand zu, als ihr Vormund zurückbleiben musste, um Zeus' Gurt festzuzurren. Doch schnell holte er sie wieder ein und flog wie ein silberner Blitz an ihnen vorüber.

Voll jungmädchenhafter Bewunderung blickte sie ihm nach. Doch dann schüttelte sie über sich selber den Kopf. *So ein Angeber!*

Die Kutsche holte ihn erst am nächsten Halt wieder ein. Sie spähte durchs Fenster und sah ihn an dem Pfosten lehnen, an den er Zeus festgebunden hatte. Er prostete ihr mit einer Tasse Kaffee zu. Sie lachte, ohne die neugierigen Blicke der Mitreisenden zu bemerken. Dann stieg sie aus der Kutsche, um sich die Beine zu vertreten, und er brachte ihr aus dem Gasthof ein Stück Gebäck. Sie fragte ihn, ob ihm warm genug sei, tätschelte Zeus den Hals und kletterte in die Kutsche zurück. Und dann waren sie wieder unterwegs.

Nach dreißig Meilen fühlte sie sich in der Kutsche allmählich etwas beengt und bat Damien, sie ein Stückchen auf dem Pferd mitzunehmen. Auf dem nächsten Streckenabschnitt tat er ihr den Gefallen. In gemütlichem Trab ritten sie die ebene Straße entlang, wobei er ihr den Arm fest um die Taille gelegt hatte. Miranda hielt sich an Zeus' Mähne fest, entzückt über die Freiheit, die sie genoss, während sie das Gesicht in die goldene Dezembersonne reckte und ihr der Wind durchs Haar fuhr. Beim nächsten Halt kehrte sie gehorsam in die Kutsche zurück. Ihre Wangen waren rosig überhaucht, und ihre Augen funkelten. Glücklich ließ sie sich auf ihren Sitzplatz sinken, und dann sah sie die ziemlich schockierten Blicke der ältlichen Matronen. Innerlich musste sie ein wenig lachen über diese Missbilligung. Es erregte sie, dass die anderen anscheinend dachten, sie und Damien seien mehr als Vormund und Mündel.

Nach weiteren zwanzig Meilen war die Tagesetappe beendet. Sie kehrten im „Jolly Rogue" ein, einem Gasthof außerhalb von Milton Keynes. Wenn in „Ye Olde Red Cow" schon viel los gewesen war, so waren die Zustände im „Jolly Rogue" direkt chaotisch. Vermutlich weil sie sich allmählich London näherten. Im Hof wurden Dutzende von Pferden an allen möglichen Fahrzeugen gewechselt, während aus den Postkutschen massenweise hungrige, bärbeißige Reisende stiegen. Als Damien sein Pferd versorgt hatte und er und Miranda endlich im Gasthaus standen, teilte ihnen der gehetzte Wirt mit, dass sie leider kein Zimmer mehr frei hätten, ja, nicht mal mehr einen Schemel in der Schankstube. Miranda wartete mit dem Gepäck in einer Ecke, während Colonel Lord Winterley dem Wirt eröffnete, mit wem er es zu tun hatte.

Wie von Zauberhand bekamen sie zehn Minuten später doch ein Zimmer. Er eilte durch die überfüllte Eingangshalle zu ihr und hob die Taschen auf. „Komm."

„Haben sie jetzt doch Zimmer für uns?“ erkundigte sie sich und hielt den Atem an.

„Nur eins, und das nur, nachdem ich ihnen ein beträchtliches Trinkgeld gegeben habe“, murmelte er.

„Oh“, sagte sie, ihre Einwände hinunterschluckend, doch ihrem jungmädchenhaften Feingefühl versetzte dieses Ansinnen einen leichten Schock. Sie würden sich doch nicht etwa ein Zimmer *teilen* müssen?

Zum Fragen blieb ihr keine Zeit. Damien packte sie am Handgelenk und zog sie mit sich die Treppe hinauf, immer dem Dienstboten nach, der mit einer Kerze vorausging. Sie hielt den Mund und folgte, froh, wenigstens dem Gewühl unten entkommen zu sein – viele Passagiere würden gezwungen sein, die Nacht auf ihrem Gepäck in der Eingangshalle zu verbringen.

Langsam verebbte der Lärm von unten, während der Lakai sie über die zahllosen Galerien des Gasthofs ins oberste Stockwerk führte. Endlich schloss er eine Zimmertür auf. Das Zimmer war weder so groß noch so hübsch wie das, in dem Miranda die letzte Nacht verbracht hatte. Das Herz schlug ihr bis zum Halse, als sie das Bett betrachtete. Irgendwie schien es ihr furchtbar klein.

Der Diener verbeugte sich. „Mylord. Madam. Gleich wird sich eine Zofe Ihrer annehmen. Möglicherweise wünschen Sie hier zu dinieren, da der Speisesaal äußerst voll ist.“

„Danke für den Rat“, brummte Damien und gab dem Mann eine Münze.

Miranda schenkte dem Diener ein unglückliches Lächeln und schloss die Tür. Leicht nervös wandte sie sich um, während Damien die Taschen in einer Ecke verstaute und leicht verärgert den Mantel auszog. Er legte den Mantel über den Stuhl am Fenster. Sie zog die Handschuhe aus und nahm den Hut ab.

„Na, das ist ja sehr gemütlich hier“, meinte sie, um die finstere Miene zu vertreiben, die sich auf seinem Gesicht ausgebreitet hatte.

„Gemütlich? Sicher, ich werde es bestimmt wahnsinnig genießen, auf dem Fußboden zu schlafen. Also, eines kann ich wirklich nicht ausstehen, und das ist mangelhafte Planung. Tut mir leid. Wenn ich gewusst hätte, dass du gleich mitkommst, hätte ich für bessere Unterkunft gesorgt.“

Sie lachte über seine Tirade. „Unsinn. Wir werden prima zurechtkommen. Es ist doch nur für eine Nacht.“

„Vermutlich hast du Recht. Aber erzähl es lieber nicht weiter“, riet er ihr und ließ sich müde aufs Bett fallen. Er schloss die Augen, die Füße immer noch auf dem Fußboden.

Miranda trat auf die andere Seite des Bettes und legte sich dort auf den Bauch, den Kopf auf die Ellbogen gestützt. Lächelnd betrachtete sie ihn und strich ihm dann kurz beruhigend über das Haar. „Du kannst im Bett schlafen, ich nehme den Sessel. Schließlich konnte ich in der Kutsche ein wenig schlafen …“

„Nein.“ Seine Augen waren zwar immer noch geschlossen, doch schien er ihre Liebkosung zu genießen. „Ich kann mich auch im Stall hinlegen, wenn es sein muss.“

„Sei doch nicht albern. Der Nationalheld im Stall, das ist doch nicht dein Ernst?“

Er öffnete die Augen und schaute sie an.

Sie zog an einer seiner Locken und lächelte ihn schelmisch an. „Ich habe dir schon genügend Umstände bereitet, mein Lieber. Da werde ich dich doch nicht noch hinaus zu den Tieren in den Stall schicken."

Darauf seufzte er nur und schloss die Augen. „Du hast mir keine Umstände bereitet, Miranda."

Ihr Lächeln wurde weicher, als sie sah, wie unter ihren Berührungen allmählich die Anspannung aus seinem Gesicht wich. „Ruh dich ein Weilchen aus", flüsterte sie. „Ich bestelle bei der Zofe das Abendessen. Was möchtest du?"

„Egal, Hauptsache, es dauert nicht lang."

„In Ordnung." Sie rutschte vom Bett und schaute sich noch einmal liebevoll zu ihm um, ehe sie hinausging.

Sobald sie draußen war, zog Damien rasch Rock und Weste aus, da er die wenigen Minuten ihrer Abwesenheit nutzen wollte, um seine Wunde zu säubern und den Verband zu wechseln. Er war müde und hungrig, aber es fühlte sich doch gut an, wieder gebraucht zu werden. Er goss Wasser aus dem Krug in die Waschschüssel, schlüpfte aus dem Hemd und suchte in seiner Tasche nach dem Verbandszeug, das ihm der Arzt von Morris' Garnison gegeben hatte.

Er zuckte zusammen, als er den alten Verband abzog. Ein Faden klebte am Schorf, der sich gebildet hatte. Fluchend zog er ihn ab. Da er unbedingt vermeiden wollte, dass Miranda ihn bei ihrer Rückkehr halb nackt antraf, verzichtete er darauf, das Wasser im Kamin anzuwärmen, und nahm sich kaum Zeit, sich einzuseifen. Gerade legte er den Verband neu an, ein Ende zwischen die Zähne geklemmt, als sie leicht anklopfte. Er erstarrte, und sein Herz setzte einen Schlag aus.

Sie öffnete die Tür und trat ein. „Dein Essen ist unterwegs ... ach herrje." Sie riss die Augen auf, als sie ihn ohne Hemd am Tisch dastehen sah.

Rot vor Verlegenheit, hätte Damien fast den Verband fallen lassen. „Wenn du mir bitte einen Augenblick Zeit geben würdest, ich muss meine Wunde verarzten. Und das würde ich gern alleine tun."

Langsam ließ sie den Blick über seinen nackten Oberkörper schweifen. Mit einem frechen Lächeln legte sie den Kopf schief, schloss die Tür und lehnte sich dagegen.

„Wärst du so freundlich?" wiederholte er schroff, doch im selben Augenblick löste sich der Verband ab. „Verdammt", murmelte er.

Sie lachte leise und ging auf ihn zu. „Du Armer, du brauchst Hilfe."

„Keineswegs." Er schaute auf den verführerischen Hüftschwung, und dann blickte er angelegentlich zu Boden, sich ihrer Nähe nur allzu bewusst. „Du solltest rausgehen, bis ich wieder präsentabel bin."

„Sollte, sollte, sollte. Ich lass dich doch nicht blutend hier herumstehen, vor allem nachdem ich für deine Verletzung überhaupt erst verantwortlich bin." Energisch drängte sie ihn an den Tisch. „Und jetzt halt still", befahl sie. „Tut es sehr weh?"

„Ich hab schon Schlimmeres erlebt."

Liebevoll umfasste sie seine Wange. „Und wenn, so würdest du es mir nicht erzählen, stimmt 's?"

„Nein“, räumte er mit einem reuigen Lächeln ein. Er verspürte keinen Schmerz, nur Freude über ihre simple Berührung.

„Nun ja, der Wein sollte den Schmerz ein wenig mildern. Und unser Essen müsste jeden Moment kommen. Es gibt übrigens Ente, Schweinebraten und Roastbeef mit Kartoffeln, daher hoffe ich, dass du Hunger hast.“

Einen Bärenhunger, dachte er. Sein Blick wanderte zu ihren Lippen. Als sie zur Seite trat, um seine Wunde zu begutachten, schaute er in ihr cremeweißes Dekolleté und erhaschte einen Blick auf ihren verführerischen Brustansatz. Er schluckte und wandte den Blick ab, stemmte sich mit aller Macht gegen die Versuchung, während ihm das Herz wie wild gegen die Rippen hämmerte.

Miranda bemühte sich nach Kräften, ihre Reaktion zu verbergen, doch von dem Moment an, da sie den Raum betreten hatte, war sie förmlich vom Anblick seines bloßen, muskulösen Oberkörpers geblendet. Es juckte sie in den Fingern, die warme, glatte Haut zu berühren, doch sie unterdrückte den Impuls und griff nach einem Ende des Verbands.

Sie platzierte den Verband über der Wunde. „Halt mal fest, ja?“

Er tat, wie ihm geheißen, den Blick fest auf ihr Gesicht gerichtet.

Sie schlang den sauberen Baumwollstoff um seinen mächtigen Bizeps, wobei sie hoffte, dass er nicht merkte, wie sehr sie sich danach sehnte, jeden Quadratzoll seines herrlichen Körpers zu erforschen. Verstohlen ließ sie den Blick über seine Kehle, die breite Brust und den muskulösen Bauch nach unten wandern, bis sie bei seinem unsagbar hübschen Nabel angelangt war.

Am liebsten hätte sie leichte Küsse auf seinen wunderschönen Oberkörper gehaucht, ihn so liebkosen wollen, wie Patrick es ihr vor drei Jahren heimlich beigebracht hatte. Bei der Vorstellung wurde ihr schwindelig. Seit damals hatte sie mit keinem mehr derartige Vertraulichkeiten ausgetauscht, schämte sich sogar, dass sie so viel über Männer und ihre körperlichen Sehnsüchte wusste. Als vertrauensvolle Sechzehnjährige hatte sie ihrem attraktiven jungen Kavalleristen nur deswegen den Gefallen getan, weil sie von ihm geliebt werden wollte, doch bei Damien war es ganz anders. Patrick hatte sie ständig bedrängt und behauptet, sie liebe ihn nicht, bis sie sich endlich widerstrebend bereit erklärt hatte, ihn zu berühren. Damien hingegen brauchte nur vor ihr zu stehen, und schon konnte sie kaum die Hände von ihm lassen. Wie noch kein Mann vor ihm weckte er in ihr ein tiefes, echtes Begehren. Sie beobachtete, wie die Schatten der Kerze über seinen Körper flackerten, und rief sich dann zur Ordnung.

„Du kannst jetzt loslassen", murmelte sie, seinem Blick ausweichend.

Er gehorchte. „Dir ist natürlich klar, dass das alles völlig unpassend ist."

Vorsichtig schaute sie ihn an. „Es braucht ja niemand zu erfahren."

Nachdenklich zog er eine Augenbraue hoch.

Sie zuckte mit den Schultern. „Die Leute unten halten mich ohnehin schon für deine Geliebte."

„Ich weiß. Deswegen habe ich ihnen deinen Namen ja auch nicht gesagt."

„Ist das zu eng?" fragte sie, kurz bevor sie die Enden des Verbands verknotete.

Er blickte auf seinen Arm hinab und ließ prüfend die Muskeln spielen. Sie keuchte, als sie den Bizeps noch weiter anschwellen sah, und wandte dann unter heftigem Erröten den Blick ab.

Dann schloss sie den Mund wieder. „Entschuldigung."

Er stieß ein leises, selbstzufriedenes Lachen aus. „Das passt wunderbar so."

„Gut." Sie räusperte sich.

Er bedankte sich leise, worauf sie nickte und seine muskulöse Gestalt mit fiebrigem Blick musterte, während er sich abwandte, um sein weißes Hemd wieder überzustreifen. Allerdings knöpfte er es nicht zu, vielleicht um ihr eine Freude zu machen.

Miranda wusch sich die Hände, wobei sie sich streng verbot, ihn auch nur eine Sekunde länger anzustarren. Ein Klopfen riss sie aus ihrer Versunkenheit. Sie eilte an die Tür und ließ die Zofe ein, die ihr Dinner auf einem Teewagen hereinfuhr. Nachdem es nur einen Stuhl gab, schob Damien den Wagen vor das Bett. Miranda zog die Schuhe aus und setzte sich im Schneidersitz auf die Matratze. Das Essen und der Wein verschafften ihnen die Möglichkeit, etwas anderes als einander zu verschlingen. Allmählich wich die Spannung.

Langsam und gesittet nahmen sie das Abendessen ein, doch als Damien die zweite Flasche Wein entkorkte, war Mirandas Stimmung einem ausgelassenen Leichtsinn gewichen. Sie zog sich die Elfenbeinkämme aus der Frisur, schüttelte ihr Haar aus und ließ sich auf die Ellbogen zurücksinken. Dann streckte sie die Beine aus und legte Damien die gekreuzten Füße in den Schoß. Es schien ihm gar nichts auszumachen.

„Und nun verrat mir mal, mein Lieber", sagte sie munter und ein wenig frech, „hast du eine Geliebte? Oder vielleicht sogar mehrere?"

„Miranda." Er betrachtete sie ausdruckslos und trank seinen Wein aus.

„Ich will es nur wissen, weil jeder hier im Gasthof glaubt, ich wäre es."

„Das kannst du mich doch nicht fragen." Er stellte das Glas ab.

„Warum, bist du etwa verheiratet?" rief sie aus.

„Nein, bin ich nicht", erwiderte er spöttisch.

„Dann antworte mir. Ich hab dir schließlich auch von meinem Kavalleriesoldaten erzählt."

„Ich habe keine Geliebte."

„Nein? Keine Frau, keine Geliebte? Ja, was denn dann, Damien?"

„Nur ein freches kleines Mündel, das ich höchstbietend zu verheiraten gedenke." Er griff nach der Weinflasche und schenkte ihnen beiden nach. Dann schloss er die Hand um Mirandas Knöchel und streichelte sie mit den Fingerspitzen durch die weißen Strümpfe hindurch.

„Verstehe, du willst mich also verkaufen?" fragte sie scharfsinnig. „Was meinst du, wie viel ich auf dem Heiratsmarkt wert bin?"

„Du wärst nicht mit allem Gold der Welt aufzuwiegen." Er hob das Glas, prostete ihr zu und wandte sich dann wieder dem Essen zu.

„Na, das klingt aber viel besser als die drei Shilling, die ich im Theater verdient habe", entgegnete sie erfreut.

Streng deutete er mit der Gabel auf sie. „Darüber verlierst du kein Wort, wenn wir in London sind, hast du verstanden? Gegenüber niemandem."

„Nicht einmal meinem künftigen Ehemann gegenüber?"

„Vor allem dem nicht."

„Aber eine Ehe gründet auf gegenseitigem Vertrauen ..."

„Blödsinn, sie gründet sich in erster Linie auf Geld und guten Verbindungen."

„Na, nachdem ich weder Geld noch Verbindungen habe, wird mich wohl niemand haben wollen."

„Doch. Du hast etwas anderes."

„Was denn?"

„Du bist schön." Er starrte sie einen Augenblick lang an. „Du bist schön." Dann aß er schnell weiter, ihrem Blick ausweichend.

„Ich hoffe, das reicht."

„Du wirst außerdem über die Unterstützung meiner Familie verfügen, was keine Kleinigkeit ist. Mein ältester Bruder ist der Duke of Hawkscliffe. Mein jüngster Bruder Alec ist im Augenblick der Liebling der vornehmen Gesellschaft. Er kennt sämtliche heiratsfähigen Junggesellen Londons. Meiner Familie solltest du übrigens auch nichts von deiner Karriere als Miss White erzählen. Wenn sie es erfahren müssen, sage ich es ihnen schon."

„Also gut. Dann soll das unser Geheimnis sein. Genau wie dein unsittlicher Antrag“, fügte sie hinzu und stupste ihm mit dem Zeh in den Bauch.

Er verdrehte die Augen. „Musst du das immer wieder aufwärmen?“

Sie lachte boshaft. „Na, es ist aber doch wahr. Stell dir vor, ich wäre darauf eingegangen! Wäre ich fast, weißt du. Du warst so überzeugend … ich mache ja nur Spaß“, fuhr sie hastig fort, als er blass wurde. Aber dann musste sie lachen. „Du bist so amüsant, Damien. Du bräuchtest gar nicht so rot werden.“

„Ich werde nicht rot.“

„Doch, aber es wäre nicht nötig. Du bist nicht der erste Mann, der mir einen unsittlichen Antrag macht, und ich hoffe von Herzen, dass du auch nicht der letzte warst.“

„Miranda!“

„Was?“ Sie schleuderte ihm das Kissen um den Kopf.

„Wildfang! Bist du etwa betrunken?“

„Ich glaube nicht, aber ich bin nicht sicher. In Yardley haben wir nie Wein bekommen. Ich bin so glücklich.“

„Glücklich?“ Er packte das Kissen, als sie es ihm wieder um den Kopf schlagen wollte. „Hör auf!“

„Du bist zu ernsthaft, Damien!“ Sie nahm das zweite Kissen. „Ich werde dich damit schlagen, bis du lächelst!“

Mit einem verwegenen Grinsen duckte er sich aus dem Stuhl und stürzte sich lachend auf sie und rang sie im Bett nieder.

„Du bist … unmöglich“, schalt er sie leise und stützte sich links und rechts von ihr mit den Ellbogen auf. Mit den Daumen zeichnete er ihre Wangenknochen nach.

„Schwierig vielleicht, aber nicht unmöglich." Sie schlang die Arme um ihn, genoss es, von seinem Gewicht niedergedrückt zu werden und wie sich seine nackte Brust anfühlte. „Es kommt immer darauf an, wer sich um mich bemüht."

„Das klingt ja fast wie eine Einladung", murmelte er ungläubig vor sich hin.

„Vielleicht war es das ja", wisperte sie und strich ihm über das Haar. „Nimmst du sie an?"

Bei ihren Worten wurde er ganz still. Sein Blick wurde unsicher. „Ich weiß nicht."

„Überleg es dir", hauchte sie, und als sie seinen Kopf zu sich herunterzog, bis seine Lippen die ihren berührten, erhob er keine Einwände. Sie umfasste seine Wange, bat ihn mit dieser Berührung, sich nicht von ihr zurückzuziehen. Er tat es auch nicht.

Atemlos schloss sie die Augen, genoss die samtene Wärme seiner Lippen, das Hämmern seines Herzens, das sie an der Brust spürte. Sie fühlte das Zittern, das ihn überlief, hörte, wie sich seiner Kehle ein Stöhnen entrang, als sie die Lippen öffnete und sich mit der Zunge in seinen Mund vortastete.

Endlich ließ er die schmerzliche Zurückhaltung fahren und erwiderte den Kuss mit wilder, verzehrender Leidenschaft. Selig gab sie sich ihm hin und wühlte die Finger in sein schwarzes, seidiges Haar. *Ja.* Ihr Geist fühlte sich wie befreit, als ihr Körper sich ihm entgegendrängte. Er stöhnte, als diese Bewegung ihn vollends erweckte. Mit raschelnden Röcken spreizte sie die Beine noch weiter, sodass er sich noch besser zwischen sie betten konnte. Sie spürte, wie seine harte Männlichkeit vor ihrem Schoß pulsierte.

Fast wie von Sinnen packte er ihre Brust, fuhr mit dem Daumen immer wieder über die Spitze, bis Miranda vor Lust halb verrückt war. Sie konnte gar nicht genug bekommen. Sie schob die Hand in sein Hemd, strich ihm über den muskulösen Rücken, genoss die geschmeidigen Bewegungen, während er sich gegen sie presste. Durch die Breeches hindurch drückte sie ihn noch enger an sich.

„O Gott, wir müssen aufhören“, stöhnte er und ließ sie los. Sein Atem ging stoßweise. „Das darf nicht passieren.“

„Aber es passiert doch schon, Damien. Das kannst du nicht leugnen“, flüsterte sie und versuchte, ihn festzuhalten, aber er stemmte sich schon hoch und wandte sich ab.

Er setzte sich auf den Bettrand und fuhr sich mit der Hand durchs Haar. „Du weißt nicht, was du da sagst, Miranda. Du bist im Moment sehr verletzlich. Du hast viel durchgemacht in den letzten ...“ Er brach ab, als ihm auffiel, dass sein Hemd immer noch offen stand. Hastig knöpfte er es zu, leise vor sich hin fluchend. „Wir haben beide ein bisschen zu viel Wein getrunken. Es wird bestimmt nicht wieder vorkommen.“

Enttäuscht und ein wenig verärgert setzte sie sich auf. Sie wusste genau, dass er noch vollkommen nüchtern war, nahm aber an, dass er wohl seine Gründe hatte, die Sache so entschieden zu beenden. Trotzdem empfand sie ein vages Gefühl der Zurückweisung.

Vorsichtig schaute er sie über die Schulter hinweg an. Sie setzte sich neben ihn. Seine Miene war zurückhaltend, seine Lippen immer noch weich und feucht von ihren Küssen. Doch sie sah die Sehnsucht in seinen Augen. Er senkte den

Blick, ergriff ihre Hand und hielt sie sanft fest, mit der Fingerspitze über die Knöchel fahrend.

„Warum hast du aufgehört?"

„Du bist mein Mündel."

„Na und?"

Er blickte ihr in die Augen. „Du bist ein schönes Mädchen. Ich möchte, dass du eine Wahl treffen kannst. Wenn wir weitermachen, bin ich deine einzige Möglichkeit."

„Es gäbe schlimmere Schicksale", erwiderte sie.

„Du kennst mich nicht besonders gut", antwortete er. „Außerdem würde mich dein Onkel Jason umbringen."

Sie begann, leise zu lachen.

Er schenkte ihr ein schiefes Lächeln. „Ich glaube, ich gehe jetzt besser."

„Wohin denn?"

„Mir ein Plätzchen in der Scheune suchen ..."

„Damien!"

Er stand auf. „Das macht mir gar nichts aus. Vermutlich gibt es einen Heuboden, wo ich mich ..."

„Nein!" Mit beiden Händen hielt sie ihn am Handgelenk fest. „Bleib! Ich bin auch ganz brav, ich verspreche es dir!"

Er legte den Kopf schief. „Ich weiß nicht ..."

„Du bist erschöpft. Im Stall kannst du doch nicht richtig schlafen. Das wäre doch eine Schande! Bleib hier, hier ist es warm. Nimm du das Bett, ich schlafe im Sessel."

„Kommt nicht infrage. Ich bin ein Gentleman", entgegnete er energisch.

„Ah ... warte! Mir fällt etwas ein." Sie sprang auf und eilte zu ihrem Gepäck, wo sie das noch unbenutzte Verbandszeug hervorholte. Das trug sie zum Bett hinüber und markierte damit die Mittellinie. „So. Diese Hälfte gehört dir, und die andere mir. Und wer die Linie überschreitet, tut das auf eigene Gefahr."

Skeptisch blickte er auf das säuberlich geteilte Bett und dann zu ihr. „Hältst du das wirklich für eine gute und durchführbare Idee?"

„Natürlich. Warum nicht? Ich vertraue vollkommen auf deine Ehre. Bitte schlaf nicht im Stall", säuselte sie. „Ich habe doch ohnehin schon ein schlechtes Gewissen, weil du meinetwegen angeschossen wurdest. So, ich bleibe auf meiner Hälfte, und du auf deiner. Gute Nacht." Sie schlug die Decke zurück, schlüpfte ins Bett und schloss energisch die Augen.

Die nächsten Minuten hörte sie, wie er im Raum umherging, als könnte er sich nicht entscheiden. Was für ein lieber, alberner Kerl er doch ist, dachte sie zärtlich, wobei sie ganz still hielt, um ihn nicht zu verschrecken. Gerade als sie ein Auge aufmachte, um zu schauen, was er jetzt tat, löschte er die Kerze und ließ sich vorsichtig auf der anderen Betthälfte nieder. Allerdings legte er sich auf die Decke, um jede direkte Berührung auszuschließen.

Lange Zeit lagen sie nebeneinander in der Dunkelheit, getrennt durch die Decke und den dünnen Baumwollstreifen. Die Spannung zwischen ihnen vibrierte förmlich in der Luft, doch sie hielten beide vollkommen still. Durch das Fenster fiel weißes Mondlicht.

„Hör auf herumzuhampeln", brummte er schließlich und drehte sich mit dem Gesicht zur Wand.

„Entschuldigung." Sie betrachtete seinen breiten Rücken und seufzte dann tief, weil er zitterte. „Von mir aus kannst du gern unter die Decke kommen, Damien, solange du auf deiner Seite bleibst."

„Nein", erwiderte er.

„Warum denn nicht? Ich weiß doch, dass dir eiskalt ist."

„Mir geht es gut."

„Du zitterst so, dass das ganze Bett wackelt. Was ist los? Machst du dir Sorgen, dass ich unsere schmale Grenze übertreten könnte?" neckte sie ihn, streckte die Finger über den Baumwollstreifen und kitzelte ihn.

„Benimm dich!" schalt er und versuchte das Lachen zu unterdrücken, doch als er sie über die Schulter hinweg ansah, lächelte er. „Gute Nacht, Miranda."

Sie zog die Hand zurück und schob sie unter das Kissen. Ihre Augen glänzten, als sie seinen Blick erwiderte. „Gute Nacht, Damien. Gott segne dich."

Sein Lächeln wurde weich, und dann wandte er sich wieder ab und schlief gleich darauf ein. Bald ging sein Atem tief und ruhig. Das Geräusch lullte sie ein. Seine Schultern hoben und senkten sich in sanftem Rhythmus. Am liebsten hätte sie sich an ihn geschmiegt und die kalte Winternacht in seinen warmen Armen verschlafen.

Allmählich schlummerte auch sie ein, und so wusste sie nicht, wie viel Zeit vergangen war, als er sie mit seinem Gemurmel weckte. Die Worte verstand sie nicht.

Sie blinzelte müde und schaute zu ihm hinüber. Er zuckte erregt, als träumte er unruhig. Sie hielt ganz still, versuchte die unbewussten Bewegungen einzuordnen. Zitterte er? Zuckte er? Vielleicht schlug er im Schlaf irgendeine lang zurückliegende Schlacht. Vorsichtig streckte sie die Hand aus, um ihn beruhigend an der Schulter zu fassen.

„Damien“, flüsterte sie.

Im nächsten Augenblick hatte er sich auch schon auf sie geworfen, drückte sie mit seinem ganzen Gewicht in die Matratze, sodass sie gar nicht wusste, wie ihr geschah. Mit einem Knurren hielt er ihre Hände über ihrem Kopf fest und griff ihr mit der anderen Hand an die Kehle, um ihr so die Luft abzudrücken.

„Damien!“ kreischte sie in Panik, nach Atem ringend.

Etwas so Beängstigendes wie sein Gesicht in den wenigen Sekunden, bevor er wieder zu Sinnen kam, hatte sie noch nie gesehen.

Sofort gab er sie frei. „Mein Gott.“ Er sprang auf und begann, in dem mondbeschienenen Zimmer auf und ab zu gehen.

Miranda setzte sich mühsam auf, eine Hand am Hals.

Er trat auf sie zu. Auf seinem Gesicht glänzte kalter Schweiß, und seine Augen waren riesengroß vor Schrecken. „Alles in Ordnung mit dir?“ flüsterte er verstört. „Hab ich dir weh getan? Sag mir, dass du in Ordnung bist.“

„Mir geht es … gut. Du hast mich b…bloß erschreckt.“

Schwer atmend senkte er den Kopf. „Was zum Teufel hast du dir nur gedacht? Warum hast du mich angefasst? Ich hätte dich umbringen können!“

Tränen der Verwirrung stiegen ihr in die Augen, als sie den barschen Ton hörte. „Ich wollte dir doch nur helfen. Du hattest einen Albtraum.“

Kalt starrte er sie an, bot ihr keine Erklärung, keinen Trost. Dann drehte er sich um, griff sich seinen Mantel und seine Tasche und wandte sich zur Tür.

„Ich schlafe in der Scheune weiter."

„Damien!" Sie begann aus dem Bett zu steigen, um ihn aufzuhalten. „Bleib. Sag mir doch, was los ist. Ich will dir helfen."

„Das kannst du nicht. Niemand kann mir helfen. Halt dich bloß von mir fern." Er ging hinaus und schloss die Tür mit einem lauten Knall, der durch die Dunkelheit hallte.

7. KAPITEL

Am nächsten Nachmittag tauchte am bläulich verschwommenen Horizont Londons Silhouette auf, doch Miranda starrte nur aus dem Kutschenfenster. Ein Großteil der Freude und Aufregung, die sie gestern noch bei dem Gedanken an ihr neues Leben in der großen Stadt verspürt hatte, war verschwunden, verscheucht von ihrer Sorge um Damien.

Bleich und gedankenverloren saß sie da, während die anderen Fahrgäste bewundernd „Ah!“ und „Oh!“ riefen und die Hälse reckten. Um die helle Kuppel der St. Paul's Cathedral breiteten sich meilenweit Gebäude aus. Zahllose Kirchtürme und Schiffsmasten erhoben sich in den weißen Himmel, überall ragten prächtige Paläste und kühne Türme auf. Aber sie nahm kaum Notiz davon, denn sie wusste nun, dass ihr Vormund, ihr Fels in der Brandung, gegen schreckliche Dämonen kämpfte. Sie hatte sie in seinen Augen lauern sehen, als er sie beinahe erwürgt hätte, sie hatte sie auch auf der Wiese vor Birmingham gesehen. Und sie hatte Angst, sowohl *um* Damien als auch *vor* ihm.

Sie hatte allen Mut zusammennehmen müssen, um heute auf jeder Station mit ihm zu sprechen, doch er war sehr distanziert, total in sich zurückgezogen, als hätte er allen Zorn nach innen und gegen sich selbst gewandt. Er wollte ihr kaum in die Augen schauen, und außer ein paar höflichen Bemerkungen und praktischen Anweisungen, ihre Ankunft in London betreffend, hatte er ihr nichts zu sagen. Auf ihre Versuche, über das Geschehen letzte Nacht zu sprechen, reagierte er mit eisigem Schweigen. Sobald sie ihn ein wenig bedrängte, fuhr er sie an, um sie zum Schweigen zu bringen. Wie sehr sie sich auch bemühte, sie erreichte ihn nicht.

Sie hatte sich noch nie so allein gefühlt.

Bald wichen die stillen Felder belebteren Dörfern, während die Kutsche sich London näherte. Bald befanden sie sich im Herzen der lärmenden, schmutzigen, lauten Stadt. Ströme von Wagen und Fußgängern bewegten sich in alle Richtungen, im kalten Wind schaukelten die Wirtshausschilder, und auf den Dächern saßen Tauben.

Die Luft hallte vom Geratter der Wagen und dem Geschrei der Straßenverkäufer mit ihren Karren und Körben wider. Auf dem Gehsteig lagen rußige Schneehäufchen, und die Damen trippelten auf Stelzschuhen vorüber. Miranda konnte den Fluss riechen und die Kohlenfeuer aus unzähligen Haushalten. Die Kutsche ratterte die High Holborn hinunter, vorbei an ziemlich heruntergekommenen Marktständen, in denen Fleisch und Gemüse verkauft wurde. Zweifelnd schaute sie an der strengen Fassade des Fleet-Gefängnisses empor.

„Da ist die Themse!“ rief ein Passagier.

Sie drehte sich gerade noch rechtzeitig um, um einen Blick auf den grauen Fluss zu erhaschen, bevor sie sich rechts nach Ludgate Hill wandten und zwischen zwei schmalen Ladengeschäften verschwanden. Erleichtert atmete sie auf, dass sie nicht gezwungen war, diese große, gefährliche Wasserfläche zu überqueren. Und dann hatten sie mit einem Mal den geschäftigen Innenhof des „Belle Sauvage“ erreicht, das Ende ihrer abenteuerlichen Reise.

Endlich hielt die Postkutsche an. Einen Augenblick später kletterte Miranda aus der Kutsche und sah sich vollkommen überwältigt um.

„Miranda!" hörte sie ihren Vormund mit tiefer Stimme rufen. „Hier!"

Sie entdeckte ihn auf der anderen Seite des quirligen Innenhofs und atmete erleichtert auf. Er war bereits abgestiegen und wartete auf sie, Zeus am Zügel. Nachdem er ihren Fahrschein schon bei Reiseantritt bezahlt hatte, nahm sie ihre Tasche und eilte zu ihm hinüber. Sie sah, dass er bereits eine Droschke gemietet hatte. Er wich ihrem Blick aus, als er ihr die Tasche abnahm.

Er half ihr in die Droschke, stellte die Tasche neben ihren Füßen ab und schloss die Tür. Dann befahl er dem Kutscher: „Knight House am Green Park."

„Aye, Sir", erwiderte der Fahrer. Er betätigte die Peitsche, und dann setzte sich der Wagen in Bewegung.

Diese Reise nimmt nie ein Ende, dachte Miranda erschöpft. Damien schwang sich in den Sattel und ritt vor der Droschke her. Der Hengst zuckte zornig mit dem Schweif und bog in erhabenem Ärger den Nacken. Anscheinend mochte der arme Zeus das Chaos in der Stadt ebenso wenig wie sein Herr und Gebieter.

Im Lauf ihrer Fahrt nach Westen wurde die Umgebung merklich ruhiger und eleganter, bis die Kutsche endlich in die berühmte St. James's Street einbog. Sie waren im Herzen des vornehmen London angelangt. Mayfair mochte fashionabler sein, aber in St. James fanden sich alter Reichtum und noch älterer Adel.

Lieber Himmel, dachte sie besorgt, was sind das nur für Leute, zu denen er mich bringt? Aus den Briefen ihres Onkels wusste sie, dass die illustren Knight-Zwillinge die jüngeren Söhne eines Herzogs waren, aber bisher hatte sie sich nicht klar gemacht, was diese Tatsache für sie bedeutete. Wie konnte sie hoffen, dass derartig erhabene Persönlichkeiten sie je akzeptieren würden? Dann blieb ihr der Mund offen stehen, als die Kutsche vor einem Anwesen hielt, das sich hinter mächtigen schmiedeeisernen Toren verbarg.

Ein Diener in dunkelblauer Livree kam auf Damiens Ruf herbeigeeilt, schloss das Tor auf und verbeugte sich vor ihrem Vormund. Die bescheidene Mietdroschke rollte durch die imposante Einfahrt, vorbei an makellosen Rasenflächen, und hielt schließlich vor einem prächtigen palladianischen Palast. Das stolze Stadthaus ging auf den Green Park hinaus und hatte einen mächtigen Säulenvorbau mit schwerem eisernem Kronleuchter.

Benommen starrte Miranda es an. Sobald die Kutsche zum Stehen kam, ging die Tür auf, und ein Lakai mit weißer Perücke trat aus dem Haus, ließ das Treppchen herunter und verbeugte sich vor Miranda.

„Darf ich Ihnen helfen, Miss?“ erbot er sich und streckte ihr die behandschuhte Hand entgegen.

Miranda schaute den Lakaien an und fragte sich, ob sie träumte. Bedächtig nahm sie die Hilfe an und stieg aus der Kutsche, während Damien den Fahrer entlohnte.

„Dürfte ich Ihre Tasche nehmen, Miss?“

„Nein – danke.“ Sie presste die zerkratzte Ledertasche an die Brust und blickte ehrfürchtig an Knight House empor.

In den hohen Bogenfenstern im Erdgeschoss spiegelten sich der Himmel und der winterstarre Park. Das Dach zierten in regelmäßigen Abständen lebensgroße antike Statuen.

Damien vertraute sein Pferd einem Stallburschen an und ging an ihr vorbei, als wäre es das Normalste auf der Welt, in ein derart prächtiges Haus zu schlendern. Auf den breiten Eingangsstufen hielt er inne und drehte sich zu ihr um. „Kommst du?"

Plötzlich wurde Miranda bewusst, dass sie Maulaffen feilhielt wie ein Bauerntrampel. Sie riss sich zusammen und folgte ihm eilig.

Selbst der Butler, der sie an der Tür empfing, schien weit über sie erhaben zu sein. Er war groß und schon ziemlich gebeugt, mit schmalen Wangenknochen und würdevollen grauen Koteletten. Verschreckt betrachtete sie ihn. Als sie die Eingangshalle betrat, hörte sie wunderschöne Klange.

Musikalisch veranlagt, wie sie war, beruhigte sie das etwas. Es erklang eine meisterhaft gespielte Sonate von Haydn. Unwillkürlich näherte sie sich ihrem Vormund und schaute sich staunend in der weiträumigen, in weißem Marmor gehaltenen Eingangshalle um. Über ihr glitzerte der herrlichste Kronleuchter, den sie je gesehen hatte, und vor ihr schwang sich eine Treppe wie schwerelos in den nächsten Stock. Rechts neben der Tür stand eine polierte Ritterrüstung, mit funkelnden Juwelen besetzt.

„Guten Tag, Mr. Walsh", sagte Damien gerade zum Butler. „Anscheinend ist mein Bruder zu Hause."

„In der Tat, Mylord. Seine Gnaden spielt Klavier."

„Und die Herzogin?" fragte er und legte den Mantel ab.

„Im gelben Salon. Sie nimmt dort mit Lady Lucien den Tee. Soll ich Sie melden?“

„Nicht nötig.“

„Sehr wohl, Sir. Ihr Zimmer ist ebenfalls bereitet, wie Sie es gewohnt sind. Ich hoffe, Sie finden alles zu Ihrer Zufriedenheit vor.“

„Danke. Bitte lassen Sie auch für Miss FitzHubert ein Zimmer herrichten. Sie ist mein Mündel und eben erst von der Schule abgegangen. Miranda …“

Sie hörte nur mit halbem Ohr zu, immer noch ganz in Anspruch genommen von all den Wundern ringsum. Damien schreckte sie aus ihrer Versunkenheit auf, indem er ihr die Tasche abnahm. Er reichte sie dem Butler und bedeutete ihr mit einem finsteren Blick, sie solle aufmerksamer sein.

„Miranda, das ist Mr. Walsh. An ihn musst … müssen Sie sich wenden, wenn Sie etwas brauchen.“

Der Butler verneigte sich vor ihr. „Miss. Dürfte ich Ihren Mantel entgegennehmen?“

„Ja, danke.“ Ergeben reichte sie ihm den groben Wollumhang und zuckte dann zusammen, als sie sich zufällig in dem hohen Wandspiegel sah. In ihrem schlecht sitzenden beigefarbenen Sonntagskleid wirkte sie in dieser opulenten Umgebung erbärmlich fehl am Platz. So sehr schämte sie sich ihrer Armut, dass all ihr munteres Selbstvertrauen schwand. Die eleganten Geschöpfe, die in diesem Paradies auf Erden lebten, wären sicher entsetzt von ihr. Sie fürchtete sich davor, ihnen gegenübertreten zu müssen.

„Komm mit, meine Liebe“, meinte Damien energisch, als sich der Butler entfernt hatte. „Es wird Zeit, dass du deine guten Feen kennen lernst. Ich werde dich jetzt im Haus vorstellen." Er nahm sie am Handgelenk und zog sie mit sich die geschwungene Treppe hinauf.

Mühsam stolperte sie hinter ihm her, als er sie oben durch den Flur führte, vorbei an hohen weißen Doppeltüren und Marmorbüsten. Die perlenden Töne wurden erst lauter und dann wieder leiser. Anscheinend hatten sie gerade das Musikzimmer passiert.

„Wer spielt denn da?" flüsterte sie ehrfürchtig.

„Mein Bruder Robert, der Duke of Hawkscliffe", erwiderte er. „Vermutlich hat er sich wieder über die Tories geärgert. So spielt er immer, wenn ihn die Politik erzürnt hat."

„Und das ist sein Haus?"

„Ja. Und gleich stelle ich dich seiner Frau vor." Damit bog er nach rechts ab, öffnete die nächste Tür und steckte vorsichtig den Kopf in den Raum. „Bel?"

„Winterley!"

„Endlich! Komm doch herein, mein lieber verschollener Schwager. Jetzt können die Feiertage anfangen!"

Wie auf Kohlen stand Miranda hinter ihm, konnte die beiden Frauen, die ihn begrüßten, erst nur hören.

„Alice, wie schön, dich zu sehen", sagte er herzlich und machte die Tür weiter auf. „Ich habe euch jemanden mitgebracht. Kommen Sie herein, Miranda."

Mit hoch erhobenem Kinn, die Hände zu Fäusten geballt, trat sie steif durch die Tür. Auf dem Sofa saßen zwei Damen, die kaum älter waren als sie, vor einem gedeckten Teetisch. Voller Neugier schauten sie sie an.

„Kommen Sie doch näher", drängte Damien.

Eingeschüchtert gehorchte sie und trat ein paar zögernde Schritte vor.

„Bel, Alice, gestattet, dass ich euch mein Mündel vorstelle, Major Sherbrookes Nichte, Miss Miranda FitzHubert. Miranda, das sind die Duchess of Hawkscliffe und Lady Lucien Knight."

Miranda knickste vor seinen Verwandten und senkte verschüchtert den Blick. Die beiden waren so hübsche, elegante Geschöpfe. Sie wollte unbedingt von ihnen akzeptiert werden, machte sich aber wenig Hoffnung.

„Das ist dein Mündel?" rief die Herzogin mit größtem Erstaunen aus. Sie war an die fünfundzwanzig Jahre alt und im frühen Stadium der Schwangerschaft – noch verbarg ihr blaues, hoch gegürtetes Seidenkleid den leicht gerundeten Bauch. Ihr fast weizenblondes Haar war zu einem lockeren Knoten geschlungen.

Miranda warf ihrem Vormund einen verzweifelten Blick zu.

„Verzeihen Sie, Miss FitzHubert", verbesserte sich die Duchess munter. „Aber wir nahmen an, Damiens Mündel wäre ein Kind."

„Wie ihr seht, haben wir uns getäuscht, deswegen brauche ich Hilfe", meinte er ausdruckslos. „Ich weiß überhaupt nicht, wo ich anfangen soll. Sie braucht eine Anstandsdame, Garderobe, muss eingeführt werden. Bel, Alice." Er warf ihnen einen bittenden, knabenhaften Blick zu.

Beide brachen in Gelächter aus.

„Was für einen mitleiderregenden Anblick du doch bietest, Winterley. Bitte setzt euch doch und trinkt Tee mit uns", lud die Herzogin sie mit einem Lächeln ein. „Und dann wollen wir mal schauen, was wir tun können, um dein Mündel in die Londoner Gesellschaft einzuführen.“

Unsicher betrachtete Miranda Damien. Er wies auf einen Stuhl, der den beiden Frauen gegenüberstand. Vorsichtig ließ sie sich darauf nieder.

„Es hat mir so leid getan, als ich das von Ihrem Onkel erfuhr, Miss FitzHubert“, sagte Lady Lucien freundlich, nahm eine unbenutzte Teetasse und goss Miranda ein. „Ich habe Major Sherbrooke auch gekannt, wenngleich nicht sehr gut. Er war ein Freund meines Bruders.“

„Danke, Mylady“, erwiderte sie zögernd. Offensichtlich besagte der Titel der anderen Dame, dass sie mit Damiens Zwillingsbruder Lucien verheiratet war. Die Herzogin war atemberaubend schön – eine kühle, bleiche Göttin. Luciens Gattin war zarter – eine kleine, ätherische Fee mit rotgoldenem Haar und so tiefblauen Augen, wie Miranda sie noch nie gesehen hatte.

Damien winkte ab, als Lady Lucien ihm eine Tasse Tee anbot, und lieferte einen kurzen, bereinigten Bericht der Ereignisse in Yardley. Als er erkannt habe, dass sein Mündel schon erwachsen sei, habe er wenig Sinn darin gesehen, es dort zu lassen, obwohl er noch keine Zeit gehabt habe, die nötigen Vorbereitungen zu treffen. Weder erzählte er ihnen von der gewalttätigen Episode mit den vier Galgenvögeln noch von der Verhaftung des Direktors, noch dass er und sein Mündel eine Nacht im selben Bett verbracht hatten. Lady Lucien schien verstört, dass Miranda zugemutet worden war, die Reise in der Postkutsche zurückzulegen.

„Wie ihr feststellen könnt, befindet sie sich in heiratsfähigem Alter", fuhr Damien fort. „Es ist meine Aufgabe, dafür zu sorgen, dass sie unter die Haube kommt, aber ehrlich gesagt, habe ich keine Ahnung, wie ich das anstellen soll. Das ist doch eher ein Fall für die Expertinnen. Deswegen brauche ich eure Hilfe. Sie benötigt eine Anstandsdame, anständige Kleider, anständige Schuhe und einen anständigen Mann. Eine Verlobung vor dem Dreikönigstag wäre ideal."

„Warum die Eile?"

„Weil sie sonst nirgendwohin kann", entgegnete er den beiden Damen offen.

Seine Worte waren zwar herzlos, aber nur allzu wahr. Miranda verspürte einen Stich im Herzen und schaute zu Boden. Das Mitleid, das sie im Blick der beiden Frauen zu entdecken glaubte, war fast mehr, als ihr Stolz ertragen konnte. Sie fühlte sich völlig hilflos. Wieder einmal war sie auf die Freundlichkeit anderer Menschen angewiesen, war nichts als ein armes Waisenkind, von Fremden aufgenommen. Sie kam sich ungeheuer verletzlich vor, und auf einmal schien ihr auch die harte Schale abhanden gekommen zu sein. Sie hielt den Kopf gesenkt und betete mit wild klopfendem Herzen, dass die beiden sie nicht abweisen würden. Eine demütigende Zurückweisung in Damiens Beisein würde sie einfach nicht ertragen.

„Aha. Hm. Ich habe der Gouvernante der Mädchen freigegeben, damit sie über Weihnachten ihre Familie besuchen kann." Die Duchess stützte sich auf die verschnörkelte Sofalehne und musterte Miranda scharf. „Außerdem würde ich gern wissen, was Miss FitzHubert zu alldem meint."

Ängstlich sah Miranda auf. „Ich möchte Ihnen nicht zur Last fallen, Euer Gnaden. Ich werde tun, was Lord Winterley für das Beste hält."

Die beiden schönen jungen Damen tauschten einen verschmitzten Blick.

„Na, was denkst du, Schwester?" fragte die Herzogin. „Wollen wir die Herausforderung annehmen?"

„Unbedingt." Alice hob das kecke Kinn und wandte sich an Miranda. „Meine Liebe, wir werden aus Ihnen eine gefeierte Schönheit machen. Winterley wird einiges zu tun bekommen, wenn er all ihre Verehrer im Zaum halten will."

Langsam breitete sich ein Lächeln auf Mirandas Zügen aus. Voll Freude wandte sie sich an Damien und ertappte ihn dabei, wie er sie anstarrte. Rasch setzte er einen gelangweilten Gesichtsausdruck auf und wandte den Blick ab, doch als er ihr in gespielter Gleichgültigkeit das Profil zukehrte, stahl sich in seine wettergegerbten Wangen eine verräterische Röte.

Nach dem Willkommensessen, das Bel für Miranda improvisiert hatte, um sie dem Rest der Familie vorzustellen, saß Damien im Salon und schaute den anderen dabei zu, wie sie Scharade spielten. Nur Robert leistete ihm Gesellschaft, warf ab und zu einen nachsichtigen Blick auf die Tollheiten der anderen, widmete sich ansonsten aber der *Times* und nippte in patriarchalischem Wohlbehagen an seinem Portwein. Lucien und Alice waren aus ihrem eleganten Stadthaus in der Upper Brooke Street vorbeigekommen und hatten Alice' dreijährigen Neffen mitgebracht, den sie aufzogen. Harry war der Liebling der Knight-Sippe, tollte von Tante zu Tante und sammelte Küsschen. Selbst Alec, der goldblonde, verwegene jüngste Bruder, gab sich zur Feier des Tages die Ehre und kam aus seiner Junggesellenwohnung in der Curzon Street vorbei, um das Abendessen im Kreise der Familie einzunehmen statt im Club. Bei dem lauten Gekreisch von Jacinda, der siebzehnjährigen Schwester der Brüder, den Versuchen ihrer Gesellschafterin Lizzie Carlisle, die Ordnung aufrechtzuerhalten, und Alecs ebenso witzigen wie respektlosen Bemerkungen hatte sich der Abend zu einer richtiggehenden Party entwickelt.

Damien saß jedoch ruhig am Feuer, in den Augen ein stolzes Leuchten, wann immer er Miranda beobachtete, ihr ehrliches, süßes Gesicht, das vor Dankbarkeit über den warmherzigen Empfang in Knight House förmlich strahlte. Mein Gott, sie war Balsam für seine Seele. Es erfüllte ihn mit tiefer Freude, als er feststellte, wie gut sie sich in seine Familie einfügte. Zum Glück hatte es nicht lang gedauert, bis sie die Schüchternheit abgelegt hatte, und danach waren alle von ihr entzückt.

Bel und Alice hatten vor, sie morgen zum Einkaufen in die Bond Street mitzunehmen; er war bereit, sich in Schulden zu stürzen. Er wusste, dass ihm die Geschäftsleute zum Glück allein aufgrund seines Titels fast unbegrenzt Kredit einräumten. Irgendwann würde er die Rechnungen dann schon bezahlen. Natürlich könnte er auch bei Robert ein Darlehen aufnehmen, aber bisher hatte er noch niemanden gebeten, seine Probleme für ihn zu lösen, und er hatte nicht vor, jetzt damit anzufangen.

Jedenfalls hatte er seine Schwägerinnen wissen lassen, dass Miranda während der nächsten drei Monate seinetwegen nicht unbedingt Schwarz zu tragen brauche, wenn sie nicht wolle. Obwohl es der Zeitspanne entsprach, die man für einen Onkel gemeinhin Trauer trug, war er der Ansicht, dass ebendieser Onkel seine Nichte schändlich vernachlässigt und sie infolgedessen schrecklich hatte leiden müssen. Außerdem hatte Bel ihn darauf hingewiesen, dass ein Mädchen möglichst gut aussehen musste, wenn es auf der Suche nach einem Ehemann war. In seinen Augen war es schlicht grausam, eine so schillernde Person in Schwarz zu hüllen, wo er doch genau wusste, dass sie noch nie schöne Kleider besessen hatte. Er wollte, dass sie glücklich war.

Im Moment fand er, dass sie in einer der Abendroben der Herzogin einfach wunderschön ausschaute. Obwohl das Kleid insgesamt zu kurz war, betonte der dunkelblaue Satin Mirandas smaragdgrüne Augen und brachte ihren cremeweißen Teint zum Leuchten. Mit ihrem glänzenden dunkelbraunen Haar wirkte sie neben den hellhaarigen Gattinnen seiner Brüder, seiner blonden Schwester und der hellbraun gelockten Lizzie ziemlich exotisch.

Als er sie lachen sah, schweiften seine Gedanken ab. Seit letztem Abend hielt er sich fern von ihr, und er hatte die Absicht, es weiterhin zu tun, wie sehr er sich auch nach ihr sehnen mochte. Unterwegs hatte sie mehrfach versucht, sich ihm zu nähern, aber er hatte all ihre sanften Aufforderungen ignoriert, ihr doch zu sagen, was los sei. Dabei hätte sie es doch wissen müssen! Ich hätte sie fast getötet, dachte er zum hundertsten Mal. Die Panik, die ihn bei dieser Vorstellung überkam, hatte sich nicht gelegt. Wenn er überlegte, wie kurz er davor gestanden hatte, ihr süßes Leben auszulöschen, ohne überhaupt zu merken, was er da tat, überlief es ihn eiskalt.

Ich hätte nicht neben ihr im Bett liegen dürfen, sagte er sich streng, wandte den Blick von ihr ab und starrte stattdessen düster ins Feuer. Er hätte nie zulassen dürfen, dass es zwischen ihnen zu derartigen Vertraulichkeiten kam. Er konnte es einfach nicht fassen, dass er sie noch einmal geküsst hatte, obwohl ihm vollkommen bewusst war, dass sie sein Mündel war. Beim ersten Mal – hinter dem Theater – hatte er ja noch eine Entschuldigung gehabt. Er hatte sie für eine ganz normale *fille de joie* gehalten, und sie hatte herzlich wenig getan, um ihn von dieser Einschätzung abzubringen. Damals hatte er keine Ahnung gehabt, wer sie war, doch letzte Nacht, im vollen Bewusstsein – und dann auch noch stocknüchtern, egal, was er zu ihr gesagt haben mochte – hatte er noch einmal von ihr gekostet. Er hatte einfach nicht anders gekonnt.

Gequält schloss er die Augen, als ihn die Erinnerung an ihre glühende Reaktion überfiel, wie sie sich an ihn gedrängt, ihm die weichen Arme um den Hals geschlungen hatte. Er konnte sie immer noch schmecken, doch er weigerte sich, auf das herausfordernde Raunen in ihm zu hören, das ihm zuflüsterte, dass sie die Seine sei, dass er ein Recht auf sie habe, weil er ihr das Leben gerettet hatte. Er hatte Jason versprochen, dass er einen guten Ehemann für sie finden würde, und das würde er auch tun – nur dass er dieser Mann nicht war. Was er für sie empfand, war unwichtig. Seine Aufgabe war es, sie zu beschützen – auch vor dem Tier in ihm. Die Gefühle, die in ihm aufkeimten – kleine, zarte Pflänzchen, die seinem froststarren Herzen trotzten –, waren dem Untergang geweiht. Er konnte nicht lieben, war überhaupt nicht für die menschliche Gesellschaft geeignet. Er hatte sein Leben Kampf und Sieg gewidmet, und nun war er in der stählernen Rüstung gefangen.

Nach dem gestrigen Debakel hätte er sie am liebsten im Schoß seiner Familie zurückgelassen und diese damit betraut, einen Mann für Miranda zu finden, während er Zuflucht in Bayley House gesucht hätte, doch obwohl er schiere Qualen ausstand, weigerte er sich, Miranda im Stich zu lassen. Schon ihre Schönheit würde ausreichen, um sie zur Zielscheibe amourös veranlagter Herren zu machen, doch da sie auch noch die Tochter einer berüchtigten Schauspielerin war, würden sich die verworfensten Wüstlinge des gesamten *ton* mit unehrenhaften Absichten um sie scharen – Männer, die einzig und allein für ihr Vergnügen lebten. Sie würden herauszufinden suchen, ob sie ebenso zugänglich sei wie ihre Mutter – doch wenn der gefürchtete Colonel Lord Winterley an ihrer Seite wachte, würden sie es nicht wagen. Ihnen wäre klar, dass es Selbstmord war, sie zu beleidigen.

In diesem Augenblick kam der Butler in den Salon und beugte sich diskret vor, um Lucien etwas ins Ohr zu flüstern. Lucien nickte und reichte Harry an Alice weiter, da er das Kind gerade auf den Armen hielt. Während das lärmende Spiel weiterging, beobachtete Damien neugierig, wie sein Bruder hinausging.

Kurz darauf kam Lucien zurück und bedeutete Damien von der Tür aus, ihm zu folgen. Damien stand auf und verließ stirnrunzelnd den Raum.

Im Flur stand Luciens Assistent aus dem Außenministerium, der furchtlose Agent Marc Skipton.

Damien nickte Marc zu, während Lucien die Tür zum Salon schloss. „Was gibt es?“

„Sie haben im Sherbrooke-Fall jemanden verhaftet“, sagte der junge Mann grimmig, „einen Dieb und Einbrecher, der in der Gegend ziemlich bekannt ist. Im Augenblick sitzt er in Untersuchungshaft, aber wir müssen uns beeilen. Er behauptet, dass er ein Alibi hat, und ich weiß nicht, wie lang sie ihn ohne weitere Beweise noch hinter Schloss und Riegel behalten können.“

Damiens Augen weiteten sich rachsüchtig. Lucien hatte die Bow Street in diesem Fall ziemlich unter Druck gesetzt, und anscheinend zahlte sich das jetzt aus. „Ich hole meinen Mantel.“

Bald traten die drei Männer in die Räume des Londoner Polizeigerichts. Lucien packte Damien am Arm, um ihn ein wenig zurückzuhalten, während der Konstabler sie an dem kleinen Gerichtssaal vorbeiführte, in dem selbst zu dieser späten Stunde noch geschäftiges Treiben herrschte, und den Flur hinunter zu der Untersuchungszelle.

„Bemüh dich, ihm nicht sofort den Kopf abzureißen“, flüsterte Lucien ihm zu. „Der Mann ist erst angeklagt; noch ist nichts bewiesen.“

„Dann soll er eben seine Unschuld beweisen.“ Mit düsterem Blick schüttelte Damien seinen Bruder ab und folgte der Wache.

„John Michael Boyton heißt er, meine Herren.“ Der Konstabler hängte die Öllampe an einen Haken neben der Tür.

Im Licht der Laterne schaute Damien durch das Metallgitter und entdeckte einen drahtigen, ungepflegten Mann Ende zwanzig. Der Gefangene war wachsbleich, aber dennoch trotzig.

„Auch unter dem Namen ‚Rooster' bekannt", fuhr der Konstabler fort. „Lebt in Seven Dials, nicht weit von Major Sherbrookes Wohnung entfernt. Hinter dem Schurken sind wir schon seit Jahren her, wegen Diebstahl und Einbruch. Und jetzt hat er anscheinend auch noch einen Mord auf sich geladen."

„Ich hab keinen umgelegt", knurrte der hagere Mann. „Ihr habt kein Recht, mich so zu triezen."

„Mr. Boyton, wo waren Sie denn am Mittwochabend, den 12. Dezember?"

„Wer zum Kuckuck sind denn Sie, etwa mein Anwalt?"

Der Konstabler schlug mit dem Knüppel gegen die Gitter. „Etwas höflicher, wenn ich bitten darf!"

„Beantworten Sie die Frage", forderte Damien mit zusammengebissenen Zähnen.

Nervös schaute Boyton von einem zum anderen. „Ich war bei meinem Bruder, und da hab ich mit ihm, seiner Frau und den Kindern zu Abend gegessen. Er kommt gleich, um für mich zu bürgen."

„Aha, um für Sie zu bürgen", wiederholte Lucien sehr skeptisch.

„Und warum sollten wir ihm glauben?" fragte Damien, der allmählich rotsah. Er stützte sich am Gitter ab und fixierte den Gefangenen mit wildem Blick. „Lassen Sie mich rein zu ihm, Officer. Nur ein, zwei Minuten."

„Haltet mir bloß diesen Verrückten vom Leib!" schrie der Gefangene und wich zur Rückwand der Zelle.

Damien stieß ein tiefes, böses Lachen aus. „Sie sind schon so gut wie tot, Boyton. Ich sorge dafür, dass man Sie aufhängt."

„Genug", murmelte Lucien und zog seinen Bruder vom Gitter zurück. „Gerade ist sein Bruder gekommen. Sieh nur."

Damien wandte sich um, und der Mut verließ ihn, als er den jungen Pfarrer entdeckte, der besorgt durch den düsteren Flur geeilt kam. „John Michael?"

Seine Angaben werden von einem *Pfarrer* bestätigt, dachte Damien schockiert.

Der Pfarrer trat in ihre Mitte. „John Michael, ist alles in Ordnung mit dir?"

„Hol mich hier raus, Andrew! Sie behaupten, ich hätte an dem Abend, wo ich bei euch zum Essen war, einen Mord begangen. Sag's ihnen, Andrew! Sag's ihnen!"

Verstört wandte sich der Pfarrer zu dem Konstabler um. „Es stimmt. Mein Bruder kann den Mord nicht begangen haben. Er war bei uns. Ich muss sofort mit dem Richter sprechen, bitte. Das alles ist eine furchtbare Verwechslung! Er ist unschuldig!"

Der Wächter betrachtete Lucien verwirrt. „Äh, sofort, Herr Pfarrer. Ich kümmere mich darum, dass der Richter sich Ihre Version der Geschichte anhört, bevor Ihr Bruder ins Old Bailey muss."

Damien meinte, allmählich explodieren zu müssen. „Sie können diese Ratte doch nicht einfach freilassen!"

„Natürlich können sie das, wenn er zu Unrecht verhaftet wurde!" erwiderte der junge Pfarrer entrüstet. „Ich lasse meinen Bruder doch nicht am Galgen enden, nur damit irgendein Büttel seine Prämie einstreichen kann. Welches Interesse haben Sie an diesem Fall, meine Herren, wenn ich fragen darf?" Kampflustig blickte er von Damien zu Lucien.

„Mein Bruder war eng mit dem Opfer befreundet", sagte Lucien ruhig und wies auf Damien.

Der junge Mann wandte sich an ihn. „Das tut mir natürlich sehr leid, Sir, aber ich kann Ihnen versichern, dass mein Bruder die Tat nicht begangen haben kann. John Michael ist vielleicht nicht das bravste Lamm in Gottes Herde, aber zur fraglichen Zeit war er bei mir, darauf gebe ich Ihnen mein Wort als Ehrenmann."

„Verdammt noch mal!" rief Damien völlig entnervt aus.

„Sir!" entrüstete sich der Pfarrer.

„Lassen Sie mich zu ihm, Konstabler! Ich werde Ihnen zeigen, was Gerechtigkeit ist!"

„Bleiben Sie mir vom Leib!"

„Damien!" Lucien zerrte ihn vom Gitter weg, durch das sein Bruder nach dem Gefangenen gehascht hatte. „Beruhige dich doch. Er hat es nicht getan!" Verärgert zog Lucien ihn beiseite. „Beruhige dich. Wir haben den falschen Mann. Du weißt so gut wie ich, dass die beiden die Wahrheit sagen."

Damien riss sich von Lucien los, machte auf dem Absatz kehrt und ging mit finsterem Blick hinaus.

„Wo willst du hin?" rief Lucien seinem davonstürmenden Bruder nach.

„Heim!" erwiderte er mit einer rüden Geste.

Lucien hielt inne. Damien spürte, wie sehr er seinem Bruder auf die Nerven ging.

„Möchtest du nicht mit uns in der Kutsche fahren?"

„Ich gehe zu Fuß", knurrte er.

Er riss die Tür auf und stolzierte in die kalte Nacht hinaus. Auf der Straße war es ruhig, es ratterte nur ab und zu eine Kutsche vorbei. Damien stellte den Mantelkragen auf und machte sich auf den Weg. Er hoffte, seinen Zorn und seine Ungeduld durch die Bewegung abreagieren zu können. Jasons Tod flößte ihm ein Gefühl der Hilflosigkeit ein, und das war ihm zutiefst verhasst. Er stürmte durch die dunklen Straßen, während über ihm in den Häusern die Lichter angezündet wurden.

Er hörte liebenswürdige Stimmen und roch würzigen Kaffeeduft, als er an einem Kaffeehaus vorüberging. An der Kreuzung fuhr ihm ein Windstoß durchs Haar und unter den Mantel. Ein kurzes Stück die Straße hinunter sah er das Drury Lane Theater. Anscheinend wurde dort gerade eine Vorstellung gegeben, denn zu beiden Seiten der Straße warteten Kutschen. Ich sollte Miranda einmal dorthin ausführen, dachte er und ging dann in die andere Richtung davon.

Am Ende der Russell Street lag Covent Garden. Bei den heruntergekommenen Marktständen in der Mitte des Platzes war alles still und dunkel, doch die Spielhöllen, die sich ebenfalls dort befanden, machten gute Geschäfte. Angeheiterte junge Taugenichtse riefen einander fröhlich Dinge zu, doch was Damien vor allem auffiel, als er über den Platz schlenderte, das waren viele Prostituierte. Die meisten verfügten in den Stadthäusern rings um den Platz über Zimmer.

Die Auswahl an Huren war schier atemberaubend, von erschreckend jungen Novizinnen bis hin zu erfahrenen alten Veteraninnen. Es gab blonde und braunhaarige, kleine und große, dicke und dünne Frauen, und alle waren sie angemalt und schamlos, wie grelle Blüten in einem giftigen Garten. Langsam ging er an ihnen vorbei, betrachtete jede aggressiv, denn allmählich kam er zu dem Schluss, dass er diese verfluchte Enthaltsamkeit keine Sekunde länger aushalten könne. Er war auch nur ein Mann. Und das hier war das Beste, das Einzige, was sein unerträgliches Leiden je hatte lindern können.

Vor einem üppigen Rotschopf blieb er stehen, beinahe wahllos. Er starrte die Frau nur an, hielt seine Verzweiflung streng unter Kontrolle. Er wartete darauf, dass sie die Führung übernahm, dass sie seine furchtbare, endlose Einsamkeit verscheuchte.

„Du siehst aus, als könntest du eine Freundin gebrauchen", murmelte sie und stieß sich von der Wand ab, an der sie gelehnt hatte. „Willst du mitkommen?"

Fast unmerklich nickte er.

„Hier entlang." Sie nahm seine Hand.

Er ließ sich von ihr durch die Dunkelheit führen, bis sie eine Tür unter den Arkadengängen erreicht hatten. Auf der Schwelle zögerte er, warum, wusste er nicht, aber die Frau drehte sich zu ihm um und musterte ihn.

„Du bist ein Hübscher. Aber warum so traurig?" Sie strich ihm über die Wange, und auf einmal stieß ihn die Vorstellung, mit ihr ins Bett zu steigen, vollkommen ab. Das war nicht das was er wollte.

Er wandte den Blick ab und senkte die Lider. Dann griff er in die Tasche und gab ihr ein paar Münzen. „Es tut mir leid. Ich habe es mir anders überlegt."

„Gefalle ich dir denn nicht?" fragte sie und nahm die Münzen.

„Doch, doch, du bist sehr hübsch. Nimm einfach das Geld."

„Dann komm doch mit nach oben, Süßer. Gib mir eine Chance. Ich könnte dir Freuden schenken, die …"

Doch er war schon im Gehen begriffen, die Zähne fest zusammengebissen, weil er plötzlich erkannt hatte, dass Miranda die einzige Frau war, von der er sich berühren lassen wollte. Eine Stunde lang streifte er durch die Stadt und versuchte, die Sehnsucht, die er für sie empfand, unter Kontrolle zu bringen. Endlich schien er sich die Verwirrung aus dem Leib gelaufen und ein kühles Gleichgewicht wiedererlangt zu haben. Als er die Eingangstreppe von Knight House erklomm, schlug ihm dann das Herz bis zum Hals, als er sich fragte, ob sie sich wohl noch im Salon aufhielt.

Ein Lakai ließ ihn ein; Mr. Walsh war bereits zu Bett gegangen. Im Haus war alles dunkel und still. Damien legte den Mantel ab, nahm von dem Lakaien eine Kerze entgegen und stieg die Treppe hinauf, wobei er sich einredete, er sei nicht enttäuscht, ihr keine gute Nacht gewünscht zu haben. Oben im zweiten Stock wandte er sich in Richtung der Kinderzimmer, blieb aber unvermittelt stehen. Langsam drehte er sich um und blickte über die Schulter.

Unwiderstehlich angezogen, schlich er den dunklen Flur hinunter. Natürlich wusste er, welches Zimmer man ihr zugeteilt hatte. Und nun entdeckte er unter der Tür einen schwachen Lichtschein.

Mit wild klopfendem Herzen streckte er die Hand nach dem Türknauf aus, doch dann hielt er inne. Er durfte sie nicht erschrecken. Leise klopfte er an, drei Mal.

Keine Antwort.

Das verwirrte ihn. Sofort musste er an jenen Abend denken, als er an ihre Schlafzimmertür geklopft hatte – damals im Gasthof, als sie ihm hatte entwischen wollen. Doch bestimmt würde sie so etwas nicht noch einmal probieren. Ohne nachzudenken, öffnete er die Tür. „Miranda?"

Er hatte die Stimme zu einem Flüstern gesenkt.

Sie schlief tief und fest, die Kerze auf ihrem Nachttisch war fast heruntergebrannt, und quer über der Brust hatte sie ein Benimmbuch liegen. Bei ihrem Anblick krampfte sich sein Herz zusammen. Er trat in den Raum und schloss geräuschlos die Tür hinter sich.

Wach auf. Mit wild klopfendem Herzen ging er zu ihr hinüber. Benommen trat er ans Bett und starrte auf sie hinunter. Sie trug ein weißes Musselinhemd mit etwas Spitze an Ausschnitt und Ärmeln. Bis zur Taille lag sie unter der scharlachrot-goldenen Bettdecke, doch ihr Oberkörper war nur von dem dünnen Hemd bedeckt, unter dem er sogar die rosigen Brustspitzen ausmachen konnte. Er wollte sie küssen und das blau geäderte Handgelenk liebkosen, das sie an ihre Wange schmiegte.

Ihr üppiges dunkelbraunes Haar war über die Kissen gebreitet und glänzte im Kerzenschein. Ihre langen schwarzen Wimpern ruhten wie Fächer auf ihren rosigen Wangen. Sie hatte die rubinroten Lippen leicht geöffnet, und ihr Busen hob und senkte sich in friedlichem Rhythmus. Am liebsten hätte er seinen Kopf dorthin gebettet. Langsam kniete er nieder und beschwor sie innerlich, doch aufzuwachen. *Heute Nacht bin ich schwach, Miranda. Bitte.* Er konnte kaum standhalten, so groß waren sein Hunger und seine Einsamkeit. Er wusste, dass sie ihn in die Arme nehmen würde, wenn sie aufwachte und ihn hier vorfand. Sie würden beieinander liegen und einander küssen, bis sie beide lichterloh brannten, und dann würden sie einander lieben.

Sie schlief weiter.

Er berührte sie nicht, doch allein ihre Nähe schien seinen Schmerz zu lindern. Die Dämonen in seinem Inneren kamen zur Ruhe, und nach einer Weile war er wieder er selbst. Einen Moment lang sah er noch auf sie hinab, dann blies er die Kerze aus und verließ den Raum.

„Sie sind angekommen, genau wie Sie gesagt haben, Mylord", berichtete Egann, als Algernon das spärlich beleuchtete, eichengetäfelte Arbeitszimmer betrat. „Was soll ich jetzt tun?"

Algernon kehrte gerade von einem Theaterabend zurück, zu dem er seine Gattin und die faden Töchter im Namen der Pflicht ins Drury Lane eingeladen hatte. Egann hatte ihn aufgeregt erwartet, um ihm die Neuigkeiten mitzuteilen. Der Viscount setzte sich und strich sich nachdenklich übers Kinn.

Was für ein hervorragender Abend das doch war. Alles entwickelte sich so, wie er es erwartet hatte. Zum Glück hegten weder seine Freunde im Club noch seine Gattin den geringsten Verdacht, dass er kurz vor dem Ruin stand. Bisher hatte er ihnen allen Sand in die Augen streuen können, doch stand er unter enormem Druck. Endlich aber war das Vermögen der Nichte in Reichweite gerückt. Er wusste, dass Knight House mit seinen Zäunen, Toren und Wachhunden erschreckend gut gesichert war, doch sie konnte dort ja nicht ewig ausharren; und auch wenn ihr Vormund ein Mann von Eisen war, konnte er nicht jeden wachen Moment mit dem Mädchen verbringen. Das wäre kaum schicklich.

„Geh zurück zum Knight House und warte ab", befahl er kühl. „Wir müssen wachsam sein, um zu erkennen, wann die Gelegenheit günstig ist." Er hielt inne. „Bist du dazu in der Lage, Egann? Die vier Männer, die ich nach Birmingham geschickt habe, haben versagt. Wenn du irgendwelche Zweifel hegst, sag mir Bescheid, dann heuere ich einen anderen an."

„Sie können sich auf mich verlassen."

„Du wirst rücksichtslos sein müssen."

Egann grinste listig. „Ich kann rücksichtslos sein, wie Eure Lordschaft sehr wohl weiß."

Algernon lächelte. Wie treu ihm der Mann ergeben war – und das Ganze für so wenig Geld. „Also dann, zur anstehenden Aufgabe." Er beugte sich vor und verschränkte die Finger ineinander. „Ich will, dass jede Bewegung des Mädchens überwacht wird. Ich möchte ganz genau wissen, wann sie wohin geht. Alles hängt davon ab, dass wir sie ohne ihren Vormund antreffen. Dann müssen wir zuschlagen, ohne zu zögern – und es muss wie ein Unfall aussehen. Verstehst du?"

Egann nickte.

Algernon bemerkte die Entschlossenheit im Blick seines Dienstboten. „Und jetzt geh."

Egann verbeugte sich und hinkte aus dem Zimmer. Zufrieden schaute Algernon ihm nach.

Bald stehen mir fünfzigtausend Pfund zur freien Verfügung, und ab dann ist das Leben wieder ganz normal, redete er sich ein. Im Augenblick erfreute es seinen Sinn für die Ironie des Schicksals, dass ein schwaches und niedriges Geschöpf wie Egann den mächtigen Lord Winterley zu Fall bringen würde. Um seine Lippen spielte ein kaltes Lächeln.

Bald.

8. KAPITEL

Am nächsten Morgen traf der Friseur der Herzogin, ein hochmütiger kleiner Franzose, unter großem Pomp im Knight House ein. Mit künstlerischer Leidenschaft schnitt er zwei Zoll von Mirandas Locken ab und stutzte das Haar um ihr Gesicht. Dann steckte er das üppige Haar zu einem Knoten auf und formte die Strähnchen ums Gesicht zu fantastischen Ringellocken. Unterdessen kümmerte sich die Zofe der Herzogin um Mirandas Nägel, feilte und polierte sie, bis sie makellos glänzende Ovale waren, und rieb ihr dann mit duftenden Cremes die Hände ein, um die Schwielen zu glätten, die sie von der Hausarbeit in Yardley zurückbehalten hatte.

Danach nahmen die Herzogin und Lady Lucien Miranda in die Bond Street mit, Lady Jacinda und die nette Miss Carlisle im Schlepptau. In den wohl sortierten Läden machten sich die beiden Damen daran, ihren Gast von Kopf bis Fuß neu auszustatten, gingen vom Schneider zur Hutmacherin, vom Strumpfwaren- zum Stoffhändler und vom Korsettschneider zum Schuster. Miranda machte es nichts aus, abgemessen, herumgeschoben und mit Stecknadeln gepiekst zu werden, im Gegenteil, sie sonnte sich in all der Aufmerksamkeit, denn wenn die Duchess of Hawkscliffe mit Gefolge einen Laden betrat, waren die anderen Kundinnen plötzlich abgeschrieben. Das Personal kümmerte sich nur noch um ihre vornehme Kundschaft.

Kenntnisreich orderten die beiden Damen für Miranda ein Dutzend Tageskleider, bestehend aus Hauskleidern, Straßenkleidern und Visitenkleidern, einen eleganten braunen Reitdress, ein paar elegantere Promenadenkleider, Abendroben und Ballkleider in lebhafteren Farben. Dann kamen Accessoires. Miranda ließ sich von ihren Wohltäterinnen bei der Auswahl beraten und sah sich bald im Besitz von verschiedenen Lederhandschuhen, Schuhen, zarten Seidenschühchen und Tanzschläppchen, dazu Stiefeln, einem Paar Stelzschuhe für schlechtes Wetter, einer wunderbaren pelzverbrämten Pelisse, die ihren groben Wollmantel ersetzen sollte, von Hüten in jeder erdenklichen Form, einer großzügigen Wäscheausstattung und weißen Seidenstrümpfen. Am aufregendsten fand sie es, die Ballkleider zu bestellen. Die Herzogin entschied, dass Miranda mindestens zwei formelle Abendroben brauchte – die wegen ihrer wertvollen Samt- und Satinstoffe ebenso viel kosteten wie alles Übrige zusammen.

Um ihres Stolzes willen hoffte Miranda verzweifelt, dass Onkel Jason ihr so viel Geld hinterlassen hatte, dass sie ihre neue Garderobe selbst bezahlen konnte, aber sie brachte es nicht fertig zu fragen. Allmählich lernte sie die Regeln dieser neuen Welt, und zu den vielen Themen, über die eine Dame nicht sprach, schien auch das Geld zu gehören. Die Herzogin und Lady Lucien benahmen sich jedenfalls, als gäbe es diesen Schatz an neuen Kleidern einfach umsonst.

Lady Jacinda schmeichelte der Herzogin ein neues Kleid ab, und während bei ihr Maß genommen wurde, bat Miranda um Erlaubnis, kurz in das Schirmgeschäft zu gehen, an dem sie vorhin vorbeigekommen waren. Im Schaufenster hatte sie einen hübschen rosa Sonnenschirm gesehen, den sie kaufen und Amy zu Weihnachten nach Yardley schicken wollte. Damien hatte ihr schließlich drei Guineen Taschengeld die Woche zugestanden, die sie ausgeben durfte, wofür sie wollte. Die pure Verschwendung, dachte sie glücklich. Die Herzogin erlaubte es ihr, und Miss Carlisle, die darauf bestand, dass Miranda sie Lizzie nannte, wollte sie begleiten. Als Eskorte nahmen sie noch den Lakaien in der dunkelblauen Hawkscliffe-Livree mit. Die Mädchen schlüpften hinaus, während sich im Laden die beiden eleganten jungen Ehefrauen und die Schneiderin mit großem Elan der goldblonden Lady Jacinda zuwandten.

Miranda mochte die belesene, bescheidene und immer fröhliche Lizzie Carlisle sehr gern. Obwohl sie von völlig verschiedenem Naturell waren, hatten sie doch einiges gemeinsam: ihren niedrigen gesellschaftlichen Status inmitten der hochwohlgeborenen Knight-Sippe, ihr Alter und die Tatsache, dass sie beide Mündel der Knights waren.

Lizzies Vater war der Gutsverwalter des letzten Duke gewesen, genau wie sein Vater davor. Als ihr Vater vor fünfzehn Jahren gestorben war, war Lizzie in die herzogliche Familie aufgenommen worden. Von klein auf war sie Jacindas Spielkameradin und Gesellschafterin gewesen.

Lizzie hatte sich rasch mit Miranda angefreundet, war ihre Verbündete und manchmal auch ihre Ratgeberin in der seltsamen Welt der Londoner Aristokratie geworden. Wenn sie allein miteinander waren, hatte Miranda das Gefühl, sich ein wenig entspannen zu können, denn die übrige Zeit gab sie sich größte Mühe, sich von ihrer besten Seite zu zeigen.

Unter munterem Geplauder schlenderten sie die Bond Street hinunter, der Lakai immer ein paar respektvolle

Schritte hinter ihnen. Miranda genoss diesen kleinen Ausflug, obwohl sie ab und zu das unangenehme Gefühl verspürte, dass jemand sie beobachtete.

Lässig schaute sie über die Schulter zurück. Auf den Gehsteigen tummelten sich die Reichen und Schönen der Stadt mit ihren Weihnachtseinkäufen, ansonsten fiel ihr nichts auf. In den sauberen Schaufenstern spiegelte sich die winterliche Morgensonne, und über die Fahrbahn rollten Phaetons, Curricles und andere vornehme Equipagen. Verwegene junge Gentlemen von jener Sorte, welche Lizzie die „Bond-Street-Stutzer“ nannte, lehnten an den Hauswänden, lachend, die Hände in den Hosentaschen vergraben, und musterten die vorübergehenden Mädchen rüde durch ihr Monokel. Den tadelnden Blick des Lakaien ignorierten sie einfach, und Lizzies kalte, strenge Miene entlockte ihnen auch nicht mehr als ein Lächeln.

Miranda betrachtete sie neugierig. Hatte Damien etwa diese albernen, ekelhaften jungen Männer im Sinn, wenn er von ihren Verehrern sprach? Bei dem Gedanken an ihren grimmigen Vormund musste sie seufzen.

Seit ihrer Ankunft in London hatte sie ihn kaum zu Gesicht bekommen. Er bemühte sich wirklich erfolgreich, Distanz zu ihr zu wahren. Sie konnte von Glück sagen, wenn sie ihn bei den Mahlzeiten sah, aber da waren dann immer auch andere zugegen – was zweifellos in seiner Absicht lag. Jedenfalls hatte er nicht die Absicht, ihr eine Gelegenheit zu geben, über den Zwischenfall zu sprechen. Beinahe achtundvierzig Stunden waren vergangen, seit er sich aus Versehen auf sie gestürzt hatte, und immer noch mied er sie.

Nun ja, nicht ganz, räumte sie ein, aber er schaute ihr kaum in die Augen. Außerdem hielt er stets mindestens vier Fuß Abstand, redete nur mit ihr, wenn es nicht zu vermeiden war, und dann mit einer kühlen, distanzierten Höflichkeit, die sie schier in den Wahnsinn trieb. Sie fühlte sich so hilflos, und sie vermisste ihn einfach schrecklich. Und sie machte sich furchtbare Sorgen um ihn. Offensichtlich hatte er ernsthafte Probleme, dieser Mann, der so viel für sie getan hatte. Er hatte ihr das Leben gerettet und ihre Freundinnen gerettet. Er hatte ihr ganzes Leben auf den Kopf gestellt. Irgendwie musste sie ihm helfen, genau wie er ihr geholfen hatte, doch zuerst musste sie einen Weg finden, wie sie die unsichtbare Mauer einreißen konnte, die er anscheinend nur deswegen um sich errichtet hatte, um sie von sich fern zu halten. Immer wieder ertappte sie sich dabei, dass sie ihn wie ein rohes Ei behandelte, nur um ja nichts falsch zu machen und ihn wieder zu verschrecken.

Schließlich hatten sie und Lizzie den hübschen kleinen Schirmladen erreicht. Sie traten ein, und Miranda kaufte den zierlichen Schirm für Amy. „Die wird sich freuen! Ich wünschte, ich könnte dabei sein, wenn sie das Päckchen aufmacht!“ rief sie lächelnd, als sie wieder nach draußen gingen.

„Stört es dich, wenn ich kurz in den Buchladen schaue?“ fragte Lizzie mit einem sehnsüchtigen Blick auf die Bücher. Der düstere, schmale Laden war von Regalen gesäumt, auf denen sich zahllose Werke drängten.

„Gar nicht.“ Auf dem Gehsteig vor dem Laden stand ein Karren mit Büchern und ein Ständer mit diversen Farbdrucken, um Kundschaft anzulocken. Miranda wies auf die Drucke und sagte: „Ich sehe mir mal die Bilder an, vielleicht finde ich eines, das ich Lord Winterley zu Weihnachten schenken kann. Er war so gut zu mir."

„Ist recht. Es dauert auch nicht lange." Lizzie nickte ihr zu und trat in den Laden.

Der Lakai baute sich in der Nähe der Tür auf, um seine Schutzbefohlenen beide im Auge behalten zu können. Miranda hatte das Ridikül am Handgelenk baumeln, während sie die Drucke auswählte, die Damien gefallen könnten, vielleicht ein Pferdebild. Während sie so am Gehsteigrand stand und die Drucke und Aquatinta-Arbeiten begutachtete, war sie derartig vertieft und vom Rattern des Verkehrs so eingelullt, dass sie das schwere Rumpeln der großen schwarzen Kutsche gar nicht bemerkte, die in hohem Tempo auf sie zukam.

„Miss FitzHubert, Verzeihung, vielleicht könnten Sie einen Schritt von der Straße zurück…", begann der Lakai.

Abwesend blickte sie auf. Der Dienstbote setzte sich in Bewegung, wurde jedoch aschfahl, als die schwarze Kutsche überraschend ausschwenkte.

„Vorsicht!" schrie ein Passant.

Sie erhaschte nur einen kurzen Blick auf den hässlichen verhutzelten Kutscher, der sein Gespann antrieb, als wollte er sie mit voller Absicht überfahren. Auf der gegenüberliegenden Seite wurden Männerstimmen laut. Miranda sprang beiseite, lief dabei in den Lakaien hinein, und die Kutsche ratterte mit zwei Rädern über den Gehsteig und brachte Farbdrucke und Bücherkarren zu Fall.

Um Haaresbreite verfehlte die Kutsche sie; völlig verstört spürte sie den Fahrtwind der schweren Speichenräder. Schwankend krachte die Kutsche zurück auf die Straße und raste weiter. Gleich darauf war sie um die nächste Ecke verschwunden.

Wachsbleich und völlig erschüttert stand Miranda da, während aus allen Richtungen die Leute herbeiströmten.

„Mademoiselle, sind Sie verletzt?“

„Brauchen Sie Hilfe?“

Zu Mirandas Erleichterung kam in diesem Augenblick Lizzie aus dem Laden gestürmt. „Miranda, was ist passiert?“ rief sie und umarmte Miranda.

„Diese verflixte Kutsche hätte die arme junge Dame beinahe überfahren“, erklärte einer der liederlichen jungen Gentlemen empört.

„Geht es dir gut?“ fragte Lizzie besorgt.

„Ich glaube schon“, erwiderte Miranda, musste aber schlucken, als ihr bewusst wurde, wie leicht sie unter die Hufe der Pferde oder die schweren Speichenräder der Kutsche hätte kommen können.

„Hat jemand das Gesicht dieses Rasers gesehen?“ erkundigte sich ein stämmiger junger Mann, während ein anderer sich herausnahm, den Lakaien zu beschimpfen, als wäre der an der ganzen Sache schuld.

„Konnte keinen einzigen Blick auf ihn werfen“, meinte ein hagerer blonder Bursche. „Offensichtlich hat er die Kontrolle über sein Gespann verloren. Es sei denn, jemand wollte Sie umbringen, Miss?“ fügte er, an Miranda gewandt, in scherzhaftem Ton hinzu, um ihr ein Lächeln zu entlocken, doch die junge Frau wurde bleich, da ihr der Angriff auf Bordesley Green wieder einfiel.

„Ich … ich glaube nicht“, stammelte sie.

„Ach, um Himmels willen! Nun machen Sie ihr doch nicht noch mehr Angst“, schalt Lizzie mit der Strenge der geborenen Gouvernante. „Sie dürfen sich jetzt alle wieder entfernen, vielen Dank. Meiner Freundin geht es gut.“

Nur widerwillig zogen sich die Bond-Street-Stutzer zurück. Miranda nickte ihnen dankbar zu. Derart in einen dummen Unfall verwickelt, kam sie sich wie eine Landpomeranze vor. Aber dennoch …

Besorgt wandte sie sich an Lizzie. „Hältst du es für möglich, dass mich dieser kleine Kerl mit Absicht überfahren wollte?“

„Ach, hör doch nicht auf diese albernen jungen Männer, meine Liebe. Das wäre dumm“, schimpfte Lizzie und tätschelte ihr die Schulter. „In London fahren sie alle wie die Henker. Du bist es nur noch nicht gewohnt. Wollen wir zurück zur Schneiderin und mal nachschauen, ob die Ladies schon bereit sind, nach Hause zurückzufahren? Wir könnten wohl beide ein Tässchen Tee gebrauchen.“

Miranda nickte. „Bitte erzähl Lord Winterley nichts von der Sache, ja?“ Ängstlich blickte sie von Lizzie zum kreidebleichen Lakaien. Nicht nur, dass sie sich wegen dieser Episode schämte, sie wollte Damien in seiner momentanen angegriffenen Verfassung auch nicht aufregen oder erzürnen.

„Ich finde schon, dass wir es ihm sagen sollten, aber wenn du es nicht möchtest, verrate ich nichts“, antwortete Lizzie zögernd.

„Ich auch nicht, Miss", fügte der Lakai hinzu.

Als ihr klar wurde, dass Damien vermutlich den armen Dienstboten für den Zwischenfall verantwortlich machen würde, ebenso wie es der junge Gentleman getan hatte, war sie froh, dass sie den Mann vor dem Zorn ihres Vormunds bewahren konnte.

Lizzie holte Amys Schirm, den Miranda fallen gelassen hatte. Das Einwickelpapier war zerrissen, aber der Schirm selbst war zum Glück noch in Ordnung. Lizzie half dem Buchhändler noch, die beschädigten Bücher einzusammeln. Der Mann beklagte sich bitterlich über die zerrissenen Blätter und die lädierten Einbände. Dass eine Frau direkt vor seinem Laden beinahe zu Tode gekommen wäre, schien ihn weniger zu bekümmern.

Immer noch zitternd, ging Miranda mit Lizzie zurück zur Schneiderin, wo die Herzogin und Lady Lucien der Näherin gerade letzte Anweisungen gaben. Miranda setzte sich in eine stille Ecke und wartete schweigend, während der Lakai die Kutsche holte. Miranda wollte die Bemerkung des jungen Gentleman einfach nicht aus dem Kopf gehen, obwohl sie es selbst albern fand. Sie rieb sich die Arme, um sich zu wärmen. *Wenn Damien doch nur hier wäre.*

Am nächsten Abend führten sie Miranda mit einem Theaterbesuch im Drury Lane vorsichtig ins vornehme Leben ein. Da er ja um ihre heimliche Karriere im Pavillon-Theater wusste, betrachtete Damien sein Mündel mit verständnissinniger Belustigung. Wie gebannt saß Miranda zwischen Alice und Bel, ihren pflichtbewussten Anstandsdamen. Robert und

Lucien waren ebenfalls gekommen, um das Weihnachtsspiel anzusehen. Robert stand hinten in der Loge und plauderte leise mit den fashionablen Mitgliedern der Whig-Partei, die im Theater ihre Runden drehten und immer wieder bei ihm hereinschauten, während Lucien durch sein Opernglas lieber das Publikum betrachtete, statt die als Schneeflöckchen verkleideten Tänzerinnen auf der Bühne.

Damien konnte es ihm nicht zum Vorwurf machen. Das Schauspiel mit all seinen Knalleffekten, Gesangseinlagen und Tänzchen war wirklich ziemlich albern – weswegen er es bei weitem unterhaltsamer fand, Miranda zu beobachten. Er verdrängte seinen Zorn, weil die Polizei Jasons Mörder immer noch nicht gefangen hatte. „Rooster" war in die Obhut seines Bruders, des Pfarrers, entlassen worden. Haben sie also den falschen Mann eingesperrt, überlegte er. Aber irgendwann würden sie den richtigen schon noch erwischen. Das musste er glauben. Und dann schlug er sich diese düsteren Gedanken aus dem Kopf und wandte sich wieder ganz Miranda zu.

Man hätte meinen können, der Ausflug ins Drury Lane wäre der Höhepunkt ihres Lebens. Auf ihrem Gesicht malte sich kindliches Staunen, jede Nuance spiegelte sich in ihren ausdrucksvollen Augen und in ihrem gebannten Lächeln. Ihr Anblick amüsierte ihn, und gleichzeitig wurde ihm ganz warm und weich ums Herz. Vielleicht ist das ja nur ein Anzeichen angegriffener Verdauung, dachte er ironisch. Jedenfalls hatte sich das Loch in seinen Ersparnissen gelohnt. Verstohlen betrachtete er sie. Sie hatte schon vorher gut ausgesehen, aber durch Bels und Alice' Anstrengungen war sie eine strahlende Schönheit geworden.

Sie trug die erste Robe, welche die Schneiderin geliefert hatte. Bel muss sie bestochen haben, überlegte er, denn er konnte sich gar nicht vorstellen, wie viele Näherinnen vonnöten waren, damit das Kleid so schnell fertig wurde. Miranda sah jedenfalls atemberaubend aus. Die dunkelgrüne Seide brachte ihre smaragdgrünen Augen zum Leuchten, und das tiefe herzförmige Dekolleté war eine wahre Augenweide. Bel hatte ihr eine Goldkette mit einem hübschen Kreuzanhänger geliehen. Im hellen Licht der Theaterbeleuchtung funkelte und blitzte er auf Mirandas cremeweißer Haut.

Damien riss den Blick von Mirandas Brüsten und rutschte unruhig auf seinem Sitz hin und her. Er verschränkte die Arme und schnippte dann einen Fussel vom Ärmel seiner scharlachroten Uniform. Als hinter ihm Gelächter ertönte, schaute er sich zu Roberts Whig-Freunden um, wandte sich dann aber wieder naserümpfend ab. Er hatte nicht viel übrig für ihre unpatriotischen Anwandlungen. Die Whigs hatten schließlich gegen die Kosten und die lange Dauer des Krieges protestiert – als hätte England einfach ignorieren können, was jenseits des Kanals geschah, dass Napoleon sich den ganzen Kontinent einverleibte.

Zum Glück war sein Bruder parteilos geblieben, als er vor einigen Monaten aus der Partei der Tories ausgetreten war. Roberts Interesse an den Whigs beschränkte sich auf deren humanitäre Reformbestrebungen, auf die Erziehung der Armen und dergleichen, wogegen Damien auch nichts einzuwenden hatte.

Als die Pause kam, ertrug Damien den Ansturm der Junggesellen, die sich auf ihre Loge stürzten, vorgeblich um dem

Herzog und der Herzogin ihre Aufwartung zu machen, in Wirklichkeit aber, um der betörenden jungen Dame in Grün vorgestellt zu werden. Und zu Damiens Ärger waren Bel und Alice gern bereit, jeden Hinz und Kunz mit Miranda bekannt zu machen.

Bald hielt Miranda mit der Gelassenheit einer geborenen Kokotte Hof, während Damien mit verschränkten Armen und finsterem Blick neben ihr saß und sich eingestehen musste, dass er, wenn schon nicht an blanker Eifersucht, so doch an einem Anfall von besitzergreifender Fürsorglichkeit litt. Allmählich dämmerte ihm, dass Mirandas tatsächliche Verheiratung und seine Vorstellung davon sich so drastisch unterschieden wie die Vorstellungen, welche sich die meisten Männer vom Krieg machten.

Die jungen Stutzer hingen förmlich an Mirandas Lippen und staunten laut, dass sie ihr bisher noch nie begegnet waren. War sie denn schon offiziell in die Gesellschaft eingeführt? Damien informierte sie barsch, dass Miranda bisher die Schule besucht hatte. Er sagte ihnen auch, dass sie Sherbrookes Nichte war, ließ sie aber über ihre genaue Herkunft im Dunkeln. Der *ton* würde früh genug herausfinden, wer sie war, und dann würde sich ja zeigen, wie gefestigt seine eigene Stellung war.

Immer mehr junge Männer drängten sich in die Loge, um Miranda auch ihren Freunden vorzustellen, nachdem über Bel und Alice erst einmal der Anfang gemacht war.

„Wie geht es Ihnen, Miss FitzHubert?“ erkundigte sich ein Neuankömmling, indem er sich über ihre Hand beugte. „Hoffentlich besser. Wie, erkennen Sie uns etwa gar nicht?“

„Ich glaube fast, dass sie sich nicht an uns erinnert, Ollie", verkündete sein Gefährte mit verliebtem Lächeln, ein blonder Jüngling, der ebenso hager und bleich war wie sein Freund dick und rotgesichtig. „Sie war schließlich eben ganz schön durcheinander."

Miranda wollte etwas erwidern, doch „Ollie" kam ihr zuvor.

„Wir waren doch gestern dabei, als Sie in der Bond Street beinahe unter die Räder jener Kutsche geraten wären", erklärte er. „Bei Zeus, das war knapp! Ich hoffe, es geht Ihnen besser."

„Mir geht es … gut, danke", entgegnete sie mit schwacher Stimme und warf Damien im selben Moment einen schuldbewussten Blick zu.

Der kniff die Augen zu Schlitzen zusammen und musterte sein Mündel. „Wovon spricht dieser Herr, meine Liebe?" fragte er in leisem und herrischem Ton.

Ihre Wangen röteten sich. „Gestern beim Einkaufen hat sich ein kleiner, äh, Zwischenfall ereignet."

„Erzählen Sie."

„Es war meine eigene Schuld …", begann sie, doch davon wollten die anderen nichts hören.

„Aber nein, meine liebe Dame!" protestierte Ollie. „Es war allein die Schuld dieses ungeschickten Kutschers." Er schaute Damien an und riss die Erzählung an sich. „Mylord, ich hoffe, dieser pflichtvergessene Lakai wurde entlassen, nachdem er nicht besser auf die junge Dame aufgepasst hat. Ich hätte ihn auf der Stelle hinausgeworfen."

Damien betrachtete ihn streng. „Und Sie sind?"

„Oliver Quinn, zu Ihren Diensten, Mylord. Das hier ist der Ehrenwerte Nigel Stanhope.“ Er nickte zu seinem Freund hinüber, der sich daraufhin mit einem unglücklichen Lächeln vor Damien verneigte. Im Gegensatz zu seinem dicklichen Freund schien ihm klar, dass es an eine Beleidigung grenzte, wenn er die Art kritisierte, in welcher der berühmte Colonel Winterley für den Schutz seines Mündels sorgte.

Oder wie er in diesem Fall dabei scheiterte. „Aha.“

„Ich sag Ihnen, wenn ich nur mein Pferd gehabt hätte“, tönte Ollie weiter, „ich wäre der Kutsche nachgeritten und hätte herausgefunden, wer der Kutscher ist.“

„Das ist aber sehr ritterlich von Ihnen, Mr. Quinn“, meinte Miranda mit einem unbehaglichen Lächeln. Es gelang ihr ziemlich schnell, ihn loszuwerden, weil kurz darauf die Glocke läutete, um das Ende der Pause anzukündigen.

„Was ist passiert?“ wollte Damien leise wissen, als die jungen Stutzer die Loge verlassen hatten.

„Ach, eigentlich nichts weiter, ehrlich“, flüsterte sie zurück. „Als ich gestern in der Bond Street einkaufen war, ist ein Gespann durchgegangen und mir etwas zu nahe gekommen. Ich wusste nicht, dass die Leute in der Stadt alle fahren wie die Verrückten.“

„Miranda!“

„Ich war nie wirklich in Gefahr.“

„Es klingt aber, als hättest du ernsthaft verletzt werden können.“

„Nein, nein, ich habe ja in sicherer Entfernung gestanden. Deswegen habe ich es auch nicht erwähnt. Es gibt keinen Grund zur Sorge.“

„Du musst dich in der Stadt vorsehen. Wir sind hier nicht in Yardley."

„Das habe ich jetzt auch erkannt. Ich weiß, dass ich eine Landpomeranze bin, aber ich gewöhne mich schon noch an die Stadt. Bitte sei nicht verärgert."

Er biss die Zähne zusammen, zornig auf sich, weil er sie so auf Distanz gehalten und damit unter Umständen in Gefahr gebracht hatte. Unerträglich. Wie er es auch anstellte, er konnte nur verlieren. „Ich hätte bei dir sein müssen", stieß er hervor.

Sie wedelte ein bisschen aufgeregt, aber entschieden mit ihrem Fächer. „Nein, hättest du nicht."

„Warum nicht?" fragte er.

„Weil ich dir ein Weihnachtsgeschenk kaufen wollte. Wenn du dabei gewesen wärst, hätte ich dich ja nicht mehr überraschen können."

Ihre Antwort erstaunte ihn. Als sie ihm lächelnd in die Augen sah, senkte er den Blick und schüttelte den Kopf. Ihm war die Röte in die Wangen gestiegen. Vielleicht war es nicht der richtige, sondern nur der einfache Weg, sie auf Armeslänge von sich entfernt zu halten. Was wusste er schon? Er war zwar ein Mann, der mit gefährlichen Situationen zurechtkam, aber diese junge Frau hatte die Macht, ihn in einen ungeschickten Idioten zu verwandeln.

„Alles, was du machst, überrascht mich", murmelte er.

„Ach ja? Aber das war doch alles noch gar nichts." Sie warf ihm einen schalkhaften Blick zu und setzte sich dann in ihrem Sessel zurück, um sich auf den Rest der Vorstellung zu konzentrieren.

Am nächsten Nachmittag lag vor den Fenstern frischer Schnee, und im Inneren des Hauses drang aus der Küche der Duft von Zimt und Nelken in alle Räume. Zu ihrer Freude durfte Miranda der Herzogin, Lizzie und Jacinda helfen, die Fensterbretter und Kaminsimse von Knight House für die Weihnachtsfeier der Familie am Samstagabend zu dekorieren. Zusammen schmückten sie Kaminsimse mit Immergrün, Kiefernzapfen und mit goldenen Schleifen gebundenen Stechpalmensträußchen. An die Türen hängten sie Kränze, in die Fenster spitzenzarte Windlichter.

Miranda schmückte die große Messingreplik des von Damien in der Schlacht erbeuteten französischen Adlers, die im Prunkzimmer thronte, mit Bändern und Mistelzweigen. Die Herzogin bat den Butler, über dem Klavier ihres Gatten einen Mistelzweig zu befestigen, um ihn fröhlich in die Falle zu locken, und dann stürzte Jacinda sich auf die Idee, nach dem Dinner Samstagabend im Salon ein Theaterstück aufzuführen. Miranda stimmte mit einer ganzen Reihe von Vorschlägen ein und half Jacinda bei der Planung der komischen Vorführungen.

Während sie so im Salon herumging, legte sie zu Ehren der Frau, deren Gemälde über dem Kamin hing, ein paar Extrazweige auf dem weißen Sims ab. Man hatte ihr gesagt, dass es ein Porträt von Damiens Mutter war, der vorigen Duchess of Hawkscliffe. Miranda betrachtete das Bildnis eine Weile. Mit der ausladenden weißen Perücke, dem Reifrock und dem tiefen Ausschnitt sah die vorige Herzogin wie eine Macht aus, mit der zu rechnen war. Die Kinnlinie verriet Stolz, in ihren tiefblauen Augen funkelte Intelligenz, und das sternförmige Schönheitspflästerchen über dem sinnlichen Mund kündete von ausgeprägtem Humor.

In diesem Moment kam Mr. Walsh herein und meldete Miranda zu ihrem Entzücken, dass noch mehr neue Kleider aus den Läden in der Bond Street geliefert worden waren. Die Dienstboten brachten die weißen Schachteln in das elegante Schlafzimmer, das man ihr zugewiesen hatte, und Lizzie und Jacinda kamen die Treppe heraufgestürmt, um die Sachen zu bewundern. Miranda hob ganz vorsichtig die Deckel und schob das Seidenpapier über drei neuen Hauskleidern beiseite.

„Und was ist da drin?" fragte Lizzie aufgeregt.

Miranda öffnete eine vierte Schachtel und hielt den Atem an. „Ein Promenadenkleid, glaube ich. Ach, ich komme mir jetzt schon vor wie Weihnachten!"

„Mach mal das hier auf", drängte Jacinda und schob die letzte Schachtel zu Miranda hinüber.

Die hob den Deckel an und zog das Kleid vorsichtig heraus. „Oh! Mein Reitdress!"

„Vielleicht wäre es jetzt Zeit für die erste Reitstunde", sagte eine tiefe Stimme von der Tür.

Das Herz schlug ihr bis zum Halse. Das elegante braune Kleid gegen die Brust gepresst, drehte sie sich um. Damien lehnte lässig im Türrahmen, den Daumen in die Westentasche gehakt. Sie blinzelte. Träumte sie, oder hatte er sie wirklich gesucht?

„Ehrlich?"

Er nickte. „Ehe Sie nicht mit einem Pferd umzugehen gelernt haben, ist Ihre Erziehung nicht vollständig."

Langsam breitete sich ein Lächeln in ihrem Gesicht aus. „Ich komme. Möchten Sie meine neuen Kleider sehen?"

Jungenhaft schüchtern zuckte er mit den Schultern und schlenderte ins Zimmer. Während sie ihm die Kleider vorführte, nickte er, vermutlich mit gespieltem Interesse. Dann ging er wieder, damit sie sich umziehen konnte.

Kurz darauf nahm Damien sie mit in den Green Park zur ersten Reitstunde. Immer wieder schaute sie ihn auf dem Weg dorthin freudig an. Sie konnte einfach nicht fassen, dass er sich tatsächlich um sie bemühte. Die Reitstunde machte sie nervös, doch im Augenblick kümmerte es sie nicht, ob sie sich den Hals brach. Es wäre ihr die Sache wert: Endlich wollte Damien bei ihr sein.

Während der Stallbursche wartend daneben stand, wurde Colonel Lord Winterley ganz geschäftsmäßig und erläuterte ihr den gefährlich wirkenden Damensattel. Schließlich half er ihr auf den Rücken des bravsten Tieres, das in den herzoglichen Ställen zu finden war, eines gleichmütigen kastanienbraunen Ponys namens Apple-Jack. Groß, wie sie war, bot sie auf dem kleinen Tier mit dem dicken Bauch einen ziemlich komischen Anblick.

„Lachst du mich etwa aus?" fragte sie ihren Vormund, als sie das leichte Zucken um seine Mundwinkel bemerkte.

„Aber woher denn, meine Liebe!"

Doch als sie sich wieder umdrehte, hörte sie ganz deutlich leises Lachen. Es kümmerte sie wenig. Ihr Herz war leicht. Wenn sie einen absurden Anblick bieten musste, um ein Weilchen mit Damien zusammen zu sein, würde sie das mit Freuden auf sich nehmen.

Er ließ Apple-Jack an der Longe gehen, und Miranda drehte tapfer ihre Runden, am Schluss sogar im Trab. Sie bemühte sich, die Zügel zu führen, ohne das weiche Maul des Ponys zu reizen, und sich gleichzeitig in der Mitte des Sattels zu halten, während sie würdelos durchgeschüttelt wurde. Bei jeder neuen Runde warf sie Damien unwillkürlich einen verstohlenen Blick zu. Irgendwie schien der Schnee um ihn sanfter zu fallen. In seinem schwarzen Haar und seinem Rock hingen weiße Flöckchen. Während der Reitstunde bemühte Miranda sich nach Kräften, ihrem Rittmeister noch mehr heiß begehrte Worte des Lobes zu entlocken, doch innerlich frohlockte sie bereits: Sie und Damien redeten wieder miteinander, und die Welt war wieder in Ordnung.

Als die Stunde vorüber war, empfahl Miranda sich bald, da sie das neue gute Verhältnis nicht überstrapazieren wollte wie Mr. Chipping seinen Schauspielern immer sagte: „Geht, solange sie noch nach einer Zugabe rufen." Der Stallbursche hielt ihnen das Tor auf, als sie auf das Anwesen zurückkehrten. Miranda dankte ihrem Vormund für die Reitstunde und verabredete sich für den morgigen Tag zu einer weiteren, und dann ging sie. Das schien ihn zu überraschen. Aufmerksam musterte er sie, als sie ihm zum Abschied anmutig zunickte und sich dann dem Haus zuwandte. Verwirrt schaute er noch einmal über die Schulter zurück und brachte Apple-Jack dann in den Stall zurück.

Belebt von ihrem Erfolg und der frischen kalten Luft, nahm sie das mit einem Schleier verzierte Reithütchen ab, während sie dem Haus zustrebte. Überrascht hielt sie inne, als sie Lord Lucien an der steinernen Balustrade der Terrasse hinten am Haus lehnen sah. Seine silbergrauen Augen blitzten, als er sie erkannte. Er ging ihr entgegen, einen schneebedeckten steinernen kleinen Cherub umrundend. Die Hände in den Hosentaschen, lächelte er sie listig an, was sie ein wenig aus der Fassung brachte. Anscheinend hatte er schon längere Zeit dort gestanden und sie und Damien im Park jenseits des Gartens beobachtet.

„Guten Tag, Mylord“, begrüßte sie ihn zögernd.

„Hallo, Miss FitzHubert“, erwiderte er schleppend.

„Warten Sie auf Damien … ich meine, Lord Winterley?“ korrigierte sie sich hastig, doch es war bereits zu spät, um ihr Missgeschick zu vertuschen.

Er zog eine Augenbraue hoch. „Ah, da sind Sie also schon bei Damien angelangt?“

Hastig und mit klopfendem Herzen wandte sie sich ab. „Verzeihen Sie. Es war einfach ein Fehler. Wenn Sie mich jetzt entschuldigen möchten, ich muss mich zum Essen umkleiden …“

„Nein, meine Liebe. Bitte schenken Sie mir doch einen Augenblick Zeit. Ich finde das alles sehr interessant.“ Er trat von hinten an sie heran und senkte die Stimme zu einem Murmeln. „Allmählich mache ich mir nämlich Gedanken. Was genau geht denn zwischen Ihnen und meinem Bruder vor?“

„Ich weiß wirklich nicht, worauf Sie anspielen.“ Das Herz schlug ihr bis zum Hals.

„Miranda“, schalt er. „Glauben Sie wirklich, ich bin so blind wie alle anderen?“

„Es war einfach ein Versprecher“, wiederholte sie mit trockenem Mund.

„So einfach nun auch wieder nicht, glaube ich." Er hielt inne. „Sie würden mich doch nicht anlügen, oder? Das wäre sehr ungezogen. Außerdem bin ich Diplomat, müssen Sie wissen, Miss FitzHubert, und bin es schon von Berufs her gewohnt, die Wahrheit herauszubekommen. Vor mir kann man letztlich nichts verbergen."

Sie verkrampfte sich. Erschrocken wurde ihr bewusst, dass man sie ertappt hatte. Anscheinend reichten ihre Schauspielkünste nicht aus, um Lord Lucien zu täuschen. Sie wusste nicht, was sie sagen sollte, drehte sich nur langsam um und zwang sich, seinem prüfenden Blick zu begegnen. Ebenso mitfühlend wie amüsiert nahm er den verletzlichen Ausdruck in ihren Augen zur Kenntnis.

„Weiß er denn, dass Sie in ihn verliebt sind?" fragte er.

Verlegen betrachtete sie ihn und schüttelte dann verzweifelt den Kopf. „Ach, ich weiß nicht. Ich weiß überhaupt nichts mehr. Ich weiß ja nicht einmal, ob ich wirklich in ihn verliebt bin. Bitte seien Sie nicht zornig auf mich, ich kann nichts dafür. Sie verraten ihm doch nichts, oder? Bitte versprechen Sie mir das!"

„Ich verspreche gar nichts, bevor ich nicht alles weiß. Warum behaupten Sie, Sie seien sich nicht sicher? Mir erscheint es ziemlich eindeutig."

„Aber es hat keinen Sinn!" rief sie aus und warf die Hände hoch. „Er ist mir gesellschaftlich weit überlegen! Ich habe keinerlei Absichten auf Ihren Bruder, Mylord, wenn es das ist, was Ihnen Sorgen macht. Wir mögen uns in … gewisser Weise nahestehen, aber ich weiß, wo mein Platz ist. Er ist ein Earl und ein Held. Und ich bin nicht einmal ehelich geboren."

„Sie reden einen rechten Blödsinn, Miss FitzHubert. Kommen Sie.“ Er bot ihr den Arm. „Begleiten Sie mich in die Ahnengalerie, da können wir die Angelegenheit in aller Ruhe besprechen.“

Sie stieß einen rebellischen Seufzer aus, gehorchte jedoch. Bei dem Gedanken, dass die unkeuschen Gefühle, die sie für ihren Vormund hegte – und er für sie –, entdeckt waren, erzitterte sie. Lord Lucien wirkte nicht direkt erzürnt, aber er schien wild entschlossen, all ihre Geheimnisse aufzudecken, als wollte er sie auf die Probe stellen. Sie ließ sich von ihm ins Haus führen, wo sie dann langsam die schmale Galerie entlangschlenderten, in der die Knight-Ahnen ernst aus ihren Bilderrahmen herabschauten.

Er begann Fragen zu stellen, und nach anfänglichem Zögern erzählte Miranda ihm alles. Etwas anderes blieb ihr gar nicht übrig. Er war ein kluger, welterfahrener Mann, den nichts schockierte und den man unmöglich belügen konnte. Seine Fragen waren so scharfsinnig, dass sie die Vermutung hegte, er könne ihre Gedanken lesen. Ihr war ein Rätsel, wie Alice so leicht mit ihm fertig werden konnte. Doch da sie gesehen hatte, wie stark das Band zwischen den Zwillingen war, war ihr auch klar, dass, wenn jemand Damien im Kampf gegen seine Dämonen beistehen konnte, Lucien dieser Mensch war.

Widerstrebend legte sie die Karten auf den Tisch – in der Hoffnung, dass er schlauer daraus wurde als sie. Sie offenbarte ihm alles: ihre Karriere als Miss White, dass Damien sie für eine Hure gehalten hatte, den Überfall der Räuber und wie gewaltig ihr Damien zu Hilfe geeilt war, wie er ihr und ihren Freundinnen gegen Mr. Reed in Yardley beigestanden hatte und schließlich wie er sich in jener Nacht, in der sie ein Bett hatten teilen müssen, auf sie gestürzt hatte.

„Und Sie sind sicher, dass das alles war, was in diesem Bett geschah?“ erkundigte er sich ruhig.

„Alles? Er hätte mich beinahe erwürgt, Mylord. Das sollte ja wohl reichen, oder?“

Das gestand er mit einem Kopfnicken ein. „Und doch scheinen Sie nicht zornig auf ihn zu sein.“

„Wie könnte ich? Er kann doch nichts dafür. Ich will ihm doch nur helfen. Bestimmt sehen Sie ein, dass ich ihm das schuldig bin.“ Sie seufzte und schüttelte den Kopf. „Er wäre so zornig, wenn er wüsste, dass ich Ihnen alles erzählt habe.“

„Miranda, es gibt ein paar Dinge, die Sie über Damien erfahren sollten. Kommen Sie.“ Er führte sie zu einer Bank am Ende der Ahnengalerie, bat sie, Platz zu nehmen, und setzte sich neben sie.

Aufmerksam wandte sie sich zu ihm.

„Mein Bruder war im Krieg an fast jeder größeren Schlacht beteiligt. Ich war dabei, und ich habe die dunklen Veränderungen gesehen, die das in ihm ausgelöst hat. Bei Ciudad-Rodrigo und Badajoz hat er zum Beispiel Sturmtruppen angeführt. Beide Male gab es nur eine Handvoll Überlebende. Sie haben ihn im Kampf erlebt, Sie wissen also, was für einen schrecklichen Anblick er bietet. Vielleicht haben Sie von dem Aufruhr in unserer Truppe gehört, nachdem Badajoz eingenommen war. Damien hat diejenigen von seinen Männern, die in der Stadt vergewaltigt und geplündert haben, zur Strecke gebracht und dann getötet. Er war brutal. Er hat sich von seinen Männern verraten gefühlt, und ich fürchte, er hat sich dafür verantwortlich gefühlt, dass er sie diese drei Tage nicht unter Kontrolle hatte, aber an diesem Punkt hatte sich die Sache bereits zu einem Kampf zwischen Offizieren und Fußvolk ausgewachsen."

„Das klingt nach einer sehr hässlichen Erfahrung."

„So hässlich, dass ich von der Art und Weise, wie dieser Krieg geführt wurde, vollkommen desillusioniert war, aber das ist eine andere Geschichte", sagte er leise. „Und Damien hat das allmählich schwer belastet. Das Abschlachten, die Trauer, die Machtlosigkeit und der Zorn, den ein Offizier empfindet, wenn er seine Männer nicht schützen kann, die ihm doch ihr Leben anvertraut haben. Und Damien fing an, sich zu verändern, wie Sie sich sicher vorstellen können, denn Damien ist der geborene Anführer, der beste, den man sich denken kann. Seine Leute liegen ihm wirklich am Herzen. Und deswegen lieben ihn die Menschen ja auch so. Nach außen hin mag er hart wirken, aber er hat ein weiches Herz – und ich habe mitbekommen, wie ihm dieses Herz auf der Halbinsel gebrochen ist. Ich habe mit anschauen müssen, wie er sich vor dem Schmerz in die Gleichgültigkeit geflüchtet hat, als wäre er der hartherzige Anführer irgendeines blutrünstigen hessischen Söldnertrupps. Ich habe versucht, ihn menschlich zu halten, zivilisiert, habe versucht, mit ihm zu reden. Aber das hat ihn nur zornig gemacht." Er schüttelte den Kopf. „Für ihn war es einfacher, seine Aufgabe zu erledigen, wenn er sich erlaubte abzustumpfen. Und er war gut. Mein Gott, so gut. Dazu geboren, wissen Sie. Vollkommen furchtlos, gnadenlos."

„Ich habe es gesehen“, erwiderte sie und nickte.

„Wie gesagt, nach Badajoz konnte ich den Wahnsinn nicht länger ertragen. Ich habe mein Offizierspatent verkauft und bin ins Außenministerium übergewechselt. Ich habe versucht, Damien dazu zu bewegen, mit mir zu kommen, bevor der Krieg den Bruder, den ich kannte, noch ganz zerstörte, aber er wollte nichts davon hören. Wir hatten einen Riesenstreit. Er hat mich einen Feigling genannt, weil ich die Armee verließ, wenn ich mich entsinne, aber das hat mich nicht davon abhalten können. Für mich war es eine Gewissensentscheidung, dort zu dienen, wo ich am nützlichsten war. Aber die große Frage, die mich seither nicht mehr loslässt, ist, inwieweit es mit Damien schlimmer wurde, weil ich nicht mehr da war.“

Lucien hielt inne, und Miranda betrachtete ihn verwirrt.

„Danach wollte er eine ganze Weile lang nichts mehr mit mir zu tun haben“, fuhr er fort, „ich weiß also, wie gut er darin ist, Leute abzuweisen, vor allem die Leute, die sich etwas aus ihm machen. Deswegen möchte ich Ihnen das hier geben.“ Er griff in seine Westentasche und zog einen kleinen, verrosteten Schlüssel heraus, den er ihr in die Hand legte und dann sanft ihre Finger darum schloss. „Nur im Notfall zu benutzen.“

Ihr Herz setzte einen Schlag aus, als sie den Schlüssel anschaute. Dann blickte sie mit großen Augen zu Lucien auf. „Was kann ich damit denn aufschließen?“

Mit einem rätselhaften Lächeln wich er der Frage aus. „Wichtig ist, dass Sie seine Aufmerksamkeit genießen, und zwar in einem Maß, wie ich das noch bei keiner anderen Frau gesehen habe, mit der mein Bruder zusammen war. Seien Sie zuversichtlich: Keine von ihnen hat so viel Mut gezeigt wie Sie, sonst würden wir jetzt nicht hier sitzen. Er braucht Sie, Miranda. Möglicherweise sind Sie seine letzte Hoffnung. Ich bin nur sein Bruder. Ich kann für ihn nicht tun, was Sie tun können."

„Was kann ich denn tun?" fragte sie gedämpft.

„Ihn lieben, *chérie.* Meinen Segen haben Sie jedenfalls." Damit beugte er sich vor und küsste sie auf die Stirn.

„Danke, Mylord, aber ich verstehe nicht, wie Sie mir Ihren Segen geben können", meinte sie recht elend. „Ich weiß, wer und was ich bin. Weder bin ich vornehm wie die Herzogin noch wohlerzogen und gut wie Ihre Lady Lucien ... Mylord?" Er hatte sich erhoben und entfernte sich von ihr. Verständnislos sah sie ihm nach. „Mylord, wohin gehen Sie denn?"

Er antwortete nicht, lief einfach weiter. Was für ein seltsamer, enervierender Mann!

„Lord Lucien? So warten Sie doch! Wie soll ich ihn denn dazu bringen, mich zu lieben?"

Er winkte nur lässig und schritt auf die offene Tür zu. „Das ist Ihre Sache, Miranda. Ich habe jedenfalls nicht die Absicht, mir Ihre Litanei an Ausreden anzuhören, warum es unmöglich ist."

„Aber was geschieht, wenn ich mich ihm nähere und er wieder gefährlich wird? Ich habe Ihnen doch erzählt, was in dem Gasthof passiert ist. Er hätte mich umbringen können."

„Bieten Sie ihm die Stirn, Mädchen", riet er ihr. „Treten Sie den Dämonen, die ihn quälen, ebenso tapfer entgegen, wie er den Franzosen entgegengetreten ist. Sie sind eine Kämpfernatur, Miranda. Das habe ich gleich erkannt. Kämpfen Sie und bringen Sie uns unseren Bruder zurück. Vergessen Sie Tugend und Vornehmheit – in diesem Kampf wird uns allein Ihr Mut zeigen, ob Sie ‚würdig' sind."

Bestürzt sank sie in sich zusammen. Er war ihr auch keine Hilfe. „Wollen Sie mir nicht wenigstens verraten, zu welcher Tür dieser Schlüssel gehört?"

Sein boshaftes Gelächter hallte in ihrem Kopf nach, als er durch die Tür verschwand. „Das finden Sie schon heraus, *chérie.* Wenn Sie ihn genügend wollen, werden Sie es von ganz alleine herausfinden."

9. KAPITEL

Als Heiligabend herangerückt war, schlug Lord Lucien zur Einstimmung eine Schlittenfahrt vor. Er wollte dem kleinen Harry die Weihnachtsbeleuchtung an den großen Stadthäusern in der Nachbarschaft und am St. James's Square zeigen. Der Duke und seine Duchess blieben zurück, um Belindas altem Vater, Dr. Alfred Hamilton, Gesellschaft zu leisten. Bald saß Miranda in ihrem neuen Mantel und den neuen Handschuhen in den Schlitten gekuschelt, während sie ein Gespann mit bimmelnden Glöckchen am Zaumzeug durch den Schnee zog.

Der Schlitten war zwar nur für sechs Leute gedacht, aber sie zwängten sich zu acht hinein. Fröhlich ließen sie den Glühwein kreisen, um sich warm zu halten. Es war dunkel, aber am samtschwarzen Himmel blinkten Sterne. Lucien und Alice hatten den kleinen Harry zwischen sich, Lady Jacinda und Lizzie saßen zu beiden Seiten des verwegenen Lord Alec, und Miranda schmiegte sich an Damien.

Als sie durch den Hyde Park kamen, bat Lucien die kleine Gesellschaft, nicht mehr zu lachen, und wies den Fahrer an, inmitten des verlassenen Parks anzuhalten. Gleich darauf drang über den See hinweg ein fast engelhaft anmutender Gesang an ihr Ohr. Irgendwo wurde gerade ein Weihnachtsgottesdienst gefeiert. Sogar Harry saß still und mit großen Augen da, als sie alle der himmlischen alten Melodie lauschten. Miranda hatte das Gefühl, als stünde die Zeit still.

„Stille Nacht, heilige Nacht, alles schläft, einsam wacht …“

Sie wollte den Augenblick festhalten, das kostbare und doch so vergängliche Gefühl, endlich angekommen zu sein, endlich einen Platz gefunden zu haben. Sie schaute Damien an und begegnete seinem Blick.

„*… schlaf in himmlischer Ruh.*“

In der Dunkelheit griff sie nach seiner Hand, doch er drückte die ihre nur kurz und legte Miranda dann den Arm um die Schultern und hielt sie wärmend fest. Atemlose Stille breitete sich über die eben noch so muntere Gesellschaft, bis die zarte Musik schließlich zitternd verklang.

Leise befahl Damien dem Kutscher weiterzufahren.

Jacinda starrte sehnsüchtig auf den zugefrorenen See. „Wir dürfen nicht vergessen, zum Schlittschuhlaufen zu gehen, ehe es wieder taut. Lizzie, Miranda, wollen wir es nächsten Montag versuchen?“

Miranda schauderte und schüttelte den Kopf. „Ohne mich, danke.“

„Aber warum denn nicht?“ protestierte das Mädchen. „Das macht doch Spaß!“

„Und gesund ist es auch“, fügte Lizzie hinzu.

„Warum versuchst du es nicht?“ fragte Damien leise und vertraulich. Seine Augen glühten. Es schien niemanden zu bekümmern, dass er den Arm um sie gelegt hatte.

Sie zitterte. „Lieber nicht, vielen Dank.“ Kein noch so überzeugendes Argument konnte ihr die panische Angst vor dem Wasser nehmen.

Bald darauf leuchtete die Weihnachtsbeleuchtung von Apsley House, dem Buckingham Palace und Carlton House, dem Anwesen des Prinzregenten, und alle Anwesenden staunten.

Wieder zurück in Knight House, tranken sie Wein im Salon, bis Mr. Walsh, der sich zur Feier des Tages eine rote Nelke ins Knopfloch gesteckt hatte, was seine düstere Miene aber auch nicht festlicher wirken ließ, ankündigte, dass das Dinner serviert sei. Herzog und Herzogin gingen voran, danach kamen Lucien und Alice. Der alte Mr. Hamilton bot Lady Jacinda den Arm, und Lizzie folgte mit Alec, wobei sie den blonden Spitzbuben hoffnungslos anhimmelte. Zuletzt bot Damien Miranda den Arm und schlenderte mit ihr ins Speisezimmer. Der Kronleuchter funkelte, und im Raum lag der schwache Duft von Tannenzweigen. Nie hatte Miranda einen prächtiger geschmückten Tisch gesehen. Er war mit einer cremeweißen Damastdecke verhüllt und mit Silberzeug und kostbarem Porzellan eingedeckt. Das Licht zahlloser Kerzen wurde von den Wandspiegeln zurückgeworfen.

Alle Anwesenden hielten sich an den Händen, während der attraktive junge Herzog ein schlichtes Gebet sprach, worin er sich bedankte, dass Gott ihnen seinen Sohn geschenkt hatte, dass nach zwanzig Jahren endlich Frieden herrschte und dass die Familie dieses Weihnachten wieder einmal zusammenkommen konnte. Bei den Worten bekam Miranda einen Kloß im Hals, obwohl sie diese Leute doch erst so kurze Zeit kannte. Sie starrte auf ihren glänzenden Porzellanteller hinab und lugte dann zu Damien hinüber, der ihr sanft die Hand drückte.

Insgeheim dankte sie Gott vor allem für ihren Vormund – ihren Schutzengel, wie sie manchmal dachte.

„Und bitte lass unser Baby gesund auf die Welt kommen“, fügte die Duchess leise hinzu.

„Amen“, schloss ihr Ehemann und küsste sie auf die Wange.

„Und möge Gott auch Jack schützen, wo immer er gerade ist“, meinte Jacinda und schaute ihre Brüder melancholisch an.

„Möge Gott Jack beschützen“, wiederholten Lucien und Alec, doch Robert und Damien schwiegen und tauschten einen grimmigen Blick.

„Wer ist Jack?“ erkundigte sich Miranda vorsichtig.

„Unser Bruder“, antwortete Alec in weichem, abwesendem Ton.

„Und heute Abend konnte er nicht kommen?“

„Er lebt nicht in England“, erklärte Lizzie und warf ihr einen warnenden Blick zu.

Das Thema schien irgendwie unangenehm, weswegen Miranda es lieber fallen ließ und ihre Aufmerksamkeit stattdessen dem Festmahl zuwandte, das selbst für die Begriffe von Knight House üppig war. Mitten auf dem Tisch prangte eine silberne Terrine mit Erbsensuppe. Auf einer Seite stand ein Truthahnbraten mit Selleriesauce, auf der anderen Dorsch mit Buttersauce und eine schöne Lammlende. Das Fußende zierten Fleischpastete und Schweinefilet mit scharfer Sauce, das Kopfende gebratene Seezunge – aus der Miranda sich nichts machte – und zwei Hühnchen mit Brokkoli. Und das war erst der erste von drei Gängen.

„Meine neuen Kleider werden mir morgen nicht mehr passen“, scherzte sie.

„Das möchte ich dir nicht geraten haben“, murmelte Damien mit einem neckenden Seitenblick.

Danach kamen Apfeltaschen und Waldschnepfen auf den Tisch, dazu Fleisch in Aspik. Der Stör in Blätterteig zerging auf der Zunge, ebenso der Hase mit Pilzen. Miranda nahm einen Bissen vom pikanten Gebäck. Es war köstlich, aber sie konnte es nicht aufessen. Sie staunte, wenn sie daran dachte, dass sie noch vor zwei Wochen nicht mehr als ein trockenes Stück Brot und eine lauwarme Tasse Tee zum Dinner bekommen hatte – vorausgesetzt, sie wurde nicht gerade zur Strafe ohne jedes Essen zu Bett geschickt.

Noch einmal traten die livrierten Lakaien vor und räumten den Tisch ab, bürsteten die Krümel weg und füllten die Weingläser nach. Mirandas Gedanken schweiften ab. Voll Dankbarkeit betrachtete sie die Gesichter ringsum, versuchte, sich jedes einzuprägen und genoss die wunderbaren Gefühle, die dieser Abend in ihr hervorgerufen hatte. Zum ersten Mal in ihrem Leben schien alles gut zu werden.

Vor allem freute sie sich an Damiens Anblick und dem seiner großen, attraktiven Brüder. Obwohl sie durchaus eine gewisse Familienähnlichkeit entdecken konnte, verwunderte sie es, dass sie einander nicht mehr glichen. Robert, der Älteste, war etwa Mitte dreißig, hatte rabenschwarzes Haar, an den Schläfen schon grau meliert, und durchdringende braune Augen. Wenn er nicht über ein so freundliches Lächeln verfügt hätte, wäre Miranda von ihm fürchterlich eingeschüchtert gewesen. Sie brauchte nicht zu wissen, wie viele Landsitze er sein Eigen nannte oder wie viele Sitze er im Parlament kontrollierte, um die Macht zu spüren, die von ihm ausging – und doch wurde er ganz weich, wenn er seine Frau anschaute.

Als Nächstes betrachtete sie Lord Alec. Was für ein Spitzbube! Lächelnd schüttelte sie den Kopf. Sie fand ihn ganz reizend, denn sie waren verwandte Seelen, sie und Alec – beide extravagante, herausfordernde Wesen, die gern im Mittelpunkt standen. Er war der jüngste Knight-Bruder und laut Damien der Liebling der Gesellschaft. Sie konnte verstehen, warum. Lord Alec war absolut wunderbar – und wusste das nur zu gut. Er drückte sich freimütig und mit scharfem Witz aus, und wie jeder wahre Trendsetter hatte er seinen eigenen Stil kreiert, gefiel sich in ziemlich grellen Farben und trug das sonnengebleichte goldblonde Haar schulterlang und zum Zopf gebunden. Er war genau die Sorte Mann, für den sie Damien am ersten Abend gehalten hatte – ein hochwohlgeborener, vergnügungssüchtiger Abenteurer.

Sie wusste, dass der vornehme junge Wüstling Gefallen an ihr gefunden hatte, und spürte auch, dass so etwas nicht oft vorkam. Als Alec angeboten hatte, sie all seinen Freunden vorzustellen, um sie bei der Suche nach einem Ehemann zu unterstützen, hatte Damien sofort abgewinkt. Alec hatte nur gelacht. Sie hegte keinerlei Zweifel, dass es der goldhaarige Charmeur faustdick hinter den Ohren hatte – sobald er Roberts strengem Blick entkommen war.

Schließlich wandte sie sich Lucien zu. Sie wurde nie müde, von einem Zwilling zum andern zu schauen, fasziniert von deren Ähnlichkeit. Schon *ein* derartig gut aussehender Mann hätte Aufmerksamkeit erweckt, doch zu zweit, mit ihren glänzenden schwarzen Haaren und den grauen Augen, war ihre Wirkung einfach unwiderstehlich. Wie ein Paar Erzengel sehen sie aus, überlegte sie, während die Lakaien den nächsten Gang servierten und Halbmondpastetchen und gebratene Lerchen neben ihr absetzten.

Da sie sich gerade ein wenig verwegen fühlte, kostete sie von der Ochsenzunge mit Johannisbeersauce und dem Krebsfrikassee. Damien nahm einen Schluck Wein und blickte sie schief an, als sie mit der zierlichen Fischgabel ein paar gebratene Austern aufspießte. Leicht verlegen tupfte sie sich mit der Serviette die Lippen ab.

„Was ist denn?“ flüsterte sie.

Belustigt betrachtete er die Austern. „Nichts, meine Liebe. Iss nur auf.“

Das tat sie, obwohl sie befürchten musste, sich so bald nicht wieder rühren zu können. Sie knabberte noch am Obst herum, das am Ende des Festmahls auf den Tisch kam, Birnen und Orangen, und an den kleinen Zitronenkeksen, die den Gaumen reinigen sollten.

„Ich fürchte, dass wir alle wegen Gefräßigkeit in die Hölle kommen“, verkündete Jacinda und schob mit einem leichten Stöhnen den Stuhl zurück.

„Ach, mir tut das kein bisschen leid“, erwiderte Dr. Hamilton mit einem leisen Lachen.

Schließlich zogen sich die Damen in den Salon zurück, während die Männer noch auf ein Glas Portwein und eine Zigarre sitzen blieben.

„Bleibt aber nicht zu lang“, befahl die Herzogin ihrem Gatten, ihrem Vater und den drei Schwägern. „Wir müssen noch die Geschenke aufmachen.“

„Ja, Madam“, antwortete Robert mit einem verschwörerischen kleinen Lächeln.

Miranda ging hinter Alice hinaus. Ein letztes Mal drehte sie sich zu Damien um und entdeckte, dass er ihr mit einem ebenso zärtlichen wie zurückhaltenden Blick nachsah, und dann schloss der Lakai die Tür zwischen ihnen.

Auf diesen Moment hatte Damien gewartet, das war der Moment, dessentwegen er sich in Schulden gestürzt hatte, der Moment, da er Miranda ohne jeden Zweifel beweisen konnte, dass es Leute gab, denen sie am Herzen lag. Während die anderen Geschenke austauschten, hatte sie versucht, sich unauffällig im Hintergrund zu halten, was ihrem Wesen gar nicht entsprach. Ihre gerundeten Schultern, die nervös zuckenden Hände verrieten, wie unwohl sie sich fühlte, während sie darauf wartete, dass das Programm begann. Offensichtlich hielt sie sich in diesem Moment für einen Eindringling. Damien ging zu ihr, ergriff ihre Hände, zog sie aus ihrer Ecke und führte sie in den Kreis der Familie.

„Komm, ich habe etwas für dich."

Ihre Wangen röteten sich. „Oh, aber Damien – ich meine, Lord Winterley –, das sollten Sie doch nicht."

„Damien. Und du", korrigierte er sanft, obwohl die anderen zuhörten. „Doch. Und jetzt setz dich."

Mit verwirrtem und doch liebevollem Blick nahm sie auf dem gepolsterten Hocker neben Bels Sessel Platz.

„Zuerst das", sagte er und reichte ihr ein kleines samtenes Kästchen. Unsicher schaute sie ihn an. „Na los", ermunterte er sie.

Sie machte den Deckel auf und betrachtete ehrfürchtig den Regimentsorden ihres Onkels Major Jason Sherbrooke, der ihm für seine Tapferkeit in der Schlacht bei Busaco verliehen worden war.

Mit tränenfeuchten Augen blickte sie zu Damien auf. „Danke."

„Jason wollte, dass du ihn bekommst. Er ist nie weit von uns entfernt und wird sich freuen, wie gut du dich in London eingelebt hast", fügte er leise hinzu.

Sie nickte und blinzelte die Tränen mit ihren langen schwarzen Wimpern fort.

„Also dann. Hier scheint es noch ein paar ungeöffnete Geschenke zu geben."

Misstrauisch musterte sie ihn, doch er lächelte sie nur spitzbübisch an, ohne sich der anderen in dem hell erleuchteten Salon bewusst zu sein.

Lucien und Alice hatten eine lederne Schreibmappe für sie besorgt, gefüllt mit Visitenkarten und Briefpapier, dunkelblauer Tinte und hochwertigem Schreibgerät. Bel schenkte ihr eine Perlenkette und dazu passende Ohrringe. Lizzie hatte drei sehr hübsche Taschentücher mit Mirandas Initialen bestickt. Jacinda hatte einen Opernfächer für sie, der aus Federn gefertigt war und in dessen Griff ein kleines Opernglas eingelassen war. Alec schenkte ihr einen riesigen Zobelmuff, ein sehr modisches Stück. Jacinda hatte er einen aus Hermelin überreicht, Lizzie einen aus Kaninchenfell. Selbst Mr. Hamilton hatte ein Geschenk für sie, ein Gedichtbuch von Walter Scott, vom Autor handsigniert.

Zum Schluss überreichte Damien ihr mit feierlicher Geste ein dreifach gefaltetes und mit einem Tropfen roten Wachses versiegeltes Stück Papier.

Mit zitternden Händen riss sie es auf und las die Botschaft. Dann sah sie ihn mit weit aufgerissenen Augen an. „Unmöglich."

Er lächelte.

„Was steht denn drin?" erkundigte sich Jacinda.

„Damien hat mir ein Vollblutpferd gekauft!" rief sie aus und sprang auf.

„Ja, aus hervorragender Zucht." Er strahlte. „Eine kastanienbraune Stute. Sehr sanft, und eine ganz ruhige Gangart. Sie wird nach dem ersten Weihnachtstag geliefert. Bis dahin bist du über Apple-Jack hoffentlich hinausgewachsen."

„Oh, Damien, ich kann es einfach nicht fassen!" Sie stürzte sich auf ihn und warf ihm beide Arme um den Hals. Einen Arm immer noch fest um ihn gelegt, wandte sie sich dann mit Tränen in den Augen an die anderen. „Ich weiß nicht, was ich sagen soll. Vielleicht dürfte ich all die schönen Geschenke gar nicht annehmen – andererseits glaube ich nicht, dass ich es ertragen könnte, sie wieder herzugeben. Ein so schönes Weihnachten hatte ich noch nie! Ich weiß nicht, wie ich Ihnen je danken soll! Sie haben mich aufgenommen. Sie alle waren so großzügig und nett zu mir – und ich habe gar nichts, was ich Ihnen dafür geben könnte", brachte sie stockend hervor, kurz davor, unter den liebevollen Blicken der anderen in Tränen auszubrechen.

Damien stieß ein weiches, neckendes Lachen aus und umfasste sanft ihre Wange. „Na, na, mein Liebes, wir wollten dich doch nicht zum Weinen bringen."

„Natürlich nicht. Tut mir leid", schniefte sie. Dann unterdrückte sie die Tränen und rang sich ein zittriges Lächeln ab, immer noch an ihn geschmiegt. Dann schaute sie zu Robert. „Euer Gnaden, dürfte ich Sie um etwas bitten?"

„Worum denn, Miss FitzHubert?"

Sie löste sich aus Damiens leichter Umarmung, eilte zu seinem ältesten Bruder hinüber und wisperte ihm etwas ins Ohr.

Er lächelte sie an, als sie sich wieder aufrichtete. „Gute Idee, meine Liebe. Welche Tonart?"

„C-Dur, bitte."

„Sehr schön. Liebe Familie, es freut mich, euch ankündigen zu dürfen, dass Miss FitzHubert nun ein Lied für uns zum Besten geben wird", verkündete er munter.

Die anderen quittierten diese Botschaft mit allen Anzeichen der Freude. Robert führte sie zu seinem glänzenden Flügel.

„Hoffentlich gefällt es Ihnen. Viel ist es nicht, aber mehr habe ich Ihnen nicht zu bieten", meinte sie. Ihre Wangen waren inzwischen ebenso rot wie die Rosen, die in einer Vase auf dem Flügel arrangiert waren.

Während Robert ein paar einführende Takte spielte, beobachtete Damien Miranda, völlig fasziniert von ihrem süßen Gesicht, den strahlenden Augen. Nie hatte er ein hübscheres Mädchen gesehen, auch kein lieberes. Ihre Auftritte als Miss White leisteten ihr jetzt gute Dienste, denn als sie nun zu singen begann, war ihre Haltung ebenso makellos wie ihre Tonlage. Sie hatte ein altes Weihnachtslied gewählt, das sie zur Melodie von „Greensleeves" vortrug.

Damien platzte fast vor Stolz auf sie und ließ sich von ihrem warmen Alt einhüllen, genau wie an jenem Abend im Theater, den er nicht vergessen konnte.

Als das Lied vorüber war, saß seine Familie einen Augenblick in verzaubertem Schweigen da, doch Damien, der hinter ihnen stand, dachte an Mirandas kokette Worte damals nach der Vorstellung: *Sie haben mir ja nicht mal applaudiert.*

Langsam und sehr vernehmlich begann er ihr Beifall zu klatschen.

Sie begegnete seinem Blick und schaute sich dann im Raum um. Als die anderen in den Applaus einfielen, wurde sie ganz rot vor Dankbarkeit. Der Beifall hatte die erwartete Wirkung auf seine Rose. Sie schien vor seinen Augen förmlich aufzublühen.

„Das war wunderbar!" rief Alice.

„Was für eine herrliche Stimme Sie haben", fügte Bel hinzu.

„Bravo!" übertönte Alec die anderen und grinste Damien an, von ihrem großen Talent begeistert.

„Sie sind zu gütig, wirklich." Miranda verneigte sich spitzbübisch vor ihnen und schlüpfte auf ihren Sitzplatz zurück, nur um kurz darauf zu einer Zugabe zurückgerufen zu werden.

Es war Mitternacht, als Miranda zu Bett ging, vollkommen trunken vor Glück. Träumerisch nahm sie die Kämmchen und Spangen aus ihrem Haar und hielt das Haar hoch, während die Zofe ihr das Abendkleid aufknöpfte. Schließlich schlüpfte sie in ihr Nachtgewand und gähnte so heftig, dass ihr die Augen tränten. Es war das schönste Weihnachten ihres Lebens gewesen, aber das hatte nichts mit den Geschenken zu tun, mit denen die Knights sie so großzügig bedacht hatten. Das wahre Geschenk lag in den Anstrengungen, welche die Familie unternommen hatte, um sie bei sich willkommen zu heißen. Wie ihre Mutter war auch sie ihr Leben lang eine Außenseiterin gewesen, und so hatte sie nie den Eindruck gehabt, irgendwo dazuzugehören – ganz gewiss nicht in Yardley. Dieses Zugehörigkeitsgefühl wollte sie am liebsten nie wieder loslassen.

Die Zofe knickste in der Tür, bevor sie den Raum verließ. Miranda wünschte ihr frohe Weihnachten und eine gute Nacht. Voll Wohlgefühl setzte sie sich auf das Bett und schloss einen Moment lang die Augen, um ihr Glück voll auszukosten.

Ich kann einfach nicht fassen, dass er mir ein Pferd gekauft hat. Sie öffnete die Augen, blickte auf die zusammengerollten, mit einem grünen Band geschmückten Pferdedrucke, die sie ihm gekauft hatte. Ihr Geschenk war ihr so schäbig vorgekommen, dass sie es ihm vor den anderen gar nicht hatte geben wollen. Nachdenklich biss sie sich auf die Lippen und sah zur Schlafzimmertür. Sofort beschloss sie, dass sie ihm die Bilder ins Zimmer legen wollte, bevor er selbst schlafen ging. Schließlich hatte sie ja versprochen, ihn zu überraschen.

Sie sprang auf und lief zum Frisiertisch, packte die Bilder und zögerte dann. Rasch nahm sie noch den kleinen Schlüssel, den Lord Lucien ihr gestern gegeben hatte, stahl sich aus dem Zimmer und schlich leise den Gang entlang, die Türen abzählend. Zum Zimmer ihres Vormunds ging es einmal um die Ecke und dann acht Türen den Flur hinunter – diesen Weg hatte sie sich schon eingeprägt.

Da sich der Marmorboden kalt unter den Füßen anfühlte, hielt sie sich an den Läufer in der Mitte. Hier und da brannten Kerzen in dem sonst recht düsteren Flur, die in der Zugluft flackerten. Die Rolle in der einen, den Schlüssel in der anderen Hand, schlich sie zu Damiens Zimmertür und trat leise in den Raum.

Im silbrigen Schein des Mondes war nicht viel zu erkennen, doch nach dem, was sie ausmachen konnte, war das Zimmer im Vergleich zu der üppigen Ausstattung, die sonst im Haus vorherrschte, recht spartanisch eingerichtet.

Mein Soldat, dachte sie liebevoll. Sie legte die mit Schleifenband verzierte Rolle auf sein Kissen und sah dann mit aufflackerndem Begehren auf sein Bett. Gott, wie sie sich nach seinen Küssen sehnte. Sie betrachtete den kleinen Schlüssel, schlich zur Tür und schob ihn ins Schloss.

Zu klein.

Das war es also nicht. Sie runzelte die Stirn. Was zum Teufel schloss dieser Schlüssel auf? Verstohlen schaute sie sich im Zimmer um, die Tatsache ignorierend, dass sie schamlos herumschnüffelte, und entdeckte eine schöne Mahagonischatulle auf der Kommode.

Aha. Doch als sie den Schlüssel ausprobieren wollte, war er zu groß.

Plötzlich schreckte sie lautes männliches Gelächter von draußen auf, direkt unterhalb von Damiens Fenster. Darauf ertönte Gebrüll, lautes Geheul und Hundegebell.

Was um alles in der Welt bedeutet dieser Lärm da draußen? Miranda runzelte die Stirn. Es klang, als würde das Haus von einer Horde Wilder angegriffen.

Sie wusste, dass sie verschwinden musste, bevor jemand sie entdeckte, doch das fröhliche Geschrei zog sie wie magisch zum Fenster. Als sie unter dem Vorhang hervorlugte, schlug sie sich die Hand vor den Mund.

Mein Gott, waren die etwa alle betrunken? Sie mochte ihren Augen nicht trauen.

Auf dem Gelände war unter den Gebrüdern Knight eine riesige Schneeballschlacht ausgebrochen. Sie schlitterten über die Terrasse, wobei sie Lord Alec verfolgten, der die Schlacht zweifellos vom Zaun gebrochen hatte, und johlten dabei wie heidnische Stammesfürsten. Von Baum zu Baum duckten sie sich, sprangen über die Buchsbaumeinfassungen des Gartens und stürzten sich aufeinander wie die Schuljungen, während die Schneebälle nur so durch die Luft sausten. Zuerst dachte Miranda, dass die Zwillinge gegen Robert und Alec angetreten waren, doch bald erkannte sie, dass hier jeder gegen jeden kämpfte. Und die ganze Zeit sprangen und bellten die herzoglichen Wachhunde wie nicht gescheit und versuchten schwanzwedelnd, nach den Schneebällen zu schnappen.

Ohne Vorwarnung stieß Alec ein Kriegsgeheul wie ein Highlander aus und griff Lucien an. Während sie sich noch im Schnee wälzten, vereitelte Robert Alecs Triumph, indem er ihm Schnee ins Hemd stopfte. Lachend kam Damien seinem jüngsten Bruder daraufhin zu Hilfe und brachte Robert mit einem heftigen Stoß in die Kniekehlen zu Fall. Ächzend ging der Herzog zu Boden, und dann stürzten sich alle erneut aufeinander. Einmal noch stob der Schnee auf, und dann verlagerte sich der Kampf um die Hausecke, wo Miranda ihn nicht mehr beobachten konnte.

Als die Männer weg waren, blinzelte sie erstaunt. Hatte sie recht gesehen? Entweder lag es an Weihnachten, vielleicht hatte es den kleinen Jungen in ihnen geweckt, oder aber sie waren vollkommen übergeschnappt. Sie schaute zum Nachthimmel und wünschte sich bei einem blinkenden Stern, dass sie Damiens Liebe gewinnen und für immer Teil dieser Familie werden würde.

Dann zog sie sich still in ihr Zimmer zurück und rollte sich zufrieden in ihrem Bett zusammen. So sicher und wohl hatte sie sich seit dem Tod ihrer Eltern nicht mehr gefühlt.

Das Holland House in Kensington war ein großartiges Herrenhaus aus braunem Backstein mit weiß abgesetzten Kanten. Zur Weihnachtsfeier war es festlich herausgeputzt mit Kerzen, Bändern und Schleifen. Aus einiger Entfernung betrachtet, sah es wie ein kunstvoller Lebkuchenpalast aus. Miranda bewunderte es andächtig. Ihr rotes Ballkleid war erst eine Stunde, bevor sie mit der Kutsche zu ihrem allerersten Ball hatten aufbrechen wollen, geliefert worden.

Als die Kutsche die laternengesäumte Auffahrt hinaufrollte, plauderten Damien und der Herzog müßig über die politischen Überzeugungen ihrer Gastgeber, denn Lord und Lady Holland waren Whig-Anhänger, während Damien erklärter Tory war. Zum Glück waren die Anhänger der gegnerischen Lager durchaus willens, gesellschaftlichen Umgang miteinander zu pflegen, denn schließlich einte sie ihre herausragende Stellung in der Welt.

Als die glänzende schwarze Kutsche vor dem Eingang zu Holland House zum Stehen kam, warf Miranda einen Blick auf Damien. In seiner Galauniform fand sie ihn umwerfend attraktiv. Als er ihr aus der Kutsche half, raste ihr Herz – sowohl vor Freude als auch vor Angst, in irgendein gesellschaftliches Fettnäpfchen zu treten. Dann geleitete er sie zu dem großartigen Eingang, einen Schritt hinter dem Duke und der Duchess of Hawkscliffe.

Miranda, die kaum glauben konnte, dass sie, die Rebellin von Yardley, wirklich auf einen Ball gehen sollte, klammerte sich an Damiens Arm, um ihren leichten Schwindel zu verbergen. Mit großen Augen und äußerst sittsam trat sie in die überfüllte Eingangshalle, wo sich die gut gelaunten Gäste versammelten. Während sie Mäntel, Hüte und Umhänge an die Lakaien weiterreichten, riefen sie einander muntere Grußworte zu. Etliche Damen hatten sich auf einer Bank an der Wand niedergelassen und tauschten ihre warmen Straßenschuhe gegen zierliche Tanzschühchen, während die Lakaien jedem Neuankömmling ein Glas Punsch oder ein Tässchen Suppe anboten, damit sie sich aufwärmen konnten, bevor sie die Treppe zum Ballsaal hinaufstiegen.

Miranda ließ sich von einem Lakaien die pelzverbrämte Pelisse und den luxuriösen Pelzmuff abnehmen, den Alec ihr zu Weihnachten geschenkt hatte. Dann folgte sie dem Beispiel der Herzogin und nahm eine Tasse Suppe. Sie trank nur ein paar nervöse Schlucke, bevor sie zustimmte, mit den anderen nach oben zu gehen.

Die Musik des Kammerorchesters und das Stimmengewirr der Gäste übertönend, kündigte der Zeremonienmeister sie bei ihrem Eintritt an. Miranda konnte sich nicht erinnern, in ihrem neunzehnjährigen Leben einen stolzeren Moment erlebt zu haben als diesen, da sie am Arm ihres distinguierten Vormunds den weiträumigen Ballsaal betrat.

Die lange Galerie war mit Tannengirlanden geschmückt, und von jedem Türsturz und jedem Kronleuchter hing ein Mistelzweig. Draußen vor den Fenstern tanzten die Schneeflocken. Dann entdeckte Miranda einen herrlichen Pflaumenkuchen, der auf einem Tortenständer inmitten des schwer beladenen Büfetts prangte.

Hawkscliffe und Damien im Schlepptau, führte die Herzogin Miranda zu ihrer Gastgeberin, einer korpulenten Dame mit dunklen Locken und scharf funkelnden intelligenten Augen. Beim Näherkommen hörte Miranda zu ihrem Erstaunen, wie Lady Holland einem anderen Gast erzählte, dass sie und ihr Gatte Napoleon zu Weihnachten eine Kiste Marmelade und Bücher nach Elba geschickt hätten. Ungläubig sah Miranda zu Damien. Der bemerkte ihren Blick zwar nicht, doch sie wusste, dass er die Prahlerei mitbekommen hatte, weil sich seine Miene merklich verfinsterte.

Als Lady Holland sich von ihrem Gast abwandte, um sie zu begrüßen, stellte die Herzogin ihr Miranda vor. Miranda knickste und bedankte sich bei der Baronin für die Einladung. Lady Holland nickte ihr flüchtig zu und begann dann mit den Hawkscliffes ein Gespräch. In diesem Moment schlängelten sich auch Lord und Lady Lucien durch die Menge zu ihnen.

Nachdem die frisch Vermählten ihre Gastgeberin begrüßt hatten, lösten sich die vier aus der munteren kleinen Gruppe um Lady Holland. Die Zwillinge wurden schier erdrückt von all den Leuten, die sich auf sie stürzten und sie begrüßen wollten. Auch Alice schien sie alle zu kennen. Miranda stand neben Damien und versuchte, sich ihr Unbehagen nicht anmerken zu lassen. Es wäre ihr zwar nicht schwergefallen, mit einem der zahlreichen Gäste ins Gespräch zu kommen, die ihr so rasch hintereinander vorgestellt wurden, aber sie hatte große Angst, sie könne aus Versehen irgendeine Regel übertreten, die in ihrem Etikettebuch nicht erwähnt war. Und sie wollte es unbedingt vermeiden, den Knights Schande zu machen.

„Griff!" rief Lucien und zog einen großen, attraktiven Mann in formeller schwarz-weißer Abendkleidung in die Runde. „Mein Gott, Damien, nun schau dir das an!" Er legte dem Mann den Arm um die Schultern. Der Neuankömmling hatte lockiges braunes Haar, das ihm verwegen in die Stirn fiel, scharf geschnittene Züge und braune, goldgefleckte Augen. „Ich glaub es nicht!"

„Lieber Himmel, Ian, bist du es wirklich?" Ebenso erfreut und überrascht trat Damien vor und schüttelte dem Mann die Hand.

„Es ist so lang her", erwiderte der Mann. „Herzlichen Glückwunsch zum Titel, Damien – oder sollte ich Lord Winterley sagen?"

Damien lachte bescheiden.

Der liebenswürdige Gentleman betrachtete Lucien mit einem schiefen Lächeln. „Tut mir leid, dass ich es zu deiner Hochzeit nicht geschafft habe, alter Junge. Ich bin gerade erst aus Wien zurückgekommen."

„Du bist zu dieser Jahreszeit quer durch Europa gereist? Die Reise muss ja die reinste Hölle gewesen sein!"

„Es war tatsächlich bitterkalt." Ihr Freund zuckte mit den Schultern. „Mir ist nichts anderes übrig geblieben. Mein Sohn war krank."

„Und Catherine konnte es nicht ertragen, ihn ohne dich zu pflegen?" fragte Damien mit viel sagendem Lächeln.

Lucien zuckte zusammen. „Vergib meinem Bruder, Ian. Ich glaube, niemand hat es ihm erzählt. Damien, Lady Griffith ist vor zwei Jahren gestorben."

Miranda und Alice machten beide große Augen, doch der Kummer, der im Blick des attraktiven Mannes aufblitzte, war nur flüchtig.

„O Gott." Damien war es sichtlich unangenehm, in ein solches Fettnäpfchen getreten zu sein. „Griff, das tut mir furchtbar leid. Ich wusste ja nicht …"

„Schon gut", murmelte der Mann. „Du warst schließlich im Krieg."

„Wie ist das passiert?" erkundigte er sich. „War sie krank?"

„Sie ist bei der Geburt gestorben", antwortete er, nahm einen Schluck Wein und sah sich im Ballsaal um. Sein Blick wanderte erst zu Alice und blieb dann an Miranda hängen.

Nüchtern starrte sie ihn an.

„Ich hoffe, dein Sohn hat sich wieder erholt?" meinte Lucien vorsichtig.

Ein ironisches Lächeln spielte um den Mund des Freundes. „Die Masern. Aber ja, es geht ihm schon besser. Doch genug jetzt von diesen düsteren Geschichten, ihr zwei Schurken. Verratet mir lieber, welches von diesen schönen Geschöpfen zu wem gehört."

„Das ist meine Frau Alice", erwiderte Lucien mit warmem Stolz und wandte sich an die zierliche Rotblonde. „Liebling, gestatte, dass ich dir meinen Freund aus Kindertagen vorstelle, Ian Prescott, Lord Griffith. Seiner Familie gehört schon seit Jahrhunderten das an Hawkscliffe Hall angrenzende Anwesen."

Lord Griffith verneigte sich vor ihr. „Madam. Ich brauche Ihnen nicht zu sagen, was für einen hervorragenden Mann Sie geheiratet haben."

Alice lächelte ihm zu und schaute dann ihren Mann schief an. „In der Tat, Mylord. Er hat seine Momente."

„Und was ist mit dir, Monsieur Earl?" fragte er Damien in gutmütigem Spott. „Ist das deine Braut? Ich habe aber keine Einladung zu eurer Hochzeit bekommen …"

„Nein, nein! Das ist … sie ist mein Mündel, Miss FitzHubert. Die Nichte eines meiner Offiziere, der kürzlich verstorben ist. Miss FitzHubert – Lord Griffith. Wie Lucien bereits erwähnte – als Kinder sind wir mit diesem Knaben oft durch das wilde Yorkshire gewandert."

Lord Griffith verbeugte sich vor ihr und fing ihren Blick mit Interesse auf. „Miss FitzHubert, mein Beileid zu Ihrem Verlust."

„Lassen Sie mich Ihnen ebenfalls mein Beileid aussprechen. Guten Tag, Mylord." Sie knickste bescheiden.

In diesem Moment gesellten sich der Herzog und die Herzogin wieder zu ihnen. Hawkscliffe begrüßte Lord Griffith mit derselben Begeisterung, die schon die Zwillinge an den Tag gelegt hatten. Nachdem er ihn seiner Gattin vorgestellt hatte, nahmen die beiden jungen Ehefrauen die Sache in die Hand.

„Die Herren können in Erinnerungen an ihre vergeudete Jugend schwelgen, so viel sie mögen, aber wir wollen Miss FitzHubert in der Zwischenzeit doch mit ein paar Leuten bekannt machen“, erklärte Alice und hakte sich entschlossen bei Miranda unter.

„Viel Spaß“, wünschte Lucien milde.

„Benehmt euch“, ordnete Damien an.

Die nächste Stunde zeigten Alice und Belinda ihr, wie sie sich in Gesellschaft verhalten musste, und bald fügte sich Miranda wie von selbst in diese neue Rolle. Zwar bedurfte es all ihrer Bühnenerfahrung, um die Nervosität zu verbergen, doch mit den beiden Schutzherrinnen an ihrer Seite gelang es ihr, sich zu behaupten. Sie machte sich zurecht Sorgen, wie sie vom *ton* empfangen würde, nachdem sie unehelich geboren war, doch ihr begegneten viele Leute, die beifällig nickten, als ihr Papa, der vorige Lord Hubert, erwähnt wurde. Sie benahm sich mit solch züchtiger Bescheidenheit, dass Miss Brocklehurst erstaunt gewesen wäre.

Und dann begann zu ihrer Erleichterung der Tanz. Sie drehte sich um, und ihr Herz tat einen kleinen Sprung, als sie Damien auf sich zukommen sah.

„Komm“, sagte er, als er zu ihr trat, und hakte sie unter.

„Du willst mit mir tanzen?“ rief sie und hielt den Atem an.

„Eine reine Formalität“, antwortete er überlegen. „Kein anderer wird es wagen, dich aufzufordern, ehe ich es getan habe. Außerdem hat Lady Holland mich und Lucien am Wickel gekriegt und mit ihrer großartigen Freundschaft zu Napoleon geprahlt. Unerträglich“, fügte er leise hinzu.

Und dann stellten sie sich in der langen Gasse auf, die sich zum Tanz formiert hatte, die Herren auf der einen Seite, die Damen auf der anderen.

Man hätte meinen können, er sei am Exerzieren, so präzise waren die Verbeugung und die ersten Tanzschritte, die er absolvierte. Miranda lächelte Damien zu und entlockte ihm damit ebenfalls ein Lächeln, während sie erneut aufeinander zutanzten. Sie legte die Hand in seine, vollführte eine Handtour mit ihm, und dann kehrte jeder in die Ausgangsposition zurück. Freundlich beobachteten sie, wie das andere Paar die Gasse ein paar gravitätische Schritte hinauftanzte, dann wendete, um das Kontrepaar herumlief und an seinen Platz zurückging. Dann waren sie an der Reihe. Sie reichten sich mit ihren Nachbarn, Lucien und Alice, über Kreuz die Hände zur Mühle und lösten sich dann wieder aus der Figur zu einer beidhändigen *tour de main.* Während sie sich im Kreise drehten und einander in die Augen schauten, war sie sich nur noch seiner Nähe bewusst. Einen Moment schien sogar die Musik meilenweit entfernt zu sein. Miranda spürte nur noch ihn, seine Hände auf den ihren … und sie überkam die Erinnerung daran, wie er sie in den Armen gehalten und sie gestreichelt hatte. Ihr fielen seine Lippen wieder ein, welche die ihren in einem so intimen Kuss in Besitz genommen hatten, wie sie es nie für möglich gehalten hätte. Der Moment verflüchtigte sich so schnell, wie er gekommen war.

Später tanzte sie zweimal mit Lord Griffith und mit Lord Alec, der zu später Stunde noch auftauchte, und dann noch mit ein paar jungen Offizieren, die ihren Onkel gekannt hatten. Als sie den beiden jungen Herren begegnete, die ihr in der Bond Street zu Hilfe geeilt waren und sich abends im Drury Lane als Oliver Quinn und Nigel Stanhope vorgestellt hatten, rang sie sich ein gequältes Lächeln ab.

Sie konnte sich nicht gut weigern, als die beiden sie zum Tanz aufforderten, auch wenn der bäuerlich wirkende Mr. Quinn nicht aufhören wollte, ihr Dekolleté zu beäugen. Doch selbst das ärgerte sie nicht so sehr wie der Umstand, dass Damien pflichtbewusst mit einer Reihe anderer Damen tanzte. Natürlich musste er das tun, wollte er nicht unglaublich rüde erscheinen, doch sie verspürte dennoch eine Spur Eifersucht. Schließlich entkam sie Mr. Quinn und Mr. Stanhope, indem sie Alecs Einladung folgte, mit ihm und Lord Griffith zum Büfett zu gehen. Die Herzogin stand schon dort und bediente sich an dem reichhaltigen Angebot; Lucien und Alice tanzten noch.

Miranda stellte sich neben die Herzogin und probierte auf deren Empfehlung zum ersten Mal in ihrem Leben Ananas. Die stachelige Frucht war der Gipfel der Extravaganz, das Symbol üppiger Gastfreundschaft, importiert aus einem exotischen sonnigen Land. Begeistert äußerte sie sich über die saftige, köstliche Frucht, bis Lord Griffith, der sie beobachtet hatte, über ihren Enthusiasmus lachen musste.

„Wo hat Damien Sie nur gefunden?" fragte er und betrachtete sie mit wachsendem Interesse.

„Das verrate ich nicht", erwiderte sie mit einem schelmischen Lächeln und wandte sich dann den traditionelleren Köstlichkeiten des Büfetts zu. „Sie essen ja gar nichts, Mylord! Wie können Sie dem widerstehen? Das alles sieht doch so verlockend aus."

„Allerdings", murmelte er und schaute dabei sie an.

Alec, der ein Stückchen entfernt stand, blickte von Lord Griffith zu ihr, zog eine Augenbraue hoch und nickte Miranda beifällig zu. Sie errötete leicht und warf ihm einen tadelnden Blick zu. Dann wandte sie sich dem Essen zu. Vor Nervosität hatte sie den ganzen Tag über kaum etwas zu sich genommen, doch jetzt, wo sie einmal angefangen hatte, gab es eine ganze Menge Speisen, die sie in Versuchung führten: Tabletts mit diversen Milchcremes, der obligatorische Plumpudding, Kuchen und köstliche Plätzchen, rote Weihnachtsäpfel und Orangenschnitze, dazu unzählige Fleischpasteten und Sülzen. Lord Griffith wandte sich ab, um mit Gästen zu sprechen, die ihn begrüßt hatten, und Miranda probierte eine Mandelspeise. Gerade als sie den nächsten Löffel in den Mund schieben wollte, tippte ihr jemand auf die Schulter.

Sie drehte sich um, machte große Augen und wurde blass. Vor ihr, im vollen Staat des Elften Dragonerregiments, stand ein junger Kavallerieoffizier mit glattem, hellbraunem Haar. Sein Gesicht mit den breiten Wangenknochen lief zu dem leicht gespaltenen Kinn spitz zu. Das jungenhafte Grinsen, an das sie sich so gut erinnerte, spielte immer noch um den sinnlichen Mund, doch die dunkelgrünen Augen waren härter geworden.

„Patrick", hauchte sie.

„Hallo, Kätzchen." Auf die alte satyrhafte Weise zog er eine Augenbraue hoch, was bei ihr immer Herzklopfen hervorgerufen hatte, doch jetzt kam es ihr nur noch einstudiert und berechnend vor.

Erstaunt musterte sie ihn. *Er hat sich verändert!* Sie konnte nicht fassen, wie verlebt ihr alter Beau auf einmal wirkte. Sein Haar war ein wenig fettig und saß nicht gut. Er roch nach Alkohol und schwankte leicht.

„Himmel, schau dich bloß an! Seit wann bist du eine solche Göttin? Wo hast du gelernt, so schön zu tanzen? Verdammt, du bist wirklich eine heiße Nummer", schnurrte er ein wenig undeutlich.

„Und du brauchst dringend eine Rasur", erwiderte sie und verschränkte die Arme vor der Brust.

Lachend fuhr er sich über die Bartstoppeln. „Bin seit vorgestern nicht mehr zu Hause gewesen. Immer unterwegs, von einer Gesellschaft zur nächsten. Was machst du hier? Birmingham ist weit – und die Scheune, in der wir uns immer getroffen haben." Er grinste sie so unverschämt an, dass sie sich vor Schreck versteifte. „Das hast du ja hoffentlich nicht vergessen."

Errötend wandte sie den Blick ab. „Bitte sprich nicht davon."

„Nun schäm dich doch nicht, meine Süße. Du hast deine Tugend doch gut behütet. Dabei hab ichs weiß Gott mit allem versucht, bloß nicht mit Gewalt."

Erinnerungen an den alten Kummer und neuer Zorn bemächtigten sich ihrer. „Das hast du allerdings. Sogar die Ehe hast du mir versprochen."

„Ich hätte dir sonst was versprochen, nur um unter deine Röcke kriechen zu können. Was soll ich sagen? Ich war jung und dumm."

„Ich auch", flüsterte sie.

Angewidert zog er eine Braue hoch und wankte leicht betrunken hin und her. „Dir muss doch klar gewesen sein, Miranda, dass du mich nicht ernst nehmen darfst", meinte er mit arroganter Gleichgültigkeit. „Du wusstest doch, dass ich in den Krieg ziehen wollte. Warum so bitter? Es war doch nicht so, dass es dir nicht gefallen hätte."

Sie straffte sich. „Leb wohl, Patrick. Wir kennen einander schon lange nicht mehr."

„Himmel, wie vornehm wir geworden sind!" Er packte sie am Arm, um sie aufzuhalten. „Bist du dir jetzt etwa zu fein für mich?"

„Patrick, du Tölpel, das war ich schon immer. Und jetzt lass los."

„Du kannst mich nicht so einfach stehen lassen. Jetzt magst du ja eine feine Dame geworden sein, aber ich kann mich an Zeiten erinnern, als du nicht mehr als ein Bauernmädchen warst. Du musst doch zugeben, dass wir eine schöne Zeit miteinander hatten, Miranda. Was hältst du von einem letzten Rendezvous, und wenn es auch nur der alten Zeiten wegen wäre?"

„Nie im Leben." Verächtlich blickte sie auf seine weiß behandschuhte Hand hinunter, mit der er sie am Oberarm festhielt. „Lass los, Patrick. Du spielst mit deinem Leben."

Er schnaubte verächtlich. „Soweit ich mich entsinne, stellte dein Onkel beim letzten Mal keine große Gefahr dar. Warum sollte ich also …" Die frechen Worte erstarben ihm auf den Lippen, und er wurde bleich. Er gab sie frei und trat einen Schritt zurück, den Blick ganz starr auf einen Punkt direkt hinter ihr gerichtet.

„Miranda, mein Liebling, stell mich doch deinem Freund vor."

Beim Klang von Damiens Stimme durchströmte sie Erleichterung. Sie sah über die Schulter und entdeckte ihn direkt hinter sich, den Körper zum Kampf gestrafft, doch bevor sie sich noch Sorgen machen konnte, ob es mitten im Ballsaal zu Tätlichkeiten kommen würde, versuchte Damien es schon auf andere Weise.

Er trat so dicht hinter sie, dass er sie berührte, beugte sich fürsorglich über sie und legte ihr besitzergreifend die Hand an die Taille. Dann strich er ihr zärtlich wie ein Liebhaber über die Stirn und wandte sich dann mit gefährlich schmal zusammengekniffenen Augen an Patrick.

Miranda stand in der lockeren Umarmung ihres Vormunds, leicht verwirrt, aber fasziniert von dieser skandalösen Zurschaustellung seiner Zuneigung. „M...Mylord, das ist Captain Patrick Slidell vom Elften Dragonerregiment. Ich habe schon von ihm erzählt."

„Ja, natürlich. Das also ist Patrick", murmelte er mit seidenweicher Stimme. Er betrachtete den Jüngeren, als wäre dieser ein Insekt, das er zu zerdrücken gedachte.

„Patrick, das ist mein neuer Vormund, Colonel Lord Winterley. Sicher hast du schon von ihm gehört."

Patrick stammelte einen Gruß, entschuldigte sich hastig und floh. Mit einem leisen dunklen Lachen gab Damien sie aus der Umarmung frei, behielt aber ihre Hand in der seinen. Miranda seufzte erleichtert auf.

„Ich habe direkt Angst bekommen. Ich dachte, du willst ihn umbringen", sagte sie.

„Das dachte ich auch", erwiderte er trocken und hakte sie bei sich unter. „Und jetzt, wenn du gestattest, möchte ich dich ein zweites Mal zum Tanz auffordern."

„Es ist mir eine Ehre." Als er sie zur Tanzfläche führte, blickte sie voll Bewunderung zu ihm auf. Darauf schenkte er ihr ein vertrauliches Lächeln, und sie war plötzlich sehr froh, dass Patrick sein Eheversprechen nicht gehalten hatte.

Sie gesellten sich zu dem neu gebildeten Set und nahmen wieder gegenüber Aufstellung. Miranda genoss jeden Moment dieses Tanzes, da ihr klar war, dass es an diesem Abend kein drittes Mal geben würde. Selbst sie wusste, dass es einer jungen Dame nicht gestattet war, einem Herrn an einem Abend drei Tänze zu gewähren. Sie sog die Freude an der Bewegung und die anmutige Schönheit der Ballkleider in sich auf, als die Damen geschlossen vortraten und mit wirbelnden Seiden- und Satinkleidern ihre Partner umrundeten. Ihre Hand ruhte leicht in Damiens, er beobachtete sie und lächelte sie liebevoll an, als plötzlich hinter ihnen ein Sektkorken knallte.

Es klang wie ein Schuss, und plötzlich erstarrte Damien vor ihren Augen. Mitten im Tanz fuhr er herum und suchte die Menge ab, wobei er mit der Hand an seine Seite fuhr, als tastete er nach seinem Degen, den er zum Glück nicht trug.

„Lord Winterley?" übertönte sie besorgt die Musik.

Als er zu ihr herumwirbelte, war sein Gesicht starr und weiß, und er schien meilenweit von ihr entfernt zu sein. Denselben wilden Blick hatte sie schon auf Bordesley Green und in jener Nacht im Gasthof gesehen, als er sie beinahe erwürgt hätte.

Der Tanz ging weiter und löste sich allmählich in allgemeinem Chaos auf, da Damien einfach wie angewurzelt stehen blieb. Hilflos betrachtete Miranda ihn, während ihr das Blut in den Ohren rauschte. Wenn sie nicht gleich etwas unternahm, wäre er blamiert. Die Leute würden anfangen, ihn anzustarren.

Schnell, sagte sie sich.

„Au!“ rief sie aus und streckte die Hand nach ihrem Knöchel aus. „Au, au!“ Ihr Wehgeschrei lenkte die Aufmerksamkeit der Tanzenden von ihm auf sich. „Oh, ich habe mir den Knöchel vertreten. Wie ungeschickt von mir!“ fuhr sie fort, all ihre Schauspielkunst aufbietend, wohl wissend, dass sie sich vollkommen lächerlich machte. „Mylord, könnten Sie bitte …“

„Natürlich“, meinte er brüsk, von ihren Klagen aus seiner düsteren Versunkenheit gerissen. Das Untier, das in den Tiefen seiner Augen gelauert hatte, verschwand. Breitschultrig und in militärischem Glanz stand er da, ganz der Held, dem man keine Spur des Schmerzes und der inneren Verwirrung anmerkte.

Nachdem sie den besorgten Umstehenden versichert hatte, dass es ihr sicher gleich wieder gut gehe, verließ sie, auf Damiens Arm gestützt, so rasch wie möglich den Ballsaal. Draußen hielt sie das Spiel noch ein Weilchen durch und humpelte mit Damiens Hilfe ein Stückchen den Flur hinunter. Es bekümmerte sie zwar, dass sie gleich auf ihrem allerersten Ball so unangenehm auffallen musste, aber wenn sie ihrem Vormund dadurch geholfen hatte, das Gesicht zu wahren, war es die Sache wohl wert gewesen.

Schließlich zogen sie sich diskret in eine Nische zurück, die von einer klassischen Marmorgöttin auf einem Piedestal regiert wurde. Irgendein Witzbold hatte der Statue einen Mistelzweig zwischen die anmutig ausgestreckten Finger gesteckt.

Sobald sie sich in der Nische befanden, wandte Miranda sich an Damien. „Geht es dir gut?"

„Du bist diejenige, die verletzt ist. Setz dich", befahl er und wich ihrem prüfenden Blick aus. „Du darfst den Knöchel nicht belasten. Soll ich dir Eis holen?"

„Aber Damien, ich habe das doch nur gespielt", erklärte sie ungeduldig und wehrte seine Hand ab, als er ihr beim Hinsetzen helfen wollte.

Einen Moment lang musterte er sie, und dann fiel seine emotionslose Fassade in sich zusammen. Er senkte den Kopf. „Danke", murmelte er.

„Gern geschehen." Bekümmert betrachtete sie ihn. „Ich bin immer für dich da, Damien. Alles wird gut."

„Nein", stieß er hervor und fuhr sich durch die Haare. „Falls es dir noch nicht aufgefallen sein sollte: Ich verliere den Verstand."

Mit einem leisen Laut des Mitgefühls streckte sie die Hand aus und begann ihm über den Arm zu streicheln. „Das lasse ich nicht zu."

„Könntest du damit aufhören?" rief er und stieß ihre Hand weg. „Hör auf, mich anzufassen!"

Schockiert trat sie einen Schritt zurück.

Er sah sie zornig an. „Ich weiß ja zu schätzen, was du eben für mich getan hast, aber mein Gott, heb dir deine

Zärtlichkeiten für jemand anderen auf, jemanden, der keine Gefahr für dich darstellt. Zum Beispiel deinen zukünftigen Ehemann.“

Verletzt zuckte sie zurück. „Damien ...“

Er packte sie bei den Schultern und schaute ihr voll fieberhafter Verzweiflung in die Augen. „Verstehst du denn nicht, dass du alles nur noch schlimmer für mich machst? Warum musst du mich so in Versuchung führen?“ flüsterte er. „In meinem Kopf geht es auch ohne deine Verlockungen schon chaotisch genug zu. Wenn du dir auch nur das Geringste aus mir machst, dann gehst du jetzt zurück in den Ballsaal und suchst dir deinen verdammten Ehemann, damit die Qual ein Ende hat und ich nach Hause gehen kann.“

„Aber du bist es doch, den ich will.“ Die Worte entschlüpften ihr unwillkürlich, während sie seinem wilden Blick standhielt und kaum zu atmen wagte. Ihre Worte schienen ihn ins Herz zu treffen. In seinen harten Augen flackerte Schmerz auf, und dann verhärtete sich sein Gesicht mit kriegerischer Entschlossenheit. „Das kommt nicht infrage.“

„Frohe Weihnachten, Damien“, flüsterte sie und blinzelte die Tränen fort, während er davoneilte und sie allein unter dem Mistelzweig stehen ließ.

10. KAPITEL

Am nächsten Tag hatte Damien ein Geprâch mit dem jungen und ungeschlachten Mr. Oliver Quinn, dem reichen Kaufmannssohn. Als Damien ihn mit verschränkten Armen scharf musterte, lief dem jungen Mann der Schweiß in Strömen über das breite, rote Gesicht.

„Wie gesagt, Mylord, ich halte Miss FitzHubert für eine a…außerordentlich gute, schöne junge Dame. Mir macht ihre uneheliche Geburt gar nichts aus, und meinem Vater auch nicht“, platzte Oliver Quinn heraus und leckte sich nervös die Lippen. „Bei uns hätte sie alles vom Feinsten, alles, was das Herz begehrt.“

Damien strich sich über das Kinn. „Hm“, knurrte er und schaute nach draußen in den Green Park, wo eine elegante junge Frau hoch zu Ross saß. Zwei Stallburschen kümmerten sich um Miranda, doch Damien wäre es lieber gewesen, wenn er selbst auf sie hätte aufpassen können. Sie war immer noch eine sehr unerfahrene Reiterin und kannte ihr neues Reittier noch nicht.

Am selben Tag erst hatten die Trainer die Vollblutstute namens Milady's Fancy hergebracht. Solange er lebte, würde Damien Mirandas staunenden Blick nicht vergessen, als die junge Frau die große, langbeinige Stute, die er für sie gekauft hatte, zum ersten Mal gesehen hatte. Zusammen hatten sie beobachtet, wie der Stallbursche die kastanienbraune Stute die Gangarten vorführen ließ. Obwohl ihr Verhältnis nach dem gestrigen Abend ein wenig gezwungen war, hatte die Anwesenheit des Stallburschen zumindest verhindert, dass sie all die persönlichen Fragen stellte, die ihr seiner Meinung nach auf der Seele brannten. Er hatte neben ihr gestanden und ihr zahlreiche Hinweise gegeben, wie sie mit ihrem Reittier umgehen musste. Dann hatte er ihr in den Sattel geholfen und eine Weile zugeschaut, erfreut, dass Pferd und Reiterin so gut zusammenpassten, wie er sich das gedacht hatte. Fancy war lebhaft genug, um Miranda nicht zu langweilen, und doch war sie ein sicheres, recht sanftes Tier. Der freudige Stolz, den er empfand, als er Mirandas Fortschritte als Reiterin bemerkte, wurde allerdings von dem Bewusstsein überschattet, dass er sie letzten Abend weit mehr als ziemlich verletzt hatte.

Sie hatte ihm allerdings kaum etwas anderes übrig gelassen. Er hätte wohl etwas taktvoller sein können, aber seine verrückte Reaktion auf einen einfachen Sektkorken hatte ihm wieder deutlich vor Augen geführt, falls er es denn vergessen haben sollte, dass er sich für die Rolle des sanften Liebhabers einfach nicht mehr eignete, dass er im Grunde seines Herzens ein Dämon war und es immer bleiben würde, auf dem Schlachtfeld erstanden, blutrünstig und geschaffen für Gemetzel und Zerstörung. Er hätte die Warnsignale letzten Abend nicht ignorieren dürfen, das Donnern der Wut, das an seinem inneren schwarzen Himmel aufgezogen war, als er gesehen hatte, wie Patrick Slidell nach Mirandas Arm gegriffen hatte. Ihn hatte nach seinem Blut verlangt, da er wusste, dass in ihm der Schurke vor ihm stand, der ihr das Herz gebrochen, ihr Dinge versprochen hatte, die er nie zu halten beabsichtigt hatte, der sie unkeusch berührt und dabei nur an sein eigenes Vergnügen gedacht hatte.

Mit aller Willenskraft hatte Damien seinen Zorn niedergerungen, denn vor allem wollte er verhindern, dass er sie noch einmal so erschreckte. Er hatte sich gezwungen, um ihretwillen ruhig zu bleiben, doch nach dem Debakel mit dem Sektkorken war ihm wieder klar geworden, dass er seine Dämonen nicht immer bezwingen konnte. Und dann musste er den harten Tatsachen ins Auge blicken. Wenn er Miranda liebte, blieb ihm nur eine Wahl: Er musste sie vermählen.

Dieser Gemahl war jedoch nicht Oliver Quinn.

„Und so hat mein Vater mir, ähm, gestattet, tausend Guineen als Brautpreis zu bieten", sagte der dickliche junge Dandy gemessen. „Sie müssen zugeben, dass das kein geringer Preis für ein Mädchen ist, das weder über eine Familie noch über eine Mitgift verfügt."

Damien schwieg einen Moment, zwang sich zu einem ausdruckslosen Gesicht, während er innerlich gegen den Drang ankämpfte, den albernen jungen Gecken in den dicken Hintern zu treten. „Mr. Quinn, mir scheint, Ihr Antrag kommt ein wenig verfrüht."

„Sir?"

„Ich möchte bezweifeln, dass sie mit meinem Mündel bisher länger als zehn Minuten gesprochen haben."

„Aber wir haben auch miteinander getanzt."

„Trotzdem können Sie noch nicht wissen, ob Sie überhaupt zueinander passen ..." Er wurde von einem lauten Schrei von draußen unterbrochen. Sofort fuhr er herum und schaute hinaus. Ihm blieb beinahe das Herz stehen, als er sah, wie die Stute wild durch den Park jagte, während Miranda sich eisern festklammerte.

„Mylord? Mylord?“ rief der junge Mann noch, doch Damien war schon mit langen Schritten aus dem Raum und die Treppe hinuntergelaufen, ehe Oliver Quinn überhaupt reagieren konnte.

Mit wild klopfendem Herzen rannte Damien hinaus und über den Hof.

„Mylord, was ist denn?“ brüllte einer der herbeieilenden Stallburschen.

„Mirandas Pferd ist durchgegangen.“ Er riss das schmiedeeiserne Tor auf und stürmte in den Park. Der Mund war ihm wie ausgetrocknet. Damien beobachtete, dass sie einen der Zügel hatte fallen lassen, und ihm wurde klar, dass sie sich leicht den Hals brechen könnte, wenn sie aus dem Damensattel fiel. *Gott schütze sie.* Er hatte ihr gesagt, was sie tun musste, wenn je ein Pferd unter ihr in Panik geriet. Während er ihr nachsetzte, erkannte er, dass sie sich an seine Instruktionen erinnerte.

Auch wenn sie sich ein wenig ungeschickt anstellte, hatte sie Erfolg. Mit aller Macht zerrte sie am linken Zügel. Die Stute kämpfte gegen sie an, bog den Kopf in wildem Galopp nach rechts, doch nach ein paar weiteren Schritten wandte sie sich doch um. Miranda klammerte sich fest und hielt wie durch ein Wunder die Balance. Endlich brachte sie das Pferd dazu, in immer engeren Kreisen zu gehen, bis sich das Tier endlich beruhigt hatte.

Dann stand es auf zitternden Beinen da, das Fell schweißbedeckt. Damien verlangsamte seinen Schritt, um das Pferd nicht wieder nervös zu machen. Als Miranda zu ihm hinübersah, war ihr Gesicht kalkweiß. Sie hatte das Reithütchen verloren, und der Sattelgurt hatte sich gelockert, sodass er leicht schief auf dem Pferderücken hing.

„Ruhig, Mädchen, ruhig", murmelte Damien und meinte damit sowohl die Reiterin als auch die Stute, während er rasch nach dem losen Zügel griff und das Zaumzeug packte.

Der Stallbursche war nur ein paar Schritte hinter ihm und übernahm das Pferd, so dass Damien sich um Miranda kümmern konnte. Sie glitt aus dem Sattel direkt in seine Arme, am ganzen Körper zitternd. Er ließ sie hinab, bis ihre Füße den Boden berührten, hielt sie jedoch fest umschlungen. Ihr Herz schlug mit seinem im Einklang.

Abrupt bog er den Kopf zurück, umfasste ihr Gesicht und betrachtete sie forschend. „Geht es dir gut?"

Sie nickte, immer noch bleich.

„Was ist passiert?" fragte er fast barsch.

„Ich weiß nicht. J…jemand hat sie erschreckt."

Miranda immer noch beschützend im Arm haltend, wandte er sich mit finsterer Miene dem Stallburschen zu. „Schaffen Sie mir das Tier aus den Augen. Bringen Sie es entweder dahin zurück, wo es herkommt, oder töten Sie es."

Ängstlich schaute Miranda zu ihm auf. Er schloss sie wieder in die Arme. Vor Zorn und ausgestandener Angst waren seine Lippen ganz schmal geworden. Er ging mit ihr zurück zum Haus, wo er Oliver Quinn dann fortschickte.

Am Abend desselben Tages schlang Miranda die Pelisse um sich und schlüpfte aus dem Haus, um Damien zu suchen. Ihr war nach der gestrigen Zurückweisung zwar immer noch weh ums Herz, doch die Sorge, die er nachmittags um ihre

Sicherheit gezeigt hatte, hatte ihr neue Hoffnung gemacht, doch noch irgendwie zu ihm durchdringen zu können. Außerdem brachte sie es gar nicht fertig, sich von ihm fern zu halten, auch wenn er sie letzten Abend recht barsch darum gebeten hatte. Sie stahl sich über den Hof und eilte an der Remise vorbei zum Stall, wo aus einer Ritze im Tor Licht hinaus auf den verschneiten Boden fiel.

Als sie mit wild klopfendem Herzen in den Stall trat, hörte sie nur das rhythmische Kauen der Pferde. Der würzig süße Duft nach Hafer vermischte sich mit dem erdigen Geruch nach Pferd, Leder und Heu. Eine getigerte Katze kam aus dem Schatten geschlichen und rieb sich an Mirandas Beinen. Die Stallburschen hielten sich alle in der Dienstbotenhalle auf, wo sie das Abendessen einnahmen. Miranda bückte sich, um die Katze ein wenig zu kraulen, richtete sich dann auf und ging langsam zu Fancys Box.

Damien stand dort, genau wie sie erwartet hatte. Er drehte sich um und blickte sie ernst an. Sein kantiges Gesicht war in das sanfte Licht der Stalllaterne über ihm getaucht. Seine grauen Augen wirkten bekümmert. Er nickte ihr zu, sagte jedoch nichts. Dann bückte er sich und tastete das Vorderbein der Stute ab.

Mit leisem Murmeln befahl er Fancy, den Huf zu heben, und untersuchte ihn sorgfältig. Schließlich richtete er sich wieder auf. Die Stute schnupperte und nahm ein Maul voll Heu.

„Alles in Ordnung mit ihr?"

Damien nickte und tätschelte dem Pferd den Hals. „Und du? Wie geht es dir, Miranda?"

„Mir geht es gut. Ich habe ein schönes heißes Bad genommen, das hat gegen die Stauchung von Schulter und Hals gut geholfen. Eigentlich bin ich ziemlich stolz auf mich", entgegnete sie, um ihm ein Lächeln zu entlocken. „Ich bin nicht runtergefallen und habe das Pferd zum Stehen gebracht."

Er schenkte ihr ein fast reuiges Lächeln.

„Willst du Fancy immer noch zurückgeben?" fragte sie. „Sie hat es nicht böse gemeint. Bestimmt war es mein Fehler." Miranda hatte keine Ahnung, womit sie die Stute in eine solche Panik versetzt haben könnte, im Gegenteil, sie war prächtig mit ihr ausgekommen. Eben noch waren sie friedlich im Kreis getrabt, und auf einmal war die stille, brave Stute durchgedreht.

Er sah zu dem Pferd. „Einmal können wir ihr so etwas wohl durchgehen lassen – aber nur, wenn du sie jetzt noch möchtest."

„Das will ich. Ich liebe sie. Hier, Mädchen", flüsterte sie. Die Stute kam herüber und tastete auf der Suche nach Würfelzucker mit den Lippen Mirandas offen ausgestreckte Handfläche ab. „Sie sagt, dass es ihr leid tut, und verspricht, es nicht wieder zu tun. Sie ist einfach noch nicht ganz an ihr neues Leben gewöhnt."

„Du hast keine Angst, auf ihr zu reiten?" erkundigte er sich beifällig.

„Natürlich nicht. Ich bin doch zurechtgekommen, oder? Gib es ruhig zu – ich habe das ganz hervorragend gemeistert." Sie grinste. „Ich weiß, dass du dir Vorwürfe machst, weil du sie mir gekauft hast, aber du kannst doch nichts dafür." Sie streichelte das Pferd. „Es ist ja nichts passiert."

Er trat zur Box, lehnte die Stirn gegen die Gitterstäbe und blickte dann Miranda an. Seine Augen wirkten so verhüllt und gleichzeitig so voller Sehnsucht.

„Was ist?"

„Oliver Quinn will dich heiraten. Bist du interessiert?"

Erschrocken betrachtete sie ihn. „Nein."

Ein spöttisches Lächeln spielte um seine Lippen. „Keine Sorge. Das habe ich ihm schon gesagt. Aber es werden andere kommen. Eine ganze Menge, könnte ich mir vorstellen."

Sie versteifte sich, wendete den Blick von seinem schönen Gesicht ab. „Du weißt, wem meine Zuneigung gilt."

„Miranda", stöhnte er schmerzerfüllt.

„Ich verstehe dich nicht. Ich merke doch, dass ich dir nicht gleichgültig bin. Warum also schiebst du mich dauernd weg?"

Er schaute ihr in die Augen. „Was meinst du?"

„Ich glaube, dass es mit deinen Problemen zu tun hat … mit deiner Verwirrung letzten Abend, deinen Albträumen. Was dich damals dazu geführt hat, mich anzugreifen." Sie hielt inne, nicht sicher, wie sie fortfahren sollte. „Ich … ich habe damals auf Bordesley Green etwas in deinem Blick wahrgenommen …" Ihre Stimme erstarb, als die Erinnerung wiederkehrte.

„Was hast du denn gesehen?" fragte er.

„Etwas Schreckliches. Etwas in dir, was die … Hölle auf Erden ist." Ernst blickte sie ihn an. „Es hat mit dem Krieg zu tun, stimmt 's?"

Langsam schüttelte er den Kopf. „Ich habe viele Männer getötet. Von meinem Degen floss ein Strom von Blut, und jetzt muss ich dafür bezahlen."

„Du hast es für England getan."

„Es hat mir Spaß gemacht." Seine Augen glänzten metallgrau. „Du kennst mich nicht, Miranda. Beziehungsweise weigerst dich, die Wahrheit anzuerkennen."

„Ich bin fest überzeugt, dass du ein guter Mensch bist, Damien."

Lange blickten sie einander an. Sie konnte das Blut in den Ohren rauschen hören.

„Ich will dir helfen, so wie du mir geholfen hast", erklärte sie.

„Du hilfst mir am besten, indem du mich vergisst. Deine beste Wahl wäre Lord Griffith, aber das weißt du sicher. Er ist ein guter Mann."

Sie fühlte sich verraten. „Aber ich will Lord Griffith nicht. Verstehst du denn nicht, was ich dir sagen möchte? Ich bin in dich verliebt, Damien."

Voll Schmerz ließ er den Kopf erneut gegen das Gitter sinken. „Warum tust du mir das an? Mein Gott, ich kann es nicht riskieren, dich zu zerstören."

Sie hielt sich an den Gitterstäben fest und fixierte ihn. „Warum glaubst du, dass das geschehen würde? Warum hast du solche Angst? Verrat es mir. Du weißt, was mir zugestoßen ist. Schlimmer als das, was Mr. Reed mir angetan hat, kann es auch nicht sein. Rede mit mir. Warum können wir nicht zusammen sein?"

Voll Schmerz schloss er die Augen, und dann rang er sich zögernd ab: „Am Guy-Fawkes-Abend ist etwas mit mir passiert, Miranda. Die Kanonenschläge, das Feuerwerk – ich kann es nicht erklären." Mühsam schlug er die Augen auf und schaute sie voll Verzweiflung an. „Ich habe vergessen, wo ich war. Ich war in Knight House, bei Alice und Harry; Lucien war unterwegs – er hatte mich gebeten, mich um die beiden zu kümmern –, und dann bin ich irgendwie durchgeknallt."

„Durchgeknallt?"

„Ich dachte, ich wäre wieder im Krieg. Frag nicht, was geschehen ist, denn ich kann mich nicht erinnern. Ich weiß nur noch, dass ich, als ich wieder zu mir kam, ein Messer in der einen und eine geladene Pistole in der anderen Hand hielt. Ich kann mich nicht entsinnen, sie genommen zu haben. Verstehst du nicht? Ich hätte jemandem wehtun können, Miranda. Ich hätte jemanden umbringen können. Zum Beispiel Alice, eine wehrlose Frau. Oder Harry. Ich hätte dein Kind wehtun können", wisperte er, und seine Stimme brach.

Sie sehnte sich danach, ihn in die Arme zu nehmen, zu trösten, und so begann sie sich am Schnappriegel der Box zu schaffen zu machen, doch Damien hielt sie auf, packte sie am Handgelenk.

Erschrocken sah sie ihn an.

Entschlossen erwiderte er den Blick. „Geh wieder ins Haus. Du kennst meine Gründe. Und jetzt geh."

„Nein", sagte sie leise. „Ich möchte dir helfen."

„Ich will deine Hilfe aber nicht."

„Ich habe deine Hilfe zuerst auch nicht gewollt. Du musst mir vertrauen. Ich weiß, was richtig ist. Ich möchte dich festhalten."

„Halt dich lieber von mir fern", flüsterte er.

„Hör auf, mich immer und immer wieder abzuweisen!" rief sie mit rotem Gesicht.

„Was glaubst du denn? Dass du mich gesund pflegen kannst, als hätte ich eine Erkältung?“ fragte er spöttisch. „Ich reiße dich nur mit mir hinab in diesen unheimlichen, dunklen Strudel. Es gibt keine Heilung. Ich sollte das ja wohl wissen, ich habe alles versucht.“

„Allein! Du hast nicht versucht, dich von jemandem lieben zu lassen, dich umsorgen zu lassen.“

„Das brauche ich auch nicht. Habe ich nie gebraucht.“

„Wie arrogant“, zischte sie erbost. „Da sei der Himmel vor, dass der große Winterley je irgendjemanden brauche. Du dummer Kerl! Du bist wie ein Löwe, der sich einen Dorn eingetreten hat und ausgerechnet die Person beißt, die ihm helfen will.“

„Ich könnte sehr viel Schlimmeres tun, als dich zu beißen, meine Liebe. Ich könnte dir den hübschen Hals brechen. Ist dir das eigentlich klar?“

„Mir machst du keine Angst“, entgegnete sie. „Lieber nehme ich das Risiko auf mich, als dass ich davonlaufe und dich deinem Schicksal überlasse. Du bist nicht der Einzige, der dem Tod ins Gesicht geschaut hat, Damien Knight. Ich habe mit ansehen müssen, wie meine Eltern ertrunken sind, und konnte nichts tun, um ihnen zu helfen, aber ich werde nicht zulassen, dass ich dich auch noch verliere. Du musst es versuchen. Du musst dagegen ankämpfen – aber nicht allein. Du bist Soldat, du weißt, dass unsere Truppen nie gewonnen hätten, wenn sie nicht von ein paar Männern koordiniert worden wären.“

„Von ein paar Männern. Genau. Unsere Frauen setzen wir solchen Gefahren nämlich nicht aus.“

„Warum musst du nur so störrisch sein? So verrückt kannst du doch nicht sein, sonst hätte dich Onkel Jason doch nicht zu meinem Vormund ernannt."

„Er wusste nichts davon. Ich habe es geheim gehalten", knurrte er. „Ich habe es vor allen verborgen. Nur Lucien weiß Bescheid. Alice ahnt etwas, denn sie hat es ja damals mitbekommen, aber du bist die Einzige, die die hässliche, ungeschminkte Wahrheit kennt."

„Dann bin ich auch die Einzige, die dir helfen kann."

„Mein Gott, warum willst du denn nicht zuhören?" schrie er und stieß sich so abrupt von den Gitterstäben ab, dass die Stute erschrak. „Wann kriegst du das endlich in deinen Schädel hinein, Mädchen? Ich habe dir die Wahrheit gesagt. Noch deutlicher kann ich es dir nicht erklären."

„Ja, du hast es mir gesagt", konterte sie tapfer, „aber du musst dir schon etwas Besseres ausdenken, wenn du mich loswerden willst."

„Etwas Besseres?" wiederholte er.

„Ja, weil ich immer noch finde, dass wir gemeinsam damit fertig werden können. Davon bin ich fest überzeugt."

„Also schön, vielleicht stimmt dich ja das um: Du bist mir nicht ebenbürtig. Wie ist es damit? Du hast keinen Penny, du bist illegitim, und ich bin ein Earl."

Jeder Mensch hat seinen wunden Punkt, und Damien wusste, dass es bei Miranda die Herkunft war, da sie, bevor sie nach Knight House kam, von allen Seiten wegen ihrer gemischten Elternschaft abgelehnt worden war. Für ihn waren diese Worte das letzte Mittel, mit tödlicher Genauigkeit eingesetzt. Er beobachtete, wie sie in sich zusammenfiel, allen

Mut verlor, ihr Glaube an ihn in ihren Augen erlosch, doch er konnte die Worte genauso wenig zurücknehmen wie ein Straßenräuber eine gut gezielte Kugel. Also stand er nur da, stumm vor Schmerz angesichts der Wunde, die er ihr zugefügt hatte, aber sich Miranda zuliebe gegen die Reue stemmend, die ihn zu überwältigen drohte.

Allmählich nahm sie die grausame, verletzende Bemerkung in sich auf. Eine lange Weile schwieg sie, schaute ihm forschend ins Gesicht. Dann wandte sie den Blick ab und schluckte hart.

„Du … Sie haben Recht“, erwiderte sie mit ziemlich erstickter, aber ruhiger Stimme und nickte steif. „An diesen Fakten kommt man nicht vorbei. Verzeihen Sie mir, Lord Winterley. Ich werde Sie nicht mehr belästigen.“

Im nächsten Moment war sie verschwunden.

Er kämpfte gegen den Drang an, ihr nachzulaufen, sie in die Arme zu nehmen und nie wieder gehen zu lassen. Sie schlüpfte durch das Scheunentor. Sobald sie außer Sichtweite war, hörte er, wie sie zu rennen anfing. Er schloss die Augen und senkte voller Qual den Kopf, während Fancy sich mit ihrer samtenen Schnauze an seiner Rocktasche zu schaffen machte.

„Du ungeschickter Pfuscher!“ brüllte Algernon und verpasste seinem Diener eine schallende Ohrfeige.

Egann heulte auf und flog quer durch das Arbeitszimmer, bis er als Häufchen Elend auf dem Boden liegen blieb. „Tut mir leid, Mylord. Ich habe getan, was Sie mir aufgetragen hatten …“

„Ich habe dir nicht aufgetragen zu versagen, und doch hast du genau das getan. Zweimal. Du bist völlig unbrauchbar. Steh auf und hör auf zu heulen. Ich muss nachdenken." Frustriert ging Algernon auf und ab, die Hände in die Hüften gestemmt. Heimlichkeit war unumgänglich, wollte er sein Ziel erreichen, doch wurde sie mit jedem weiteren Fehlschlag mehr gefährdet. Am schlimmsten jedoch war seine eigene verräterische Erleichterung, als Eganns zweiter Anschlag auf das Leben seiner Nichte mehr als kläglich danebengegangen war.

Algernon hatte Miranda FitzHubert auf dem Weihnachtsball bei Lady Holland endlich selbst einmal zu Gesicht bekommen, auch wenn er sich von ihr fern gehalten und die Gesellschaft verlassen hatte, ehe sie oder einer der erschreckenden Knight-Brüder ihn hätten bemerken können. Die seltsamsten Gefühle erschütterten ihn, wenn er an den Anblick dachte, den die junge, vitale Schönheit geboten hatte – so voller Leben, Frische und Frohsinn. Nie zuvor hatte er eine derartig exquisite, anmutige Kreatur gesehen. Mit ihren strahlenden grünen Augen, den vollen rosa Wangen und den dunkelbraunen Locken, die ihr in kunstvollen Flechten auf die Schultern fielen, erinnerte sie an eine Botticelli-Göttin. Sie strahlt vor Jugend und Gesundheit, dachte er, und ist wie gemacht dafür, prächtige gesunde Jungen auf die Welt zu bringen. Sie besitzt Fannys Frohsinn und Richards Feuer.

Fanny.

Früher einmal hatte Algernon Sherbrooke Fanny geliebt. Mit fünfundzwanzig hatte all sein Sinnen und Trachten dem Vorhaben gegolten, die berühmte Schauspielerin zu seiner

Geliebten zu machen. Er war so aufmerksam gewesen, so gewissenhaft, doch gerade als sie wie ein exotischer Schmetterling in seine Reichweite geflattert war, war sein älterer Bruder Richard des Wegs gekommen, mit seinem Charme und seiner Beliebtheit, seinem Vermögen, seinem guten Aussehen, seinem Titel. Herzlos hatte er sie ihm vor der Nase weggeschnappt. Und die Schlampe war ihm gern gefolgt.

Später hatten Richard und sie sich bemüht, ihm ihre Gefühle füreinander auf eine Art und Weise zu erklären, die ihn nicht verletzen würde, doch Algernon hatte die Demütigung einfach geschluckt und sich mit vornehmer Würde in ihre illegitime Verbindung geschickt … nach außen. An jenem Tag hatte er seine Lektion über die Liebe gelernt. Sie war eine schlechte Investition.

Und jetzt hatte er es mit der jungen, sinnlichen Miranda zu tun. Es wäre ihm lieber gewesen, wenn er sie gar nicht erst gesehen hätte, denn seit dem Moment, da er sie zu Gesicht bekommen hatte, rang er mit sich, hoffte er, dass es vielleicht doch noch einen anderen Ausweg gab. Die Gefühle, die sie in ihm, ihrem Onkel, erweckte, waren natürlich erschreckend – sie fachte die Glut einer alten Leidenschaft an, die er längst erkaltet geglaubt hatte. Und gleichzeitig führte sie ihm vor Augen, was für ein einsamer, vertrockneter alter Mann er geworden war, obwohl er doch erst fünfundvierzig Jahre zählte. Was für eine Verschwendung, dachte er düster, als er durch sein Arbeitszimmer schritt, was für eine sinnlose Verschwendung.

„Meister …“, begann Egann demütig.

„Halt den Mund.“

In diesem Augenblick schlugen die Hunde in der Eingangshalle an. Algernon ging zur Tür und riss sie auf, schon den Befehl auf den Lippen, der Butler möge gefälligst für ein wenig Ruhe sorgen.

Doch zu seiner Überraschung entdeckte er, dass der Grund für den Aufruhr in Crispins Ankunft lag, der der erklärte Liebling der Hunde war. Algernon beobachtete, wie Crispin sich unbemerkt die Treppe hinaufstehlen wollte.

„Crispin. Hast du denn gar keine Manieren?"

Den Hut in der Hand, blieb sein Sohn stehen, kratzte sich die Stirn und wandte sich zu ihm um. „Äh, hallo, Vater."

Es war höchst ungewöhnlich, den Jungen zu so früher Stunde zu Hause anzutreffen.

„Isst du heute Abend etwa daheim?" fragte er misstrauisch, und dann wich ihm alles Blut aus dem Gesicht. Er sah in die bleichen Züge seines Sohnes, und ihm wurde übel. „Du warst wieder in den Spielhöllen, stimmt 's?" erkundigte er sich mit zitternder Stimme. „Wie viel?"

„Vater …"

„*Wie viel hast du verloren?*" brüllte er, und es war ihm egal, ob jemand ihn hörte.

Er hatte mit den üblichen Lügen und Ausflüchten gerechnet, mit jungenhaftem Geschmeichel, doch als Crispin seinen schönen Hut auf den Boden warf, sich auf die unterste Treppenstufe setzte und das Gesicht in den Händen vergrub, wurde ihm das Ausmaß der Gefahr bewusst.

„O du nichtsnutziger Hund", wisperte Algernon.

„Es tut mir leid", stieß sein Sohn hervor. „Tausend Pfund. Ich hab alles verloren."

Außer sich vor Zorn packte Algernon seinen Sohn am Arm, zog ihn in sein Arbeitszimmer und knallte die Tür hinter sich zu.

Kurz darauf hörte er seine Gattin schüchtern anklopfen. „Mylord, ist unser Sohn bei dir?"

„Verzieh dich!" brüllte er durch die geschlossene Tür. Mit zitternden Händen drückte er seinen charmanten, verzogenen Sohn in einen Sessel.

Egann kroch zu Crispin hinüber und kauerte sich wie ein Hund zu seinen glänzenden Stiefeln hin – die besten, die es für Geld zu kaufen gab.

Crispin stützte die Ellbogen auf die Armlehnen und fuhr sich mit der Hand durch die goldblonden Locken – wie ein soeben gefallener Engel. „Ich tauge nichts, absolut nichts", flüsterte er, immer noch weinend. „Ich weiß es, Vater. Irgendwie kann ich einfach nicht anders."

„Ja", knurrte Algernon, „du taugst nichts. Du hast uns an den Rand des Ruins gebracht. Ich hoffe, dass du nicht schon wieder zu einem Geldverleiher gegangen bist, denn ich kann dich nicht mehr auslösen. Verstehst du, Crispin? Du hast mich ruiniert. Du hast deinen Vater ruiniert."

Erneut füllten sich Crispins blaue Augen mit Tränen. „Ich bringe es wieder in Ordnung, Vater. Ich überlege mir etwas. Ich such mir Arbeit ..."

„Arbeit?" Hart schlug Algernon ihm ins Gesicht. „Was glaubst du, wer wir sind? Irgendwelche Kaufleute?"

Erschrocken blickte Crispin auf, das engelhafte Gesicht ganz und gar tränenüberströmt und mit einer roten Wange von der Ohrfeige.

Doch plötzlich begann Algernons Herz, heftig zu klopfen. Ihm war etwas eingefallen. Drohend deutete er auf seinen Sohn. „Ich werde dir sagen, was du zu tun hast, mein Junge, und wenn ich irgendwelche Klagen höre, überlasse ich dich den Aasgeiern von Geldverleihern, damit sie dir die Augen auspicken, wie du es verdient hast."

„Alles, Vater", hauchte er.

„Ich hätte da ein Mädchen. Eine Erbin. Sie besitzt ein Vermögen, Crispin, ein Vermögen, von dem nur ich und ... Egann wissen und jetzt du."

Crispin leckte sich die Lippen. „Ein ... beträchtliches Vermögen?"

Endlich einmal eine intelligente Frage von diesem Narren. Algernon verzog die Lippen zu einem schmalen Lächeln. „Sind dir fünfzigtausend Pfund beträchtlich genug?"

Sein Sohn riss die Augen auf.

„Also dann, mein Junge, auch wenn Gott dir nicht mehr Verstand geschenkt hat als einem Huhn, hat er dich mit gutem Aussehen reichlich gesegnet. Du wirst diesem Mädchen den Hof machen und es für dich gewinnen, sonst sind wir erledigt. Hast du mich verstanden? Ich, du, deine Mutter, deine Schwestern. Dann müssen wir ins Schuldgefängnis."

Auf dem Gesicht des Jünglings spiegelte sich erst Schrecken, dann Entschlossenheit. „Ich werde sie für mich gewinnen, Vater, und wenn es das Letzte ist, was ich tue."

„Sie wird gut behütet und hat eine Menge Verehrer."

„Und wenn sie die jungfräuliche Schwester des Sultans wäre und in einem Elfenbeinpalast lebte, der von einer Horde Janitscharen bewacht wird – irgendwie werde ich sie für mich gewinnen. Ich weiß, dass ich dich schon oft enttäuscht habe, aber das hier werde ich schaffen. Du brauchst mir nur ihren Namen zu nennen, Vater, und schon gehört sie mir."

Algernon musterte ihn befriedigt. „Sie ist deine uneheliche Kusine, Miss Miranda FitzHubert. Und ich will nichts davon hören, dass Ehen zwischen Vetter und Kusine neuerdings aus der Mode kommen. Sonst werfe ich dich aus dem Fenster. Es ist eine aristokratische Tradition und vollkommen legal."

„Ich habe schon von ihr gehört. Sie soll sehr schön sein."

Algernon schwieg.

„Ist sie nicht Colonel Lord Winterleys Mündel? Sein Bruder, Lord Alec Knight, ist mein Freund. Durch ihn könnte ich mit ihr bekannt werden …"

„Nein. Du machst es genau so, wie ich es dir nahe gelegt habe. Vor allem wollen wir nicht über Gebühr interessiert erscheinen. Ich sehe schon, dass ich die Sache von Anfang bis Ende für dich deichseln muss."

„Vater?"

Algernon überlegte einen Moment, den Blick auf die Wand gerichtet, dann nickte er und sagte rasch etwas, als spräche er mit sich selbst: „Wir schicken deine Mutter und deine Schwestern auf einen Antrittsbesuch zu ihr, genau, erst die Frauen. Wenn von mir etwas käme, würden sie Verdacht schöpfen. Du begleitest sie einfach. Und dann laden wir sie im Gegenzug zu uns zum Dinner ein. Zu einem formellen Empfang. Natürlich. Wir sind ihre Verwandten, oder nicht? Da schickt es sich, sie zu akzeptieren, auch wenn sie eigentlich illegitim ist."

„Wenn die Knights ihr ihren Segen geben, bleibt uns schließlich gar nichts anderes übrig."

„Genau. Endlich fängst du an, die Dinge von meiner Warte aus zu betrachten. Und, Crispin, wenn sie dann zum Dinner kommt …"

„Ja, Vater?"

„Blende sie, mein Lieber, wenn du weißt, was gut für dich ist." Mit einem harten, warnenden Blick richtete er sich auf, kehrte seinem Sohn den Rücken und ging hinaus, um seinem hohlköpfigen Weib ein paar Befehle zu erteilen.

Kurz nachdem Miranda aus dem Stall geflüchtet war, hatte Damien sich wieder gefasst und einen von Roberts braveren Wallachen gesattelt, da er nicht in der richtigen Stimmung war, mit seinem temperamentvollen Hengst Kämpfe auszufechten. Während er sein Pferd durch die dunklen Straßen zu Luciens Haus in der Upper Brooke Street lenkte, versuchte er nicht mehr an das schmerzliche Gespräch zwischen ihm und seinem Mündel zu denken, sondern wandte sich wieder dem Verdacht zu, der sich in ihm zu regen begonnen hatte, als Miranda in den Stall getreten war.

Das Pferd hätte nicht durchgehen dürfen. Vor dem Kauf hatte er sich extra vergewissert, dass er ein ausgeglichenes Reittier erwarb – die Stute war heute davongeprescht, als wäre sie von einer Biene gestochen oder von einem kleinen Geschoss getroffen worden, etwa einem Stein aus einer Schleuder. Er hatte die Stute von Kopf bis Fuß untersucht und keinerlei Mal oder Verletzung finden können, die auf ein derartiges Einwirken schließen ließen. Natürlich hätte es ein schwerer

Treffer sein müssen, wenn er das dichte Winterfell durchdringen wollte.

Damien hatte die Stallburschen befragt, die Miranda begleitet hatten, aber sie hatten nichts Ungewöhnliches bemerkt, hatten allerdings auch versichert, dass Miranda nichts getan habe, was das Pferd hätte erschrecken können. In letzter Zeit häuften sich die Unglücksfälle, so dass Damien nicht mehr geneigt war, an Zufälle zu glauben. So absurd es auch klang, allmählich überlegte er sich, ob jemand es auf Miranda abgesehen hatte. Zuerst war sie von Straßenräubern angegriffen worden, die er zuerst für Bewohner von Mud City gehalten hatte, dann wäre sie in der Bond Street beinahe überfahren worden, wieder so ein scheinbarer Unfall, und dann war die brave Stute mit ihr durchgegangen. Das ergab einfach keinen Sinn. Deswegen wollte er sich mit Lucien beraten.

Ein Fall wie dieser fiel genau ins Fachgebiet seines spionierenden Bruders, und außerdem war Damien der Erste, der zugegeben hätte, dass sein Kopf in letzter Zeit alles andere als klar war. Er wollte seinem Zwillingsbruder alles erzählen, und wenn sonst nichts dabei herauskäme, würde sein Bruder ihm zumindest versichern, dass sein Beschützerinstinkt allmählich paranoide Züge aufwies.

Die einzigen zwei Menschen, von denen er annahm, dass sie einen Grund haben könnten, Miranda zu verachten, waren Mr. Reed und Miss Brocklehurst aus Yardley, weil Miranda den Missbrauch, den die Mädchen dort zu erleiden hatten, offen gelegt hatte. Doch dass die beiden in die Sache verwickelt sein sollten, kam ihm unwahrscheinlich vor. Zeitlich passte es einfach nicht. Der Überfall auf Bordesley Green hatte stattgefunden, bevor er den Direktor der Polizei übergeben hatte. Eigentlich hatten die Anschläge auf Miranda erst kurz nach Jasons Tod begonnen.

Bei diesem Gedanken lief es ihm kalt den Rücken hinab. Konnte der Mörder, der Jason auf dem Gewissen hatte, nun hinter Miranda her sein? Aber warum? Sicher bildete er sich das nur ein. Zumindest war es Damien gelungen, seine Befürchtungen vor ihr geheim zu halten. Schließlich hatte es keinerlei Sinn, das Mädchen zu allem anderen auch noch zu ängstigen. Er sorgte sich ein wenig, weil er sie in dem Moment allein ließ, wo vielleicht jemand hinter ihr her war, aber hinter den hohen Toren von Knight House befand sie sich in Sicherheit, bewacht von einem halben Dutzend scharfer Hunde und über drei Dutzend Dienstboten. Außerdem war Robert zu Hause, und mehr als ein paar Stunden wäre Damien ohnehin nicht weg.

Als er in der Upper Brooke Street vor Luciens und Alice' elegantem Stadthaus mit der reich geschnitzten Tür, den Messinglampen und den zarten schmiedeeisernen Balkonen an den oberen Fenstern ankam, schwang er sich aus dem Sattel und rief nach einem Stallburschen. Er überließ das Tier dem Dienstboten, worauf ihn Mr. Hattersley, Alice' ausgezeichneter Butler, in die Eingangshalle einließ.

Der kleine kahlköpfige Mann nahm seinen Mantel entgegen und führte Damien nach oben in den Salon, während er sich auf die Suche nach Lord Lucien machen wollte. Damien nahm im Salon Platz. Als sein Bruder nach einer Viertelstunde immer noch nicht erschienen war, fragte er ungeduldig beim Butler nach.

Mr. Hattersley lief dunkelrot an und erklärte stammelnd, dass Lord Lucien aus dem Schlafzimmer von Mylady herausgerufen habe, er wolle gleich kommen.

Diese verflixten frisch Vermählten, dachte Damien. Mr. Hattersley bot ihm ein Glas Brandy an, was er gern annahm, und die neueste Ausgabe der *Times.* Er blätterte in der Zeitung und versuchte, nicht an Mirandas verstörte Miene zu denken, nachdem er durch seine Härte jede Chance auf eine gemeinsame Zukunft zerstört hatte. Auch wenn Damien daran zugrunde ging, er musste sie schützen.

Endlich kam Lucien in den Salon geschlendert, barfuß und nur in schwarze Hosen und einen voluminösen orangeroten Seidenhausmantel gekleidet. Der Mantel schloss nicht über der Brust und umflatterte ihn mit flammenhafter Anmut, als er mit gerötetem Teint, wirrem Haar und glänzenden Augen in den Raum trat. In seinem trägen Lächeln lagen vollkommene Befriedigung und Entspannung.

Ein Blick auf seinen Bruder, und Damien fiel wieder ein, was ihm alles abging. „Hat ja verdammt lang gedauert", meinte er.

Lucien lachte, seufzte und goss sich ein Glas Brandy ein. „Ich fress einen Besen, wenn ich heute Nacht nicht einen Sohn gezeugt habe." Er leerte das Glas in einem Zug und wandte sich lässig an seinen Bruder. „Was führt dich in mein Hochzeitsnest?"

„Ich brauche deine Hilfe."

„Was ist los?"

Damien faltete die Zeitung zusammen und legte sie auf die Couch. „Ich glaube, jemand will Miranda etwas antun."

Lucien runzelte die Stirn. Damien berichtete ihm, wie die Stute durchgegangen war, und von da an erzählte er die ganze Geschichte, angefangen mit dem Überfall auf Bordesley Green. Er sprach von den Ausfällen des Schuldirektors in Yardley, falls Lucien meinte, dies könne den Angriffen zugrunde liegen, und von der mysteriösen Kutsche in der Bond Street, die Miranda beinahe überfahren hätte.

„Miranda hat mir von den Männern auf Bordesley Green erzählt", begann Lucien.

„Wann?" unterbrach Damien ihn überrascht.

„Vor ein paar Tagen. Ich wollte mal unter vier Augen mit ihr reden."

„Warum?"

Lucien schenkte ihm ein engelhaftes Lächeln. „Natürlich um herauszufinden, ob sie gut genug für dich ist."

Damien warf ihm einen warnenden Blick zu.

„Es war eine gründliche Befragung. Möchtest du nicht wissen, zu welchem Schluss ich gekommen bin?"

„Nein."

Lucien zuckte mit den Schultern. „Sie hat gesagt, die Männer, die sie angriffen, waren Straßenräuber. Hast du einen Grund, etwas anderes anzunehmen?"

„Nun ja, es sind ein bisschen viele Zufälle, findest du nicht auch? Vor allem wenn man überlegt, dass all die Zwischenfälle kurz nach dem Mord an Jason stattfanden – und der Mörder noch frei herumläuft."

Lucien strich sich über das Kinn. „War Jason denn vor seinem Tod in irgendwelche illegalen oder unziemlichen Aktivitäten verwickelt? Wir beide wissen, dass er sehr viel getrunken hat. Manchmal geraten Männer dann ins Straucheln …"

„Jason nicht – vor allem keine kriminellen Aktivitäten. Er hatte ein paar Lieblingshuren, die ihn regelmäßig besucht haben, aber das ist alles."

„Kennst du diese Frauen?"

„Die Büttel aus der Bow Street haben sie schon befragt. Ich bin sicher, dass sie nichts mit der Sache zu tun haben."

„Ich erinnere mich, dass du, als du nach der Beerdigung mit Jasons Anwalt gesprochen hast, sehr bestürzt darüber warst, dass Jason die gesamten fünftausend Pfund ausgegeben hatte, die Mirandas Vater ihr hinterlassen hatte."

„Ja."

„Wofür hat er sie denn ausgegeben?"

Damien schaute zu Boden und dachte nach. „Ich weiß nicht. Er hat in einem Drecksloch gehaust. Er hat eher wenig gespielt. Für feine Kleider und Juwelen hatte er auch nicht viel übrig. Vielleicht für Frauen? Aber auch das kommt mir nicht sehr wahrscheinlich vor. Es waren einfache Prostituierte, keine Kurtisanen."

Lucien schüttelte den Kopf und begann auf und ab zu gehen. „Du hast Recht. Irgendetwas stimmt da nicht. Das alles hört sich ziemlich seltsam an. Fang noch einmal von vorne an. Ich möchte jedes Detail hören, an das du dich erinnerst, wie klein und unbedeutend es auch sein mag."

Damien bemühte sich nach Kräften, seinem Bruder ein genaueres Bild zu zeichnen und die herabprasselnden Fragen seines Bruders so gut zu beantworten, wie es ihm möglich war. Er kratzte sich den Kopf und zermarterte sich das Hirn, als Lucien ihn über das Pavillon-Theater ausfragte, das Publikum, ob Mr. Reed Familie habe, die sich vielleicht rächen wollen könnte, über Mirandas Verhältnis zu Patrick Slidell. Hatte sie weitere Verehrer erwähnt?

„Nein", antwortete er.

„Was ist mit den vier Männern bei Birmingham, die du umgebracht hast?"

„Warum kommst du immer wieder auf die zurück?"

„Tu mir den Gefallen. Sie waren zu viert, sagst du?"

„Ja. Sie waren mit Pistolen und Messern bewaffnet", wiederholte Damien müde. „Einer hatte einen Degen. Sie hatten Pferde, daher mein Gedanke, es könnte sich um Straßenräuber handeln."

„Scheint logisch. War Colonel Morris in der Lage, sie einigermaßen sicher zu identifizieren?"

„Nein."

„Wie haben sie ausgesehen?"

Er zuckte mit den Schultern und betrachtete ihn finster.

„Ah, du hast sie so zusammengeschlagen, dass sie nicht mehr richtig zu erkennen waren. Na dann", meinte Lucien, dessen Augen angesichts dieses Rätsels zu leuchten begonnen hatten. „Hast du ihre Stimmen lang genug hören können, um einen Dialekt auszumachen?"

„Irgendwie Cockney, dachte ich, aber sicher war ich mir nicht."

„Hast du irgendetwas an den armen Teufeln bemerkt, was uns ihre Identität offenbaren könnte?"

„Lass mich überlegen." Er war so im Blutrausch gewesen, dass es ihm jetzt schwer fiel, sich an irgendetwas zu erinnern.

„Ich glaube, einer hatte einen Goldzahn. Ein anderer hatte eine Tätowierung, einen Adler oder so."

„Einen Adler?"

„Oder einen Falken. Er hielt irgendetwas in den Fängen. Was zum Teufel war es bloß?" Er schnippte mit den Fingern, als er plötzlich wieder ein Bild vor Augen hatte. „Ein Dolch. Genau. Irgendein Raubvogel, der einen Dolch in seinen Fängen hielt."

Lucien wurde auf einmal sehr still. „Bist du sicher? Konntest du es ganz genau sehen?"

Er nickte besorgt. „Ich habe es genau gesehen, als sie den Kerl begraben haben. Warum?"

Lucien hielt inne und stellte sein Glas ab. „Das ist das Zeichen einer kriminellen Bande, die im East End ihr Unwesen treibt", erklärte er, „und zwar nicht weit von der Stelle, an der Jason getötet wurde."

11. KAPITEL

Damien stellten sich die Nackenhaare auf, doch seine Stimme war hart. „Wie heißt die Bande?“ „The Raptors, die Raubvögel.“ „Lass uns sie da aufsuchen.“

Lucien warf ihm einen düsteren Blick zu; sicher war ihm bewusst, dass Damien alleine aufbrechen würde, wenn er ablehnte, ihn zu begleiten. Er nickte entschlossen und ging sich anziehen.

„Wieso weißt du eigentlich über die Londoner Banden Bescheid?“ fragte Damien kurz darauf, als Lucien ihm einen Degen zuwarf, den Griff voran. Damien fing ihn auf und nahm auch noch die Pistole, die sein Bruder ihm entschlossen in die Hand drückte.

„Wenn du es wirklich wissen möchtest – hin und wieder brauchen wir sie als Informanten“, erwiderte Lucien und schnallte sich den Degen um. Als Lucien nach Napoleons Niederlage vom „diplomatischen Dienst“ auf dem Kontinent zurückbeordert worden war, hatte man ihn mit einer Gegenspionageaffäre betraut, die ihn mit vielen unangenehmen Gestalten in Kontakt gebracht hatte. Eines musste Damien seinem Bruder lassen: Er fürchtete sich nicht, für das Wohl Englands hart an die Grenzen unehrenhaften Benehmens – wie das Gentlemen ihrer Klasse mit ihrem strengen Ehrbegriff empfinden würden – zu gehen. Nur Alice’ tugendhaftem Einfluss war es zu verdanken, dass Lucien von seinem Flirt mit der Dunkelheit keine bleibenden Spuren zurückbehalten hatte.

„Über manche Aktivitäten dieser Leute sehen wir einfach hinweg – innerhalb gewisser Grenzen natürlich“, erläuterte er. „Einer dieser Halsabschneider hat mich schon sehr oft mit Informationen versorgt. Eigentlich war er zum Galgen verurteilt, aber ich habe dafür gesorgt, dass er frei kommt. Lebend nützt er mir mehr. Er ist als ‚Billy Blade‘ bekannt.“

„Billy Blade?“ wiederholte Damien, während er die Pistole in den Hosenbund steckte.

Lucien grinste ihn gerissen an. „Wenn ich dir seinen wahren Namen nennen würde, wärst du schockiert.“

„Wer ist er denn?“

„Tut mir leid, das kann ich dir nicht sagen, alter Junge. Ich kann dir nur verraten, dass Billy Blade Chef einer rivalisierenden Bande ist, der Tomahawks.“

„Die wilden Indianer?“

„Allerdings. Er wird wissen, was mit den Raptors los ist. Diese Banden spionieren einander aus, als wären sie fremde Nationen, und verwalten ihre Bezirke wie mittelalterliche Kriegsherren. Sie haben ihre eigenen Armeen, ihren eigenen Schwarzmarkt, ihren eigenen Ehrenkodex. Mein Freund, du bist im Begriff, ein England zu betreten, von dem du nie wusstest, dass wir dafür gekämpft haben.“

Damien zuckte mit den Schultern. „Solange sie bestechlich sind.“

„Das ist ihr liebenswertester Zug.“ Lucien schüttelte die kleine Lederbörse, die er zu diesem Zweck mitführte. „Außerdem achten sie genau darauf, dass keiner in ihr Revier vordringt, sie sind gemein wie Ratten und hochgefährlich, also überlass lieber mir das Reden.“

„Das tue ich doch, seit wir vier Jahre alt sind", murmelte Damien.

Scheinbar aus der Luft hatte Lucien zwei seiner jungen Geheimagenten herbeigezaubert, Marc Skipton und Kyle Stewart, damit sie sie in den Backsteindschungel des East End kutschierten und den Wagen bewachten, während sie mit dem geheimnisvollen Bandenanführer konferierten. Ohne weitere Umstände stiegen sie in Luciens schlichte schwarze Kutsche und fuhren los.

Über den dunklen Dächern hing die Mondsichel, während unten in den labyrinthischen Straßenzügen der Armenviertel Londons Gewalt und Verderben drohten. In den verfallenen Mietskasernen und den überschatteten, mit Unrat übersäten Gassen lauerte die Gefahr. Sie arbeiteten sich durch das stinkende, unwirtliche Viertel, bis sie an einer rauen Kneipe anlangten, wo sich eine betrunkene Meute eingefunden hatte, um auf einen Hundekampf zu wetten.

Lucien winkte Damien aus der Kutsche und nickte Marc zu, er solle weiterfahren, nachdem sie schon verabredet hatten, dass er sie in einer halben Stunde wieder abholen würde. Alle kampferprobten Sinne geschärft, folgte Damien seinem Bruder. Sie gingen um das Gebäude herum, wo man ebenfalls munter zugange war: Ein paar vierschrötige Gesellen luden versiegelte Holzkisten auf einen Karren.

„Diebesgut", flüsterte Lucien ihm zu. „Sie stehlen die Sachen in London und verhökern sie dann nach Möglichkeit im Norden und Westen Englands, wo man die Herkunft der Sachen schwieriger zurückverfolgen kann."

„Reizend", bemerkte Damien.

„Wer seid ihr? Was wollt ihr?“ fragte einer der Männer kampflustig, als sie näher kamen.

„Ich suche Blade. Ist er da?“

„Vielleicht.“ Der Mann stemmte die Faust in die Hüfte und verstellte ihnen den Weg. „Wer will das wissen?“

„Sag ihm, dass Luzifer ihn sprechen möchte.“

Damien betrachtete seinen Bruder mit amüsiertem Spott. In ihrer wilden Londoner Jugend, bevor sie zum Militär gegangen waren, waren die Knight-Zwillinge bei ihren feuchtfröhlichen Freunden nur unter dem Namen Luzifer und Dämon bekannt gewesen. Diese Spitznamen waren ihnen in die Armee gefolgt, wo sie ganz neue Bedeutung erlangt hatten, als ihre speziellen Gaben im Kampf entdeckt worden waren. Lucien hatte die leichte Infanterie angeführt, hervorragende Scharfschützen und Kundschafter, die sich wie Geister durch das dünn besiedelte Gebiet bewegen konnten, während Damien Captain der unerschütterlichen Grenadiere wurde, dem Schrecken jeder Armee, die sich immer als Erste in die Schlacht stürzten.

„Luzifer, was? Und wer ist das da?“ Der Mann nickte in Damiens Richtung.

„Das ist Dämon“, erwiderte sein Bruder gelassen. „Sag Blade, dass wir da sind.“

Damien baute sich kampfbereit neben ihm auf, während Lucien dem Riesen kühl in die Augen schaute.

„Wartet da“, knurrte der Mann nach einem kurzen Moment der Spannung, zog sich in die Schatten zurück und verschwand durch die Tür. Kurz darauf kam er wieder und winkte sie heran. „Blade sagt, dass ihr rein dürft.“

„Was für eine Ehre", murmelte Damien leise. Lucien ging vor ihm hinein.

Als sie die Schwelle des Hintereingangs überschritten, ließ Damien noch einmal rasch seinen Blick über die Umgebung schweifen und zählte die Verbrecher, welche den Karren beluden oder einfach herumlungerten. Fünfzehn. Weitere zwölf zählte Damien, als der große Mann sie in das verwahrloste Kontor hinter der Kneipe und die enge Treppe hinauf in den ersten Stock führte. Dann ging es einen schmalen Gang hinunter, in dem die Farbe abblätterte, schließlich erreichten sie das Hinterzimmer, in dem der illustre Anführer der Bande residierte.

„Hallo Billy", grüßte Lucien ihn mit seinem charmantesten Lächeln.

Damien verbarg sein Erstaunen. „Blade" war erschreckend jung, kaum fünfundzwanzig – allerdings war das Leben in dieser Gegend auch kurz, unangenehm und brutal. Der Bandenführer war ein attraktiver junger Mann in wild gewürfeltem, buntem Aufzug mit klugen Augen und einem müden Grinsen. Er trug schwarze Lederhosen und kein Halstuch, aber einen lose sitzenden Rock aus abgeschabtem schwarzem Samt mit einer roten Nelke im Knopfloch. Unter dem Rock schmiegten sich eine knallbunte rotrosa Weste und ein schmutziges naturfarbenes Leinenhemd an seine sehnige Gestalt. An seinen beweglichen Fingern glänzten dicke Goldringe, manche mit Juwelen besetzt, während er mit seinem Dolch spielte. Sein warnender Blick besagte deutlich, wer hier der Herr im Hause war. Eine dicke goldene Uhrkette blitzte am grellen Tuch der Weste und verschwand dann in der Westentasche – wie eine herausfordernde Einladung an seine Verbrecherkumpane, sie sollten es nur wagen, sie ihm zu stehlen.

Er machte sich nicht die Mühe, sich bei ihrem Eintreffen zu erheben, doch trat er einen Stuhl in Luciens Richtung und bedeutete dem Mann lässig, sich zu setzen. „Na, da hol mich doch der Teufel", meinte der Höllenhund dann und sah von einem Zwilling zum anderen. „Von dir gibt 's ja zwei, Luce. Seid ihr Zwillinge?"

Lucien nickte.

„Meine Mutter hatte auch 'nen Zwilling. Aber nicht so ähnlich. Wer ist denn der Erste von euch?"

„Dämon", erwiderte Lucien und nickte zu seinem Bruder, „aber das hier ist kein gesellschaftlicher Besuch, Blade. Können wir in Ruhe mit dir reden?"

Blade schnaubte verächtlich, tat ihm jedoch den Gefallen und entließ ein paar seiner schattenhaften Kumpane, indem er ihnen königlich mit der Hand zuwinkte. Zwei Galgenvögel behielt er allerdings an seiner Seite.

Als sich die Tür geschlossen hatte, wanderte der harte Blick des Jünglings zu Lucien.

Lucien legte die Börse mit dem Gold auf den Tisch.

Blade hob sie an und wog sie in der Handfläche. „Wenn du wegen dieses verdammten Militärheinis hier bist, verschwendest du deine Zeit. Ich hab dir doch schon gesagt, dass keiner was gesehen hat. Den Rooster haben sie verhaftet, aber soweit ich gehört hab, ist er wieder frei."

Lucien nickte. „Das wissen wir. Nein, ich bin hier, um mich nach alten Freunden von dir zu erkundigen, den Raptors."

Blade knurrte und verengte die Augen zu Schlitzen. „Und, was ist mit denen?“

„Vier sind in Birmingham aufgetaucht und nun tot. Waren das deine Männer?“

Damien erkannte, dass sein Bruder den jungen Banditen erst prüfen wollte. Blade starrte ihn an und schüttelte den Kopf. Dann betrachtete er seine beiden Spießgesellen, die diese Neuigkeit mit einem rauen Lachen begrüßten.

„Verfluchte Dreckskerle. Ich wünschte, wir hätten sie umgelegt.“

„Weißt du, was die da oben zu suchen hatten?“

„Nein“, antwortete er mit einem boshaften Glitzern in den Augen. Er nahm einen Schluck aus der Flasche und wischte sich den Mund mit dem Handrücken ab. „Aber gib mir ein paar Tage, dann finde ich es schon heraus.“

Am nächsten Morgen schützte Miranda Kopfschmerzen vor, da sie sich durch Damiens Zurückweisung noch so gedemütigt fühlte, dass sie ihr Zimmer nicht verlassen mochte. Außerdem war sie stolz, dass sie nie weinte, und wollte nicht, dass er sie mit roten Augen und verstopfter Nase sah, denn dann wüsste er ja, dass sie die ganze Nacht wie eine Heulsuse um ihn geweint hatte. Ihre Selbstachtung hatte schon genug gelitten, auch ohne diesen letzten Schlag.

Allerdings wusste sie auch, dass sie es verdient hatte. Das war das Schlimmste. Wie ein frecher Dieb hatte sie die Hand nach verbotenen Früchten ausgestreckt, die viel zu weit über ihr in Schwindel erregender Höhe hingen, und war über dieser Dummheit zu Fall gekommen.

Er war ein Earl und ein Nationalheld. Sie verfügte weder über Geld noch über eine gute Herkunft. Die schönen Kleider, die man ihr gegeben hatte, die neue elegante Umgebung hatten ihr kurzzeitig den Kopf verdreht, aber er hatte ihr wieder vor Augen geführt, wo ihr Platz war. Wie Mr. Reed und Miss Brocklehurst nicht müde geworden waren, ihr beizubringen: Sie war ein Nichts. Sie würde es nicht wieder vergessen. Sosehr ihr die Bewohner von Knight House ans Herz gewachsen waren, Damiens brutale Worte hatten sie daran erinnert, dass sie nicht hierher gehörte, ebenso wenig, wie sie nach Yardley gehört hatte.

Erregt im Zimmer auf und ab gehend, zog sie in Erwägung, davonzulaufen und zu einem der großen Londoner Theater zu gehen, doch jetzt, wo sie in den Augen des *ton* mit der Familie Knight verbunden war, würde das die Knights in ein schlechtes Licht setzen, und so wollte sie ihnen all ihre Freundlichkeit nicht vergelten.

Sie wünschte nur, dass Damien ihr gleich die Wahrheit gesagt hätte, statt ihr einen Haufen Unsinn zu erzählen und zu behaupten, dass er allmählich verrückt werde. Zwar hatte sie seinen Dämonen selbst in die Augen gesehen und wusste, dass er in ernsthaften Schwierigkeiten steckte, aber es war Unsinn zu verkünden, dass es kein Gegenmittel gebe. Es wäre ihr auch lieb gewesen, wenn er es ihr mitgeteilt hätte, bevor sie ihm wie eine Provinzmamsell ihr liebeskrankes Herz offenbart hatte.

In diesem Augenblick klopfte es diskret an ihre Tür.

„Ja, bitte?“

„Ich bin es, Miss, Mr. Walsh.“

Sie öffnete die Tür und schaute den großen, würdigen Butler fragend an.

„Guten Tag, Mr. Walsh."

Er neigte den Kopf. „Verzeihen Sie die Störung, Miss FitzHubert. Sie haben soeben Besuch bekommen. Ich weiß, dass Sie sich nicht wohl fühlen, aber in diesem speziellen Fall dachte ich, dass Sie Ihre Besucher vielleicht doch sehen möchten." Mit sanftem Ernst streckte er ihr eine Visitenkarte auf seinem kleinen Silbertablett hin. „Wenn Sie sich dem Besuch nicht gewachsen fühlen, schicke ich die Leute selbstverständlich fort."

Miranda nahm die Karte in die Hand und betrachtete den Namen. *Anne Sherbrooke, Viscountess Hubert.*

„Meine Tante", hauchte sie mit weit aufgerissenen Augen. Onkel Algernons Frau! Onkel Jason hatte seinen älteren Bruder Algernon häufig erwähnt, der nach dem Tod ihres Vaters der neue Lord Hubert geworden war – er war der Onkel, der aufgrund ihrer illegitimen Abkunft nichts mit ihr zu tun haben wollte. Onkel Jason hatte „Algy" immer einen kalten Fisch genannt.

„Ihre Ladyschaft hat ihre Kinder mitgebracht", fügte Mr. Walsh hinzu.

„Was, ich habe Vettern oder Kusinen?" rief sie erstaunt.

„In der Tat, Miss, das haben Sie – zwei junge Damen und einen Gentleman."

„Zwei Kusinen und einen Vetter! Oh, ich glaube, da muss ich schon hinuntergehen", murmelte sie mit nervös klopfendem Herzen, obwohl sie sich gewisser zynischer Gedanken nicht erwehren konnte. Es passte zu gut. Jetzt, wo sie bewiesen hatte, dass sie in der vornehmen Gesellschaft zurechtkam, hielten ihre Verwandten es wohl für sicher, sie anzuerkennen. Irgendwie hätte sie gute Lust gehabt, ihnen eine lange Nase zu drehen, doch tief im Herzen hegte sie die Hoffnung, ihre Verwandten könnten ihr endlich einen Platz bieten, an dem sie sich zu Hause fühlte.

„Soll ich Ihrer Gnaden sagen, dass Sie Verstärkung brauchen?“ fragte der Butler weise.

Dankbar schaute sie in sein faltiges Gesicht. „Gott segne Sie, Mr. Walsh. Ich wäre Ihnen ewig verbunden, wenn die Herzogin mich begleiten könnte.“

Er lächelte sie verständnisvoll an und nickte.

„Ach, Mr. Walsh!“ rief sie, als er die Tür schon schließen wollte. Sie nahm den kleinen Schlüssel, den Lord Lucien ihr überreicht hatte, und zeigte ihn dem Butler. „Wissen Sie zufällig, wo er passt?“

„Hm, darf ich mal?“

Sie reichte ihm den Schlüssel. Er hielt ihn hoch und untersuchte ihn genau, schüttelte dann jedoch den Kopf.

„Tut mir leid, den kenne ich auch nicht.“ Er gab ihn ihr zurück.

Sie nickte. „Danke.“

Er verbeugte sich und ging die Herzogin holen. Miranda eilte zum Spiegel und strich sich das Haar glatt. Ihre Augen waren zwar immer noch ein wenig rot, aber nicht mehr verquollen. Sie überlegte kurz, ob sie ein eleganteres Kleid anziehen sollte, verwarf den Gedanken dann jedoch. Sollten sie sie doch so nehmen, wie sie war. Sie würde sich jedenfalls keine Mühe geben, die Leute zu beeindrucken, die sie in Yardley ohne Mitleid hatten versauern lassen, während Onkel Jason im Krieg gewesen war.

Ein paar Minuten später betrat sie den Salon, an ihrer Seite die Duchess of Hawkscliffe. Miranda hielt sich stocksteif, und ihre Handflächen waren vor Nervosität ganz feucht, doch ihre Mentorin sah genauso gelassen aus wie immer, als ihre Gäste sich zur Begrüßung erhoben. Der erste Eindruck war höchst überraschend – Mutter und Töchter waren in tiefes Schwarz gehüllt, trugen Trauer für Onkel Jason. Der junge Mann trug ein schwarzes Band.

Sofort schämte sie sich, weil sie für ihre neue Garderobe hübsche Farben gewählt hatte und die dreimonatige Trauerfrist einfach nicht beachtete. Andererseits, dachte sie, ist die Familie angesichts meines illegitimen Status ja vielleicht sogar dankbar, wenn ich Distanz wahre und mir nicht heraus nehme, für den armen Onkel Jason Schwarz zu tragen. Als legitime Verwandte betrachteten sie das vielleicht als ihr Vorrecht. Was Lady Hubert betraf, so war Miranda geneigt, sich vor der Tante zu fürchten, die sie gemeinsam mit Onkel Kalter Fisch zurückgewiesen hatte, doch Lady Hubert wirkte noch nervöser, als Miranda sich fühlte. Die Viscountess war um die fünfzig, eine kleine, vogelartige Frau mit knittriger Haut und einer Aura der Gebrechlichkeit. Matt lächelte sie Miranda an, doch nicht einmal ihr Lächeln konnte den Ausdruck vager Bestürzung vertreiben, der in ihre Züge gemeißelt schien. Als Miranda vor ihr knickste, empfand sie sofort Mitleid mit der Frau.

Lady Hubert stellte ihre Töchter vor, die Ehrenwerten Damen Daisy und Parthenia Sherbrooke, ein Paar stolzer, bleicher, schmallippiger Mädchen, die ihre unglückliche, unsichere Mutter mit einem Augenrollen bedachten. Miranda nickte ihnen zu, unangenehm berührt von messerscharfen abschätzigen Blicken, mit denen die beiden sie maßen.

Schließlich wurde sie auch dem leicht verwegen aussehenden älteren Bruder vorgestellt, dem Ehrenwerten Mr. Crispin Sherbrooke, einem prächtigen jungen Dandy in flaschengrünem Rock und glänzend schwarzen Stiefeln. Er hatte goldblonde Locken und ein verschmitztes Zwinkern in den blauen Augen. Das makellos geschlungene, schneeweiße Krawattentuch ließ in ihr den Verdacht aufkeimen, dass sein Kammerdiener mindestens eineinhalb Stunden darauf verwendet haben musste.

Amüsiert knickste sie vor ihm, doch Crispin ergriff ihre Hand, beugte sich darüber und hauchte ihr einen galanten Kuss auf die Knöchel. „Hallo, Kusine", murmelte er und grinste sie strahlend an, als kennte er sie schon ein Leben lang.

Dankbar lächelte sie zurück. Sie hatte das Gefühl, als hätte sie einen dringend benötigten Freund gefunden.

Am nächsten Abend begleitete Damien Miranda zu einem privaten Kammerkonzert bei Lord und Lady Carteret, alten Freunden von ihm. Mit verschränkten Armen lehnte er sich in seinem Sessel zurück und versuchte, Trost in Mozarts Serenade für Blechbläser zu finden, deren warme Töne durch den kerzenerleuchteten Salon schwebten. Doch sosehr er sich bemühte, es war ihm unmöglich, sich zu entspannen, wenn sein Beschützerinstinkt geweckt war. Er wartete immer noch auf den Bericht dieses Galgenvogels Billy Blade. Dieser wollte ihm mitteilen, welche vier Männer Damien vor Birmingham getötet hatte.

Nach dem Besuch im East End am Montag hatte Damien im Guards' Club vorbeigeschaut, einem Herrenclub für Militärangehörige. Dort war er mit ein paar seiner vertrauenswürdigsten Offiziere zusammengetroffen und hatte all die Hilfe organisiert, die er brauchte, um Mirandas Sicherheit zu gewährleisten, wann immer er mit ihr den Schutz von Knight House verließ. Alle hatten ihm entschlossen ihren Beistand versprochen, denn sie war Sherbrookes Nichte, und der Major hatte zu ihnen gehört. Auch jetzt saßen sie strategisch verteilt um den Salon, elegant in ihre scharlachrote Uniform gekleidet, bereit, beim geringsten Anzeichen eines neuerlichen „Unfalls" Mirandas zu Hilfe zu eilen.

Sie hatte keinerlei Ahnung, welche Anstrengungen zu ihrem Schutz unternommen wurden, ja sie wusste nicht einmal, dass sie überhaupt in Gefahr schwebte. Genau so wollte Damien es auch haben, zumindest solange sie keinen konkreten Verdacht hegten. Schließlich war es schon schlimm genug, dass er sie so verletzt hatte, er wollte sie nicht auch noch unnötig mit der Nachricht erschrecken, dass sie möglicherweise als Mordopfer vorgesehen war.

Am letzten Abend hatte er sich ein paar Ausreden einfallen lassen, damit sie zu Hause blieb, statt auf den großen öffentlichen Ball in den Argyle Rooms zu gehen, auf den sie sich seit Tagen freute. Das Gebäude war groß, leicht zugänglich und schwer zu sichern, selbst mit Hilfe seiner Männer, und Eintrittskarten waren leicht zu bekommen. Ein privates

Konzert mit handverlesenen Gästen im Haus eines guten Freundes war da eine viel sicherere Angelegenheit, weswegen er heute Abend nachgegeben hatte.

Schließlich, dachte er bitter, habe ich ihr ja befohlen, sich einen Ehemann zu suchen. Wie sollte sie diese Anordnung befolgen, wenn er sie in Knight House hinter Schloss und Riegel hielt? Unwiderstehlich angezogen, sah er zu ihr hinüber, worauf sein Blick leicht säuerlich wurde. Griff schien ja gute Fortschritte zu machen. Der verwitwete Marquis saß auf Mirandas anderer Seite, beugte sich gerade zu ihr hinüber und flüsterte ihr etwas ins Ohr. Wo zum Teufel steckte eigentlich Alice? Als Anstandsdame taugte sie nicht gerade viel, sonst wäre ihr aufgefallen, dass der alte Freund der Familie Miranda ein bisschen zu nahe kam. Über die Schulter schaute er zu Lucien und Alice, die direkt hinter ihnen saßen. Vielleicht war seine Reaktion ja übertrieben, denn Alice war eine Frau von hohen moralischen Grundsätzen, und sie schien die Aufmerksamkeit, mit der Lord Griffith das Mädchen überhäufte, nicht weiter bemerkenswert zu finden.

Mürrisch seufzte er auf. Lieber Griff als jemanden wie Oliver Quinn, aber eigentlich begann es, ihn wirklich zu stören – all die männliche Bewunderung, die seinem Mündel folgte, wo immer sie ging und stand.

Er konnte sich einen weiteren verstohlenen Blick nicht verkneifen und verspürte dabei ein seltsam ersticktes Gefühl in der Brust, halb Schmerz, halb Sehnsucht. Sie sah so wunderschön heute Abend aus. Er hätte nie gedacht, dass ihr gedämpftes Hellrosa stehen könnte, doch das Seidengewand schimmerte im Kerzenlicht, der matte Farbton ließ ihre grünen Augen nur noch intensiver strahlen. Ihre sanft gerundeten Oberarme lockten ihn schier unerträglich; am liebsten wäre er mit den Lippen über den schmalen Streifen Haut zwischen den Puffärmelchen und den langen weißen Handschuhen gefahren. Diese unschuldige Region schien so viel zugänglicher als das herrliche Dekolleté, das sich aus dem zarten Ausschnitt erhob. Elend wandte er den Blick ab. Er wusste, dass er das alles nur sich selbst zu verdanken hatte, aber er hätte nicht gedacht, wie kalt die Welt sein könnte, nur weil eine warmherzige und sonnige Person wie Miranda FitzHubert einen auf einmal mit solch kühler Reserviertheit behandelte.

Nach der Vorstellung erhob er sich und suchte die Offiziere auf, die er postiert hatte. Jeder berichtete, dass ihm nichts Ungewöhnliches aufgefallen sei. Befriedigt nahm er von einem der Diener, die mit Tabletts voller Gläsern herumgingen, ein Glas Wein entgegen. In diesem Moment kam Griff lächelnd zu ihm herübergeschlendert. Damien war nicht auf den akuten Anfall von Eifersucht gefasst, der ihn überkam, als sein alter Freund sich zu ihm gesellte und mit ihm anstieß.

„Prost."

Damien rang sich ein gezwungenes Lächeln ab und bemühte sich, das ungewohnte Gefühl abzuschütteln. Dann wappnete er sich und schaute Griff fragend an. „Und?"

„Was und?"

Damien zog eine Augenbraue hoch.

„Ah. Möglich", murmelte er mit einem halben Lächeln. „Durchaus möglich. Sie ist entzückend."

„Was hält dich dann noch davon ab?“ erkundigte er sich mit der Direktheit des Soldaten.

„Bist du so erpicht, sie loszuwerden?“

Er biss die Zähne zusammen und hob dann das Kinn. „Ich will, dass sie gut versorgt ist. Das ist alles.“

„Verstehe. Nun, es ist noch zu früh – für mich zumindest. Und für sie vermutlich auch.“

„Warte nicht zu lang. Schau hin“, knurrte Damien und nickte zu Miranda und Crispin hinüber, die Seite an Seite an der Wand standen und ein Gemälde von Turner bewunderten. „Die beiden stecken schon wieder die Köpfe zusammen.“

Griff lachte.

„Jason hat immer gesagt, dass der Junge ein Idiot ist“, schimpfte Damien. „Was er ihr da wohl so eindringlich erzählt, was meinst du?“

Der Marquis zuckte nur lässig mit den Schultern und ließ den Wein im Glas kreisen. „Wer weiß?“

„Willst du nichts unternehmen? Vielleicht hat der Knabe es ja auf sie abgesehen!“

„Von mir aus. Sie kommt schon selbst zurecht. Besser als die meisten anderen jungen Damen hier im Raum, würde ich behaupten. Sie ist ein Original“, verkündete Griff. „Ich finde sie einfach erfrischend.“

„Also, wenn du sie so furchtbar erfrischend findest, dann solltest du vielleicht doch lieber hinübergehen und die beiden unterbrechen.“

Griff musterte ihn.

„Was?“ fragte Damien, vom durchdringenden Blick seines Freundes ein wenig aus der Fassung gebracht.

„Schon möglich, dass Crispin Sherbrooke in sie verliebt ist, aber er ist es nicht, um den ich mir Sorgen mache." Griff schlenderte davon, um sich unter die anderen Gäste zu mischen.

„Soll das heißen, dass Sie es noch nicht wissen?" fragte Crispin, und seine blauen Augen funkelten boshaft. „Himmel, Kind, die Geschichte ist zu köstlich!"

„Erzählen Sie", kicherte Miranda.

„Vielleicht sollte ich Sie auf die Folter spannen, bis Sie morgen Abend zu uns zum Essen kommen."

„Das wäre aber ein ganz gemeiner Schurkenstreich. Nun erzählen Sie schon!"

„Sie werden schockiert sein", warnte er sie verspielt.

„Nein, ich doch nicht."

„Ihr Vormund wird mir den Kopf abreißen, wenn er herausfindet, dass ich es Ihnen erzählt habe."

„Ich verrate kein Wort. Crispin, nun hören Sie auf, mich zu quälen. Erzählen Sie es mir."

„Also gut, aber nur, weil Sie so hübsch sind. Nicht der älteste Bruder, Hawkscliffe, und auch nicht dieses hübsche Ding Jacinda – die beiden sind reinblütig. Aber die anderen, dieser Teufelskerl, Lord Jack, die Zwillinge und auch mein guter Freund Alec – sie alle sind Kuckuckseier, das Ergebnis der Eskapaden ihrer Mutter. Und jeder weiß Bescheid."

„Nein", flüsterte sie und klopfte ihm mit dem Fächer auf die Hand.

„Ich schwöre bei meinem Glück, dass es die Wahrheit ist." Seine Augen blitzten fröhlich, als er einen Schluck Wein nahm. „Ihre Mutter hatte so viele Liebhaber, dass man sie nur die Hawkscliffe-Hure nannte."

Miranda keuchte auf, hin- und hergerissen zwischen Faszination und Schuldgefühl, dass sie sich Klatschgeschichten über Leute anhörte, die sich ihr gegenüber so freundlich gezeigt hatten.

„Und wer ist der richtige Vater der Zwillinge?" wisperte sie.

„*Ma petite,* so unschuldig! Wissen Sie denn überhaupt nichts, Sie Dummerchen? Ihr Vater war ihr langjähriger Hausfreund, der Marquis of Carnarthen."

„Ist er hier?"

„Nein, er ist schon tot. Er war Waliser und hochrangiger Marineoffizier. Er war der Herzogin, der Frau eines anderen, so ergeben, dass er niemals heiratete und ohne offizielle Nachkommen starb."

„Ach, wie traurig!"

„Deswegen hat das Parlament Ihren Vormund zum Lord Winterley gemacht", fuhr Crispin verschwörerisch fort. „Carnarthen war sehr mächtig und allseits beliebt. Als der Ältere ist Damien auch Lord Carnarthens Erstgeborener. Nachdem der Titel nach Carnarthens Tod erlosch, haben sich ein paar seiner Freunde im Parlament zusammengetan und einen neuen Titel für Damien geschaffen, damit die Linie überlebt."

„Ich dachte, er wäre wegen seiner Verdienste im Krieg zum Earl erhoben worden!"

„Himmel, nein, deswegen wird man doch kein Earl. Selbst Wellingtons beste Männer wurden nur Viscounts."

„Nur Viscounts", spottete sie fröhlich. „Wie können Sie? Sie werden eines Tages doch selbst einmal einer sein!"

Sie lachten, doch innerlich kochte Miranda vor Zorn. Es war unglaublich!

Der gemeine Kerl hatte ihr das Herz zerrissen, hatte sie aufgrund ihrer illegitimen Geburt abgewiesen, und dabei war er selbst ein Bastard! Mit blitzenden Augen suchte sie den Raum ab, bis sie ihn in seiner scharlachroten Uniform entdeckt hatte.

Er stand allein und starrte sie an.

Wie immer verspürte sie den Schock, der sie bis in die Grundfesten erschütterte, wenn ihre Blicke sich begegneten. Diesmal wandte sie sich ab, nahm all ihre Schauspielkünste zu Hilfe, um sich ein fröhliches Lachen abzuringen. Dann hängte sie sich bei ihrem Vetter ein und schlenderte mit ihm zum nächsten Gemälde.

Am nächsten Abend blickte Algernon mit einem verhalten selbstzufriedenen Lächeln an der langen Dinnertafel hinab. Er konnte sich nicht nur rühmen, ein paar der Leuchten des *ton* an seinem Tisch versammelt zu haben, etwa den großen Lord Winterley, seinen älteren Bruder, den Duke of Hawkscliffe, und dessen strahlende Duchess – was den Abend für einen allgemein eher unbeliebten Mann wie ihn zu einem gesellschaftlichen Triumph machte –, sein Sohn führte die ihm anvertraute Aufgabe auch großartig aus. Vielleicht konnte er doch noch stolz auf den Jungen sein. Indem er sich auf ihre Verwandtschaft berief, war es Crispin bereits gelungen, unter den Verteidigungslinien hindurchzuschlüpfen, die Winterley für sein Mündel errichtet hatte, um die Verehrer in Schach zu halten.

Crispin saß der schönen Miranda gegenüber und zeigte sich von seiner charmantesten Seite. Er brachte sogar die Duchess zum Lachen. Nur Winterley schien der Witz des Jungen kaltzulassen. Streng und ohne Lächeln saß der Earl neben Miranda am Tisch, die mächtigen Schultern verkrampft, eine finstere Gestalt in ihrer Mitte. Wenn er an den traurigen Zustand dachte, in dem sich Jason befunden hatte, bevor er diese Welt verlassen hatte, fand Algernon es nicht weiter verwunderlich.

Das Soldatenleben ist eine schlimme Sache, dachte er, und dann ignorierte er die Düsterkeit, die den Colonel umgab, und unterzog Miranda noch einmal einer verstohlenen Musterung.

Vielleicht spürte sie den Blick, denn sie erwiderte ihn zögernd, nervös und leicht errötend. Ah, sie bezauberte ihn. Die rosigen Wangen, die grünen Augen. Ihr Teint war frisch wie ein Lilienblatt. Sein Herz schlug vor Aufregung schneller. Obwohl er sicher war, dass keiner es merkte, schaute er sie länger an, als ziemlich gewesen wäre, leckte sich dann die trockenen Lippen und nahm einen Schluck Wein.

Am nächsten Morgen stand Damien in der Auffahrt, mit einem Stallknecht ins Gespräch vertieft, einem ehemaligen Jockey, der soeben von einem Ausritt mit Zeus im Park zurückgekehrt war. Es war ein herrlicher Dezembertag; der blaue Himmel spannte sich über den in der Wintersonne herrlich glitzernden Schnee.

„Er ist in bester Verfassung, Mylord", sagte der winzige Jockey soeben und tätschelte dem Hengst den Hals.

„Freut mich zu hören", erwiderte Damien.

Er wäre gern selbst auf Zeus ausgeritten, aber er wollte Miranda keinen Moment unbewacht zurücklassen. Zum Glück hatte sich kein Unfall und kein Missgeschick mehr ereignet, seit Fancy vor vier Tagen mit ihr durchgegangen war. Entweder zahlte sich seine Wachsamkeit aus, oder er bildete sich die Gefahr nur ein.

Er hatte Miranda gestattet, an dem Dinner letzten Abend teilzunehmen, weil es wichtig war, seine Verwandtschaft zu kennen, so unangenehm sie auch sein mochte, aber er wusste, dass sie viel zu klug war, um sich über die Motive der Huberts im Unklaren zu sein. Wenn sie nicht bei seiner Familie Unterstützung gefunden und nicht einen so guten Eindruck auf den *ton* gemacht hätte, hätten ihr Onkel und ihre Tante auch weiterhin so getan, als existierte sie nicht. Sie waren schlicht und einfach gesellschaftliche Aufsteiger. Und was ihre Kusinen anging, so hatten die beiden hochmütigen jungen Damen sie den ganzen Abend voll Eifersucht angestarrt – wenn sie nicht gerade ihn oder Robert beäugten. Crispin ist der Einzige, der Miranda wirklich zu mögen scheint, dachte Damien. In diesem Augenblick erhob sich am schmiedeeisernen Tor von Knight House ein großes Geschrei.

„Weg mit dir! Du hast hier nichts zu suchen!" rief einer der Torwächter soeben.

Sofort alarmiert, schaute Damien hinüber. Er konnte den Besucher nicht sehen, da die Dienstboten im Weg standen.

Er blickte zum Stallburschen und nickte ihm zu. Solcherart entlassen, wendete der kleine Mann das Pferd und ritt im Schritt zu den Ställen zurück, als ein gellender Pfiff die Luft zerriss.

„Mylord!“ rief jemand vom Tor. „Wollen Sie mich jetzt vielleicht mal reinlassen?“

Damien trat zum Tor, die Lippen geringschätzig verzogen. Es war dieser Höllenhund Billy Blade. Er hielt sich in Kopfhöhe an den Eisenstäben fest und lehnte lässig am Tor. Sein Lächeln war das frechste, das Damien in seinem Leben untergekommen war.

Diesem jungen Mann könnte ein wenig militärische Disziplin nicht schaden, dachte Damien streng. „Lassen Sie ihn ein“, wies er die Torwächter an.

„Sir?“ Verwirrt drehten sie sich zu ihm um.

Er nickte nur knapp. „Na los.“

„Na, schau mal, da haben Sie also doch ein wenig Verstand.“ Blade stieß sich vom Tor ab, zog die schwarzen Lederhosen zurecht und stolzierte herein. Er grüßte die Torwächter, indem er sich an den mit einer Kokarde verzierten Hut tippte, worauf sie ihn zweifelnd betrachteten.

„Sie haben ja Nerven, einfach hier aufzutauchen“, knurrte Damien.

„Wie, hätte ich vielleicht am Dienstboteneingang klopfen sollen?“ erwiderte der andere.

„Sie hätten zu Lucien gehen sollen. Schließlich sind Sie mit ihm bekannt, nicht mit mir.“

„Hab ich ja versucht. Aber er war nicht da. Und Sie sind es, der von mir Hilfe braucht. Ich bin hergekommen, um sie

Ihnen anzubieten, aber wenn Sie sich nicht wie 'n richtiger Gentleman benehmen, trag ich meine Informationen eben woandershin."

„Hier entlang, Sie fürchterlicher Kerl", sagte Damien leise.

Blade lachte amüsiert und folgte ihm durch die Eingangstür. Zumindest besaß er so viel Manieren, den Hut abzunehmen. „Na, nicht übel, gar nicht übel", bemerkte er, während er sich in der marmornen Eingangshalle umsah, wirkte aber nicht übermäßig beeindruckt. „Ist das Ihr Haus?"

Vermutlich plant der Kerl schon den künftigen Raubzug, dachte Damien. „Nein, es gehört meinem Bruder. Hier entlang, Mr. Blade."

Er führte ihn zu dem kleinen Büro im hinteren Teil des Erdgeschosses, das dem Butler und der Haushälterin zur Haushaltsführung diente. Er bot Blade einen Stuhl an. Statt sich darauf zu setzen, stellte der Bursche den Fuß auf die Sitzfläche und legte die Arme über das gebeugte Knie. Seine Miene wurde ernst.

„Ich tät behaupten, Sie stecken in Schwierigkeiten, Chef."

„Was haben Sie herausgefunden?"

„Erst möcht ich Sie was fragen. Haben Sie die vier Typen droben in Birmingham eigenhändig abgemurkst?"

Damien hielt es für das Beste, nicht zu antworten.

Blade grinste. „Das klang ja nicht wie ein Nein. Wie haben Sie das denn angestellt? Mehr als zwei auf einmal hab ich noch nie geschafft."

Damien konnte sich ein schiefes Lächeln nicht verkneifen. „Alles eine Sache des Rhythmus."

„Rhythmus. Klar. Also dann." Die klugen Augen des Burschen wurden hart. „Das hab ich herausfinden können: Die vier Schweine, die Sie da oben abgeschlachtet haben, sind vor drei Wochen von einem reichen Londoner angeheuert worden. Keiner weiß, wie der Typ heißt, aber es geht das Gerücht, dass er ein Hausbesitzer ist und ihm ein paar der Mietskasernen in Seven Dials gehören."

„Wozu genau hat er sie denn angeheuert?"

Blade schüttelte den Kopf. „Das wussten die anderen nicht. Alles, was der Mann verraten hat, war, dass er eine Aufgabe für sie im Norden hätte. Dafür sollte jeder hundert Guineen kriegen."

„Nicht wenig", murmelte Damien. Ihm lief es kalt über den Rücken, als er sich klarmachte, dass diese vier Männer tatsächlich auf Miranda angesetzt worden waren – wobei er nicht wusste, ob sie sie nur hatten entführen oder gleich töten sollen. Er schauderte, als er sich vor Augen führte, wie knapp es ausgegangen war. Wenn er sich nicht instinktiv noch einmal umgedreht hätte, um ihr nachzusehen, wäre er nicht dazu gekommen, sie zu retten. Vermutlich hatten sie die Schule beobachtet und eine Gelegenheit abgewartet. Zweifellos hatten sie keine Ahnung gehabt, wie sie ihrer habhaft werden konnten, nachdem Miss Brocklehurst die Mädchen auf Yardley ja so streng bewacht hatte. Bestimmt waren sie überrumpelt gewesen, als sie abends aus dem Haus geschlüpft war.

Zweifellos hat der Feind auch jetzt seine Späher um Knight House postiert, überlegte er düster. Sein erster Gedanke war es, Miranda auf einen der Landsitze der Familie zu schaffen, doch er verwarf ihn wieder. Am sichersten wäre sie in Knight House mitten im Herzen Londons, wo es jede Menge loyaler Augen- und Ohrenpaare gab. Hier war die Verteidigung bereits aufgebaut, seine Brüder und seine Offiziere vom Regiment standen bereit, um nötigenfalls einzuspringen.

Nachdenklich strich er sich übers Kinn. „Und wie kann ich herausfinden, wer der Mann ist?"

„Da würde Lucien wohl mehr Glück haben als ich", erwiderte Blade. „Meistens gehören diese Elendsquartiere vornehmen Männern, aber sie verstecken sich hinter ihren Verwaltern, die Befehl haben, die Identität ihres Arbeitgebers nicht zu verraten. In meinem Teil Londons ist Verschwiegenheit eine Tugend."

„Haben Sie gehört, ob der Mann noch einmal zurückgekommen ist und andere Bandenmitglieder angeheuert hat?"

Blade schüttelte den Kopf. „Nein. Das wäre für ihn doch zu riskant, meinen Sie nicht? Außerdem, wenn die beim ersten Mal versagt haben, warum sollte er es noch mal mit ihnen versuchen? Ich an seiner Stelle würde es mit einer anderen Taktik probieren."

„Das hat er schon. Ein gottverdammter und hinterhältiger Feigling ist das, hat versucht, ein junges Mädchen mit einer Kutsche überfahren zu lassen", murmelte er, seine Gedanken laut aussprechend.

Blade stieß einen leisen Pfiff aus. „Das ist ja gemein. Ich beneide Sie nicht, Colonel. Nichts Schlimmeres als ein Feind, der sich nicht offen zeigt. Kommen Sie ruhig noch mal vorbei, wenn ich Ihnen behilflich sein kann."

Bei diesen Worten warf Damien dem Mann einen scharfen Blick zu, denn einen Moment kam es ihm so vor, als hätte der Cockney-Akzent plötzlich einem kultivierteren Ton Platz gemacht. Der junge Mann war sich offenbar nicht gleich bewusst, dass er in seinem Gegenüber mit einem Mal den Verdacht geweckt hatte, er könne von höherer Geburt sein, als er vorgab.

„Haben Sie immer in Seven Dials gewohnt, Mr. Blade?"

Sofort kehrte das wachsame Grinsen in Blades Gesicht zurück. Er nahm den Fuß vom Stuhl. In diesem Moment ertönten aus der Eingangshalle drei hohe Stimmen.

Damien erkannte die energischste sofort als die seiner Schwester.

„Mr. Walsh, bitte sagen Sie Seiner Gnaden, dass wir in einer Stunde zurück sind. Wir gehen im Park spazieren."

Damien sprang auf und eilte hinaus, um sie aufzuhalten. „Miranda!" rief er scharf. Bereits in ihre pelzbesetzte Pelisse gehüllt, drehte sie sich um. „Du darfst nicht ausgehen."

„Mylord?" stieß sie zwischen zusammengebissenen Zähnen hervor und hob das Kinn.

„Ich habe dir ausdrücklich nicht gestattet, Knight House zu verlassen."

„Damien, du Ungeheuer, nun lass sie doch zufrieden", schimpfte Jacinda und legte den Arm um Miranda. „Schau doch, wie die Sonne scheint. Wir haben deine selbstherrlichen Befehle satt. Wir wollen das schöne Wetter ausnutzen. Kommt, Miranda, Lizzie …"

„Nein", knurrte er und packte sein Mündel am Handgelenk, ließ aber sofort wieder los, als Miranda aufschrie.

„Lass sie augenblicklich in Ruhe!“ Jacinda zog Miranda wieder auf ihre Seite.

„Ich an Ihrer Stelle würde tun, was er sagt, meine Liebe.“

Sie alle drehten sich um, als Billy Blade mit einem spöttischen Grinsen auf den Lippen in die Eingangshalle geschlendert kam.

Jacinda betrachtete ihn, riss die Augen auf und blinzelte. Dann spiegelte sich ein Ausdruck vernichtenden Hochmuts auf ihren koboldhaften Zügen wider. „Ich muss doch sehr bitten“, meinte sie, die Schultern straffend, wobei sie jeden Zoll wie die blaublütige Herzogstochter aussah, die sie war.

„Blade“, warnte Damien.

Frech musterte der junge Mann Jacinda von Kopf bis Fuß. „Ich geh jetzt“, erklärte er mit schleppender Stimme und schlenderte lässig auf den Eingang zu.

Automatisch öffnete Mr. Walsh ihm die Tür und blickte dabei schockiert auf die kühn gekleidete, abgerissene Gestalt.

„Wer, nein, was war denn das?“ erkundigte sich Jacinda und fuhr zu Damien herum, sobald sich die Tür wieder geschlossen hatte.

„Das kann dir egal sein“, beschied er ihr, doch bevor er fortfahren konnte, hatte Jacinda Lizzie und Miranda schon bei der Hand gepackt und war mit ihnen die schnell Treppe hinaufgerannt.

„Äh, Mädchen?“ Im nächsten Moment stand er allein am Fuß der Treppe und kratzte sich ratlos den Kopf. Zumindest war es ihm gelungen, sie am Ausgehen zu hindern.

„Jacinda? Was um alles in der Welt ist mit dir los?“ fragten Miranda und Lizzie lachend, als das Mädchen den Flur hinunterrannte und sie fast schon gewaltsam mit sich zerrte. Sie riss die Tür zum Musikzimmer auf, das über der Auffahrt lag, und stürzte zum Fenster.

„Oh, schaut ihn doch an, ist er nicht furchtbar?“ wisperte Jacinda und sah in fasziniertem Grauen nach draußen, wo die Dienstboten dem seltsamen jungen Mann gerade das Tor öffneten. „Wie hat Damien ihn genannt? Blade? Das war doch der Name, oder?“

„Ich glaube. Komischer Name?“ meinte Lizzie, während sich die Mädchen voller Neugier und Aufregung um das Fenster scharten.

„Ein richtiger Rüpel, und so frech! Habt ihr mitbekommen, wie er mich angeguckt hat?“ hauchte Jacinda. „Wer er wohl ist?“

„Ein böser Mann, da bin ich mir sicher“, erklärte Lizzie kategorisch. „Ihre Gnaden würde bestimmt nichts von ihm halten, Damien ja offensichtlich auch nicht. Um Himmels willen, Jacinda, nun hör auf zu gaffen, bevor er dich bemerkt!“

Doch im selben Moment schlug Jacinda schon die Hand vor den Mund, denn Blade hatte sich noch einmal umgedreht und sie am Fenster entdeckt. Mit breitem Grinsen zog er den Hut und verbeugte sich schwungvoll wie ein französischer Höfling in Versailles. Dann setzte er den Hut wieder auf, wandte sich elegant um und schlenderte langsam davon, als hätte er keinerlei Sorgen auf dieser Welt. Er schien sich sicher zu sein, bei den jungen Damen tiefen Eindruck zu hinterlassen.

„Was für ein alberner, lächerlicher Kerl", schimpfte Jacinda, deren Apfelbäckchen rot angelaufen waren, und Lizzie und Miranda wechselten verwirrt einen Blick, da ihre Freundin ganz atemlos zu sein schien. Jacinda presste die Stirn an die Fensterscheibe und schaute Blade nach, bis er verschwunden war.

12. KAPITEL

Miranda schreckte hoch, als in der Ferne eine Explosion zu hören war. Als sie sich im Bett aufrichtete, rutschte ihr das Buch von der Brust, das sie vor dem Einschlafen gelesen hatte. Aus ihren Träumen gerissen, sah sie sich verwirrt um. In ihrem Zimmer war es düster, die Vorhänge waren vorgezogen, und die Kerze war fast ganz heruntergebrannt. Sie setzte sich auf und rieb sich die Augen. Der ferne Donnerhall war immer noch zu hören. Als sie auf die Uhr blickte, wurde ihr der Grund für den ganzen Lärm klar. Die Geburt des neuen Jahres 1815 war nur noch wenige Minuten entfernt.

Gähnend schlug sie die Decke zurück, stand auf und tappte zum Fenster, um hinauszuschauen. Sie zog den schweren Damastvorhang zurück, und unter ihrem einsamen Seufzer beschlug die Scheibe. Die Feiertage ganz allein zu verbringen ist noch schlimmer, als sie in Yardley ertragen zu müssen, dachte sie, während sie den nächtlichen Himmel betrachtete, der immer wieder von den bunten Blitzen des Feuerwerks erhellt wurde.

So also war es, wenn man in der Hauptstadt des Königreichs lebte. In Birmingham gab es nicht oft Feuerwerk. Einen Augenblick sah sie in schläfrigem Entzücken zu. Damien und Lucien hatten sie vorher über die Gefahr aufgeklärt, in der sie ihrer Meinung nach schweben könnte. Anscheinend fanden sie, dass die ganzen Unfälle, die ihr in letzter Zeit passiert waren, gar keine Unfälle waren. Sie war nicht sonderlich verängstigt, denn sie wusste ja, dass die beiden sie beschützten. Sie sagten, sie brauche sich keine Sorgen zu machen und dass sie in Sicherheit sei, und sie glaubte ihnen. Es stimmte sie allerdings missmutig, dass sie die anderen nicht auf die Silvestergesellschaft hatte begleiten dürfen.

Allerdings war sie nicht völlig allein. Irgendwo im Haus hielt sich auch ihr Vormund auf, der sich möglicherweise genauso einsam fühlte wie sie. Damien war auch in Knight House geblieben. Vorsichtig schaute sie zur Tür und überlegte, ob sie ihm ein frohes neues Jahr wünschen sollte. Seit jenem Abend im Stall hatten sie kaum miteinander gesprochen, wenn man mal von rein praktischen Dingen absah, und selbst da hatte ihre Konversation gespreizt geklungen. Kein guter Anfang für das neue Jahr. Ein Weilchen blickte sie noch auf die Tür und biss sich auf die Lippen. Sie bezweifelte, dass er schlief. Wie sollte man bei all dem Krach schlafen können …?

Ihre Gedanken brachen abrupt ab. Die letzten Reste an Müdigkeit fielen von ihr ab, als es ihr wieder einfiel.

Das Feuerwerk!

Sie drehte sich wieder zum Fenster, und das Herz klopfte ihr bis zum Hals, als ihr sein gequältes Geständnis im Stall in den inzwischen hellwachen Sinn kam. Sofort wandte sie sich vom Fenster ab, griff sich den Morgenrock vom Haken, zog ihn an, nahm ihre Kerze und ging hinaus in den Flur. Sie betete, dass mit ihm alles in Ordnung war. Damien hatte ausdrücklich gesagt, dass der Lärm von Feuerwerk und Böllern – wie jene, die soeben abgefeuert wurden – das schreckliche Erlebnis am Guy-Fawkes-Abend ausgelöst hatte. Vermutlich geht es ihm wunderbar, redete sie sich ein, aber sie musste einfach nachschauen, um sich dessen auch ganz sicher zu sein.

Sie hielt die Kerze im dunklen Flur hoch und zählte die Türen, bis sie zu seinem Schlafzimmer gelangte. Erst wollte ihr der Mut versagen, als sie die Hand hob, um anzuklopfen. Damien hatte ihr erzählt, dass er sich in jener Nacht seiner Taten nicht bewusst gewesen war, dass er ein Messer in der einen und eine Pistole in der anderen Hand gehalten hatte. Und wenn er nun wirklich gefährlich wäre? Sie schluckte, als ihr plötzlich sein Bild auf jener mondbeschienenen Kuppe vor Augen stand: wütend, blutbeschmiert und wild, den Degen in der Hand. O ja, sie wusste, wozu er fähig war.

Sie wusste jedoch auch, dass er ihr nie weh tun würde. Wie sehr er auch glauben mochte, eine Bedrohung für sie darzustellen, Miranda war felsenfest überzeugt davon, dass er sich nie so vollständig in seinem Schmerz auflösen würde, um einer Frau weh zutun. Damien Knight doch nicht. Sie straffte sich, hob das Kinn und klopfte tapfer an die Tür.

Niemand antwortete.

„Damien?" rief sie leise und klopfte noch einmal. Sie wartete noch einen Augenblick und eilte dann nach unten, um ihn dort zu suchen. Sie spähte über das Geländer, doch war weit und breit kein Dienstbote zu sehen, den sie nach Damien hätte fragen können. Im Haus war es gespenstisch still, was durch die fernen Kanonenschläge noch betont wurde. Leise ging sie durch die verwaisten Salons.

Das Mondlicht schien durch die großen Fenster, glänzte in der Dunkelheit wie Quecksilber in den dunklen, prächtigen Hallen, ließ die goldgerahmten Spiegel aufblitzen. Ihr war bang ums Herz. Als die Kerze zu flackern begann, glaubte sie, in jedem Schatten einen Geist zu erkennen, entdeckte Ungeheuer hinter den verschnörkelten Sofas und dem großen Flügel des Herzogs, aber Damien konnte sie nicht finden.

Vielleicht ist er ausgegangen, überlegte sie, als sie plötzlich in einen Raum gelangte, in dem Leute versammelt waren. Zwei seiner Offiziere spielten in der Bibliothek Karten. Sie trat mit ihrem Kerzenhalter in die Tür und schaute die beiden Männer unsicher an.

„Verzeihung."

Bei ihren leise geäußerten Worten warfen sie die Karten hin und sprangen auf. „Miss FitzHubert", grüßten sie und verbeugten sich steif.

Die zwei Offiziere wirkten ein wenig nervös, als sie sie so im Morgenrock erblickten, aber sie lächelte sie beruhigend an. Sie wusste, dass sie nur hier waren, um Damien zu helfen, sie zu beschützen.

„Guten Abend, meine Herren", sagte sie zögernd. „Es tut mir leid, dass ich Ihnen das Silvesterfest auf diese Weise verdorben habe."

„Aber gar nicht, Miss FitzHubert", wehrte Lieutenant Colonel MacHugh ab, ein großer rothaariger Schotte mit stechenden Augen und einer üblen Narbe im Gesicht. „Das machen wir doch gern. Winterley würde für uns dasselbe tun."

„Das ist sehr nett von Ihnen. Haben Sie ihn gesehen?"

„Er hat sich vor etwa einer Stunde zurückgezogen."

Sie runzelte die Stirn. „Er ist in seinem Zimmer? Sind Sie sich wirklich sicher?"

„Er hat gesagt, er fühle sich nicht recht wohl", erklärte Captain Sutherland. Er war ein flotter blonder Kerl mit sorgfältig gepflegtem Schnurrbart.

Das klingt aber nicht gut, dachte sie, nickte den beiden Männern zu und wünschte ihnen für das neue Jahr alles Gute. Dann kehrte sie nach oben zurück. Der Schuft war die ganze Zeit über in seinem Zimmer gewesen. Warum hatte er nicht reagiert, als sie geklopft hatte? Verbarg er sich etwa vor ihr?

Ein paar Minuten später stand sie wieder vor seiner Tür. „Damien?" rief sie und klopfte diesmal energischer an. „Ich weiß, dass du da drin bist. Sutherland und MacHugh haben es mir erzählt." Sie wartete. „Damien, so antworte doch."

„Geh weg."

„Sei nicht kindisch. Bist du krank?"

„Ja."

„Soll ich einen Arzt rufen lassen?"

„Nein."

Sie schaute zu Boden, während sie versuchte, aus seiner Stimme Rückschlüsse auf seinen Zustand zu ziehen. „Kann ich dir irgendetwas bringen?"

„Geh weg."

„Ich gehe nicht weg. Welche Krankheit hast du denn?"

Er schwieg.

„Es handelt sich um keine körperliche Krankheit, stimmt 's?" fragte sie grimmig. „Hast du getrunken?"

Er sagte immer noch nichts.

„Damien, bist du etwa bewaffnet?"

Als sie durch die dicke Tür sein bitteres Gelächter hörte, lief es ihr kalt über den Rücken.

„Lass mich rein!“ rief sie und trommelte mit den Fäusten gegen die Tür. Sie war außer sich vor Angst, dass er sich etwas antun könnte.

„Verschwinde, Rotkäppchen“, flüsterte er leicht irre, „bevor der böse Wolf dich frisst.“

Sie zuckte zurück und schluckte. Während sie die Tür anstarrte, die verschlossene Barriere, die er zwischen ihnen errichtet hatte, wurde ihr klar, dass dies der Moment der Wahrheit war, der Moment, auf den es ankam. Der Moment, für den Lord Lucien ihr den Schlüssel gegeben hatte.

Mein Gott, und dieser geheime Kummer war auch der wahre Grund, warum Damien sich weigerte, von ihr geliebt zu werden. Nun war es an der Zeit, dass sie um ihn kämpfte, genau wie er auf Bordesley Green gekämpft hatte, um ihr das Leben zu retten. Sie rannte den Flur hinab, um den Schlüssel aus ihrem Zimmer zu holen.

Na also. Er hatte sie in die Flucht geschlagen. Damien stand auf der anderen Seite der Tür und lauschte, wie ihre leichten Schritte auf dem Flur verklangen. Ohne Hemd stand er da, schweißbedeckt, im Schlachtfieber, und kämpfte mit aller Macht dagegen an. Er biss die Zähne zusammen, um nicht laut ihren Namen herauszuschreien, ließ den Kopf gegen die Tür sinken und schloss erschöpft die Augen, während die Bilder mit atemberaubender Geschwindigkeit zwischen Vergangenheit und Gegenwart wechselten, bis ihm schwindlig war. Seltsam, wie er sich in tiefster Seele nach ihr sehnte, während seine Lippen immer nur ein kaltes „Geh weg“ hervorstießen. Diese Nacht zerrissen ihn seine Dämonen förmlich, in seinem Innern tobten Seelenqual, Schmerz, Zorn und Schuld. Er versuchte den Sturm einzudämmen, ihn durch schiere Willenskraft zu bezähmen, aber es gelang ihm nicht.

Jede Narbe an seinem Körper brannte wie Feuer. Allmählich löste sich sein Panzer aus Eis auf, und er stand hier in diesem Zimmer und drohte still an den Tränen zu ersticken, die zu weinen er sich weigerte. Die Böller in der Ferne klangen wie Artilleriefeuer, und er hätte schwören mögen, dass es näher kam. Wer es wohl war? General Massena? General Soult? Soult könnte er mit Leichtigkeit schlagen, aber Massena war ein gefährlicher Gegner.

„Nein", murmelte er und begann im Zimmer herumzulaufen wie ein Tier im Käfig. Es war doch nur ein Feuerwerk, und der Teufel sollte ihn holen, wenn er den Prinzregenten nicht bei nächster Gelegenheit umbrachte, weil dieses adlige Mastschwein ihm das antat. Für Prinny war er nicht in den Krieg gezogen. Noch war König George der Monarch, auch wenn er vollkommen übergeschnappt sein mochte. Wie er selbst. Er nahm einen Stuhl und zerschmetterte ihn an der Wand.

Ah, wie befriedigend, das zersplitternde Holz zu hören! Wenn er nur seine Axt hier hätte! Aber halt, nein, man konnte ihm ja kein scharfes Objekt anvertrauen. Er hatte sie alle weggesperrt, nur für alle Fälle. Einen Moment nahm ihm das die Anspannung, den Stuhl zerstört zu haben, doch dann kehrten die schlimmen Visionen zurück: drei Raben, die an den Innereien seines vielversprechendsten jungen Fähnrichs herumpickten. An jenem Tag hatte die Fahne fünfmal den

Träger gewechselt, nachdem ein Fähnrich nach dem anderen niedergemäht worden war. Seine Gedanken wirbelten immer schneller umher, während jede Explosion des fernen Feuerwerks sein Zimmer mit einem matten, kränklichen Schimmer erhellte. Wenn man den ballistischen Winkel sorgfältig berechnete und genau zielte, konnte eine einzige Kanonenkugel eine ganze Reihe Fußsoldaten köpfen, während sie mit Macht hereinzischte, hereinjaulte. Das war eine der wenigen Gelegenheiten, bei denen er sich buchstäblich hatte übergeben müssen.

Seine Beine zitterten, als er zum Fenster ging und die Vorhänge aufzog, die er zuvor geschlossen hatte. Voll Hass starrte er auf die fernen Lichter und Feuerwerkskörper, versuchte sich dabei gut zuzureden, aber es hatte keinen Sinn. Er berührte die vereiste Fensterscheibe und zog Trost aus der Kälte, legte die kühle Hand dann an die fieberheiße Stirn. Plötzlich stellte sich sein Blick von den fernen Lichtblitzen auf die Fensterscheibe vor ihm ein, während ihn ein böser Einfall überkam. Ich könnte das alles ganz schnell beenden, dachte er. Dem Schmerz Einhalt gebieten. Er brauchte nur die Faust durch die Scheibe zu stoßen, einen langen Splitter zu nehmen und sich die Kehle aufzuschlitzen.

Lang starrte er auf die Eisblumen auf dem Glas, während ihm die Ader in der Stirn pochte. Es wäre eine ekelhafte Schweinerei. Aber für diese Angelegenheiten hatte man schließlich Dienstboten.

Tu es, zischte die Schlange in seinem Gehirn, und die Versuchung war groß, sie drückte ihm schier die Luft ab. Aber es blieb ein Problem: Was würde aus Miranda?

Schnell, trieb sie sich an, nahm mit zitternder Hand den Schlüssel vom Frisiertisch. Sie war sich jetzt sicher, dass Lucien ihn ihr anvertraut hatte, damit sie sich irgendeinen geheimen Zugang zu Damiens Zimmer verschaffen konnte. Diesmal würde sie nicht eher ruhen, bis sie zu ihm gefunden hatte. *Wie kann Lucien von einer Tür wissen, die nicht einmal Mr. Walsh kennt?* Ihre Augen blitzten. Luciens Zimmer …

Sie rannte den Flur entlang, ging leise an Damiens Tür vorbei. Sie wollte ihn nicht vorwarnen, dass sie auf anderem Weg hereinzukommen trachtete, damit er ihr nicht auch noch diese Tür versperrte. Auf Zehenspitzen schlich sie sich in das angrenzende Zimmer, den Schlüssel in der einen, die Kerze in der anderen Hand. Dann schaute sie sich in dem Raum um, den sie für Luciens Jugendzimmer hielt.

Das Bett sah aus, als hätte schon ewig niemand mehr darin geschlafen. Das Zimmer verriet Luciens wissenschaftliche Interessen: Die Bände auf den Bücherregalen waren säuberlich nach Sprachen geordnet, Französisch, Deutsch, Latein, Griechisch. Auf dem Jugendschreibtisch standen ein Mikroskop, ein Globus und ein Greifzirkel. Auf der linken Seite führte eine Tür ins Ankleidezimmer. Da Damiens Zimmer auf der anderen Seite der linken Wand lag, untersuchte sie diese Wand zuerst, versuchte, sich vorzustellen, wie die Zwillinge als Kinder hier gespielt hatten. Jeder konnte sehen, dass zwischen ihnen ein enges Band bestand. Neulich hatte ihr der Duke während einer Unterhaltung im Salon nach dem Dinner erzählt, dass die schlimmste Strafe, die man über die Zwillinge wegen eines Streiches verhängen konnte, darin bestanden habe, sie eine Weile voneinander zu trennen. Keiner habe so recht gewusst, was er ohne den anderen anfangen sollte. Die beiden schienen sogar ihre eigene Sprache zu haben, hatte der Herzog berichtet, und immer zu wissen, was der andere gerade dachte. Lord Alec hatte zugestimmt. Sie waren, hatte der Jüngste auf seine gewinnende Art erklärt, wie eine Seele in zwei Körpern gewesen.

Sie öffnete den Kleiderschrank und drückte gegen die Rückwand, aber dort befand sich keine Tür. Allmählich näherte sie sich dem Ankleidezimmer.

Lord Alec hatte berichtet, dass die Zwillinge als Kinder einmal am selben Tag an der Influenza erkrankt seien, obwohl Damien meilenweit entfernt bei Freunden zu Besuch weilte. Lucien war Linkshänder, Damien Rechtshänder. Lucien hatte auf der linken Wange ein Grübchen, wenn er lächelte, Damien auf der rechten. Jacinda hatte sie darüber informiert, dass dieses Phänomen „Spiegelzwillinge" heiße.

Gerade öffnete Miranda die Tür zum Ankleidezimmer, als ihr Blick auf einen großen Wandspiegel fiel.

Ihr klopfte das Herz, als sie zu dem Spiegel trat, ohne ihr eigenes bleiches Bild zu beachten. Der Spiegel war rechteckig, oben abgerundet und steckte in einem massiven Mahagonirahmen. Sie tastete um den Rahmen herum und hielt den Atem an, als der ganze Rahmen an unsichtbaren Angeln von der Wand wegschwang. Dahinter befand sich eine kleine, schmale Tür.

Vor Erstaunen blieb ihr der Mund offen stehen, und sie starrte mit weit aufgerissenen Augen auf die Tür. Das war unglaublich – die kleinen Satansbraten mussten ein Loch in die Wand geschlagen haben, ohne dass ihre Eltern etwas davon mitbekommen hatten, damit nichts und niemand sie voneinander fernhalten konnte. Miranda machte den Mund wieder zu und griff in ihre Tasche. Mit zitternden Händen holte die junge Frau den Schlüssel heraus und steckte ihn in das kleine, schwarze Schloss.

Er passte. Bevor sie ihn umdrehte, zögerte sie jedoch. Im Nebenraum hielt sich kein frecher kleiner Junge auf, sondern ein erfahrener gewalttätiger Krieger, der am Abgrund der Verzweiflung stand. Sie riskierte ihr Leben, wenn sie den Raum betrat. Doch hatte Damien etwa gezögert, als er die Angreifer auf Bordesley Green auf sie zustürmen gesehen hatte? Sie atmete tief durch und drehte den Schlüssel um. Zuerst versuchte sie die Tür aufzudrücken, spürte aber ein Hindernis auf der anderen Seite. Vermutlich war auf Damiens Seite auch ein Spiegel.

Sie zog die kleine Tür nun zu sich, griff hindurch und drückte mit der flachen Hand gegen die Rückseite von Damiens Spiegel.

Wie vermutet, schwang er langsam zurück. Sie musste unter dem niedrigen Türsturz den Kopf einziehen, als sie über die Schwelle in seinen Ankleideraum trat.

„Damien?“

Sie kreischte, als etwas sie am Arm packte. Der Kerzenstummel flog in hohem Bogen aus dem Zinnhalter, erlosch und landete auf dem Fußboden, während er sie herumriss und gegen die Wand presste.

In der Dunkelheit konnte sie überhaupt nichts sehen, sondern nur aus aller nächster Nähe sein abgerissenes, fürchterliches Keuchen hören.

„Ich bin es, Damien. Miranda“, erklärte sie hastig, wobei sie sich bemühte, so ruhig und vernünftig wie möglich zu klingen. „Jetzt ist alles gut, Liebling. Jetzt bin ich hier. Ich bin hier, um dir zu helfen.“

Er stieß einen lauten, wortlosen Schrei aus, ihr direkt ins Gesicht. Voll Panik schloss sie die Augen und zuckte zurück, hielt aber die Stellung.

Dann schwieg er. Sie schlug die Augen wieder auf, und langsam begann sie, sich an die Dunkelheit zu gewöhnen.

Das Erste, was sie erblickte, waren seine silbrig glänzenden Augen, kalt wie der Mond. Auch seine übrige Gestalt – sein strenges, kantiges Gesicht, seine nackte breite Brust – tauchte allmählich aus den Schatten auf.

„Lucien hat dir den Schlüssel gegeben“, stellte er angeekelt fest.

„Ja.“

„Es war sehr unklug von dir, ihn zu benutzen. Ich habe dir doch gesagt, dass du draußen bleiben sollst.“ Mit schwellenden Muskeln stützte er sich links und rechts von ihr an der Wand ab und beugte sich mit einem wilden, bedrohlichen Lächeln näher zu ihr. Ihre Gesichter waren nur noch wenige Zoll voneinander entfernt. „Aber jetzt, wo du hier bist, was meinst du, was ich mit dir anfangen soll?“

Miranda schluckte hart. Sein Oberkörper war schweißbedeckt, in seinen harten Zügen spiegelten sich wirre Gefühle. Aber zumindest hat er die Sache nicht noch durch Alkohol verschlimmert, dachte sie. Zu ihrer Erleichterung roch sein Atem nicht nach Brandy oder dergleichen, sondern nur nach Wein. Ihre Kehle war wie zugeschnürt.

Er zuckte zusammen, als in der Ferne wieder ein Böllerschlag ertönte. Damien schaute in die Richtung, aus welcher der Lärm kam. Seine Anspannung war förmlich mit Händen zu greifen, sie erkannte es jetzt in der harten Linie seiner Schultern.

Hier in dieses fensterlose Ankleidezimmer inmitten des Hauses drang der Lärm nur gedämpft und war nur ein beständiges dumpfes Dröhnen. In ihren Ohren klang es ganz wie Schlachtenlärm, obwohl sie ihn nicht aus eigener Erfahrung kannte. Ihr kam es gar nicht verrückt vor, dass ein Mann, der sechs Jahre an der Front verbracht hatte, bei diesen Geräuschen von seinen Erinnerungen überrollt wurde. Onkel Jason hatte immer gesagt, dass man mitten im Kampf nicht über seine Gefühle nachdenken könne, aber auch wenn ein Soldat seine Furcht ignorieren konnte, wenn die Pflicht rief, würde er später doch bestimmt wieder von ihr eingeholt werden. Das, was Damien jetzt durchmachte war eine Reaktion auf die Gräuel des Krieges.

„Ich bin hier, um dir zu helfen", sagte sie leise.

„Mir helfen? Wer bist du schon, um mir zu helfen?" fragte er mit königlicher Verachtung.

„Psst", wisperte sie, strich ihm über das Gesicht und schaute ihm in die Augen.

Bei ihrer Berührung hielt er inne. Seine Haut war kalt. Zitternd schloss er die Augen.

„Geh raus, Miranda."

„Ich werde dich nicht allein lassen."

„Hast du Bordesley Green vergessen?" Zornig blickte er sie an, und plötzlich sah sie sich Auge in Auge mit dem unsterblichen Todesengel, vor dem sie in jener Nacht davongelaufen war.

Diesmal konnte sie nicht weglaufen. Und wollte es auch nicht.

Seine silbergrauen Augen glühten wie eine Degenklinge, doch Miranda hob das Kinn und begegnete gelassen seinem Blick. „Ich habe keine Angst vor dir. Diesmal lasse ich mich nicht davonjagen, nicht mal dann, wenn du mich anbrüllst. Und auch nicht, wenn du mir wieder mit einem so schmutzigen Trick kommst wie damals im Stall, mein lieber Mit-Bastard."

Er kniff die Augen zu Schlitzen zusammen. „Du hast mich also durchschaut. Aber du hast mir keine andere Wahl gelassen."

„Das weiß ich jetzt auch, aber ich bin nicht hier, um mit dir zu streiten. Gib mir jetzt sofort die Waffen, wenn du welche hier versteckt hast."

„Sonst?" spottete er.

„Sonst gehe ich hinunter und hole MacHugh und Sutherland herauf, damit sie ein wenig Vernunft in dich hineinprügeln. Dann wird dein Regiment Bescheid wissen, und ich kann mir nicht vorstellen, dass dir das Recht wäre. Wo sind die Waffen? Pistolen? Messer? Her damit!" befahl sie.

Spöttisch betrachtete er sie. „Ich habe sie woanders versteckt, bevor ich mich eingeschlossen habe."

„Stimmt das?"

„Ja", erwiderte er, ein wenig nachgiebiger.

„Warum hast du mir dann nicht geantwortet, als ich dich gefragt habe, ob du bewaffnet bist?"

„Weil ich immer noch die hier habe." Mit einem bitteren Lächeln hob er die Hände.

Als sie den fieberhaften Schmerz in seinen Augen wahrnahm, sank ihr der Mut. „Ach, Damien", murmelte sie und ergriff seine Hände. Sein harter Blick wurde weicher, als sie die Hände nacheinander küsste. „Ich habe doch auch gesehen, wie sanft du sein kannst, mein Liebster. Du bist gut zu Kindern, lieb zu Tieren, ritterlich gegenüber Frauen, und du bringst sogar Geduld für Narren auf. Du bist ein hochdekorierter Offizier der königlichen Infanterie, und ich bin stolz auf dich."

„Was willst du nur mit mir?" flüsterte er erschüttert, als die harte, zynische Fassade endlich zu bröckeln begann und man das Leid in seinem Gesicht erkannte.

„Alles, was ich will", begann sie und legte zärtlich die Hand auf seine bloße Brust, „ist, dir den Schmerz zu nehmen."

Er hielt sehr still, legte den Kopf in den Nacken, während sie ihm über die Schultern und den Hals strich.

„Wo warst du, Damien? In Portugal? Spanien?"

Er nickte.

„Und was empfindest du?"

„Zorn", knurrte er.

„Erzähl mir, weshalb."

Lange Zeit antwortete er nicht, rang mit seinem Stolz, zog sich weiter in sein Leiden zurück.

„Man lernt einen Mann endlich richtig kennen, und dann knallen sie ihn ab", verkündete er plötzlich, und dann wurde seine Stimme ganz leise. „Das ist nicht gerecht. Ich weiß nicht, warum ich noch am Leben bin, um mich herum ist alles grausam und hässlich."

„Sind es die Grausamkeit und die Hässlichkeit, die dich zornig machen?"

„Zornig und traurig. So traurig, dass ich auch sterben möchte." Er schüttelte den Kopf. „Aber zum Trauern ist keine Zeit. Jedenfalls nicht für mich."

„Warum nicht?"

„Immer geht es um Details, Miranda. Kleinigkeiten. Die Toten müssen begraben werden. Vom Hauptquartier kommt der Befehl, mit den Truppen in die nächste Schlacht zu marschieren. Verpflegung und Munition müssen beschafft und bewacht werden. Die Verwundeten müssen ins Lazarett gebracht werden. Beförderungen müssen ausgesprochen werden, damit die gefallenen Offiziere ersetzt werden können, Deserteure müssen bestraft werden, vertriebene Zivilisten versorgt. Es hört nie auf, nie."

„Und wie fühlst du dich dabei?"

Er stellte sich vor sie hin, schwieg eine ganze Weile, während er sich die Antwort überlegte. „Erleichtert. Lieber arbeite ich, als dass ich den Schmerz an mich herankommen lasse ..." Mit einem scharfen Atemzug hielt er inne. Sie spürte, dass er sich zurückhielt, dass er sich weigerte, sich näher mit seinen Erinnerungen zu befassen, und doch wusste sie instinktiv, dass er die Erinnerungen jetzt für immer loswerden wollte.

„Der einzige Weg, den Schmerz hinter sich zu lassen, ist der, mitten hindurch zu gehen, Liebster", flüsterte sie. „Ich bin bei dir."

„Ich will nicht, dass du von all dem Hässlichen in mir berührt wirst“, hauchte er kaum hörbar.

„Ich bin stark. Ich kann es ertragen“, erwiderte sie. „Ich möchte, dass du mir das Allerschlimmste erzählst, was dir dort zugestoßen ist.“

„Das kannst du unmöglich hören wollen.“

„Erzähl es mir trotzdem. Probier es aus. Vertrau mir.“

Mit trüben Augen betrachtete er sie und ließ sich dann langsam gegen die Wand sinken. „Eines Abends gerieten wir mit einem französischen Vorposten in ein Scharmützel. Ich war damals nur Unteroffizier und noch grün hinter den Ohren. Ich hatte das Pferd mitgebracht, das ich vor Zeus besaß, ein wunderbares Tier“, sagte er, wobei sein Blick in die Ferne schweifte. „Es hieß Presto, ein herrlicher Fuchs mit vier weißen Fesseln. Gutmütig, schnell. Ich hatte ihn schon seit Jahren.“ Er verstummte, und sie merkte, dass sein Kinn zu zittern begonnen hatte. „Das Scharmützel war eigentlich keine große Sache, doch dann entlockte unser Gewehrfeuer ihrer Artillerie ein paar Salven. Mein Pferd wurde getroffen. Ich wurde abgeworfen und fiel so unglücklich, dass ich bewusstlos wurde, ich Narr. Als ich wieder zu mir kam, war es dunkel, mein Pferd blutete, und meine Männer hatten mich liegen lassen, weil sie dachten, ich wäre tot.“

Mitfühlend schüttelte sie den Kopf.

„Und da hörte ich ein schreckliches Geräusch, wandte den Kopf und sah Presto. Es hatte ihm die Hinterbeine weggerissen, doch er versuchte dauernd aufzustehen.“ Er wischte eine Träne weg, die ihm über die Wange lief. „Das verdammte Pferd hat mich angeschaut, als wollte es, dass ich ihm helfe. Ich habe nur dagesessen und eine halbe Stunde vor mich hingestarrt. Ich wusste, ich musste das Tier erschießen. Mittlerweile hatte ich im Kampf ein Dutzend Männer getötet, aber ... aber ich habe einfach nicht den Mut aufgebracht." Seine Stimme klang hohl. „Schließlich ging ich zu Presto hinüber und sagte ihm, wie leid es mir täte, dass ich ihn mit in den Krieg genommen hatte, wo er jetzt mit irgendeinem Stutzer im Sattel gemütlich durch den Hyde Park reiten könnte. Und dann habe ich ihm den Gnadenschuss gegeben und ihn von seinem Elend erlöst. Und etwas in mir ist damals mit ihm gestorben, glaube ich. Doch der Rest von mir, das Äußere, lebt einfach weiter, und manchmal denke ich, es wäre am besten, wenn ich mir auch den Gnadenschuss gäbe, um mich von meinem Elend zu erlösen. Ich habe all die Schmerzen so satt." Er schaute sie an. „O Gott, Miranda, der Schmerz ist so unerträglich. Mach, dass er weggeht."

„Komm zurück von dort, mein Liebster, bleib bei mir", flüsterte sie und nahm ihn in die Arme.

Er presste sie an sich und küsste sie verzweifelt. Sie strich ihm über die Wangen, das Haar, um ihn zu beruhigen, doch jede Berührung verriet ihr, dass sein Bedürfnis über bloße Küsse weit hinausging. Sanft drückte sie ihn gegen die Wand, weil sie ihm nichts anderes als Trost spenden wollte. Er legte den Kopf in den Nacken und grub die Finger in ihr Haar, während sie von seinem eleganten Hals bis zu seinen breiten Schultern eine Spur seidiger Küsse hauchte, ihm dabei über Brust und Bauch strich. Er ließ die Hände sinken, doch sein Atem ging schnell, als sie den Kopf hob und ihn anschaute. Langsam öffnete sie ihren Morgenrock.

Dann trat sie einen Schritt zurück, ließ den Morgenrock hinter sich zu Boden fallen, knöpfte ihr Nachthemd aus weißem Musselin auf und beobachtete, wie sein Blick an ihrem Dekolleté hinabglitt. Schließlich schlüpfte sie aus den Ärmeln und schob sich das Hemd zur Taille hinunter, um für ihn die Brüste zu entblößen. Wie gebannt starrte er ihre Brüste an. Er fuhr sich mit der Zungenspitze über die Lippen.

Sie trat wieder auf ihn zu und schlang ihm die Arme um den Hals, drückte Damien an sich, schmiegte sich an ihn, Haut an Haut. Langsam strich er ihr über die nackten Schultern, grub die Finger in ihr Haar. So hielt er sie eine Sekunde fest, heftige Leidenschaft im Blick.

Dann senkte er den Kopf, schloss die Augen und nahm ihre Lippen in Besitz. Sie gab sich ihm hin, öffnete die Lippen, um ihn tief in sich einzulassen. Er schmeckte nach irgendeinem süßen Dessertwein, den er zuvor getrunken haben musste, Madeira vielleicht. Sie begann am ganzen Körper zu zittern. Ihr schlug das Herz bis zum Hals. Sie war sich der Kraft seiner mächtigen Arme intensiv bewusst, der stählernen Härte seiner Muskeln unter der samtenen Haut. Sie betete darum, dass er sie nicht wegschöbe. Und dann stahl sich seine Hand langsam an ihrer Seite empor, um ihre Brust zu umfassen.

Er beendete den Kuss. Mit heiserer Stimme flüsterte er ihren Namen. „*Miranda.*“ Langsam ging er vor ihr auf die Knie und schloss die Augen. Er war schön wie ein Erzengel. Dann küsste er ihre Brust, nahm eine Brustspitze in den warmen, nassen Mund. Sie stöhnte vor Begierde, strich ihm über das nachtschwarze Haar, während er an ihr saugte. Irgendwie gelang es ihr, ihm nicht zu offenbaren, wie sehr sie sich seit jener Nacht im Gasthof genau danach gesehnt hatte. Mit seinen großen, starken – tödlichen – Händen knetete er ihr Hinterteil, doch statt sich vor ihm zu fürchten, vergrößerte das Wissen um seine gefährliche Kraft nur die instinktive Erregung, die er in ihr erweckte.

Er zog ihr Nachthemd an einer Seite weiter herunter, um ihre runde Hüfte freizulegen, und dann gab sein Mund ihre eine Brust frei, um sich nach ein paar fedrigen Küssen ihrer anderen Brust zu widmen. Sanft strich er ihr über den Bauch, während er mit der Zunge ihre Brustspitze leckte, bis sie rosig anschwoll. Zwar griff er ihr nicht unter das Nachthemd, doch berührte er ihren Venushügel durch den dünnen Stoff hindurch und liebkoste sie dort leicht – so ganz anders als Patrick, der es immer so eilig hatte. Atemlos vor Begierde, kaum glaubend, dass es nun tatsächlich geschah, stützte sie sich schwach auf seine breiten Schultern, gestattete ihm aber nicht, sie jetzt schon über den Höhepunkt zu führen. Noch nicht.

Sie umfasste sein Kinn und zog ihn zu sich hoch, um ihn zu küssen.

„Bleib bei mir, Damien. Ich weiß genau, was du brauchst", murmelte sie. „Konzentrier dich, konzentrier dich nur auf meine Hände und meine Lippen. Auf meine Berührungen."

Sein Atem ging schwer, und Damien erbebte, als sie seine Brust mit den Lippen zu liebkosen begann. Sanft ergriff er ihr Haar und schob es beiseite, damit er genau beobachten konnte, wie sie sich mit dem Mund seinen Bauch hinunterarbeitete, die Zunge in seinen Nabel schob. Schwach lehnte er sich gegen die Wand, während sie auf die Knie ging und den Bund seiner schwarzen Hose löste.

„O Gott, Miranda", stöhnte er.

„Bist du immer noch bei mir, Damien?" flüsterte sie und holte seine enorme Männlichkeit heraus.

„Ja", keuchte er. Er war schon hart, als sie die Finger um den seidenweichen Schaft schloss. „Habe ich auch deine volle Aufmerksamkeit?" fragte sie verrucht, leckte sich schon einmal die Lippen und blickte zu ihm auf.

„Ich ... ahhh." Er beendete den Satz nicht, sondern ließ hilflos den Kopf gegen die Wand sinken, als sie ihn in den Mund nahm.

Langsam leckte sie von unten nach oben und streichelte ihn dann. „Das hast du gebraucht, nicht wahr?" hauchte sie.

„Bitte", stöhnte er.

Sie tat ihm den Gefallen und senkte den Kopf. Sie hielt nichts zurück, fand Freude an der Freude, die sie schenkte, liebte ihn in wilder Zärtlichkeit mit Lippen und Händen. Halt suchend griff Damien nach einem der Kleiderhaken, die über ihm aus der Wand ragten. Sie fuhr mit einer Hand über sein Hinterteil. Scharf sog er den Atem ein, als sie ihm mit den Fingernägeln über den Bauch fuhr. Sein Stöhnen verwandelte sich in ein fast tierisches Knurren. Ihr tat schon der Kiefer weh, weil er sich so heftig in ihr bewegte. Sie spürte, wie er an ihrer Zunge pulsierte, und so liebkoste sie ihn noch fester, bis er so anschwoll, dass sie ihn kaum noch mit den Fingern umfassen konnte.

„Miranda, o Gott, Liebling, du musst aufhören", keuchte er, doch sie ignorierte ihn und legte die Hand flach auf sein

Hinterteil und hielt ihn fest, damit er sich ihr nicht entzog. Sie war berauscht vor Leidenschaft und wollte nicht ruhen, ehe er seine Befriedigung gefunden hatte. Ihre Gier trieb ihn bis zum Gipfel. Kurz bevor er explodierte, ließ sie von ihm ab. Ihr Körper brannte, zuckte vor Entzücken.

Wie trunken löste sie die Hand von ihm und lehnte die Stirn gegen seinen flachen Bauch. Er packte sie bei den Schultern und beugte sich zitternd über sie. Er küsste sie auf den Scheitel und legte die Arme um sie. Sie kuschelte sich an seine schlanke Gestalt. „O Damien, ich liebe dich so sehr", hauchte sie, immer noch zitternd und atemlos vor Leidenschaft. „Ich kann nicht anders. Ich liebe dich und werde dich immer lieben."

Von köstlichen Liebesqualen zerrissen, sah sie zu ihm auf und versuchte seine Miene zu deuten. Sein schöner Mund war entspannt; seine Augen wirkten sinnlich und schwer, die Wildheit in ihren Tiefen hatte sich verflüchtigt, und sein Blick war zärtlich.

Damien hob ihr Kinn mit den Fingerspitzen an, küsste sie auf die Lider und die Nasenspitze und drückte sie an sich, und dann hob er sie hoch auf seine mächtigen Arme. Er rieb die Nasenspitze an ihrer Wange und liebkoste sie, während er sie in das schwach beleuchtete Schlafzimmer trug. Schließlich setzte er sie sanft auf dem hohen, kalten Bett ab und wandte sich zum Gehen.

„Wohin gehst du?" fragte sie irritiert.

„Etwas zu trinken?" bot er sanft an und schaute sie über die Schulter an, während er zwei Gläser Madeira einschenkte. Er nahm sie mit zum Bett, reichte ihr eines und stieß dann mit einem intimen Lächeln mit ihr an. Er senkte die Lider in wissendem Schweigen, als sie den Wein akzeptierte und einen Schluck nahm, um mit dem süßen Getränk den moschusartigen Geschmack hinunterzuspülen, den er hinterlassen hatte.

Er setzte sich neben sie und begann ihr Haar zu streicheln. Nervös trank sie ihren Wein und wartete darauf, dass er etwas sagte, irgendetwas, auf ihr verzweifeltes Geständnis irgendwie reagierte.

„Ich muss mich bei dir entschuldigen", flüsterte er. Er hob eine ihrer Hände an und küsste sie.

„Weswegen?" fragte sie überrascht.

„Ich war im Stall so grausam zu dir, nur um dich zu vertreiben."

Solcherart daran erinnert, zuckte sie leicht zusammen und wich seinem durchdringenden Blick aus. „Du hast ja nur die Wahrheit gesagt."

Er schüttelte den Kopf. „Nur zum Teil."

„Du meinst, weil du mir nicht verraten hast, dass du ebenfalls unehelich geboren bist? Das kann ich dir kaum vorwerfen. Ich weiß, wie peinlich es ist. Zuerst war ich auch zornig, aber jetzt nicht mehr. Auf dich könnte ich nie lang wütend sein", flüsterte sie.

Er legte ihr den Arm um die Schultern und küsste sie auf die Stirn. „Das habe ich nicht gemeint." Er hielt inne und seufzte dann leise. „Ach, Miranda, dich zu vertreiben war wirklich das Letzte, was ich an jenem Abend tun wollte. Das musst du mir glauben."

Ihre Lippen zitterten. „Was wolltest du dann?"

„Das hier.“ Er berührte ihr Gesicht, blickte ihr tief in die Augen und küsste sie. Bei dieser langsamen, zärtlichen Liebkosung wurde ihr schwindlig. Das Herz schlug ihr wie wild im Leib, als er ihr schließlich forschend die Zunge in den Mund schob. Sie legte ihm die Arme um den Hals, und ihr Körper wurde ganz weich und nachgiebig, als er sie langsam auf das Bett niederdrückte und sich halb auf sie legte.

Als er sich ihr ein paar Minuten später entzog, um sie zu betrachten, strahlte in ihren Augen ein Licht, das er dort noch nie gesehen hatte, und um ihre Lippen spielte ein leicht benommenes Lächeln.

„Was ist?“ fragte sie.

„Dich in den Armen zu halten fühlt sich noch besser an, als ich in Erinnerung hatte. Du bist so weich, so warm.“

„O Damien“, seufzte sie, doch dann wurde ihr Blick nüchtern. „Ich kann nicht zulassen, dass du mich liebst, weißt du. Du bist noch nicht bereit dazu, und wenn du nicht bereit bist, bin ich es auch nicht. Du hast mit alldem nicht gerechnet, und ich will, dass du eine Wahl hast, wie du einmal zu mir gesagt hast.“

„Gott, was für eine süße, wunderbare Kreatur du doch bist“, murmelte er und schaute sie verliebt an. „Also schön, mein Liebling.“ Er strich an ihrem Körper entlang. „Dann werde ich dir eben einfach Vergnügen bereiten müssen, ohne dich zu entjungfern.“

„Mhm“, schnurrte sie und bewegte sich rastlos unter seiner Berührung.

„Vertraust du mir?“

„Vollkommen.“

„Dann mach die Beine breit", flüsterte er, und seine Augen nahmen eine wunderbar geheimnisvolle rauchgraue Farbe an.

Er half ihr dabei, indem er sanft die Knie auseinander drückte. Vor wachsender Erregung und unerfüllter Sehnsucht ging ihr Atem schon stoßweise, als er ihr den Saum des Nachtgewands über die Hüften schob. Dann fuhr er mit der Hand an ihrem inneren Oberschenkel entlang, auf und ab, und seine Berührung war warm und beruhigend. Während er ihre Beine streichelte, starrte er wie gebannt auf ihre rosige, taubenetzte Weiblichkeit. Kurz tauchte er die kräftigen Finger in die feuchte Passage, den Daumen außen auf dem Hügel ruhen lassend.

„Ich könnte es nicht ertragen, wenn dich ein anderer bekommt, Miranda", meinte er. „Das ist die Wahrheit. Ich würde jeden auf der Stelle umbringen, der versucht, dich mir wegzunehmen."

„Damien", keuchte sie auf, vor Begehren zitternd, ihm entgegenfiebernd, doch er zog die Hand zurück, hob sie an die Lippen und leckte sie ab.

Mit verhangenem Blick beobachtete sie ihn. Das ist alles ganz anders als bei Patrick, dachte sie, und dann löste sich jeder Gedanke an ihren ehemaligen Beau in Nichts auf, als Damien sich neben sie legte, sie wieder und wieder küsste und ihre Sinne und ihr Herz ganz benommen mit seiner Zärtlichkeit machte. Er begann, sich nach unten zu bewegen, doch sie hielt ihn fest, damit er bei ihr blieb, stöhnte leise an seiner Wange und bog sich ihm entgegen, während er sie mit langsamen, tiefen Berührungen liebkoste.

„Sieh mich an", flüsterte er, als sie kurz vor dem Höhepunkt war.

Mühsam riss sie die Augen auf. Keuchend und schwach, überwältigt von der steigenden Erregung, erwiderte sie seinen stürmischen Blick, während sie die Kontrolle über sich verlor, so dass er ihr in die Augen schaute, als sie sich seinen Berührungen ergab. Er senkte den Kopf, um ihr Keuchen mit den Lippen zu ersticken.

„So wunderschön bist du, meine wilde rote Rose", wisperte er und schloss sie in die Arme. Er lehnte am Kopfende des Bettes, hielt sie fest, strich ihr über das Haar, während sie erschöpft an seiner Brust lehnte, in seiner muskulösen Umarmung. Allmählich wurde Miranda bewusst, dass die schlachtähnlichen Geräusche in der Ferne verstummt waren. „Es tut mir leid, dass du dich so hast quälen müssen, Damien", sagte sie nachdenklich. „Aber vielleicht hast du jetzt erkannt, dass du dem Schmerz nicht allein gegenübertreten musst. Es ist leichter, wenn man jemanden an seiner Seite hat, der einen liebt und sich um einen kümmert."

Er drückte sie noch fester an sich und küsste sie auf die Stirn. „Du tust mir sehr gut, mein Mädchen", flüsterte er. „Weißt du das?"

„Das tue ich wirklich, nicht wahr?" stimmte sie zu und lächelte ihn an. In ihren Augen blitzte es vergnügt.

„Frechdachs", schimpfte er leise lachend.

„Du tust mir auch gut, Damien", seufzte sie und schmiegte sich zufrieden an ihn. „Vielleicht wusste Onkel Jason ja, dass wir einander gut tun würden."

„Vielleicht, Miranda", erwiderte er, „vielleicht."

Am nächsten Tag suchte Damien die Schachtel mit Papieren heraus, die er bei Jason Sherbrookes Habseligkeiten gefunden hatte, und verbrachte den ganzen Nachmittag mit dem mühseligen Geschäft, die Briefe, Bankquittungen, Rechnungen und Schuldscheine zu ordnen und herauszufinden, wofür Jason Mirandas Erbe ausgegeben hatte. Lucien hatte gemeint, dass diese Information unverzichtbar sei. Lucien seinerseits war damit beschäftigt, die Identität sämtlicher Hausbesitzer in Seven Dials festzustellen, obwohl diese Aufgabe, wie er sagte, einem riesigen Versteckspiel glich, da der Schuldige unter keinen Umständen herausfinden sollte, dass jemand Erkundigungen einzog.

Gerade als er dabei war, die Rechnung von Jasons Stiefelmacher zu prüfen, schweiften Damiens Gedanken ab. Er legte die Rechnung beiseite und musste sich seufzend eingestehen, dass er sich die noch einmal vornehmen musste. Er machte eine kleine Pause, hob die Tasse Kaffee an die Lippen und verzog dann das Gesicht. Der Kaffee war kalt geworden. Himmel, in Gedanken musste er meilenweit unterwegs gewesen sein, während er so dagesessen hatte. Seit gestern passierte ihm das ziemlich oft …

Ah, aber er war auch noch nie verliebt gewesen. Bei dem Gedanken an Miranda überkamen ihn die merkwürdigsten prickelnden Gefühle, bis er am Ende ganz atemlos war und ihm das Herz vor Freude raste. Er war immer noch ein wenig schockiert von dem, was letzte Nacht passiert war, doch hätte er vermutlich damit rechnen müssen, dass Miranda die Barriere irgendwann überwinden würde, die er zwischen ihnen errichtet hatte. Und als sie es schließlich geschafft hatte und wie ein Engel des Lichts in seine Düsternis gestürmt gekommen war, um ihn von seinen Dämonen zu erretten, hatte er ihr nicht widerstehen können. Fast wie durch Zauberhand hatte sie dafür gesorgt, dass alles in Ordnung kam. Sie hatte ihn liebkost, bis er sich völlig verausgabt hatte, und am Ende ihrer herrlichen Nacht hatte sie ihn in den Schlaf gesungen, ihn mit zärtlichen Liebkosungen ins Traumland hinübergeschickt. Ihr schönes Gesicht war das Letzte gewesen, was er vor dem Einschlafen gesehen hatte. Und nun wollte er ihr nur noch alles zu Füßen legen. Er würde sie jetzt heiraten. Erstens wollte er das, und zweitens war es das einzig Ehrenhafte.

Ein neues Jahr war angebrochen, eine neue Welt ohne Krieg, und er wusste, dass es für ihn an der Zeit war, ein neues Leben zu beginnen. Aber erst musste er sich vergewissern, dass er sich von den beängstigenden Nöten befreit hatte, die ihn bei ihrem Eintritt so gequält hatten, dass er überhaupt in der Lage war, sich eine Frau zu nehmen.

In diesem Moment wurde er von Mr. Walsh aus seinen Gedanken aufgeschreckt, der mit einer Verbeugung in die Bibliothek trat. „Verzeihung, Sir. Lord Hubert und sein Sohn Mr. Crispin Sherbrooke wünschen Sie zu sehen. Wollen Sie sie empfangen?“

Lord Hubert und Crispin Sherbrooke? Er runzelte die Stirn. „Führen Sie sie bitte in den Salon. Ich komme gleich.“

„Sehr wohl, Sir.“

Damien räumte Jasons Papiere beiseite, ließ seinen kalten Kaffee stehen und betrat ein paar Minuten später den Salon. Crispin schüttelte ihm enthusiastisch die Hand, doch der sittenstrenge, ernste Viscount begnügte sich mit einer kühlen Verbeugung.

„Winterley."

„Hubert", erwiderte er nickend. „Nehmen Sie Platz, meine Herren." Er wies auf die Sitzgruppe in der Mitte des Salons.

Crispin setzte sich rittlings auf einen Stuhl, während Algernon sich beträchtlich eleganter auf dem Sofa niederließ. Damien setzte sich in den Ohrensessel gegenüber, wo er die Beine übereinander schlug, die Ellbogen auf den Armlehnen aufstützte und mit herrischem Blick abwartete, was die beiden ihm mitzuteilen hatten.

Er hatte sie einzig aus Respekt für Miranda empfangen, aber das schien den beiden nicht klar zu sein. Ob sie von ihm freundschaftliche Gefühle erwarteten? Doch wohl kaum. Sein Mündel mochte bereit sein, ihren Verwandten all die Vernachlässigung zu verzeihen, er aber nicht.

„Also, soweit ich weiß, haltet ihr Soldaten nichts davon, um den heißen Brei herumzureden, also komme ich gleich zur Sache", erklärte Algernon mit einem sehr gekünstelten Lächeln.

Crispin kicherte nervös, was ihn wie einen etwas dummen Cherub aussehen ließ, während Damien arrogant die Brauen hochzog.

„Mein Sohn und ich sind hier, weil wir Miss FitzHubert für unsere … nun ja, ich will es nicht beschönigen … für unsere vormalige Vernachlässigung entschädigen möchten."

„Ah, Sie meinen, als Sie sie damals in Yardley versauern ließen." Damiens Lächeln war ebenso ausdruckslos wie das des Viscount.

Lord Hubert senkte den Blick und nickte kummervoll, der Inbegriff der Reue, doch war Damien nicht umsonst Luciens Bruder – er wusste genau, wenn ihn jemand mit glatten Reden hinters Licht führen wollte.

„Ähm, ja. Nun ja, wenn man den Ruf der Mutter bedenkt, ist es vielleicht verständlich, dass wir nicht gleich erkannten, welche Qualitäten das Mädchen selbst besitzt. Wir wollten den Ruf unserer eigenen Töchter schützen. Das werden Sie sicher verstehen."

„Hm", sagte Damien in neutralem Ton. *Was für Heuchler und Halunken!* „Was schwebt Ihnen denn vor, wie Sie das wieder gutmachen wollen?" Widerstrebend überlegte er, dass er es wohl gestatten würde, wenn sie anboten, für Miranda einen formellen Debütball auszurichten.

Algernon schaute zu Crispin, dessen Wangen rot anliefen. Der junge Mann sprang auf und tat einen Schritt vor.

„Äh, Mylord", begann er und räusperte sich. Wie ein Schuljunge, der ein Sonett von Petrarca aufsagt, legte er die Hände auf den Rücken. „Seit ich meiner schönen Kusine begegnet bin, sind für mich alle anderen Damen uninteressant geworden."

„Tatsächlich?" meinte Damien milde.

„Ja, Mylord. Ich schätze und verehre Miss FitzHubert. Sie ist ebenso lebhaft und klug, wie sie schön ist. Wir kommen gut miteinander aus. Ich glaube sogar, dass sie mich mag. Sie sagt, ich bringe sie zum Lachen, und das stimmt auch. Und mich bringt sie auch d...dauernd zum Lachen", stotterte er und wurde wieder rot. Damiens Augen wurden schmal. „Sie ist anders als die anderen jungen Damen."

„Das ist sie."

Der junge Mann warf seinem Vater einen Seitenblick zu, worauf dieser ihm ermutigend zunickte. Crispin ballte die Hände immer wieder zu Fäusten, als wollte er sich selbst ein wenig Mut zusprechen. Damien musterte ihn scharf und schweigend.

„Ich habe den Segen meines Vaters, ihr einen Heiratsantrag zu machen. Und deswegen frage ich nun Sie um Erlaubnis, Sir, um Miss FitzHuberts Hand bitten zu dürfen."

Erbost tippte Damien sich an die Lippen. Er überlegte, zuckte dann nur mit den Schultern und sah zu dem jungen Mann auf. „Nein."

Crispin riss die porzellanblauen Augen auf. „Mylord?"

„Winterley?" fragte auch Algernon.

„Nur über meine Leiche." Er stand auf und schlenderte auf Crispin zu, wobei er ihn anstarrte, als hätte er einen aufsässigen jungen Rekruten vor sich. „Mein Mündel wird keinen rückgratlosen Jungen heiraten, der sich nicht wie ein Mann zu benehmen weiß und zur Unterstützung seinen Vater mitbringt. Wenn Sie ohne die Hilfe Ihres Papas nicht mal einen Heiratsantrag machen können, wie soll ich da sicher sein, dass Sie gut für mein Mündel sorgen werden? Sie bringen sie zum Lachen, sagen Sie? Mit Ihnen als Ehemann werden Sie beide sich hungrig lachen, obdachlos lachen, sich direkt ins Schuldgefängnis hineinlachen", schloss er heftig.

Crispin keuchte beleidigt auf. „Also wirklich!"

Sein Vater mischte sich mit schmieriger Finesse ein. „Lord Winterley, wir sind eine wohlhabende Familie. Es besteht keinerlei Veranlassung, beleidigend zu werden."

„Aber dieser Heiratsantrag beleidigt mich", erwiderte er. „Eine Schande, nach allem, wie Sie sie behandelt haben."

„Wir wollen es aber doch wieder gutmachen. Verstehen Sie denn nicht? Sie ist eine Waise, und wir sind ihre Verwandten. Wir versuchen, ihr gegenüber unsere Christenpflicht zu erfüllen."

„Und wo hatten Sie Ihre Moralvorstellungen während der letzten neunzehn Jahre?" fragte er scharf und deutete auf Crispin. „Ihr Sohn ist ein verzogener Geck, der Miranda nur deswegen will, weil sie im Augenblick die *belle* der Saison ist, und …"

„Das stimmt nicht!" rief der junge Mann aus. „Mir liegt wirklich etwas an ihr."

„Doch, das stimmt schon. Und nein, Ihnen liegt nichts an ihr. Und unterbrechen Sie mich nicht noch einmal, Mr. Sherbrooke. Und Sie, Sir", wandte er sich an den Vater, „tragen selbst Schuld daran, dass Ihr Sohn nicht erwachsen wird. In meinem Regiment würde er es keinen Tag aushalten. Vielleicht könnte ich in ein, zwei Monaten einen Mann aus ihm machen, aber jedenfalls bekommen Sie keine Gelegenheit, dieses spezielle hübsche Schmuckstück für Ihren Sohn zu kaufen. Selbst wenn Miranda sich diese Verbindung wünschte, was ich bezweifle, würde ich nie zustimmen, nachdem Ihre Familie sie so sträflich vernachlässigt hat."

Abschätzend musterte Algernon ihn. „Sie werden ja direkt leidenschaftlich, Mylord. Vielleicht möchte der große Winterley meine Nichte ja für sich selbst beanspruchen."

Damien hob das Kinn. „Hinaus!"

„Gern", erwiderte Algernon. „Komm mit, Crispin."

Der junge Mann warf Damien einen Blick voll gedemütigtem Zorn zu und stürmte hinaus. Sein Vater folgte gemessenen Schrittes. Überrascht stellte Damien fest, dass er vor Zorn zitterte und es ihn nach der Gesellschaft seines hübschen Mündels verlangte, um sich ein wenig zu beruhigen.

Auf der ganzen Heimfahrt schimpfte Crispin über Winterleys unerträgliche Arroganz, Unverschämtheit und schlechte Laune, während Algernon in stillem Zorn dasaß und seinen eleganten Spazierstock so fest umklammerte, dass seine Knöchel weiß hervortraten.

„Ich versteh das nicht!" schäumte Crispin. „Ich habe es genau richtig gemacht. Ich habe genau das gesagt, was wir uns zurechtgelegt hatten. Hast du gehört, wie er mich beleidigt hat? Am liebsten hätte ich ihn zum Duell gefordert!"

„Sei kein Narr!" Algernon warf seinem Sohn einen verächtlichen Blick zu.

„Ist es zu fassen, wie empörend besitzergreifend er sich Miranda gegenüber zeigt? Glaubst du wirklich, dass zwischen den beiden etwas ist? Das ist doch nicht normal, wie er sie dauernd zu Hause einsperrt …"

„Irgendwann muss er sie ja wieder in Gesellschaft lassen", erwiderte sein Vater gleichmütig und sah aus dem Fenster.

„Glaubst du wirklich, dass er selbst die Angel nach ihr ausgeworfen hat?"

„Wenn er sie haben will, braucht er doch keine Angel auszuwerfen, du Idiot. Er ist ihr Vormund. Er kann mit ihr machen, was er will. Aber nein, auch wenn Winterley sie will, er ist wie besessen von seiner Ehre. Schon um Jasons willen würde er sie nicht anrühren, weil er sie ja niemals heiraten könnte. Eine solche Frau zu heiraten – ohne Geld, von unehelicher Herkunft – wäre für einen Mann in seiner Stellung einfach Wahnsinn.“

Crispin seufzte entnervt, als die Kutsche hielt. Die beiden Männer stiegen aus und erklommen die Vordertreppe zur Eingangshalle. Müde wandte Crispin sich an seinen Vater.

„Und was machen wir jetzt?“

„Ganz einfach“, antwortete er und reichte dem Butler Stock und Handschuhe. Er bedeutete seinem Sohn mit einem Blick, still zu sein, solange der Dienstbote in Hörweite war, und senkte dann die Stimme. „Du musst warten, bis er sie wieder in Gesellschaft mitnimmt, und dann musst du das Mädchen in eine kompromittierende Situation bringen. Dann muss Winterley der Heirat zustimmen, wenn Miranda nicht in Ungnade fallen soll.“

„Du meinst, ich soll sie kompromittieren – absichtlich?“ fragte Crispin naserümpfend.

„Genau das habe ich doch eben gesagt.“

Crispin starrte ihn an. „Das kann ich nicht machen, Vater.“

Algernon hob das Kinn. „Wie bitte?“

„Miranda ist meine Freundin. Sie ist eine süße, vertrauensvolle junge Dame. Es wäre unehrenhaft …“

Bevor er den Satz noch vollenden konnte, hatte Algernon schon ausgeholt und seinen Sohn hart ins Gesicht geschlagen. Crispin flog quer durch die Eingangshalle und landete auf der anderen Seite auf dem Hosenboden. Er hob die Fingerspitzen, um sich das Rinnsal Blut abzutupfen, das ihm aus dem Mundwinkel tröpfelte. Mit angsterfüllter Fassungslosigkeit betrachtete er seinen Erzeuger.

Algernon ging auf ihn zu und beugte sich zu ihm hinunter. „Du undankbarer, frecher Balg! Was fällt dir ein, dich mir zu widersetzen? Deinetwegen befinde ich mich doch erst in dieser schlimmen Lage! Allmählich habe ich wirklich genug von dir. Winterley hatte Recht, weißt du. Du bist nichts als ein Parasit. Und jetzt wirst du tun, was ich dir sage. Schau, dass du sie allein antriffst, zerreiß ihr die Kleider, bring sie zum Schreien, wenn du willst …"

„Vater, ich kann nicht glauben, dass du so etwas Schändliches von mir verlangst!"

„Wenn du noch länger widersprichst, Crispin, werde ich dich enterben, so wahr mir Gott helfe!"

„Aber Winterley bringt mich um, wenn ich das tue!"

„Und ich bringe dich um, wenn du es nicht tust." Er quittierte den entsetzten Blick seines Sohns mit einem bitteren Lächeln. „Du glaubst, mit deinen Stutzerallüren bist du mir weit überlegen. Oh, du bist genau wie dein Onkel Richard, aber lass dir mal etwas gesagt sein, mein Hübscher: Ich bin ihn losgeworden, ebenso deinen Onkel Jason, und wenn du mir dumm kommst, ergeht es dir ganz genauso." Er richtete sich auf und versetzte seinem Sohn noch einen Tritt in den Magen.

Während Crispin vor Schmerz aufstöhnte, stieg sein Vater über ihn hinweg, begab sich in sein Arbeitszimmer und knallte die Tür hinter sich zu.

13. KAPITEL

Eine Woche später fanden sich Damien und Miranda zum Dreikönigsball der Baronin wieder in Holland House ein. Es war der großartige Schlusspunkt der Wintersaison. Danach würde der Weihnachtsschmuck abgenommen werden, das Parlament begann wieder zu tagen, und das Leben würde wieder seinen normalen Gang gehen. Vor ihnen lagen lange, graue, öde Wochen, bis im Frühjahr der gesellschaftliche Trubel von neuem einsetzte.

Miranda blickte zu Damien, der auf der anderen Seite des Ballsaals stand und mit ein paar Bekannten plauderte, das Weinglas in der einen Hand, die andere lässig in die Hosentasche gesteckt. Er trug an diesem Abend Zivilkleidung, ein kleines, aber wichtiges äußeres Anzeichen, dass er versuchte, mit seinem alten Armeeleben abzuschließen. In seinem formellen schwarzen Frack und der weißen Brokatweste sah er Lucien so ähnlich, dass nur eine Handvoll Leute die beiden auseinander halten konnten, was den Zwillingen ein diebisches Vergnügen zu bereiten schien.

Mit einem liebeskranken Seufzer schaute sie weg, damit niemand bemerkte, wie sie den schönen Mann anhimmelte.

Eine Frage beschäftigte sie nun schon seit sieben Tagen: *Was wird Damien unternehmen?* Er war ein starker, schweigsamer Mann – bei Gott, sie wünschte wirklich, dass er sagen würde, was er dachte und fühlte, denn ihr Schicksal ruhte in seinen Händen. Die Sache lag nun in seiner Verantwortung. Sie hatte getan, was sie konnte, um ihm zu beweisen, dass sie zu zweit besser dran waren als allein. Arm und von unehelicher Geburt wie sie, wusste sie, dass sie für einen Mann in seiner Stellung nicht die passende Frau war, deswegen hatte sie ihm auch den vollständigen Vollzug des Liebesakts nicht gestattet – damit er einen Ausweg hatte, wenn er wollte. Sie würde ihren ehrbesessenen Vormund nicht zwingen, sie zu heiraten, wenn er das nicht wollte, aber sie war sich auch sicher, dass ihn keine andere Frau je so lieben würde wie sie. Das war doch sicher auch etwas wert! Sein Schweigen und sein Zögern stimmten sie ängstlich, denn wenn er plante, sie zu heiraten, hätte er doch längst etwas gesagt, oder nicht? Trotzdem war sie entschlossen, sich in Geduld zu üben, bis er bereit war, sich zu entscheiden, und wenn er sie aus seinem Leben ausschloss, würde sie auch das irgendwie verkraften.

Sie tat die nagende Ungewissheit mit einem Achselzucken ab und wandte sich stattdessen dem festlichen Treiben ringsum zu. Heute Abend wollte sie lachen und tanzen, mit ihren neuen Freunden ausgiebig plaudern, bei den albernen traditionellen Dreikönigsspielen mitmachen und darüber all ihre Sorgen vergessen.

Als sie sich unter die Gästeschar mischte und ihre Freunde begrüßte, entdeckte sie auch ihren Vetter Crispin, der sehr düster dreinsah. Sie wusste, dass er und sein Vater Knight House einen Besuch abgestattet und um ihre Hand angehalten hatten, doch Damien hatte ihr erzählt, dass er dies aufgrund ihrer früheren Haltung ihr gegenüber entschieden abgelehnt hatte. Da sie wusste, wie barsch ihr Vormund werden konnte, wenn seine Beschützerinstinkte geweckt worden waren, wollte sie sich vergewissern, dass Crispin weder zornig noch verletzt war, dass sie immer noch Freunde waren.

Natürlich ist es absurd, dass er um meine Hand angehalten hat, überlegte sie, während sie durch den Ballsaal auf ihn zuging. Bestimmt war es eine momentane Laune gewesen oder vielleicht, weil er befürchtete, sie könne aufgrund ihrer illegitimen Geburt sonst niemanden abkriegen. Er war ein zwar alberner, aber nicht unfreundlicher junger Mann, der sie wirklich mochte. Sie nahm zwei Weingläser vom Serviertablett eines Dieners, ging damit zu ihm hinüber und hielt ihm eines davon hin, sozusagen als Friedensangebot.

Mit mürrischem Blick nahm er das Glas entgegen und stieß mit ihr an. „Was machen Sie denn hier, in aller Öffentlichkeit?“ erkundigte er sich.

„Wie meinen Sie das?“

„Winterley schließt Sie fort, als wären Sie sein geheimer Schatz. Warum will er Sie nicht mit dem Rest der Welt teilen?“ jammerte er. „Was treiben Sie beide nur die ganze Zeit, Tag für Tag ins Haus eingeschlossen?“

„Das möchten Sie wohl gern wissen“, zog sie ihn mit einem spöttischen Grinsen auf.

„Wie, sind Sie etwa verliebt in ihn?“ rief er entrüstet.

„In meinen Vormund? Himmel, nein. Crispin, bitte sagen Sie, dass Sie nicht schmollen.“

„Ich schmolle aber“, erwiderte er. „Und Sie wissen ganz genau, warum. Könnten wir vielleicht unter vier Augen darüber sprechen? Es ist auch so schon peinlich genug für mich, dass mich meine hübsche Kusine zurückgewiesen hat, auch ohne dass es jemand hört.“

Sie schlug ihm mit dem geschlossenen Fächer auf den Arm. „Seien Sie doch nicht dumm. *Ich* habe Sie doch nicht zurückgewiesen. Das war mein Vormund. Ich fand es sehr süß von Ihnen."

„Er aber nicht."

„Ich weiß", entgegnete sie und hängte sich bei ihm ein. Zusammen schlenderten sie denselben Flur hinunter, durch den sie beim letzten Ball mit Damien gegangen war. „Aber überlegen Sie doch mal, mein Lieber, wir hätten doch nie zusammengepasst." Sie versuchte, ihm ein Lächeln zu entlocken. „Ich hätte Sie nur dauernd herumkommandiert, bis Sie sich in die Arme deiner Geliebten geflüchtet hätten, und dann hätten wir nur fürchterlich gestritten. So aber können wir immer Freunde bleiben."

„Aha, Freunde. Daraus schließe ich, dass er Recht hatte. Selbst wenn er mir erlaubt hätte, Sie um Ihre Hand zu bitten, Sie hätten mich zurückgewiesen."

„Nicht unbedingt", antwortete sie, um den Schlag zu mildern. Himmel, er schien ja ernsthaft verstört. Allerdings war er auch verzogen und verzärtelt und bekam sonst immer seinen Willen. „Es kommt immer darauf an."

„Worauf?" fragte er, indem er eine Seitentür aufmachte und in einen düsteren Salon vorausging.

Miranda blieb in der Tür stehen. „Darauf, wie nett Sie mich gefragt hätten, natürlich. Hätten Sie mir Komplimente über meine Augen gemacht? Poetische Bemerkungen über meine Wangen?"

„Wie hätte ich mir das verkneifen können? Und über die erhabene Herrlichkeit Ihres Haars, Ihrer Alabasterstirn, der herrlichen Nase, des königlichen Kinns und so weiter und über Ihre köstlichen Fesseln ..."

„Aber Sie haben meine Fesseln doch noch nie gesehen", erinnerte sie ihn, während sie den Wein lässig im Glas kreisen ließ.

„Ich kann sie mir aber vorstellen", erwiderte er mit einem schmalen Lächeln.

„Lieber nicht", erklärte sie rundheraus.

„Ach, Miranda, Sie albernes Gänschen." Er stellte sein Glas auf einem kleinen Tischchen ab, hakte die Daumen in die Weste und betrachtete sie kopfschüttelnd. „Ich muss schon lächeln, wenn ich nur an Sie denke."

Aufmerksam schaute sie ihn an. In seinen blauen Augen lag ein geheimer Kummer. „Stimmt irgendetwas nicht? Waren Sie auch ehrlich zu mir? Sie sind über alle Maßen verstört, nicht wahr?"

„Nein, das ist es nicht." Er ging auf sie zu, ergriff ihre Hände und zog sie in den Raum hinein.

„Was dann, mein lieber Junge?"

„Ich bin kein Junge", murmelte er.

„Crispin ..."

Mit einer Hand warf er die Tür ins Schloss, die andere legte er um Mirandas Taille. „Küss mich", forderte er. „Nur einmal, lass mich deine Lippen kosten."

„Seien Sie kein Narr."

„Ich habe von deiner Süße geträumt."

„Mein Gott, Crispin! Wenn ich bei Ihnen einen falschen Eindruck erweckt habe, tut es mir leid ..."

„Ich will dich, Miranda."

„Hören Sie sofort damit auf! Sie machen mir langsam aber doch Angst!"

„Gut“, wisperte er und packte ihr Kleid an einem Ende, als wollte er es ihr vom Leib reißen. „Vielleicht nimmst du mich ja dann ernst.“

„Crispin!“ Ihr Herz schlug wie verrückt, während sie an ihrem Kleid zerrte, um ihn daran zu hindern, es zu zerreißen, denn wenn es ihm gelang, wäre sie ruiniert. Ihr zerbrechlicher Ruf würde das nie überleben. Bei der Vergangenheit ihrer Mutter würde die Gesellschaft nur darauf lauern, dass die Tochter von irgendeinem skandalösen Fehltritt eingeholt wurde. Da sie vermeiden wollte, die Knights mit ins Unglück zu stürzen, hielt sie mit einer Hand den Satin eisern fest und stieß mit der anderen ihren amourösen Vetter weg.

Er bedrängte sie und versuchte sie gewaltsam zu küssen. „Ich krieg dich schon, mein süßes Kind“, keuchte er.

„Hören Sie sofort mit diesen Unverschämtheiten auf!“ Sie ließ ihr Kleid los und schlug ihn heftig ins Gesicht.

„Das war aber nicht sehr klug“, stieß er zwischen zusammengebissenen Zähnen hervor, schlang den anderen Arm um sie und hielt ihr Handgelenk hinter dem Rücken fest. Dann presste er seine Lippen gewaltsam auf die ihren, dass sie sich schmerzhaft gegen ihre Zähne drückten. Im selben Moment flog die Tür auf.

Damien kam hereingestürmt und riss Crispin am Kragen zurück. Erzürnt versuchte Crispin, einen Schwinger zu landen. Miranda keuchte, doch Damien fing Crispins Faust mühelos auf und hielt sie eisern fest. Voll Zorn starrte er ihn an.

„Damien, nein!“ rief sie, voll Panik, er könnte ihren Vetter auf der Stelle umbringen. Finster sah er sie an, erkannte, dass ihr nichts weiter geschehen und sie nur ein wenig zerzaust war, und dann blickte er wieder voll Verachtung und Missgunst zu ihrem Vetter.

„Verzogener kleiner Mistkerl." Er schlug Crispin zu Boden. Dann zog er den Schürhaken aus dem Kaminbesteck und hielt ihn, die Spitze voran, wie einen Degen an Crispins Kehle. „Das ist die letzte Warnung, mein Junge. Wenn Sie ihr noch einmal zu nahe kommen, werden Sie sterben." Dann schaute er wieder zu Miranda hinüber. „Los, verschwinden wir", sagte er knapp.

Sie hielt den Atem an, und ihr Herz hob sich in die Lüfte wie ein Vogel. Rasch nickte sie. Sie würde ihm überallhin folgen.

Algernon wusste, dass etwas schiefgegangen war. Das spürte er schon in den Knochen, noch bevor Crispin dann Stunden später endlich heimkehrte, sturzbetrunken und frech, mit offen um den Hals hängendem Krawattentuch.

„Wo zum Teufel bist du gewesen?" fragte sein Vater.

„In meinem Club."

„Und du hast versagt."

„Ich hasse dich, dass du das von mir verlangst", erwiderte Crispin und starrte ihn erbost an. „Ich hasse mich selbst, weil ich da mitmache. Lass gut sein, Vater. Die beiden sind ineinander verliebt."

„Was?" meinte er scharf, wobei er ein bitteres Gefühl des Verrats im Herzen verspürte, genau wie damals, als Mirandas schöne Mutter seinem Bruder den Vorzug gegeben hatte. Und nun hatte es den Anschein, als hätte die Tochter Winterley seinem Sohn vorgezogen, und irgendwie weckte das in ihm all den Zorn und die Entrüstung, die er vor so vielen Jahren empfunden hatte.

„Um Himmels willen", begann Crispin, „vergiss doch das Geld. Lass die beiden in Ruhe."

Verächtlich schüttelte Algernon den Kopf, da ihn die betrunkene Gefühlsseligkeit seines Sohnes abstieß. „Immer wenn ich denke, jetzt kann ich nichts Schlimmeres mehr über dich erfahren, sinkst du noch tiefer."

„Zumindest Brudermord brauche ich mir nicht vorzuwerfen", erklärte Crispin leise.

Algernon hätte am liebsten die Pistole gezogen, doch dann tat er seinen Zorn mit einem Achselzucken ab. „Was ist passiert? Woher willst du wissen, dass sie ineinander verliebt sind?"

„Ich weiß es einfach. Ich kenne Miranda. Ich war schon allein mit ihr, und dann kam Winterley hereingestürmt und hätte mich zusammengeschlagen, wenn sie ihn nicht daran gehindert hätte. Er gehorcht ihr, wie ein Mann einer Frau nur gehorcht, wenn er sie anbetet."

„Tatsächlich?" murmelte er leise und strich sich über das Kinn. „Und dann?"

„Dann haben sie die Gesellschaft verlassen."

„Allein?"

„Ich glaube schon. Von da, wo ich lag, war es ein bisschen schwierig zu beurteilen", murmelte er sarkastisch und goss sich etwas zu trinken ein.

In diesem Moment platzte Egann ins Arbeitszimmer. „Meister! Meister!"

„Was ist denn?“ Rasch schloss Algernon die Tür hinter seinem Dienstboten.

Egann verbeugte sich hastig. „Ich hab in einer Kutsche vor Knight House gesessen, genau wie Sie mir aufgetragen haben, und dann hab ich Lord Winterley und Miss FitzHubert vom Ball zurückkommen sehen, und dann sind sie sofort wieder aufgebrochen.“

„Bist du ihnen gefolgt?“

Er nickte eifrig. „Bis zum Stadtrand. Sie haben London Richtung Bath verlassen.“

In Algernons Kopf drehte es sich. Am Ende hatte Crispin ja doch Recht! Rannten die beiden etwa davon, brannten sie gar durch? Er wusste, dass Winterleys Landsitz im Westen lag, in Berkshire, nicht weit von Windsor Castle entfernt, wenn er sich recht erinnerte. Es hatte in den Zeitungen gestanden, als das Parlament ihn letzten November zum Earl erhoben und ihm Ländereien verliehen hatte.

Wenn sie heirateten, ginge Mirandas Vermögen nach Recht und Gesetz in Winterleys Besitz über.

„Ich muss sie aufhalten“, sagte er laut, beinahe zu sich selbst.

„Vater“, ermahnte ihn Crispin.

„Halt den Mund“, knurrte er. Er drehte sich um und begann, auf und ab zu laufen, sich das Hirn nach schnellen Lösungen zu zermartern. Seine vier Schläger hatten versagt; Egann und Crispin auch. Nun war es eindeutig an der Zeit, die Sache selbst in die Hand zu nehmen. Natürlich hatte er im Kampf Mann gegen Mann bei Winterley keinerlei Chance, aber vermutlich wären die übrigen Raptors durchaus scharf darauf, sich an dem Mann hart zu rächen, der ihre vier Spießgesellen hingemetzelt hatte.

Ein grausames Lächeln umspielte seine Lippen. Er wusste, wo er diesen Cockney-Abschaum finden konnte. Ja, Colonel Winterley würde er den Raptors überlassen und sich um seine reizende kleine Nichte höchstpersönlich kümmern. Mit ihr würde er die Freuden genießen, die ihm ihre Mutter so grausam versagt hatte. Und dann würde er ihr die hübsche Kehle durchschneiden.

Er schob Crispin aus dem Weg und stolzierte in die Eingangshalle, wo er sich den Mantel überwarf. Und dann ging er hinaus in die dunkle, kalte Nacht.

Ihre Flucht hatte etwas Magisches an sich. Hoch am Himmel leuchtete der Vollmond und tauchte die Schneefelder in glitzerndes Licht, während sie im Schlitten beinahe lautlos auf der weiß verschneiten Straße dahinflogen, die sich zwischen runden Hügeln und wispernden Wäldern dahinschlängelte. Sie saß neben ihm auf dem Kutschbock und hielt sich unter einer Reisedecke warm, doch sie redeten nicht miteinander. Das war auch nicht nötig. Sie wussten es.

Er stand halb aufgerichtet auf dem Bock, sein Mantel blähte sich im Wind, und er steuerte den Schlitten mit großer Energie. Meile um Meile legten sie zurück. Er war in einer seltsamen Stimmung: brennende Freude, befeuert von all seiner Willenskraft, gemischt mit der schmerzlichen Sehnsucht, immer bei ihr sein zu wollen. In dem Augenblick, da er Crispin Sherbrooke bei dem Versuch ertappt hatte, Miranda zu küssen, war in ihm absolute, unerschütterliche Gewissheit entstanden und hatte all die zögerliche Unsicherheit der letzten Tage hinweggefegt. Sie würde nicht ewig warten, bis er sich endlich entschieden hatte, und sie hatte es auch nicht verdient, warten gelassen zu werden, nach allem, was sie für ihn getan hatte. So standhaft war sie gewesen, hatte ihm immer wieder die Hand entgegengestreckt, ihm immer wieder eine neue Chance gegeben, ihre Hand zu ergreifen, nachdem er sie weggeschoben hatte. Ihre Geduld hatte ihn gezähmt, fast wie ein wildes Pferd. Mit einem Blick vergewisserte er sich, dass mit ihr alles in Ordnung war. Dick in Mantel und Schal eingepackt, saß sie da. Ein paar Locken waren unter ihrem warmen Samthut hervorgerutscht und wehten nun im Wind. Die Hände hatte sie in den riesigen Pelzmuff gesteckt, den Alec ihr zu Weihnachten geschenkt hatte. Als sie seinen Blick bemerkte, lächelte sie ihn an. Sie weiß es, dachte er und wandte sich lächelnd wieder der Straße zu, erregt von ihrer Nähe.

Natürlich hatte er die Gefahr nicht vergessen, in welcher sie schwebte, obwohl seit jenem Reitunfall nichts mehr davon zu spüren gewesen war. Nur zur Sicherheit war er gut bewaffnet, aber weil sie sich im Schutz der Dunkelheit davongemacht und niemandem verraten hatten, dass sie aufbrachen und wohin sie sich wenden wollten, machte er sich keine Sorgen. Er machte sich im Moment keine Gedanken und unnötige Befürchtungen, weil sie bei hm war.

Gott sei Dank war Miranda nicht die Sorte Frau, die überallhin einen Tross Dienstboten mitnehmen musste. Er wollte ganz allein mit ihr sein, um ihr zu sagen, was er für sie in seinem Herzen empfand.

Es war eine klare Nacht, nicht allzu kalt. Die Straße war frei, es herrschte kaum Verkehr, der sie aufgehalten hätte, und der Vollmond bot ihnen genügend Licht. Daher brauchten sie für die vierzig Meilen von London nach Littlewick Green, vorbei an der lebhaften Stadt Maidenhead, nur vier Stunden. Er wandte sich nach Norden und fuhr weitere zweieinhalb Meilen, bis sie endlich an der verschneiten Auffahrt von Bayley House ankamen. Damien zügelte die Pferde, als sie sich dem großen, baufälligen Haus näherten, und dann hielt er mit einem Seufzen an. Das Haus wirkte in der silbrigen Dunkelheit immer noch wie ein Mausoleum.

Er band die Zügel um einen Pfosten und drehte sich zu Miranda um. Sie starrte das Haus an.

Mit einer vagen Geste wies er auf das Haus. „Vielleicht kann man es von hier nicht erkennen, aber es ist ziemlich heruntergekommen. Innen ist es auch in einem recht traurigen Zustand. Möchtest du hineingehen, jetzt, wo ich dich gewarnt habe?"

Mit seelenvollem Blick erwiderte sie: „Damien, ich halte die Ungewissheit keinen Moment mehr aus. Bevor du mir nicht verrätst, warum du mich hergebracht hast, rühre ich mich nicht vom Fleck."

Er lachte leise, von ihrem flehentlichen Ton ein wenig überwältigt. „Nimmst du bitte den Hut ab? Ich möchte dein Gesicht im Mondlicht sehen."

Sie zog die Hand aus dem Muff, doch ihre Finger zitterten so nervös, dass sie die Hutbänder nicht aufbekam. Mit einem Lächeln kam er ihr zu Hilfe. Dann nahm sie den Hut ab, dessen breite Krempe ihr Gesicht überschattet hatte. Auch er setzte den Hut ab und warf ihn auf die Sitze hinter ihnen, wo sich bereits die Essenskörbe befanden, die sie hastig in der Speisekammer von Knight House gefüllt hatten.

Verschmitzt griff er in einen der Körbe und holte eine karminrote Rose heraus, die er aus dem Strauß in der Eingangshalle hatte mitgehen lassen.

Er strich ihr mit den Blütenblättern über die Wange und überreichte ihr die Rose dann, wobei er ihr die ganze Zeit in die strahlenden Augen blickte. Im weißen Mondlicht wirkte ihr Teint wie aus Alabaster, und ihr Haar war dunkel wie die Schatten. Die Perlmuttkämmchen in ihren dunkelbraunen, seidigen Locken blitzten im Mondlicht auf. Miranda schluckte und schaute ihn ernst an. Er ließ sich zu einem leichten Lächeln hinreißen, während er sich im Stillen fragte, ob sie überhaupt eine Ahnung hatte, wie anbetungswürdig sie auch dann war, wenn sie sich gar nicht darum bemühte.

„Ja?“ hakte sie nach.

„So ungeduldig“, schalt er und strich ihr mit den Fingerspitzen über den Arm.

„Ich war ganz außerordentlich geduldig. Für meine Verhältnisse.“

„Das stimmt.“ Er umfasste ihre Wange. „Und ich danke dir dafür.“

„Bitte“, quietschte sie, während ihr die Tränen in die Augen stiegen. „Sag es einfach. Ich will es wissen, so oder so. Bitte, Damien …“

„Ich liebe dich“, flüsterte er. „Ich liebe dich, Miranda.“

Sie schluchzte auf und bewegte sich auf ihn zu, doch er legte ihr die Fingerspitze auf die Lippen, damit sie schwieg.

„Und deswegen habe ich auch alle Verehrer abgewiesen, jeden einzelnen: Oliver Quinn, Nigel Stanhope, deinen Vetter Crispin, sogar Griff. Ich habe beschlossen, dich für mich selbst zu behalten. Es täte mir leid, wenn du dagegen Einwände erheben solltest, aber weißt du, ich kann ohne dich nicht leben. Du albernes Ding, warum weinst du denn?"

Anscheinend brachte sie kein Wort mehr hervor. Wie flüssige Diamanten strömten ihr die Tränen im Mondschein herab, und sie schaute ihn an, als wollte sie vor Liebe sterben. So glühend war ihr Gesicht, so liebreizend, dass auch seine Augen feucht wurden – als schmölze das Eis in seinem Innern so rasch, dass ihm nun die Augen überflossen. „Ich habe dich von dem Moment an geliebt, als du in Mr. Reeds Büro gekommen bist mit deinen weißen Handschuhen und den Schulmädchenzöpfen, dein Kinn erhoben, bereit, es mit der Welt aufzunehmen", murmelte er. „Ich habe dich geliebt, als du diese albernen Jünglinge im Gasthof dazu gebracht hast, dir bei der Flucht vor mir zu helfen – ausgerechnet vor mir!"

„Das tut mir so leid", hauchte sie mit einem reuevollen Lächeln.

„Nicht nötig, mein Röschen. Du könntest nie etwas tun, was einer Entschuldigung bedürfte, und selbst wenn, würde ich dir vergeben, ohne dass du darum zu bitten bräuchtest."

„Wirklich?"

„Ja. Ich habe dich geliebt, als du auf diesem lächerlichen dicken Pony angeritten kamst und dich so bemüht hast, mir alles recht zu machen. Ich habe dich dafür geliebt, dass du nur um meines Stolzes willen so getan hast, als hättest du dir den Knöchel verstaucht … und ich will dich für den Rest unseres Lebens lieben, wenn du mich lässt. Miranda, möchtest du meine Frau werden?"

Laut aufschluchzend warf sie sich in seine Arme. „Ja, ja!" Sie bedeckte sein Gesicht mit heißen Küssen und Freudentränen, bis er ihre Lippen mit den seinen verschloss.

Er spürte, wie sie in seinen Armen zitterte, als sie sich ihm hingab und seine Zunge in ihren süßen Mund aufnahm. Mit den Fingerspitzen strich sie ihm über die Wange, und dann entzog sie sich ihm. Auf ihrer Miene spiegelte sich Begehren.

„Damien, liebe mich."

Darauf überlief ihn ein Schauer des Verlangens. „Gehen wir hinein."

Sie nickte.

Er schloss die Augen und küsste sie noch einmal langsam, viel versprechend, bevor er sie freigab und vom Schlitten sprang. Dann half er ihr hinunter, nahm eine Laterne aus ihrer Sicherheitsverankerung und reichte sie ihr.

Rasch führte er das Vierergespann samt Schlitten in die Scheune. Er schirrte die Pferde ab, brachte ihnen Wasser und Heu und holte dann aus dem Schlitten die Essenskörbe und die Taschen mit Kleidern, die sie mitgebracht hatten. Klaglos half ihm seine zukünftige Countess, die Taschen und Körbe über den Hof zu tragen, die verschneite Haupttreppe hinauf und hinein in das verlassen daliegende Bayley House.

Drinnen war es stockdunkel, eiskalt und still wie in einer Gruft. Er nahm ihr die Laterne ab und leuchtete ihnen damit den Weg in den Salon, wo er immer noch vor dem Kamin sein Lager aufgeschlagen hatte. Alles war noch genau so, wie er es an jenem Tag verlassen hatte, als Lucien gekommen war und ihm von Jasons Tod berichtet hatte. Selbst seine gute alte Axt lehnte noch an der Wand. Sie stellten ihre Vorräte ab. Damien rieb sich die Hände.

„Du hast wirklich ein Auge für außergewöhnliche Dekorationen“, bemerkte Miranda und betrachtete all die Spinnweben und Schwalbennester.

Er grinste. „Halt mal das Licht, während ich Brennholz hole.“

Sie tat, wie ihr geheißen, und folgte ihm nach draußen. „Bezahlen deine Pächter dich etwa mit Klafterholz?“ erkundigte sie sich, als er das Ölpapier von einem riesigen Haufen Holz abzog und ein paar Scheite hervorholte.

„Ich hab das selbst gehackt.“

„Ach so, natürlich“, erwiderte sie trocken und sah ihn verwirrt an.

Er lachte, und bald flackerte im Salon ein munteres Feuer. Sein fröhlicher Schein fiel auf ihr kleines Lager und wärmte es. Damien hob ein paar lose Bodendielen an, unter denen er ein paar Flaschen hervorragenden Brandy gebunkert hatte, die er bei entsprechender Gelegenheit hervorholte, dazu noch ein paar andere Vorräte. Neugierig spähte Miranda hinein, nahm dann sein Essgeschirr heraus und schenkte ihnen beiden in seinem unzerbrechlichen Becher ein. Damien kniete vor dem Feuer nieder und stocherte mit dem Schürhaken in den Holzscheiten, um sie in Position zu bringen. Sie ging zu ihm hinüber und bot ihm von dem Brandy an. Er nahm einen Schluck und blickte dann auf, als sie ihm liebevoll durchs Haar fuhr. Ihre Berührung war wie eine Aufforderung. In seinem Blut loderte die Leidenschaft auf. Er küsste Miranda aufs Handgelenk, sah auf und musterte ihr geliebtes Gesicht. Damien genoss es über alle Maßen, hier mit ihr alleine zu sein.

„Bist du sicher, mein Liebling?" murmelte er. „Ich kann auch auf die Hochzeitsnacht warten, wenn du …" Seine Stimme wurde heiser und erstarb, als Miranda träge zu seinem Bettzeug trat und das blassgoldene Ballkleid ablegte, das sie immer noch trug.

Warten konnte er? Wem wollte er denn das erzählen? Mit trockenem Mund und voll Ehrfurcht betrachtete er sie. Im Schein des flackernden Feuers traten ihre zarten Züge deutlich zu Tage. Ihre Ernsthaftigkeit, die Intelligenz, die in ihrem Blick lag, das Vertrauen und die Loyalität in ihrer Miene verrieten, wie sehr sie ihn liebte. Er wusste, dass sie ihn nie enttäuschen würde. Innerhalb kürzester Zeit war diese halsstarrige junge Frau für ihn sein Zuhause geworden. Das Verständnis, das sie ihm entgegenbrachte, war so tief, dass es keiner Worte mehr bedurfte, und sie war ihm eine richtige Gefährtin geworden, wie er das von einer Ehegattin nie erwartet hätte. Sie löste das lange, dunkle Haar und entkleidete sich für ihn im Feuerschein; weiche Kurven, eine leuchtende weiße Göttin mit köstlichen rosa Brustspitzen und zauberhaften grünen Augen. Sie wartete ab, bis er sich an ihr satt gesehen hatte, dann glitt sie langsam in sein Bettzeug und wartete zwischen den Decken auf ihn. Er starrte sie an – stumm, wie versteinert, still. Sie streckte die Hand nach ihm aus.

Seine Bewegungen waren langsam und träumerisch, als er aufstand und zu ihr hinüberging.

Sie legte den Kopf in den Nacken und blickte vertrauensvoll zu ihm auf. „Wirst du mich immer lieben, Damien?“ murmelte sie mit sinnlicher Stimme.

„Ja“, versprach er, „immer.“

„Du wirst dich nie einer anderen zuwenden?“

„Ich bin der deine … ganz und gar.“ Er nahm ihre Hand, kniete neben Miranda nieder und zog sie an sich, küsste sie mit genießerischer Langsamkeit auf den Mund, während sie an den Knöpfen seiner Weste und seines Hemdes nestelte und ihn entkleidete. Dann hatte sie die Hände auf ihm, strich ihm über Arme und Schultern, liebkoste seine Taille. Sie immer noch küssend, die Finger in ihr üppiges Haar schiebend, glitt er zu ihr unter die Decke.

Er nahm die Rose, die er ihr gegeben hatte, und strich ihr damit leicht über die Haut, bis sie vor Begehren zitterte. Dann senkte er den Kopf über ihre Brüste und begann, daran zu saugen. Er berührte ihre Weiblichkeit und stellte fest, dass sie bereit war. Mit der Handfläche fuhr sie über sein festes Fleisch, und er stöhnte leise. Ihre Berührung wurde drängender, ihre Küsse fordernder. Ihre Haut brannte vor Leidenschaft, als er sich auf sie legte und sie die Beine um ihn schlang. Es verschlug ihm den Atem, und das Herz dröhnte ihm in der Brust.

„Meine Geliebte“, wisperte er, und eine überwältigende Sinneslust pulsierte in ihm, als er sich zu ihrer Schwelle vortastete. Er hatte noch nie eine Frau entjungfert und gab sich Mühe, sanft zu sein.

Sie hatte die Arme um ihn geschlungen, den Kopf in den Nacken gelegt, bot ihm den gebogenen Hals. Ihre Augen waren halb unter ihren seidigen schwarzen Wimpern verborgen und glühten vor Verlangen, als er sie auf den Hals küsste. Ihre Brüste drängten sich gegen seinen nackten Oberkörper, und er hielt sie so zärtlich, wie er nie zuvor eine Frau gehalten hatte. Langsam strich er ihr mit den Fingerspitzen über die Wange und folgte mit den Lippen.

„O Damien", stöhnte sie. „O mein Liebster, mach mich zu der Deinen … für immer."

In seelenvollem Gehorsam schloss er die Augen und nahm sie dann, wobei er ihren scharfen Schmerzenslaut mit den Lippen erstickte.

„Psst", flüsterte er. „Psst." Mit den Daumen wischte er die Tränen weg, die ihr aus den Augenwinkeln flossen. Dann streichelte er Miranda und flüsterte ihr dabei Koseworte ins Ohr, die er nie zuvor zu äußern gewagt hatte.

„Oh, das hat weh getan", gestand sie nach einer Weile und schaute ihn ängstlich an. Sehr jung sah sie in diesem Moment aus – was sie ja auch war.

Er küsste sie auf die Nase und lächelte ihr beruhigend zu. „Ja, meine Schöne, aber jetzt mache ich alles wieder gut."

Als er mit der Hand an ihrer Seite entlang strich, zeigte sich in ihren Augen neue Begierde. Ihr Stöhnen war wenig mehr als ein kleines freudiges Murmeln, doch ihre geschmeidigen Bewegungen luden ihn unmissverständlich ein. Sich auf den Händen über ihr abstützend, bewegte er sich in ihr mit langsamer, zärtlicher Sorgfalt, und Miranda bog sich unter ihm in zitternder Begierde.

Der Feuerschein warf die Bilder ihres Liebesspiels als flackernde Schatten an die Wände des einstmals so eleganten Raums, und während Damien spürte, dass er allmählich die Kontrolle über sich verlor, erhaschte er einen Blick auf seine Zukunftsträume: In diesem Haus würde neues Leben stattfinden; seine flammende Miranda würde den Räumen neues Leben schenken, Farben und Gelächter und Musik und Wärme, all die Dinge, die sie ihm bereits zum Geschenk gemacht hatte. Endlich würde er ohne die Gespenster und Dämonen des Krieges leben können. Und dann lösten sich alle Gedanken in einer warmen Woge von Gefühlen auf, die alle vom Grund seines Herzens kamen. Er drückte sie an sich, verlor sich in ihren Küssen, nahm die süßen Schreie ihres Höhepunkts in sich auf, während er sich in ihr verströmte und sie unwiderruflich zu der Seinen machte.

Als es vorüber war, ließ er sich auf sie sinken und blieb so liegen, streichelte ihre Wangen und ihr Haar, während sie ihn fest umschlungen hielt. In verzaubertem Schweigen blickten sie einander in die Augen, beide überwältigt von der Tiefe ihrer Leidenschaft. Schließlich schliefen sie eng umschlungen ein.

Gerade als die rote Sonne am östlichen Horizont aufging, näherten sich Algernon und fünfzehn Mitglieder der Raptors hoch zu Ross dem Bayley House. Es gab keinen Zweifel daran, dass sie sich an Damien rächen wollten.

„Umzingelt das Haus und findet sie. Und vergesst nicht: Das Mädchen darf keiner anrühren. Sie gehört mir“, befahl er mit kalter Stimme.

Der dunkelhäutige Anführer der Bande nickte mürrisch, schwang sich vom Pferd und bedeutete den anderen, es ihm gleichzutun.

Einer blieb bei ihm, während die anderen sich zum Haus stahlen. Algernon stieg ab und nickte dem anderen Mann zu, ihm zur Eingangstür zu folgen. Leise glitt er die Haupttreppe hinauf, zog die Pistole und drückte die Klinke der Haustür.

Abgesperrt.

Mit klopfendem Herzen nickte er dem Einbrecher neben sich zu. Das Bandenmitglied zog eine kleine Metallnadel aus dem lächerlichen Hut, den er auf dem Kopf hatte, kniete sich hin und knackte das Schloss mit der Präzision eines Schweizer Uhrmachers. Kurz darauf betätigte der Einbrecher lautlos die Klinke, zog sein Messer und schlich ins Haus hinein.

Algernon folgte ihm in die Grabesstille des verfallenden Herrenhauses, in die von Spinnweben überzogene Eingangshalle mit ihren kahlen Wänden und der abblätternden Farbe. In der Luft hing der Geruch von Kaminfeuer. Er schien von oben zu kommen. Algernon nickte seinem Komplizen zu, und dann huschten sie zur Treppe.

Damien schreckte hoch, wusste aber nicht, was ihn geweckt hatte. Weder hatte er einen Albtraum gehabt, noch hatte er irgendein Geräusch vernommen, doch war er auf einmal hellwach, und seine schlachterprobten Sinne befanden sich in höchster Alarmbereitschaft. Miranda schlief friedlich neben ihm. Er war froh, dass sie sich vor dem Einschlafen angezogen hatten, denn in dem riesigen Salon war es eiskalt. Das Feuer war heruntergebrannt.

Durch die hohen Spitzbogenfenster fiel jedoch schon ein orangerotes Leuchten: Hinter den Hügeln im Osten ging die Sonne auf.

Da.

Jetzt hatte er etwas gehört, ein unbestimmtes Knacken. Er verharrte ganz still und lauschte. Vielleicht war es nur eines dieser Geräusche, wie es sie in alten Häusern eben gab, aber dennoch stand er schnell aus dem Bett auf, um nachzuschauen.

Er achtete darauf, dass er Miranda nicht weckte, als er sich erhob. Ihre Schönheit berührte ihn zutiefst, doch er verweilte nicht, sondern schlich sich ans Fenster. Er hielt den Atem an, als er über ein Dutzend reiterlose Pferde auf dem Rasen stehen sah. Rasch wandte er den Kopf und nahm gerade noch wahr, wie zwei Männer unter dem Fenster vorbeihasteten und sich zum rückwärtigen Teil des Hauses wandten. Wer zum Teufel war das? Er hielt sich nicht weiter mit der Frage auf.

Im nächsten Moment zog er eine völlig schlaftrunkene Miranda aus den Decken.

„Sie sind da. Kein Wort", flüsterte er und schleppte sie zur Tür des Salons. Anschließend kehrte er zu ihrem Lager zurück und griff sich seine Waffen – Pistolen, Degen, Messer –, dann lief er zu Miranda zurück und presste sich mit dem Rücken flach an die Wand.

Verwirrt und verschlafen blickte sie ihn an. „Wer ist da?"

„Wer immer es auf dich abgesehen hat. Bestimmt finden wir bald heraus, um wen es sich da handelt. Psst. Ganz richtig, damit sie uns nicht hören."

Leise zog er das Messer aus der Scheide, während sie sich in Panik neben ihm an die Wand schmiegte, die Hände vor den Mund gepresst. Er hörte, wie die Männer den Flur entlangkamen. Nun war keine Zeit mehr, sich zu fragen, woher ihr gesichtsloser Feind eigentlich wusste, dass sie Knight House verlassen und sich hierher begeben hatten. Die Eindringlinge kamen immer näher.

Damien legte den Kopf schief, konzentrierte sich darauf, Anzahl, Gewicht und Größe der Männer aus ihrem Gang herauszuhören, bevor er sie überhaupt zu Gesicht bekommen hatte. Anscheinend handelte es sich um zwei Männer. Er wusste, dass er sie lautlos töten musste, wenn er verhindern wollte, dass die anderen herbeigeeilt kamen. Abwartend hielt er den Atem an. In seinem Kopf tobte ein schrecklicher Blutrausch. *Wie können sie es wagen, in dieses Haus einzudringen?* Er musste Miranda beschützen. Immer näher kamen sie, immer näher. Er legte den Finger über die Klinge des Messers und zählte die Sekunden. *Vier, drei, zwei, eins.*

Jetzt.

Er sprang aus seinem Versteck, genau als die Männer den Salon betraten, und ließ das Messer durch die Luft zischen. Den ersten erwischte er an der Kehle, den zweiten mit einer einzigen tänzerischen Bewegung im Bauch. Der zweite konnte seine Pistole noch abfeuern, bevor Damien sich auf ihn stürzte und ihm den Rest gab, doch die Kugel verfehlte ihn und grub sich in die Decke. Putz regnete auf Damien und Miranda herab. Damien nahm sich nur rasch die Zeit, den Arm des Toten zu entblößen. Und da war er, der eintätowierte Raubvogel mit dem Dolch in seinen Fängen. Die Raptors. Verdammt, was zum Teufel wollten die nun schon wieder von ihm? Angenehm würde es jedenfalls nicht werden.

Er packte Miranda am Handgelenk und zog sie rasch durch den Salon zu einer Stelle, wo er ein paar Bodendielen weggenommen hatte.

„Da hinein, da hinein!" Er drückte ihr eine Pistole in die Hand und schob sie in das Versteck unter den Dielen. Groß, wie sie war, musste sie sich ziemlich zusammenkauern, um hineinzupassen. „Was auch passiert, bleib da unten. Wenn dich irgendwer sieht, erschieß ihn."

„Damien ..."

„Still. Ich liebe dich", flüsterte er und schob die Dielenbretter an ihren Platz zurück und warf dann die Schlafdecken über die Stelle, um Ritzen im Boden zu verbergen. Er zog den Degen und rannte zur Tür, um den Männern entgegenzutreten, die nach dem Schuss aus allen Richtungen herbeigestürmt kamen.

Im nächsten Moment war er umzingelt. Ein Dutzend Männer stürzte in den Raum, manche durch die Haupttür, andere durch die weiße Doppeltür zum Musikzimmer, um sich von hinten an ihn heranzupirschen. Im einsetzenden Kugelhagel rieselte noch mehr Putz von der Decke, und ein Fenster ging zu Bruch. Doch wie durch ein Wunder blieb Damien unverletzt.

Nachdem er seine Pistole, die noch einen Schuss enthielt, aufgehoben hatte, als die anderen die ihren leer geschossen hatten, zielte er kühl auf den ersten Schurken, der sich mit erhobenem Degen auf ihn werfen wollte. Er drückte ab und traf den Mann direkt zwischen den Augen. Die anderen brüllten vor Zorn und griffen an. Damien musste jetzt alle seine Kräfte zusammennehmen.

Zwei wehrte er mit dem Degen ab, einen stach er mit dem Messer in den Hals, und einen vierten hielt er sich mit einem Fußtritt gerade noch rechtzeitig vom Leib, um nicht aufgespießt zu werden. Der Nächste näherte sich von hinten, worauf er ihn mit einem Schulterwurf niederstreckte und ihm den Degen durchs Herz bohrte. Während er mit der Bande um sein Leben kämpfte, nahm er eine schattenhafte Bewegung in der Tür wahr, und dann schlenderte Lord Hubert in den Raum.

Damien sah nur noch rot, als er den Mann erkannte. *Er steckt hinter alldem?* „Hubert!" schrie er.

Algernon schenkte ihm ein schmales Lächeln, doch Damien konnte ihn nicht zur Verantwortung ziehen, da er immer noch die Raptors abzuwehren hatte.

„Wie schockierend, Winterley, Sie, die Blume der Ritterlichkeit, dabei zu ertappen, wie Sie meine Nichte verführen."

„Fahren Sie zur Hölle", zischte Damien, der um sein Leben kämpfte.

„Ah, aber vermutlich kann man Ihnen gar keine Vorwürfe machen. Ihre Mutter war schließlich durch und durch verdorben, und der Apfel fällt ja bekanntlich nicht weit vom Stamm. Was hätte man von Fanny Blairs Tochter anderes erwarten sollen, als dass sie sich als ebenso unkeusche Hure erweist wie ihre Mama?"

Damien stieß ein lautes Gebrüll aus und trieb seine Angreifer mit einer Finte einen Schritt zurück. Dann musste er selbst einen Schritt zurückweichen, während die Klingen gefährlich aneinander schabten. Der Schweiß strömte ihm über das Gesicht.

Der Viscount lachte spöttisch und schlenderte lässig durch den Salon. Er bedeutete dem dunkelhäutigen Banditen an seiner Seite, er solle den Kamin am anderen Ende des Raumes untersuchen. Dann trat er zu dem einzigen Möbelstück, das die Vorbesitzer zurückgelassen hatten, einem großen Schrank, machte die Tür auf und blickte hinein. Damien wusste, dass sie nach Miranda suchten, und obwohl er keine Ahnung hatte, was sie von ihr wollen könnten, kochte sein Blut deswegen vor Zorn, was seine Entschlossenheit, sie zu beschützen, nur noch verstärkte.

Er hieb und stach auf die Männer ein, die ihn zu töten versuchten, bis er es in eine der Raumecken geschafft hatte, wo er sich besser verteidigen konnte, da er seinen Rücken nicht mehr zu decken brauchte, während er gegen die Verbrecher vor ihm kämpfte.

„Sie ist nicht da", grunzte der Schlägertyp und kehrte an Algernons Seite zurück, nachdem er im Kamin nachgeschaut hatte.

„Oh, irgendwo ist sie schon, die kleine Schlampe. Wir müssen nur noch ein wenig suchen."

„Sie sind schon so gut wie tot, Hubert!" brüllte Damien, als Algernon sich in Richtung Tür begab.

„Nein, Winterley, ich nicht. Sie", erwiderte der Viscount mit selbstgefälligem Lächeln.

Damien schrie auf, als einer der Verbrecher ihn am Bein erwischte, dann fletschte er die Zähne und spießte den Mann mit dem Degen auf.

Es war ein außerordentlich rüdes Erwachen gewesen, nun bebten über ihr die Dielen, während sie sich in ihrem engen, modrigen Versteck zusammenkauerte. Es klang, als wäre mindestens ein Dutzend Männer über ihren Verlobten hergefallen. Sie hatte die Stimme ihres Onkels Algernon erkannt und gehört, wie er das Andenken ihrer Mutter beleidigt hatte. Zuerst Crispin, der sich auf dem Ball so irrational verhalten hatte, und nun tauchte ihr Onkel mit einer ganzen Räuberbande auf. Warum nur, fragte sie sich mit ängstlich pochendem Herzen. Was zum Teufel ging hier vor?

Plötzlich stieß Damien irgendwo über ihr einen wilden, barbarischen Schrei aus – seine Stimme kannte sie. Alles Blut wich ihr aus dem Gesicht. War er verwundet worden? Sie wusste nicht, was der Schrei zu bedeuten hatte. Vergeblich bemühte sie sich, durch die Ritzen in den Dielen nach oben zu spähen, aber er hatte eine Decke über ihr Versteck gebreitet. Anhand der vielen stampfenden Schritte konnte sie nur vermuten, dass er hoffnungslos unterlegen war. Wenn er eben verwundet worden war, befand er sich noch schlimmer im Nachteil.

Unschlüssig und mit feuchten Handflächen hantierte sie mit der Pistole herum. Er hatte gesagt, dass sie hier bleiben solle, aber bestimmt hatte er nicht mit einem so heftigen Angriff gerechnet. Sie musste ihm helfen. Zwar hatte sie Angst, aber sie atmete tief durch. Als Kind hatte sie hilflos mit angesehen, wie ihre Eltern ertrunken waren. Sie würde nicht zulassen, dass ihr zukünftiger Ehemann im selben Raum wie sie ermordet wurde, ohne dass sie etwas zu seiner Rettung unternahm. Wenn er getötet wurde, war ihr egal, was aus ihr wurde, doch gab es keinen Grund, warum dies passieren sollte. Damien besaß den Kampfgeist eines Lancelot, und sie, nun, sie hatte die Pistole.

Sie war sich ziemlich sicher, dass sie abdrücken könnte, wenn es darum ging, ihrem zukünftigen Ehemann das Leben zu retten. Durch schiere Willenskraft unterdrückte sie das Zittern ihrer Hände, legte die Waffe weg und presste mit beiden Händen gegen die Dielen. Sie bewegte sich leise, um den Feind nicht auf sich aufmerksam zu machen; sie wusste, dass sie den Überraschungsmoment ausnutzen musste.

Als sie aus ihrem Versteck schlüpfte und noch einmal hineingriff, um die Pistole herauszuholen, bemerkte sie einer der abgebrühten Schläger. Der Mann überließ Damien seinen Spießgesellen und bewegte sich mit lüsternem Blick auf sie zu. Miranda richtete sich auf und hob die Pistole. Sie zielte auf die Brust des Mannes und schaute ihm dann direkt in die braunen Knopfaugen. Gott vergib mir, dachte sie und drückte ab.

„Was zum Teufel treibst du da?" schrie Damien sie an, als der Mann tot umfiel. Sie hatte ihn mit ihrem Schuss mitten ins Herz getroffen.

Fasziniert sah sie von ihrem Opfer zu Damien. „Dir helfen, mein Liebling." Sie packte den Schürhaken und stürzte sich ins Getümmel. Sogleich schlug sie einem der Angreifer den Schürhaken über den Schädel, so fest sie konnte.

„Du lieber Himmel", keuchte Damien, als der Mann bewusstlos zu Boden ging. „Gib mir das bitte mal, ja?"

Sie warf ihm den Schürhaken zu und duckte sich, als einer der Schläger ihr mit dem Degen drohte. Damien warf den Schürhaken wie einen Speer und spießte damit den nächsten Verbrecher auf, der ihr nachsetzte. Miranda verzog das Gesicht, als sie den Schrei hörte, und dann fiel auch dieser Schurke zu Boden. Sofort war Damien mit den letzten fünf beschäftigt. Doch dann lösten sich zwei aus dem Kampf und kamen auf Miranda zustolziert. Sie wich zurück und betrachtete nervös ihren Vormund, damit der ihr sagte, was jetzt zu tun war. Er schaute zwischen den einzelnen Schlägen zu ihr hinüber, voll Panik ob der Gefahr, in der sie sich befand.

Die zwei schäbigen Halunken verfolgten sie durch den ganzen Raum. Sie eilte zum Kamin, wo sie Damiens Axt packte. Dann wirbelte sie herum und hielt sich die beiden mit der großen, tödlichen Klinge vom Leib, doch die Männer grinsten bloß, als wüssten sie, dass sie das schwere Ding kaum längere Zeit würde halten können. Sie begannen von neuem, sie zu verfolgen, sodass sie gezwungen war, erneut zurückzuweichen.

„Miranda, hinter dir!“ schrie Damien plötzlich.

Sie fuhr herum und keuchte erschrocken. Ihr Onkel Algernon kam aus dem angrenzenden Musikzimmer hereinspaziert. Er streckte die Hände nach ihr aus.

„Komm und gib deinem Onkel einen Kuss, meine Liebe“, sagte er mit einem unheilvollen Lächeln und blickte dann zornig auf die beiden Banditen, die ihr nachliefen. „Macht ihn fertig“, befahl er und deutete auf Damien, der von einem wachsenden Haufen von Leichen umgeben war.

Murrend wandten sich die beiden wieder gegen den Earl. Mit nachsichtigem Lächeln drehte Algernon sich zu seiner

Nichte um. „Und jetzt zu uns, meine Süße. Auch wenn du keinen Funken Anstand hast – du bist wunderschön."

„Bleiben Sie stehen!" herrschte sie ihn an. „Was wollen Sie von mir?"

„Dasselbe, was ich von deiner Mutter wollte, *chérie.* Wenn meine Männer mit deinem Vormund fertig sind, werde ich mir von dir die Freuden holen, die sie mir verweigert hat."

Sie schwang die Axt in seine Richtung, doch diese war so schwer und unhandlich, dass sie ihr Ziel weit verfehlte. Er lachte sie aus.

„Was wissen Sie über meine Mutter?" fragte sie, von seiner Gemeinheit erschüttert.

„Nur dass sie eine schlechte Wahl traf, als sie deinen Vater mir vorzog. Die Verbindung hatte einfach keine Zukunft."

Miranda starrte ihn an und wurde ganz bleich. „Was meinen Sie damit?"

„Na ja, was denn wohl?" erwiderte er und zuckte mit den Schultern.

„Sie haben sie umgebracht?" hauchte sie.

„Vielleicht indirekt", antwortete er mit einem bescheidenen Lächeln.

Miranda stand einfach nur da, während sich in ihrem Kopf alles drehte.

Plötzlich ertönte eine neue Stimme: „Vater!"

Miranda und ihr Onkel sahen zur Tür, durch die soeben Crispin mit wirren Locken und ungeordneten Kleidern hereingestürzt kam. Miranda traute ihrem Vetter nicht mehr und trat einen Schritt zurück, um sie sich beide vom Leib zu halten.

„Was machst du hier?“ knurrte Algernon seinen Sohn voll Zorn an.

„Ich lasse nicht zu, dass du das tust, Vater. Ruf sie sofort von Lord Winterley zurück!“ Besorgt schaute er zu ihr. „Keine Angst, Miranda. Ich weiß, ich habe es nicht verdient, dass Sie mir mein Benehmen vergeben, aber Sie müssen wissen, dass er es war, der mich zu all diesen unwürdigen Taten gebracht hat“, erklärte er und nickte verächtlich in Richtung seines Vaters.

„Aber warum?“ fragte sie verstört.

„Crispin“, warnte der Viscount mit zusammengebissenen Zähnen.

Sein Sohn ignorierte ihn. „Deswegen.“ Aus der Tasche holte er ein offiziell wirkendes Dokument und hielt es ihr hin. „Ihr Erbe. Sie sind eine Erbin, Miranda. Ihr Vermögen beläuft sich auf fünfzigtausend Pfund.“

Ihr blieb der Mund offen stehen, während Algernon sich mit einem Messer auf Crispin stürzte. „Verräter!“ zischte er.

Behände wich Crispin ihm aus. „Zu spät, Vater. Ich lasse einfach nicht zu, dass noch mehr Blut vergossen wird. Ich bitte dich, mach Schluss mit diesem Wahnsinn, bevor noch Schlimmeres geschieht. Pfeif deine Männer zurück! Winterley hat das nicht verdient!“

„Crispin, Ihr Vater hat eben damit geprahlt, dass er meine Eltern umgebracht hat“, verkündete Miranda grimmig und ging jetzt voller Entschlossenheit mit der Axt auf ihren Onkel zu, während der wieder das Messer gegen Crispin kehrte. „Haben Sie das gewusst?“

„Ja, er hat es mir offenbart, als er mir drohte, mich auch umzubringen, wenn ich mich weigerte, Sie zu kompromittieren. Und noch etwas: Er war es, der Ihren Onkel Jason getötet hat. Agh!“ schrie Crispin, als das Messer sein Ziel endlich nicht mehr verfehlte und er über der Brust verletzt wurde. Voll Panik blickte er an sich hinunter und dann zu seinem Erzeuger. „Vater, du hast mich umgebracht“, sagte er ungläubig.

„Crispin!“ kreischte Miranda.

In diesem Moment warf Damien den letzten Gegner zu Boden, stieg über die Leichen und kam mit königlichem Zorn in den Augen auf sie zu. Er war blut- und schweißüberströmt, doch in seinen silbergrauen Augen glühte gerechter Zorn. „Jetzt gehörst du mir, Hubert. Weg von Miranda …“

„Nein!“ schrie Crispin. Bevor er ihn aufhalten konnte, hatte Algernon ihm auch schon die Pistole entrissen, die er im Hosenbund stecken hatte.

Der Viscount richtete sich auf, und Miranda hörte, wie er in tödlicher Absicht den Hahn der Pistole spannte und auf Damien anlegte.

Sie riss die Augen auf. Ihre Mutter. Ihr Vater. Onkel Jason. Und nun würde er auch noch kaltblütig ihren Geliebten erschießen. Sie dachte nicht nach. Eine weitaus ursprünglichere Macht als die Vernunft ergriff von ihr Besitz. Mit aller Kraft hob sie die Axt, einen wilden Schlachtruf auf den Lippen, schwang sie nach oben und ließ sie mit fürchterlicher Wucht auf ihren Onkel niedersausen. Er brach zusammen, gerade als sich der Schuss löste. Die Kugel pfiff nur kanpp über Damiens Kopf hinweg.

Algernon sackten die Knie weg, und er fiel mit dem Gesicht voraus auf die Axt. Miranda starrte auf das, was sie soeben getan hatte, und konnte es kaum fassen.

Dann trat Damien auf sie zu und nahm sie in die Arme. Sie spürte, dass er aufgrund all der Anstrengung zitterte, doch Miranda konnte nur auf die sich ausbreitende Blutlache unter ihrem Onkel sehen.

„Ist er tot?" wisperte Crispin.

„Ja", keuchte Damien und betrachtete dann Miranda. „Alles in Ordnung?"

„Ich … ich … es tut mir leid. Das wollte ich nicht …"

Er legte ihr den Arm um die Taille, küsste sie auf die Stirn und wandte sie von dem Anblick ab. „Du musstest aber. Du hast mir das Leben gerettet. Jetzt wird alles gut, meine Liebste. Und jetzt pass auf. Schau mich an."

Sie gehorchte, ignorierte den leichten Schwindel, der sie angesichts so vieler Leichen befiel. Sie starrte auf seinen Mund und gab sich alle Mühe, sich nur auf seine Worte zu konzentrieren.

„Hol aus dem Kasten dort drüben das Verbandszeug", sagte er ruhig. Wir müssen deinen Vetter verbinden, bevor er noch mehr Blut verliert. Mr. Sherbrooke … Lord Hubert?" sprach er den jungen Mann mit grimmigem, bedeutsamem Blick an.

„Ja, Sir?" erwiderte der schwach.

„Ziehen Sie Rock und Hemd aus. Wir wollen nachsehen, wie schwer er Sie erwischt hat." Er bückte sich, hob die zusammengelegten Dokumente auf und reichte sie Miranda, bevor sie noch mit dem Blut in Berührung kamen. „Also dann, wir werden dem Friedensrichter erzählen, dass wir zu viert ins Bayley House kamen und feststellen mussten, dass sich dort eine Bande Verbrecher eingenistet hatte, die uns prompt angriff. Algernon starb im Kampf gegen sie. Haben Sie das verstanden?“

„Ja, Mylord“, murmelte Crispin und zog sich langsam den Rock aus. Sein Gesicht war kreidebleich.

„Gut.“ Damien wandte sich an Miranda. „Das Verbandszeug, mein Engel.“

Sie schüttelte innerhalb von Sekunden die Benommenheit ab und tat, wie ihr geheißen.

14. KAPITEL

Drei Wochen später war die Hochzeit, am letzten Sonntag im Januar. Wrens Kirchturm, der im Herzen von Mayfair in den grauen Winterhimmel ragte, war mit Schnee bestäubt. In der Kirche streute die Brautjungfer, die kleine Amy Perkins aus Yardley, vor Miranda Rosenblätter aus, während diese am Arm des Duke of Hawkscliffe, der sich für diese Aufgabe freundlicherweise zur Verfügung gestellt hatte, den Mittelgang der Kirche entlangschritt. Lizzie Carlisle folgte ihr als die Schleppenträgerin.

Miranda umklammerte leicht nervös ihren Strauß aus weißen, roten und rosa Rosen, als sie hinten in der Kirche an den vielen Klatschkolumnisten vorbeilief, die sich wie verrückt Notizen machten. Ihre Verlobung hatte ziemliches Aufsehen erregt, vor allem als die Welt erfuhr, dass sie von Banditen angegriffen worden waren, die es gewagt hatten, sich in Abwesenheit des Hausherren in Bayley House einzunisten. Für seinen Mut war Damien erneut als Held gefeiert worden. Algernon wurde kaum betrauert, doch Miranda konnte verstehen, warum Damien es Crispin ermöglicht hatte, den Ruf seines Vaters zu wahren.

Der Schuldige war schließlich bestraft worden. Wenn bekannt geworden wäre, dass Algernon seine Brüder ermordet hatte, hätte man Crispin den Titel aberkannt, und die ganze Familie wäre in Schimpf und Schande auf der Straße, wenn nicht gar im Schuldgefängnis gelandet. Nun hatte Crispin zumindest eine Chance, einen Neuanfang zum Wohl seiner Familie zu versuchen, die – ob man das nun wollte oder nicht – auch Mirandas Familie war.

Gemessen schritten Robert und sie an all den Leuten vorbei, die Miranda im Lauf ihres Abenteuers kennen gelernt hatte. Alle Mitglieder der Knight-Familie waren anwesend, mit Ausnahme des schwarzen Schafs, Lord Jack. Zu ihrer Freude hatten ihr die Herzogin und Lady Lucien das Du angeboten, jetzt, wo sie bald mit ihnen verwandt wäre. Sie entdeckte Sally und Jane aus Yardley, die netten Damen von der Wohlfahrt, welche die Mädchen bei sich aufgenommen hatten; Lieutenant Colonel MacHugh und Captain Sutherland und all die verwegenen Offiziere des Hundertsechsunddreißigsten Regiments; den dicken Oliver Quinn und den dürren Nigel Stanhope und ein halbes Dutzend weitere enttäuschte Verehrer; Lord Griffith und seinen schüchternen kleinen Sohn und schließlich Crispin und dessen Mutter und Schwestern. Sie schenkte ihrem Vetter im Vorübergehen einen liebevollen Blick. Sie wusste nicht, was aus ihr geworden wäre, wenn er an dem furchtbaren Morgen nicht eingegriffen hätte. Beim Gedanken an ihren bösen Onkel schrak sie immer noch zusammen, aber sie verdrängte den Gedanken und konzentrierte sich auf Damien, der am Altar auf sie wartete, prächtig anzusehen in seiner Galauniform. Auch Lucien stand dort, in einem eleganten grauen Frack.

Die ganze Zeremonie ging wie im Rausch vorüber. Mirandas Herz raste, und ihre Hand zitterte wie verrückt, als Damien ihr den Ring anstecken wollte. Er musste mehrere Anläufe nehmen und ihr schließlich zuflüstern, doch still zu halten. Sie begann vor allen Leuten zu lachen, fing sich aber rasch wieder. Dann erklärte sie der Pfarrer zu Mann und Frau, und sie wandte sich in einem solchen Überschwang des Glücks an Damien, dass sie meinte, platzen zu müssen.

„Lady Winterley“, murmelte er, schaute ihr tief in die Augen und küsste sie.

Und so verließen sie als Ehepaar die Kirche. Draußen standen die Offiziere seines Regiments und bildeten mit ihren Degen ein Spalier. Damien und sie liefen hindurch, während Kirchenglocken läuteten. Sie stiegen in die mit Blumengirlanden und Bändern geschmückte Kutsche, von vier Schimmeln mit nickenden Federbüschen gezogen, und lagen einander schon in den Armen, noch bevor der Schlag richtig geschlossen war.

Der Empfang in Knight House dauerte den ganzen Tag. Bel hatte zur Feier des Tages französische Köche engagiert, und diese Künstler hatten eine riesige Hochzeitstorte kreiert, damit all die Gratulanten, die bis fünf Uhr kamen und gingen, etwas abbekamen. Um sechs Uhr leerte sich das Haus allmählich, und dann war nur kurz Zeit, um sich umzukleiden und kurz auszuruhen, ehe um sieben die elegante Dinnerparty anfing, die bis mitten in die Nacht dauerte. Damien und Miranda verbrachten die Hochzeitsnacht dann in einer luxuriösen Suite im Pulteney Hotel am Piccadilly, da ihr schickes Stadthaus in Mayfair zum Einzug noch nicht ganz bereit war.

Sie lagen sich gegenüber und sahen einander tief in die Augen. Miranda strich ihm sanft übers Haar, während Damien mit der Fingerspitze den Schönheitsfleck an ihrer linken Hüfte umkreiste.

„Lady Winterley“, flüsterte er mit leicht benommenem Lächeln.

„Ich liebe es, wenn du das sagst“, hauchte sie und schmiegte sich enger an ihn. „Ich liebe dich.“

„Ich liebe dich auch. Ich kann kaum glauben, dass ich den Rest meines Lebens mit dir verbringen darf, meine märchenhafte, magische Miranda.“

„Dummer Damien“, zog sie ihn auf.

„Tja, so wirds wohl sein.“ Er legte ihr die Hand auf die Taille und zog Miranda auf sich. „Küss mich, Weib“, befahl er.

Das tat sie, und bald spürte sie deutliche Anzeichen einer Reaktion.

„Da wacht wohl jemand auf“, murmelte sie neckisch.

„Was für eine Verführerin du doch bist. Ich glaube, es wird mir gefallen, mit dir verheiratet zu sein.“

Sie stieß einen glücklichen Schrei aus, als er sie auf den Rücken drehte, sich auf sie legte und sie innig küsste. Mit den Händen strich sie über seine samtene Haut.

„Weißt du, dass ich dich anbete?“ flüsterte er und schaute ihr in die Augen.

Sie brannte bereits lichterloh. „Zeig es mir.“

„In Ordnung“, sagte er und küsste sie auf Hals, Brust, Bauch und arbeitete sich an ihrem erhitzten, zitternden Körper immer weiter nach unten.

Eine Hand in seinem Haar vergraben, die andere in das Laken unter ihr gekrallt, schloss Miranda die Augen und bog den Rücken durch, als er sie mit einem genießerisch langen Kuss liebkoste.

Ah, was für ein Mann, dachte sie und keuchte vor Entzücken. Und dann machte sich ihr süßer, verruchter Gatte daran, dem Ausdruck „eheliche Freuden“ ganz neue Bedeutung zu verleihen.

Im Februar und März wurde Bayley House von einer ganzen Armee von Zimmerleuten, Steinmetzen, Dachdeckern, Stuckateuren, Glasern und Schreinern belagert, während die Gesamtplanung in Händen des großen und gefragten Architekten Matthew Wyatt lag. Nachdem es Mirandas Geld war, welches das Haus in neuem Glanz erstrahlen ließ, durfte sie dem Anwesen auch einen neuen Namen geben. Sie nannte es Winterhaven. Im Frühling schwoll der Fluss, der das Grundstück umfloss, mächtig an.

Die beiden unternahmen von ihrem Stadthaus in Mayfair oft Ausflüge nach Berkshire, um die Arbeiten zu überwachen. Als im Ostflügel eine Zimmerflucht fertig gestellt war, konnten sie immerhin mehrere Tage hintereinander bleiben.

Damiens Pächter reparierten ihre Dächer, und die vielen Farmarbeiter, die er neu angeheuert hatte, pflügten den Boden zur Aussaat. Der Wind, der durch den Mandelhain auf der Hügelkuppe strich und weiße Blütenblätter wie Schnee durch die Lüfte segeln ließ, roch nach frischer Erde und Wachstum. Dort oben war Mirandas Lieblingsplatz.

Der Stall war für Pferde früher bewohnbar als das Haus für Menschen. Damien begann Zuchtstuten für Zeus’ Harem zu kaufen, wie Miranda es lachend nannte. Im Herbst wollte Damien mit der Zucht beginnen, damit im nächsten Frühjahr die ersten Fohlen geboren wurden.

In London schlossen Jacinda und Lizzie ihr letztes Jahr in Mrs. Halls Mädchenpensionat ab und begannen sich auf ihr gesellschaftliches Debüt Ende April vorzubereiten. Miranda verwendete einen Teil ihres Geldes darauf, Amy, Sally und Jane auf dasselbe hervorragende Institut in Islington zu schicken. Bel befand sich im letzten Stadium ihrer Schwangerschaft, und Robert machte sich Sorgen, weil der Bauch seiner Frau immer größer wurde. Lucien und Alice kündigten für September ebenfalls ein frohes Ereignis an. Der kleine Harry wurde vier.

Tag für Tag traten Damiens quälende Erinnerungen weiter in den Hintergrund, verblassten wie die Farben einer alten Kriegsstandarte. Aber eines Tages trafen Nachrichten ein, mit denen Miranda nie gerechnet hätte – Nachrichten, die wie Totengeläut in ganz England widerhallten.

Das Undenkbare war geschehen.

Damien inspizierte gerade die Treppe, welche die Zimmerleute repariert hatten, als draußen laute Rufe erschallten. Er nickte beifällig und sagte den Arbeitern, sie sollten so weitermachen, und trat dann unter den Säulenvorbau. Sutherland und MacHugh kamen die schlammige Auffahrt heraufgeprescht. Sie ritten an den Gärtnern vorbei, die an der Auffahrt gerade eine Platanenallee anlegten. In ein paar Jahren würden die ausgewachsenen Bäume recht eindrucksvoll wirken. Ein freudiges Lächeln huschte über seine Züge bei der Aussicht, seinen Freunden all die Fortschritte zu zeigen, die sie gemacht hatten. Er und Miranda hatten die letzten Wochen auf Winterhaven verbracht und waren ganz entzückt, wie sich das Anwesen entwickelte.

Die uniformierten Offiziere sprangen aus dem Sattel und kamen auf ihn zugerannt.

„Winterley!"

„Ihr seid doch nicht in der Stadt, Jungs. Kein Grund, sich so zu hetzen", meinte er und lehnte sich lächelnd an eine Säule. „Willkommen in meinem kleinen Paradies."

Die beiden warfen einander einen Blick zu.

„Was gibt es denn?" erkundigte er sich stirnrunzelnd.

„Winterley, Napoleon ist von Elba geflohen", antwortete Sutherland aufgeregt. „Haben Sie es denn nicht gehört? Er marschiert bereits auf Paris zu und versammelt immer mehr Anhänger um sich. König Louis bereitet schon die Flucht vor."

„Guter Gott", flüsterte er und stieß sich von der Säule ab. Ihm war ganz übel.

„Wellington ist bereits auf dem Rückweg vom Wiener Kongress", berichtete MacHugh. „Er wird alle erfahrenen Offiziere brauchen, die er kriegen kann."

„Es wurden nämlich Dutzende von ihnen nach Indien und Amerika verschifft, um dort unsere Truppen zu kommandieren", fügte Sutherland hinzu. „Alle, die jetzt noch irgendwie verfügbar sind, werden in Belgien gebraucht. Verstehen Sie, was das bedeutet?" Sutherland stieß Damien brüderlich vor die Brust. „Wir ziehen wieder in den Krieg."

Zutiefst verstört starrte Damien ihn an.

„Sie kommen doch mit nach London und helfen uns, das Regiment aufzustellen?" fragte MacHugh.

Damien wirbelte der Kopf. Die barsche Antwort kam ihm ganz spontan über die Lippen. „Nein!"

Die beiden Männer betrachteten ihn ungläubig.

„Nein“, sagte er noch einmal und wurde rot vor Ärger. Sein Herz klopfte. „Schaut euch doch um! Seht euch das Haus an! Und da!“ Er wies auf Miranda, die in einigen hundert Metern Entfernung über die Hügelkuppe am Mandelhain schlenderte. „Ich komme nicht mit.“

Die beiden Männer musterten ihn irritiert und schienen zu glauben, er habe den Verstand verloren.

„Ich habe mir ein neues Leben aufgebaut“, verkündete er mit leidenschaftlich schwankender Stimme. „Ich bin verheiratet. Meine Frau könnte schwanger sein. Ich muss auch an meine Pächter denken. Ich trage nun Verantwortung, habe Verpflichtungen.“

„Natürlich, Mylord“, murmelte MacHugh, offensichtlich verstört. Er senkte den Kopf.

Sutherland sah den Schotten schief an und trat von einem Fuß auf den anderen. „Also, Colonel, was sollen wir den Männern sagen?“

„Woher soll ich das denn wissen?“ erwiderte Damien.

„Weil es Ihre Männer sind. Sie sind der Colonel.“

„Nicht mehr. Die Armee des Königs hat genug Blut von mir bekommen. Fragen Sie MacHugh, er ist der Rangnächste. Soll Wellington ihn befördern.“

„Na schön“, meinte Sutherland kleinlaut, schien das alles aber nicht richtig glauben zu können.

MacHugh errötete und wich Damiens Blick aus, als wäre ihm die egoistische, unsoldatische Antwort unangenehm. Er räusperte sich. „Am besten kehren wir nach London zurück. Dort gibt es viel zu tun.“

Sutherland nickte und salutierte dann aus alter Gewohnheit vor Damien. MacHugh erwies ihm diese Ehre jedoch nicht, sondern warf ihm nur einen halb verwirrten, halb vorwurfsvollen Blick zu, der Damien ins Herz traf.

Verdammt, dachte er, das ist doch nicht möglich.

Seine Männer wandten sich um und gingen langsam, fast benommen zu ihren Pferden zurück, als wüssten sie nicht, was sie ohne ihn anfangen sollten. Er schloss die Augen und sah seine ganze schöne, strahlende, glückliche Zukunft verblassen.

Napoleon war auf dem Vormarsch. Wenn der Kaiser in Frankreich wieder an die Macht kam, wäre alles, wofür er gekämpft hatte, wofür seine Kameraden gestorben waren, vergeblich gewesen.

„Verdammt noch mal, die geben keine Ruhe, bis ich im Grab liege", murmelte er und rief dann: „Wartet!"

Sie drehten sich um. „Sir?"

Wütend starrte er sie an, als wäre es ihre Schuld. „Wartet in der Stadt auf mich. Versammelt unsere Sergeanten und schaut, wen ihr alles rekrutieren könnt. Ich nehme an, dass wir es diesmal richtig zu Ende führen werden."

Auf den Gesichtern seiner beiden Untergebenen erschien ein breites Grinsen. „In Ordnung, Colonel", erwiderten sie wie aus einem Munde.

MacHugh schwang sich aufs Pferd und salutierte zackig. „Wie in alten Zeiten, Winterley!"

„Ich hoffe nicht", antwortete Damien und verschränkte die Arme vor der Brust. Und doch spürte er das Trommeln seines Herzschlags, das ihn in die Schlacht rief. Er betrachtete das halb renovierte Haus hinter sich, die Felder, bereit zur Aussaat.

Nein, er war einfach nicht in der Lage, hier zu verweilen, wenn sein Land ihn brauchte.

Sein Blick wanderte zum Mandelhain, wo Miranda unter den Bäumen spazieren ging und sich die Blütenblätter in ihrem dunklen Haar verfingen. Er beobachtete sie, wie sie den Paisleyschal hochhielt und ihn im Wind flattern ließ. Langsam atmete er aus.

Und dann ging er zu ihr, um es ihr zu sagen.

Miranda sah Damien über das nasse, sumpfige Gras auf sich zukommen und stieg auf die Hügelkuppe, um dort auf ihn zu warten. Der Wind wehte heftig, doch die Sonne wärmte sie. Das Nachmittagslicht fiel in schrägem Winkel ein, der Himmel hinter ihm hatte dieselbe Farbe wie Damiens Augen, und die silbern umrandeten Wolken türmten sich zu hohen Gebirgen auf, hin und wieder von einem Lichtstrahl durchbohrt.

„Können wir unseren Salon hier nach draußen verlagern?“ fragte sie fröhlich und zeigte auf die Bäume. „Ich kann mir keinen schöneren Ort vorstellen, um unsere Besucher zu empfangen.“

Er lächelte. Er trug Lederhosen und einen kurzen Lederrock, und um den Hals hatte er einen hübschen karierten Schal geschlungen. Seine hohen Stiefel waren schlammbedeckt. Er kam auf sie zu und zog die dicken ledernen Arbeitshandschuhe aus.

„Das Sofa könnten wir hier hinstellen …“, sie deutete mit dem Finger auf eine Stelle, „… und den Tisch dahin. Und dann können wir zwei Schaukeln in die Bäume hängen, anstelle der langweiligen Stühle. Was meinst du?"

„Wo ist dein Mantel?"

„Mir ist nicht kalt. Ich habe eine kräftige Konstitution", prahlte sie, doch dann verging ihr das Lachen, als sie den bekümmerten Ausdruck in seinen grauen Augen bemerkte. „Was ist, Liebling?" Sie tänzelte zu ihm hinüber und berührte sanft seine Unterarme.

Er steckte die Handschuhe ein und ergriff ihre Hände, wobei er kurz innehielt und ihr ein Blütenblatt aus dem Haar zupfte. Er ließ es los, und der Wind trug es davon. Abwesend blickte er dem Blütenblatt nach.

Miranda berührte ihn an der Brust. „Damien?"

Er hob das Kinn, wobei er sie immer noch nicht anschaute. Er sah zum Fluss. „MacHugh und Sutherland sind gekommen", begann er. Diesen Tonfall hatte sie schon seit Wochen nicht mehr gehört. Ihr fiel auch die Anspannung in seinen breiten Schultern auf.

„Bleiben sie zum Essen? Wir müssten sie zum Gasthof in Littlewick mitnehmen …"

„Sie sind schon wieder fort."

„So schnell?"

„Ja."

„Was haben sie denn gewollt?"

Da schaute er sie endlich an, und in seinem Blick lagen Zorn und Schmerz. „Sie haben Nachrichten aus London gebracht."

„Schlechte Nachrichten?"

Er nickte.

„Was denn?“

„Napoleon ist von Elba geflüchtet“, erwiderte er zögernd. „Er marschiert auf Paris zu. Wellington versammelt die Armee …“

„Nein!“ rief sie keuchend aus, entzog sich seinem leichten Griff und wich zurück. Sie wurde bleich. „Nein, Damien. Nein.“

Ein schmerzvoller Ausdruck huschte über sein fein gemeißeltes Gesicht. „Ich muss gehen“, rang er sich ab. „Du weißt, dass sie mich brauchen.“

„Ich brauche dich auch!“ Der Wind trug ihren Schrei über den Fluss.

Mit kummervoller Miene trat er auf sie zu. „Miranda.“

„Du gehst nicht, Damien! Nein! Ich verbiete es!“

Er schwieg.

Sie wusste, dass er sich schon entschieden hatte. Ihr Mund wurde trocken vor Furcht. Vor Sorge und Kummer wurde ihr ganz schwindelig. „Damien, ich kann das nicht zulassen“, sagte sie mit erzwungener Ruhe, obwohl ihre Stimme zitterte. „Ich kann dich nicht verlieren. Es hat all meiner Kraft und meiner Liebe bedurft, um dir aus deiner Dunkelheit herauszuhelfen. Fast hätte ich dich verloren. Wenn du dich jetzt wieder all der Gewalt und dem Blutvergießen aussetzt, könnte dir dasselbe noch mal passieren, und vielleicht kann ich dich diesmal nicht retten.“

„Es ist meine Pflicht.“

„Deine Pflicht liegt hier bei mir! Ich bin deine Frau! Du bist mein Ehemann, und ich brauche dich hier! Wie soll ich denn ohne dich leben, Damien?“

„Ich muss das zu Ende bringen, Miranda. Ich habe so hart gekämpft, so viel geopfert – das korsische Ungeheuer darf den Thron nicht mehr besteigen."

„Das ist in Frankreich! Was kümmert es dich?"

„So einfach ist das nicht, Liebste", flüsterte er. „Wenn wir ihn nicht sofort aufhalten, setzt er sich fest, und dann fängt die ganze Sache von vorn an. Ist es das, was du dir für unsere Kinder wünschst?"

„Ich will, dass unsere Kinder ihren Vater kennen!" Sie wirbelte herum und rannte fort, weil sie es nicht mehr ertragen konnte.

Bis zum Fluss lief sie, blind vor Tränen. Sie ließ sich bei den Binsen zu Boden sinken und starrte ins rauschende Wasser. Sie fühlte sich betrogen und hatte schreckliche Angst. Er wollte sie verlassen. Das war alles, woran sie denken konnte.

Damien kam zögernd heran.

„Miranda, sei stark."

„Warum?" rief sie. „Wieso muss ich stark sein, wenn mich mein Mann verlassen möchte, mit dem ich noch nicht mal zwei Monate verheiratet bin?"

„Ich verlasse dich doch nicht", flüsterte er hilflos.

„Dann bleib." Auf Knien wandte sie sich zu ihm um. Ihr Gesicht war tränenüberströmt. „Versprich mir, dass du bleibst, was auch geschieht. So hieß es im Eheversprechen, oder? Du bist endlich am Genesen, Damien. Schau dir das Leben an, das wir uns hier aufbauen. Was wird aus deinen Pferden? Unseren Kindern? Unserer Familie? Bedeutet dir das alles denn gar nichts?"

Er schluckte hart. „Miranda, meine Männer sind im Feld ohne mich verloren. Sie werden für Englands Sicherheit und um ihr eigenes Leben kämpfen. Ich kann sie nicht im Stich lassen."

„Und was ist mit mir? Mich lässt du im Stich!"

„Du bist stark", entgegnete er. „Du musst stark sein, wie es nur meine Miranda kann."

Sie hielt sich an dieser inneren Stärke fest und verwandelte sie in Zorn. „Wenn du jetzt gehst, bin ich nicht länger ‚deine' Miranda."

Er wurde bleich. „Was meinst du damit?"

„Wenn du mich wegen deines elenden Kriegs im Stich lässt, werde ich dir das nie verzeihen. Nie."

„Was soll das heißen?" fragte er. In seiner Stimme lag ein warnender Unterton. „Ich werde nie in eine Scheidung einwilligen."

„Das wird kaum nötig sein. Vermutlich werde ich binnen Jahresfrist ohnehin Witwe sein." Sie schob ihn beiseite und stürmte auf zittrigen Beinen zurück zum Haus.

Sie kehrten nach London zurück. Während der vierstündigen Kutschfahrt und der ganzen restlichen Woche sprach Miranda kein Wort mit ihm. Nach vier Tagen Schweigen brüllte Damien sie an, endlich damit aufzuhören, doch ihre einzige Antwort bestand in einem eisigen Blick. Daraufhin stürmte er türenschlagend aus dem Haus und begann, sie ebenfalls mit schweigender Verachtung zu strafen. Nachts sperrte sie die Verbindungstür zwischen ihren Schlafzimmern zu, aber er machte ohnehin keine Anstalten, zu ihr zu gehen. Napoleon hatte ihren ersten Ehestreit ausgelöst, einen riesigen Streit, in dem jeder jeder der beiden Starrköpfe absolut überzeugt war, im Recht zu sein.

Am Donnerstag, den sechzehnten März, erhielt er eine Eilbotschaft vom Kriegsministerium, dass seine Dienste dringend benötigt würden. Am dritten April sollte er sich in Brüssel einfinden. Da er gewusst hatte, dass dieser Befehl kommen würde, hatte er bereits seine Männer benachrichtigt, die sich in alle vier Himmelsrichtungen zerstreut hatten. Er hatte auch begonnen, Material und Vorräte zu ordern, zum Beispiel Zelte und Feldküchen.

„Untersteh dich, auch nur einen Penny aus meinem Erbe auf die Ausstattung deines Regiments zu verwenden", hatte sie ihn bitter gewarnt.

„Das Geld gehört dir nicht mehr, Frau, und ich werde es genau so ausgeben, wie ich es für richtig halte", hatte er ebenso bitter erwidert, bevor er das Haus verließ, um sich im Guards' Club mit seinen Captains zu treffen.

Sie saß im Salon, der auf die Straße hinausging, und lauschte der Stille im Haus. Das leise Geräusch einer vorbeifahrenden Kutsche hallte in dem neu möblierten Salon ohrenbetäubend wider. Würde es so sein, wenn er weg ist, fragte sie sich. Die Stille würde sie in den Wahnsinn treiben. Da sie es jetzt schon nicht mehr ertrug, legte sie Hut und Handschuhe an, hängte sich den Schal um und ging spazieren, wobei sie bei jedem Schritt ihren düsteren Gedanken nachhing. Auch wenn sie mit Damien im Moment nicht sprach, beherrschte er doch ihr ganzes Sinnen und Trachten. Wie sollte sie es nur überleben, wenn er sie verließ?

Nehme ich mir eben Liebhaber, dachte sie trotzig. Überhaupt würde sie sich in seiner Abwesenheit so vergnügen, dass seine Mutter, die Hawkscliffe-Hure, neben ihr wie eine Nonne wirken würde. Geschähe ihm recht …

Doch die widerborstigen Gedanken vergingen ihr bald, und während sie mit der Hand gedankenlos an den schmiedeeisernen Zäunen entlangstrich, welche die Grundstücke der eleganten Stadthäuser der Gegend vom Gehweg abtrennten, ließ sie voll Elend die Schultern hängen. Sie wollte ja gar keinen anderen! Sie würde *nie* einen anderen wollen, sie wollte nur diesen grausamen Barbaren. Warum liebte er sie nicht so sehr, dass er bei ihr blieb? Lucien zieht ja auch nicht in den Krieg, dachte sie mürrisch. Lucien blieb zu Hause bei Alice, warum also musste Damien gehen?

Wenn sie schwanger wäre wie Alice, würde Damien vielleicht bleiben. Aber sie wusste, dass sie sich da etwas vormachte. Der Mann, den sie geheiratet hatte, der Mann, den sie immer noch liebte, war ebenso wenig fähig, seinen Männern den Rücken zu kehren oder den Waffenruf seines Landes zu ignorieren, wie sie fähig war, noch viel länger zornig auf ihn zu sein. Es ist hart, eine Soldatenfrau zu sein, schoss es ihr durch den Kopf. Inzwischen empfand sie leichte Verlegenheit, weil sie mit der Sache so schlecht zurechtkam, und hatte schon das Gefühl, sich selbst fremd geworden zu sein. Nie zuvor hatte sie eine solche Niedergeschlagenheit, eine solche Verzweiflung verspürt. Sie wusste, dass sie es ihm noch schwerer machte, aber er war ja auch ihr Ein und Alles – ihr bester Freund, ihr Mentor, ihr Geliebter, ihr Gefährte –, und jetzt verließ er sie und würde vermutlich sterben.

Während sie einsam und mit schwerem Herzen die Straße hinunterging, entfaltete sich ringsum lebhaftes Treiben. Überall herrschte Aufregung über den bevorstehenden Krieg. Eine Stunde lang ließ sie sich ziellos treiben, ging, wohin die Füße sie trugen. Als sie aufblickte, stellte sie fest, dass sie vor Luciens und Alice' Haus in der Upper Brooke Street stand. Lange starrte sie es an. Dann atmete sie tief durch und streifte ein für allemal das Selbstmitleid ab. Sie straffte die Schultern, hob das Kinn und stieg die Haupttreppe empor.

Zu ihrer Überraschung wurde ihr die Eingangstür nicht vom Butler geöffnet, sondern von ihrem Schwager Lucien höchstpersönlich.

„Na, so etwas, Miranda", sagte er und zog überrascht die Augenbrauen hoch. „Komm doch rein."

Ruhelos trat sie in die Eingangshalle.

„Wo ist denn deine Kutsche?"

„Ich bin zu Fuß gekommen."

„Ohne Lakai? Ohne Zofe?"

Sie warf ihm einen warnenden Blick zu.

„Anscheinend ist der Ehestreit immer noch in vollem Gang", meinte er vorsichtig, ihre düstere, verschlossene Miene interpretierend.

Als Miranda sich zu ihm umwandte, erhaschte sie im Spiegel einen Blick auf sich: Sie war kein armes, heimatloses Waisenkind mehr, sondern eine elegant gekleidete Dame von Rang und Vermögen, die ihrem Ehemann gegenüber gewisse Pflichten hatte, genau wie dieser Ehemann Pflichten gegenüber dem König hatte.

Sie schaute Lucien direkt in die Augen. „Ich möchte dich um einen Gefallen bitten", begann sie. „Sag mir, was ich in den Krieg mitnehmen muss."

Auf seinem Gesicht breitete sich ein Lächeln aus. „Darf ich fragen, ob du dich entschlossen hast, mit in den Krieg zu ziehen?"

Sie nickte energisch. „Er lässt mir ja kaum eine andere Wahl, der Schurke."

„Bravo, Miranda, bravo, meine Schöne", murmelte er und schloss sie brüderlich in die Arme.

„Aber ich hasse ihn immer noch dafür", grummelte sie schniefend, dankbar für Luciens Zuneigung.

„Ich wusste, dass du dich wieder beruhigen würdest. Irgendwer muss schließlich da drüben auf ihn aufpassen."

„Verrat ihm aber nicht, dass ich mitkommen will", bat sie, wobei ihr kurzzeitig die Augen feucht wurden. „Wenn er es vorher erführe, würde er es nie erlauben."

„Keine Sorge, Schwester. Ich kann ein Geheimnis wahren. Wollen wir mal überlegen, was du alles brauchst ..."

Die Tage gingen voll hektischer Vorbereitungen vorüber, doch Miranda ließ Damien nicht merken, dass sie sich entschlossen hatte, ihn zu begleiten, da sie befürchtete, wenn er Wind von ihrem Plan bekäme, würde er nur sagen, es sei zu gefährlich, und es ihr verbieten.

Mit Luciens Hilfe legte sie sich inzwischen ebenfalls Vorräte zu, trug die passenden Kleider zusammen, ließ sich Papiere ausstellen und brachte ihre Angelegenheiten in Ordnung. Mit ihrer Stute Fancy unternahm sie lange Ausflüge in den Park, um ihre Reitkünste zu vervollkommnen, kaufte sich zu ihrem Schutz ein Paar Duellpistolen; engagierte eine Zofe, die selbst einmal im Armeetross gereist war, und verabschiedete sich heimlich von den Frauen der Knight-Familie, die ihre Entscheidung voll Ehrfurcht und Schrecken bestaunten.

Schließlich dämmerte der siebenundzwanzigste März herauf, Ostermontag, der Tag, an dem Damien nach Ramsgate aufbrechen wollte, um von dort aus über den Kanal nach Ostende zu segeln.

Miranda stand um halb vier Uhr morgens auf, um sicherzugehen, dass sie fertig und bereit zum Aufbruch wäre, bevor er groß Protest erheben konnte. Nachdem sie viel zu nervös war, um zu frühstücken, ließ sie die Kutsche schon vor der Dämmerung vorfahren. Im Licht der Lampen beaufsichtigte sie die Lakaien, welche den Wagen mit ihren Sachen beluden.

Auf einmal hörte sie Damien im Haus nach ihr rufen. „Miranda! Miranda! Zum Teufel mit dem Weib, wo ist sie denn geblieben!“ Er riss die Tür auf. „Miranda!“

Sie versteifte sich, als sie hörte, wie verwirrt er klang, und drehte sich dann langsam um, bereit, ihm zu trotzen. „Ja, Mylord?“

Er wirkte leicht schockiert, dass sie um diese Zeit schon auf und angekleidet war. Misstrauisch beäugte er die Kutsche. „Was machst du da?“

„Geht dich nichts an.“

„Du wolltest nach Winterhaven fahren, bevor ich wach werde“, warf er ihr vor. Seine Stimme war brüchig und klang mehr als verletzt.

„Nein, natürlich nicht. Glaubst du wirklich, ich würde abreisen, ohne mich von dir zu verabschieden?“ fragte sie ihn vorwurfsvoll.

Er starrte sie an. „Wo willst du denn dann hin?“

Sie stemmte die Hände in die Taille und hob das Kinn. „Nach Brüssel. Mit dir“, erwiderte sie mit blitzenden Augen – er sollte es nur wagen, ihr das abzuschlagen.

Ihm blieb der Mund offen stehen. „Mit mir?“

„O ja, Sir, und wenn du irgendetwas dagegen hast, kannst du es deinem Pferd erzählen.“ Damit wandte sie ihm den Rücken zu und trieb die Lakaien an, sich zu beeilen.

Nach einer ganzen Weile, in der sie von ihrem Mann keinen Ton gehört hatte, riskierte sie einen kurzen Blick über die Schulter. Er stand immer noch in der Tür und sah vollkommen überrumpelt aus.

„Hast du etwas daran auszusetzen?“ erkundigte sie sich hochmütig.

Er schloss den Mund. „Nein.“

„Gut.“

„Also dann“, sagte er zu sich selbst. Er schüttelte den Kopf, ging zurück ins Haus und schloss die Tür hinter sich.

Miranda stand da und starrte die Tür an, ganz schockiert, dass von ihm kein Widerspruch gekommen war. Er hatte ja nicht einmal Einwände erhoben! Voll Freude erkannte sie, dass sie sich durchgesetzt hatte. Sie würde mit ihm auf den Kontinent reisen und an seiner Seite bleiben!

Die erste Schlacht war gewonnen.

Bei Sonnenaufgang verließen sie London: Damien und sie, ihre Zofe, sein Kammerdiener, einer seiner Adjutanten und zwei Stallburschen, die auf den beiden Pferden ritten – Fancy und einem großen kastanienbraunen Wallach, den Damien in Newmarket gekauft hatte. Robert, Lucien und Alec begleiteten sie zum Abschied noch bis nach Ramsgate. Die Brüder plauderten unterwegs lebhaft miteinander, während Damien und Miranda einander immer wieder verstohlene Blicke zuwarfen. Sie hatte keine Ahnung, was in ihm vorging, und außerdem war sie vollauf damit beschäftigt, ihre eigene Nervosität zu verbergen.

Nach mehrstündiger Reise erreichten sie den Hafen, von dem zahllose Schiffe ablegten, welche die Soldaten auf den Kontinent hinüberbrachten. Sie hasteten auf die Pier, um an Bord ihrer Schaluppe zu gelangen, die Damien für die Überfahrt gemietet hatte. Das Schiff sah durchaus seetüchtig aus und die Mannschaft höchst fähig, aber Miranda erbleichte, als ihr Mann ihr eröffnete, dass die Reise nach Ostende vierundzwanzig Stunden dauern würde. Der Kapitän sei darauf bedacht, sofort aufzubrechen, da der Wind günstig stehe.

Nachdem sie die Pferde und das Gepäck verladen hatten, war kaum noch Platz für sie, ihre Dienstboten und Damiens eifrigen jungen Adjutanten. Während ihr Mann sich um die Pferde kümmerte, hielt Miranda sich bei ihren Schwägern auf festem Boden auf. Seit jenem Tag, da ihre Eltern ertrunken waren, hatte Miranda kein Boot mehr betreten, und jetzt war sie völlig in Panik angesichts dessen, was sie um der Liebe willen auf sich nahm.

Herzlich verabschiedete sie sich von den Brüdern, wobei sie Lucien, ihren Mitverschwörer, besonders lang umarmte.

„Sei tapfer“, murmelte er und küsste sie auf die Stirn.

Sie nickte und ging dann schleppenden Schritts die Pier entlang, wobei sie versuchte, nicht aufs Wasser hinunterzublicken, aber genau hörte, wie es an die Pfähle schlug. Damien war bereits an Deck, als sie mit schweißnassen Handflächen und wild hämmerndem Herzen die Gangway hinaufging. An Bord der Schaluppe begab sie sich mit ihrer Zofe sofort in die Kabine, aber Damien blieb an der Reling und wartete so lange, bis seine Brüder und England außer Sichtweite waren.

Als er die teakholzgetäfelte Kabine betrat, hatte sie sich bereits in der Koje zusammengerollt. Verkrampft klammerte sie sich an einem Wandbord fest, um auf dem schwankenden Schiff Halt zu finden. Ihre Zofe saß neben ihr, das Riechsalz in der Hand. Miranda schaute ihn ziemlich verzweifelt an, als er hereinkam.

Natürlich erkannte er sofort, dass sich ihr ganzer Trotz in Nichts aufgelöst hatte, ihr Gesicht war grünlich angelaufen wie bei jemandem, der unter Seekrankheit leidet, aber er wusste, dass es Angst war, was sie so überwältigte, nicht das Geschaukel. Er trat zu seiner Frau ans Bett, nahm der Zofe das Riechsalz ab und entließ sie mit einem Nicken. Dann setzte er sich auf die Koje und nahm Miranda auf seinen Schoß, wobei er ihr leises Protestgemurmel mit einem fast soldatischen „Still“ erstickte.

Obwohl sie immer noch durch das bittere Schweigen beunruhigt war, das sie die letzten zehn Tage getrennt hatte, nahm sie die großzügig angebotene Unterstützung gerne an. Er drückte sie an seine Brust und strich ihr über Haar und Rücken, bis sie sich allmählich beruhigte.

„Himmel, wie gut es sich anfühlt, dich endlich wieder in den Armen zu halten", flüsterte er schließlich. Er hörte auf, sie zu liebkosen, schloss die Augen und legte die Stirn an ihre Schläfe. „Als ich heute früh in dein Zimmer gesehen habe und du nicht da warst, dachte ich, du hättest mich verlassen."

Wortlos betrachtete sie ihn und verschränkte die Finger mit den seinen.

„Ich will nie wieder mit dir streiten. Es tut zu weh." Er legte sich ihre Arme um den Hals, während er sie noch enger an sich drückte.

„Es tut mir leid, dass ich gesagt habe, ich würde dir nie verzeihen", meinte sie ängstlich.

„Schon gut ..."

„Nein, ist es nicht ..."

„Miranda, ich liebe dich, und ich weiß, dass du mich liebst. Du magst vielleicht behaupten, dass du mich hasst, aber ich kenne dich. Ich weiß, dass nur deine Liebe zu mir dich hat verleiten können, dich auf dieses Boot zu schleppen."

Tränen stiegen ihr in die Augen, als sie nickte und sich enger an ihn schmiegte. „Ich dachte, du würdest mir vielleicht nicht erlauben mitzukommen."

„Vermutlich hast du Recht", stimmte er kopfnickend zu. „Ich kann dich ja immer noch heimschicken, wenn die Kämpfe zu heftig werden."

„Ich tue, was immer du sagst, aber ich hätte es einfach nicht ertragen, wenn du mich zurückgelassen hättest. Ohne dich würde ich verrückt werden. Lucien hat mir geholfen, alles vorzubereiten."

„Das dachte ich mir schon", erwiderte er trocken.

„Verstehst du? Auf die Art bin ich für dich da, wenn dir etwas passiert – wenn du verletzt werden solltest. Ich kann mich dann gleich um dich kümmern. Und was auch geschieht, ich lasse nicht zu, dass du dich wieder in dieser Dunkelheit verlierst."

„Wenn du an meiner Seite bist, kann das nicht passieren." Er umfasste ihr Gesicht mit beiden Händen und küsste sie mit tiefem, wildem Verlangen, wobei er sie allmählich auf die Koje sinken ließ. „Ich brauche dich", hauchte er. „Du hast dich mir viel zu lang entzogen."

„O Damien, ich kann nicht. Ich habe viel zu viel Angst, und außerdem ist mir schlecht", erwiderte sie und schloss in hilfloser Anbetung die Augen, als er anfing, ihre Brüste durch die Kleidung hindurch zu liebkosen.

„Das wird dir helfen, dich zu entspannen", versprach er mit samtenem Flüstern.

Scharf sog sie den Atem ein, als er ihr Ohrläppchen küsste. Ihre Sinne erwachten allmählich. „Das geht doch nicht. Die ganze Mannschaft wird uns hören."

„Nein, denn wir werden ganz still sein", entgegnete er und hielt ihre Handgelenke über ihrem Kopf fest. „Wenn du meinem Regiment beitreten willst, ist es an der Zeit, dass du deine Pflichten kennen lernst", schnurrte er.

„Ach, was für ein verdorbener Mann du doch bist", murmelte sie, während in ihr schon die feuchtheiße Wärme aufstieg.

„Was meinst du, wie oft ich dich bis nach Ostende wohl zum Höhepunkt bringen kann?"

„In vierundzwanzig Stunden?“ fragte sie atemlos, während er schon unter ihre Röcke griff und sie mit seinen langsamen, nachdrücklichen Berührungen ganz in seinen Bann schlug.

Er antwortete nicht, denn seine Lippen schlossen sich mit verzehrender Gier über den ihren. Sein lustvoller Eifer versetzte sie in fiebrige Erregung, so dass ihre Angst in ihrem Begehren unterging. Sie bemerkte, in welcher Hast er seine schwarze Hose abstreifte, und dann war er auch schon in sie eingedrungen, mächtig und pulsierend. Er stöhnte leise, und sie erzitterte unter ihm in seligem Verlangen.

Sie genoss seine leidenschaftlichen Küsse und gab sich ihm ganz hin. Urzeitliche Energien beflügelten ihn, während er sie gnadenlos befriedigte, damit sie ja nicht vergaß, zu wem sie gehörte. Als der Höhepunkt nahte, ließen sie jede Zurückhaltung fahren. Sie keuchten und wanden sich wie verrückt, als könnten sie überhaupt nicht eng genug miteinander verschmelzen.

Eine Welle der Leidenschaft überrollte sie, die so überwältigend war, dass sie gar nicht mehr merkten, welche Lustschreie sie ausstießen, Schreie, die so laut waren, dass sie weithin hörbar über das Wasser schallten. In diesem Moment beschränkte sich ihr gesamtes Universum auf diese blinde Leidenschaft und Erlösung. Er sank auf sie nieder, erschöpft und befriedigt, verschwitzt, zitternd und bleischwer.

„O Damien“, murmelte sie nach ein paar Minuten und legte ihm in träger Zuneigung die Arme um die Schultern.

Er lächelte schläfrig und bettete den Kopf auf ihre Brust. „Ich finde“, sagte er, „dass wir uns öfter streiten sollten.“

Als die Schaluppe am nächsten Tag endlich Ostende erreichte, wurden die Pferde in einer riesigen Schlinge zu Wasser gelassen, damit sie ans Ufer schwammen. Die Passagiere stiegen in ein Beiboot, das ein paar Matrosen an den Strand ruderten. Damien hob seine Frau hoch und trug sie ans Ufer, damit sie nicht in den tiefen Sand zu treten brauchte. Flach erstreckte sich Land vor ihnen. Miranda fand, dass es ein langweiliger, öder Ort war, wo es viel zu sehr nach Pferd stank. Wegen der Sandstrände war es ein geradezu idealer Landungspunkt für die Kavallerie.

Sie hielten sich nicht lang auf, luden ihre Sachen auf ein paar Maultiere, die Damiens Adjutant in der nahen Stadt aufgetrieben hatte, stiegen auf ihre Pferde und nahmen die hervorragend gepflasterte Straße, die während des ganzen zweistündigen Ritts entlang eines Kanals verlief. Die kahle, wasserreiche Gegend war so flach, dass sie die Windmühlen und Kirchtürme schon aus zehn Meilen Entfernung ausmachen konnten. Als sie endlich in der hübschen, pittoresken Stadt ankamen, nahmen sie im Hotel de Commerce ein frühes Souper ein. Der Herr am Empfang erzählte ihnen, dass es noch etwa sieben Stunden bis Gent waren, wo sich inzwischen König Louis mit seinem Hofstaat eingefunden hatte, nachdem er Paris nach Napoleons Ankunft fluchtartig verlassen hatte. Gestärkt machten sie sich anschließend auf die Weiterreise.

Als sie in die Stadt einritten, die von britischen Infanterietruppen bewacht wurde, und ein paar Soldaten Damien erkannten, erhob sich allgemeiner Jubel. Damien hielt an, um die Soldaten zu begrüßen, und sie erzählten ihm, dass viele seiner Freunde bereits angekommen waren. Danach begab er sich mit Miranda in die schöne, weitläufige Stadt, und sie mieteten sich über Nacht im eleganten Hotel de Flandre ein. Abends besuchten sie einen Empfang für den König. Miranda war noch nie jemandem von königlichem Geblüt begegnet, doch der arme, unter Gicht leidende Louis XVIII. entsprach ihren Erwartungen nicht so ganz, wie er so keuchend und hustend auf seinem Stock lehnte, als könnte ihm jeden Augenblick das königliche Herz versagen.

Obwohl sie seit zwei Monaten verheiratet war, beeindruckte es sie immer noch über die Maßen, als ein stattlicher Höfling sie und Damien dem König offiziell als Earl und Countess of Winterley vorstellte.

Bin ich wirklich eine Countess, staunte sie und unterdrückte ein Lachen. Sie, die Rebellin von Yardley, eine Countess? Sie vollführte einen tiefen Knicks, während Damien sich elegant vor dem dicken König verbeugte. Sie durften sich erheben, man dankte ihnen, und dann waren sie entlassen und konnten mit Damiens Offiziersfreunden plaudern. Er stellte sie ihr der Reihe nach vor, und jeder lobte ihn für seinen hervorragenden Geschmack. Miranda strahlte ob ihrer galanten Schmeicheleien und wich Damien nicht von der Seite.

Nach ein paar angenehmen Stunden auf dem Empfang und einem noch angenehmeren Zwischenspiel im luxuriösen Hotelzimmer schliefen sie eng umschlungen ein, wachten am nächsten Morgen zu einer zivilen Stunde auf und trafen sich wieder mit den anderen Offizieren. Gemeinsam machten sie sich nach Brüssel auf, wo der Duke of Wellington seine Armee versammelte.

Sie blieben zweieinhalb Monate in Brüssel, untergebracht im gotischen Prunk des Hotel de Ville, wo neben ihnen noch viele andere britische Offiziere abgestiegen waren. Die Leute kamen zu Zehntausenden in großen Schiffen über den Kanal. Die Offiziere fanden in der Stadt Unterkunft, das einfache Fußvolk kampierte im Umland, eine große Masse zäher Veteranen und frischer Jungen, die einmal die Kriegsherrlichkeit schmecken wollten. Und allen blieb nichts anderes übrig, als abzuwarten.

Der April verging, die Blumen setzten Knospen an, und die üppige flandrische Landschaft begann zu blühen. Britische Zivilisten, die mit der Armee verbunden waren, und Edelleute aus den Ländern der Koalition kamen in die Stadt geströmt, um an all den Vergnügungen teilzuhaben. Jeden Abend wurden Gesellschaften und Bälle abgehalten, und man tanzte fast nichts anderes als den gewagten Walzer. Man erging sich im nächtlichen Park und besuchte die Theater, wobei die Stücke allerdings alle auf Französisch waren, so dass Miranda sich nicht mit ihnen abgab, da sie kaum ein Wort verstand. Damien und Miranda schlugen mindestens ebenso viele Einladungen aus, wie sie annahmen, da sie es vorzogen, jeden freien Moment allein miteinander zu verbringen und sich ganz auf sich zu konzentrieren.

Obwohl in Brüssel eine leichtherzige Atmosphäre herrschte, war unter der Oberfläche eine dunkle Rastlosigkeit zu spüren; zumindest die Männer wussten, dass sie hier waren, um einen Krieg auszutragen, und dass einige von ihnen nicht nach Hause zurückkehren würden. Damien wusste es. Miranda bekam es nicht aus dem Kopf. Dieses Wissen machte die Momente, die sie miteinander verbrachten, nur umso kostbarer.

Fürs Erste waren die Pflichten ihres geliebten Colonels leicht. Während er im Lager südlich der Stadt mit seinen Männern exerzierte, hielt Miranda sich auf Trab, um sich von der nagenden Sorge abzulenken, was geschehen würde, wenn Napoleon seine Armee aufgestellt hatte und bereit zum Kampf war. Mit den anderen Offiziersgattinnen, mit denen sie sich angefreundet hatte, besichtigte sie die Kathedrale und kaufte Brüsseler Spitzen ein, die sie ihren Verwandten in London schickte. Oft bekam sie liebe Briefe von Alice, Bel, Lizzie und Jacinda, aus denen sie erfuhr, was zu Hause geschah.

Ende April war Jacinda bei Hofe vorgestellt worden und hatte somit offiziell debütiert. Eingehend und detailreich schwärmte sie von der herrlichen Robe, die sie vor dem Prinzregenten und der Königin getragen hatte, beklagte sich jedoch bitterlich darüber, dass die Wiederaufnahme der Feindseligkeiten ihr die Saison ruiniert habe, nach der sie sich doch jeden Tag ihrer siebzehn Jahre gesehnt hatte. London, so schrieb sie, sei bar jeder interessanten Gentlemen. Sie konnte nur noch hoffen, dass es nächstes Jahr besser würde. Sie wollte nach Brüssel reisen, wo inzwischen „jeder" war, doch ihre Brüder hatten einmütig ein Veto eingelegt.

Alice schickte ihr Listen mit Mädchen- und Jungennamen, die sie für ihr Kind in Betracht zogen. Die Geburt wurde für September erwartet. Miranda feierte am elften Mai ihren zwanzigsten Geburtstag. Und immer noch zeichnete sich keinerlei Hinweis auf eine Schlacht ab. Allmählich wurde die Warterei zermürbend. Sie hatte keine Ahnung, wie die Truppen im Feld es aushielten. Von Zeit zu Zeit begleitete sie Damien ins Armeelager und gab sich große Mühe, die Männer aufzuheitern.

Ende Mai kam die Nachricht, dass Bel einen gesunden Jungen zur Welt gebracht hatte. Mutter und Kind waren wohlauf, und Hawkscliffe platzte beinahe vor Stolz. Sie nannten ihn Robert William, nach seinem Papa, und das Neugeborene trug den Ehrentitel Earl of Morley.

Während der Mai allmählich in den Juni überging, verspürte Miranda eine hartnäckige Übelkeit, die sie auf die Hitze und hohe Luftfeuchtigkeit zurückführte. Nichts von den üppigen Tafeln der Gastgeberinnen oder den Hotelmahlzeiten konnte sie locken. Über zwei Wochen ging das so. Ihrem Gatten gegenüber beklagte sie sich nicht, doch schließlich ließ sie eines Tages, als er wieder bei seinen Truppen weilte, den Arzt kommen. Der würdige Doktor enthüllte es ihr dann: Sie war nicht krank, sondern schwanger.

Irgendwie schockierte sie das bis ins Mark, obwohl sie es ja eigentlich nicht hätte verwundern dürfen, bei Damiens unersättlichem Appetit. Sie wartete noch den richtigen Moment ab, um es ihm zu erzählen, als ein preußischer Bote in die Stadt gejagt kam und sich schnurstracks in Wellingtons Hauptquartier begab. Kurz darauf verbreitete sich die Nachricht wie ein Lauffeuer: Napoleon hatte die preußischen Truppen keine halbe Tagesreise südlich angegriffen.

Südlich, dachte sie entsetzt, weil ihr einfiel, dass ihr Mann sich mit seiner Truppe ebenfalls im Süden von Brüssel aufhielt. Während sie aufgeregt durch die Eingangshalle des Hotels lief, versuchten die Offiziere, die sie kannten, sie zu beruhigen, sagten, vermutlich sei weiter nichts geschehen, nur ein kleines Scharmützel zwischen Vorposten. Und doch ließ Wellington befehlen, dass sich die Armee für einen umgehenden Marschbefehl bereithalten müsse. Außer sich vor Sorge, wartete sie auf Damiens Rückkehr.

Als er dann endlich kam, war es bereits Abend, und auf das Kopfsteinpflaster des öffentlichen Platzes vor dem Hotel fiel stetig Regen. Sie saß in der Eingangshalle auf einem Stuhl, als sie ihn mit MacHugh und Sutherland heranreiten sah. Die Männer waren mit Schlamm bespritzt, und von ihren Tschakos troff der Regen herab. Sie sprang auf, ohne sich um das Wetter zu kümmern, und rannte nach draußen, noch bevor er sein Pferd zügeln konnte. Sie blickte zu den anderen beiden. MacHugh wirkte kampflustig, doch Sutherland schien erschüttert zu sein. Damien sprang vom Pferd und ging auf sie zu, den Tschako abnehmend. Sie warf sich in seine Arme.

„Geht es dir gut? Ich habe mir solche Sorgen gemacht! Wart ihr in der Nähe?"

Er schwieg, hielt sie nur einen Moment in den Armen. Seine nassen, schmutzigen Kleider verdarben die ihren, aber das war ihr egal. Er war warm, und sein Kuss schmeckte nach Regen. „Wir haben den Rückzug beobachtet. Napoleon hat die Preußen in der Luft zerrissen. Ich muss dir mitteilen, dass es eine große Schlacht werden wird, Miranda. Ich kann nicht bleiben."

„Kannst du denn nicht wenigstens hereinkommen und mit mir zu Abend essen?"

Er winkte ab. „Keine Zeit."

Diese Dringlichkeit verstärkte ihre Besorgnis. „Habt ihr genug Vorräte? Alles, was ihr braucht?"

Da lächelte er sie an. „Fast", sagte er bedeutsam und beugte sich herunter, um ihr einen Kuss zu geben. „Geh wieder hinein. Ich muss los."

„Aber warum? Wellington ist auf dem Ball der Richmonds. Bestimmt ist es nicht so ernst ..."

„Er muss sich dort zeigen, meine Liebste", erklärte er, als er sie ins Hotel zurückbrachte. „Wenn er jetzt aufbräche, würde die Stadt in Panik geraten. Die Zivilisten würden nach Norden fliehen, und das würde die Soldaten demoralisieren. Aber das alles ist nur eine Finte. Er wird bald zu uns an die Front stoßen. Ich habe Befehl, mit meinem Bataillon bereitzustehen, wenn er kommt. Ich weiß nicht, wie lang das alles dauern wird, aber ich versuche, dich so gut wie möglich darüber informiert zu halten, wo ich mich gerade befinde. Vielleicht musst du dich nach Antwerpen zurückziehen. Ich werde es dich wissen lassen."

Plötzlich stiegen ihr Tränen in die Augen. Dies war der Moment, vor dem sie sich so gefürchtet hatte – der Moment des Abschieds. Sie konnte kaum glauben, dass es wirklich so weit gekommen war. Weinend hielt sie sich an ihm fest. „Damien."

Er zog sie noch einmal in die Arme. „Weine nicht. Ich flehe dich an, bitte nicht."

Sie wusste, dass sie jetzt mehr denn je für ihn stark sein musste. Zwar fühlte sie sich, als müsse sie vor Angst und Schmerz in Ohnmacht sinken, als könne sie vor lauter Schwäche in lauter winzige Einzelteile zerfallen, doch irgendwie riss sie sich zusammen, schöpfte tief aus ihrem Innersten die Kraft, um sich einem solchen Mann würdig zu erweisen. Sie schluckte hart und trat einen Schritt zurück, um zu ihm aufzublicken.

Sein Gesicht war verzerrt, und in seinen Augen spiegelte sich seine Qual.

„Ich liebe dich“, hauchte sie. „Wir beide lieben dich.“ Damit nahm sie sanft seine Hand, presste sie auf ihren Bauch und schaute ihn dabei bedeutsam an.

Er blinzelte, als wäre er nicht sicher, ob er sie richtig verstanden hatte, und dann blieb ihm der Mund offen stehen. „Du meinst …“

Sie rang sich ein reuiges Lächeln ab und nickte.

„Bist du sicher?“ fragte er.

„Ja.“

„Wann?“

„Im März.“

„O Gott“, erwiderte er benommen. Er nahm sie noch einmal in die Arme und hielt sie fest. Sie spürte, wie er zitterte, obwohl er bei der Aussicht auf die Schlacht kaum mit der Wimper gezuckt hatte. Er küsste sie mit heißer, glühender Hingabe, wich dann ein Stückchen zurück und betrachtete sie mit einer brennenden Intensität, die sie bis in die Seele erschütterte. „Ich komme zu dir zurück“, versprach er wild.

„So Gott will“, entgegnete sie leise.

Er schüttelte den Kopf. „Ich komme zurück.“

Sie stieß einen Schrei aus, als er sich abrupt von ihr abwandte, die Tür aufriss und zu seinem Pferd nach draußen marschierte. Sie folgte ihm bis zur Tür und beobachtete, wie er sich in den Sattel schwang. Jede seiner Bewegungen kündete von Präzision und neuer Willenskraft. MacHugh und Sutherland nickten ihr zu. Damiens graue Augen blitzten, als er ihr noch einen Handkuss zuwarf, und dann riss er sein Pferd herum und galoppierte mit seinen Männern davon, um gegen Napoleon zu kämpfen.

Lang nachdem er außer Sichtweite war, stand Miranda noch schluchzend an dem Fleck, wo er sie verlassen hatte, bis ihre Zofe kam und sie zurück ins Zimmer führte.

Der Regen wurde heftiger.

Später am Abend hörte Miranda, dass von General Blücher eine weitere Eilbotschaft gekommen war, die Wellington auf dem Ball der Richmonds überbracht wurde. Was auch darin gestanden haben mochte, sie führte dazu, dass die Offiziere und der Hauptbefehlshaber den Ball umgehend verließen, und bevor der Morgen graute, war das gesamte Heer schon unterwegs nach Süden, wo Damien mit seinem Bataillon bereits stationiert war. Viele der Zivilisten verließen Brüssel und begaben sich nach Antwerpen, doch Damien hatte Miranda diesbezüglich keine Anweisungen erteilt, und außerdem hegte sie nicht den geringsten Wunsch, ihren jetzigen Aufenthaltsort zu verlassen, auch wenn es gefährlich war zu bleiben. Eine Winterley liefe nicht weg, erklärte sie ihrer Zofe.

Am nächsten Morgen hatte es aufgehört zu regnen, doch es blieb bewölkt und verhangen. Von ihrem Zimmer hoch droben im Hotel konnte sie den blaugrauen Rauch sehen, der in der Ferne über dem Schlachtfeld aufstieg, doch als die Fenster in ihrem Zimmer wegen des entfernten Artilleriefeuers nicht enden wollten zu klirren, ertrug sie es nicht länger und rannte hinaus zu den anderen Offiziersfrauen, die bereits Vorbereitungen zur Versorgung der Verwundeten trafen. Miranda gesellte sich zu ihnen, froh um eine Aufgabe. Aus dem nervösen Geplauder schloss sie, dass die anderen Frauen anscheinend glaubten, die Liebe könne ihren Gatten vor jeder Gefahr bewahren. Miranda teilte diesen Glauben nicht. Sie hatte mit ansehen müssen, wie ihre Eltern ertrunken waren, und daraus gelernt, dass die Liebe nicht mächtig genug war, um sinkende Boote an der Wasseroberfläche zu halten, und vermutlich wäre sie auch nicht mächtig genug, um ein Geschoss abzulenken. Tatsächlich wappnete sie sich tief im Innersten sogar dagegen, allzu sehr auf Damiens Rückkehr zu hoffen, trotz seines tapferen Versprechens.

Samstagabend brachte ihr ein Kurier eine Botschaft von ihm, und sie weinte vor Dankbarkeit, als sie erfuhr, dass er im Augenblick in Sicherheit war. Sie küsste das Blatt Papier, das er berührt hatte. Er berichtete, dass sie General Ney bei Quatre Bras vernichtend geschlagen hätten, dass die Schlacht aber noch lange nicht vorüber sei. In jener Nacht schlief sie nicht mehr als eine Stunde und betete mehr als in ihren ganzen zwanzig Lebensjahren davor: *Bitte, lieber Gott, sorg dafür, dass mein Baby seinen Vater kennen lernt. Bitte mach, dass es nicht als Waise aufwachsen muss, so wie ich.*

Der achtzehnte Juni, ein Sonntag, kam und ging. Sie besuchte den Gottesdienst in der Kathedrale, und der Priester versuchte, ihnen allen Mut zuzusprechen, während die großen Buntglasfenster klirrten, als begehrte der Teufel Einlass. Ihre Zofe war ungerührt wie die ägyptische Sphinx, doch

Miranda zitterte vor Sorge und Erschöpfung. Am Abend erfuhren sie, dass es auf einem Feld bei Waterloo zu einer großen Schlacht gekommen sei, die immer noch andauerte.

Und dann kamen die Verwundeten. Miranda eilte hinaus, um ihre Hilfe anzubieten und um das Neueste zu hören. Niemand schien etwas vom Hundertsechsunddreißigsten Regiment zu wissen.

„Die Kavallerie hat schwer gekämpft", sagte ein Mann mit bandagiertem Gesicht, der von einem Säbel getroffen worden war. „Vielleicht müssen wir alle noch nach Antwerpen fliehen, wenn Blücher nicht bald mit Verstärkung kommt."

Sie stürzte sich voller Kraft in die Aufgabe, den blutüberströmten, verstümmelten Menschen zu helfen, die karrenweise in die Stadt geschafft wurden. Die Häuser der Reichen wurden in Lazarette verwandelt. Miranda kümmerte sich stundenlang um die Verletzten, gab ihnen Wasser zu trinken, verbarg ihren Ekel vor den schlimmen Wunden, verband sie, wenn sie konnte, und lobte die Männer für ihre Tapferkeit, während sie auf den Arzt warteten. Obwohl sie bleich und schwach war, ignorierte sie die eigene Erschöpfung und bemühte sich nach Kräften, die quälenden Gedanken an Damien im Zaum zu halten.

Die Nacht brach an. Miranda erfuhr, dass das Regiment ihres Gatten dem Ansturm von Napoleons Kaiserlichen Garde hervorragend standgehalten und sie am Ende des Tages abgewehrt habe, dass der Verlust aber hoch gewesen sei. Panik stieg in ihr auf, doch sie hielt sie in Schach.

Neue Gefallenenlisten kursierten, doch sie brachte es nicht über sich, sie anzusehen. Sie beobachtete, wie eine

Offiziersgattin nach der anderen zusammenbrach, als sie vom Tod ihres Mannes erfuhren oder so schlimmen Verletzungen, dass man sie aus dem kleinen Ort namens Waterloo nicht verlegen konnte. Miranda stählte sich grimmig für die Nachricht, die ihr mit jedem verstreichenden Moment unausweichlicher erschien. Mir bleibt sein Kind, sagte sie sich. Das musste genügen.

Selbst die Nachricht von Wellingtons und Blüchers großartigem Sieg berührte sie kaum. Napoleon war wieder in Gewahrsam genommen, doch selbst das bedeutete ihr nichts, weil sie immer noch nicht wusste, wo Damien war, und die ganze Zeit strömten Verwundete in die Stadt. Ein junger Kavallerist, dem sie etwas Wasser reichte, bat sie, bei ihm zu bleiben, weil er im Sterben lag. Sein braves Pferd war unter ihm zusammengeschossen worden, worauf er beim Angriff der Kavallerie überrannt worden war. Seine Beine waren zerschmettert, und dann hatte ein französischer Ulan ihm noch die Lunge durchbohrt. Miranda tupfte dem Jungen mit einem feuchten Tuch die Stirn ab und sang ihm leise vor, bis er das Bewusstsein verlor. Sie merkte kaum, dass sie vor Hilflosigkeit weinte, weil sie ihn nicht retten und dem Ganzen keinen Einhalt gebieten konnte. Er starb vor ihren Augen, und dann hörte sie hinter sich eine leise, erschöpfte Stimme. Ihren Klang kannte sie nur allzu gut.

„Mylady."

Sie erstarrte, und ihr Herz setzte einen Schlag aus. Dann sprang sie auf und wirbelte herum, wobei sie kaum zu atmen wagte.

„Damien!"

Er war mit Schießpulver und Blut verschmiert. In seinem Blick lag absolute Erschöpfung. An der Wange hatte er einen Schnitt, und seine Uniform war zerrissen, doch ansonsten war er gesund und munter und stand vor ihr. Als er die Arme ausbreitete, stürzte sie sich mit einem wilden Schrei hinein.

Er drückte sie an sich und schloss die Arme fest um sie. Sie spürte, wie er zitterte nach der neunstündigen Schlacht und dem langen Ritt durch die Dunkelheit, um zu ihr nach Brüssel zu kommen.

„Es ist vorbei", flüsterte er erstickt und strich ihr über das Haar. „Diesmal ist es wirklich vorbei."

„Ich liebe dich", sagte sie immer wieder und stellte sich auf die Zehenspitzen, um ihn in das schmutzige, blutüberströmte Gesicht zu küssen.

Er schloss die Augen und lehnte seine Stirn an die ihre. „Sutherland ist tot. Ich habe MacHugh das Kommando über das Regiment übertragen – jedenfalls über das, was davon übrig ist. Es war ihm zwar nicht recht, dass ich aufbrechen wollte, aber ich habe ihm mitgeteilt, dass ich es dir versprochen habe." Er vergrub das Gesicht in ihrem Haar. „O Miranda, ich will nach Hause."

Sie küsste ihn, während ihr die Tränen über die Wangen liefen. In Gedanken formulierte sie glühende Dankesgebete. „Ja, Liebling. Komm mit." Sie fasste ihn um die Taille, legte sich seinen Arm um die Schultern und stützte ihn, während sie zusammen in die Sternennacht hinaustraten.

EPILOG

März 1816

„Winterleyy!“ Der laute, kräftige Schrei gellte aus einem der oberen Fenster des in leuchtendem Weiß erstrahlenden Landsitzes Winterhaven. Das mächtige weibliche Kriegsgeheul wurde von der Frühlingsbrise über grüne Felder getragen, über die sauber reparierten Dächer der Pächterhäuschen bis zu dem weißen Zaun, an dem ein extrem nervöser Colonel Lord Winterley mit trockenem Mund stand und wartete, während seine Brüder neben ihm mit der Gemütsruhe von Männern, die das alles längst hinter sich hatten, ihre Zigarren rauchten. Ihm pochte das Herz vor Furcht, Hoffnung und Sorge, während Robert und Lucien unbekümmert zuschauten, wie die Fohlen zwischen den Stuten herumsprangen, und darüber sprachen, was für eine feine Zucht das in den nächsten Jahren werden würde.

„*Winterley, du Mistkerl!*“ ertönte das Geschrei von neuem. „*Dafür drehe ich dir den Hals um!*“

Er starrte auf das frisch renovierte Haus und wandte sich dann voll Besorgnis an seine Brüder. „Ich sollte jetzt zu ihr gehen.“

„Davon würde ich abraten“, meinte Robert weise. In seinen braunen Augen funkelte der Schalk. „Nur Mut, mein Lieber.“

Lucien schlug ihm auf die Schulter. „Überlass das ruhig dem Arzt. Das rate *ich* dir.“

Damien fuhr sich mit der Hand durch das sonnenwarme Haar und blickte hilflos zum Haus hinüber. Ihn hielt es kaum noch da, wo er war, aber er hatte auch Angst hineinzugehen. Die Schlacht von Waterloo war nichts im Vergleich zu Mirandas erster Geburt. Das Baby hatte es nicht eilig gehabt. Zweifellos war es ein Prachtexemplar geworden – wofür auch Mirandas Umfang sprach. Ihr Bauch war so enorm angeschwollen, dass sie prahlte, sie sei inzwischen fetter als König Louis.

In diesem Augenblick kam der vierjährige Harry herangestürmt, gefolgt von seiner eleganten Tante Jacinda, die nächsten Monat ihre zweite Saison erleben sollte. Lizzie und Alec schlenderten ein wenig langsamer hinterdrein. Sie alle waren gekommen, um Damien in den quälenden Stunden beizustehen, während er auf die Ankunft seines ersten Kindes wartete. Harry kletterte auf den Zaun und streckte die kleine Hand aus, um ein paar Fohlen anzulocken, aber vergeblich. Lucien hob den Knaben vom Zaun und setzte ihn sich auf die Schultern, während Alice näher kam, ihre sechs Monate alte Tochter Phillipa im Arm, die vor Aufregung gurgelte und gurrte, als sie ihren Papa sah.

Mit stolz glänzenden Augen wandte Robert sich um, als Bel zu ihnen trat, den kleinen Morley auf dem Arm. Gerade empfahl sie ihrem Kind, sich doch einmal die Pferdchen anzugucken. Der kleine Erbe der uralten Linie trug immer eine sehr nachdenkliche Miene zur Schau, was an einem Säugling doch sehr ungewöhnlich war.

Sosehr er seine reizende Nichte und die beiden Neffen liebte, wollte Damien doch endlich auch sein eigenes Kind in Augenschein nehmen.

„Meint ihr, dass es bald vorbei ist?“ fragte er Bel und Alice verzweifelt.

Bel lächelte weise und murmelte: „Bald.“

„Mach dir keine Sorgen“, sagte Alice. „Bestimmt wird alles gut.“

„Ich glaube nicht, dass sie mir je vergibt.“

„Doch, doch“, widersprach Lucien und beugte sich hinunter, um seiner Tochter einen Kuss auf die weichen Haare zu hauchen. Das Baby packte ihn an der Nase, und er lachte.

„Mylord?“

Damien fuhr herum, als der Butler über den Rasen geeilt kam.

„Der Arzt sagt, Sie können jetzt zu ihr.“

Die Frauen stießen aufgeregte Laute aus, doch Damien war schon unterwegs ins Haus. Auf halbem Weg die Treppe hinauf erstarrte er, denn er hörte ein leises, zorniges Geheul. Und dann rannte er noch schneller. Etwas benommen und voll Ehrfurcht trat er dann ins Schlafzimmer. Der Arzt nickte ihm zu und zog sich dann mit einem weisen Zwinkern zurück.

„Miranda!“

Sie drehte den Kopf auf dem Kissen, betrachtete ihn und streckte dann schwach die Hand nach ihm aus. Seine Frau war bleich und schweißüberströmt, und das dunkle Haar klebte ihr im Gesicht.

Sein Herz schlug heftig, als er sich ihr näherte und auf das winzige Bündel hinunterblickte, das sie beschützend im Arm hielt. Sie sah von ihrem Baby zu ihm und lächelte ihn voll Anbetung an.

Er ergriff ihre Hand, kniete neben dem Bett nieder und schaute erst sie und dann das Baby an.

„Es ist ein Junge“, flüsterte sie.

Er konnte nichts sagen und kaum fassen, dass es real war und nicht irgendein wunderbarer Traum. Als er seinen Sohn betrachtete, füllten sich seine Augen mit Tränen. Das Baby war ein rotgesichtiges, sich windendes kleines Ding mit einem winzigen schwarzen Haarschopf.

Vor lauter Staunen und Unglauben begann Damien zu lachen. Rasch zählte er Finger und Zehen. Alle da.

Miranda berührte ihn am Arm. Sie lächelte, und in ihren Augen standen Tränen. „Ist das nicht das herrlichste Wesen, das du in deinem ganzen Leben gesehen hast?“ fragte sie.

„Ja.“ Voll Ehrfurcht beugte er sich über sie und hauchte einen Kuss auf ihre feuchte Stirn. „Ich … ich glaube, ich stehe unter Schock.“

Ihr Lächeln wurde breiter.

„Wie geht es dir?“ flüsterte er und tätschelte ihr den Kopf.

Sie nickte ihm beruhigend zu. „Gut. Richte Bel und Alice aus, dass ich sie sehen möchte. Ich will, dass sie ihn sich anschauen“, wisperte sie, doch plötzlich hielt sie inne und runzelte die Stirn.

„Miranda?“ Damien wurde bleich, als sie das Gesicht verzog.

„O nein!“ rief sie. „Hol den Arzt.“

„Was ist denn?“

„Ich glaube, da kommt noch ein Baby. Kein Wunder, dass ich so dick war, Damien – ich bekomme Zwillinge!“

Er sprang auf. „Du machst Witze!“

Ihr Schmerzensschrei überzeugte ihn, dass dem nicht so war. Er rannte davon, um den Arzt zu holen, doch der war schon unterwegs und krempelte sich die Ärmel hoch, um das zweite Baby auf die Welt zu holen. Der Arzt nahm das erste Kind hoch, drückte es Damien in die Arme und schob ihn rasch ins Vorzimmer.

„Moment!“ protestierte er. „Ich weiß doch gar nicht, wie man ein Baby halten muss.“

„Mein lieber junger Mann, Sie haben Zwillinge gezeugt“, erwiderte der Arzt amüsiert, „ich schlage vor, dass Sie es umgehend lernen.“

Damit machte er ihm energisch die Tür vor der Nase zu.

Leicht bestürzt blickte Damien auf seinen Sohn hinunter und hielt ihn so sanft wie möglich. „Na dann, mein Junge“, wisperte er, „dann müssen wir eben hier warten, bis dein Bruder auch auf der Welt ist, und dann kann Mama uns dreien sagen, was zu tun ist.“ Er setzte sich in einen Sessel, den Blick nicht von seinem Kind wendend.

Als ein zweites zorniges, aber gesundes Geschrei durch die Zimmerwand drang, steckte der Arzt den Kopf aus der Tür. „Ein Junge“, verkündete er knapp und schloss dann die Tür wieder.

„Wusste ich es doch“, murmelte Damien und schloss die Augen zu einem kurzen Dankesgebet. Dann lehnte er sich im Stuhl zurück und begann, lang und leise zu lachen.

– ENDE –